ANDREA SCHACHT
Die Fährmannstochter

AF196945

Buch

Myntha, die Tochter des Fährmeisters von Mülheim, hat kein leichtes Leben. Trotzdem behält sie zumeist ihr fröhliches Gemüt und führt das Fährhaus und die angeschlossene Herberge mit klugem Geschick.
Als die Oberin der Machabäerinnen einem Brand zum Opfer fällt, gerät eine kranke Pilgerin unter Mordverdacht, die Myntha erst kurz zuvor vor dem Ertrinken im Rhein gerettet hat. Myntha und ihre Freundin Bilke glauben jedoch nicht an ihre Schuld und stellen Ermittlungen an. Immer mehr Rätsel scheinen sich aufzutun. Welche Rolle spielt der bezaubernde Karol, der Handelsgehilfe des Weihrauchhändlers Wolter van Duytz in Köln, der mit Myntha zu tändeln beginnt? Und welche Ziele verfolgt Frederic Bowman, der unheimliche Fremde, der sich mit einer Schar Kolkraben in einer einsamen Kate in der Nähe des Fährhauses niedergelassen hat?

Autorin

Andrea Schacht (1956–2017) war lange Jahre als Wirtschaftsingenieurin und Unternehmensberaterin tätig, hat dann jedoch ihren seit Jugendtagen gehegten Traum verwirklicht, Schriftstellerin zu werden. Ihre historischen Romane um die scharfzüngige Kölner Begine Almut Bossert gewannen auf Anhieb die Herzen von Lesern und Buchhändlern. Mit »Die elfte Jungfrau« kletterte Andrea Schacht erstmals auf die SPIEGEL-Bestsellerliste, die sie auch danach mit vielen weiteren Romanen eroberte.

Andrea Schacht

Die Fährmannstochter

Historischer Roman

blanvalet

Penguin Random House Verlagsgruppe FSC® N001967

10. Auflage
Taschenbuchausgabe April 2015
by Blanvalet Verlag, München,
in der Penguin Random House Verlagsgruppe GmbH
© 2014 by Penguin Random House Verlagsgruppe GmbH,
Neumarkter Straße 28, 81673 München
produktsicherheit@penguinrandomhouse.de
(Vorstehende Angaben sind zugleich
Pflichtinformationen nach GPSR.)

Redaktion: Dr. Rainer Schöttle
Umschlaggestaltung: © Johannes Wiebel | punchdesign,
unter Verwendung von Motiven von Bridgeman Art Library
wr · Herstellung: sam
Satz: Uhl + Massopust, Aalen
Druck und Einband: GGP Media GmbH, Pößneck
Printed in Germany
ISBN: 978-3-442-38255-2

www.blanvalet.de

Viel Wunderdinge melden · die Mären alter Zeit
Von preiswerten Helden · von großer Kühnheit,
Von Freud' und Festlichkeiten · von Weinen und von Klagen,
Von kühner Recken Streiten · mögt ihr nun Wunder hören sagen.

Nibelungenlied

Dramatis Personae

Myntha, Tochter des Fährmeisters. Seit sie dem Tod von der Schippe gesprungen ist, hat sie erhebliche Probleme – sie ist mondsüchtig.

Reemt van Huysen, Fährmeister, der mitunter an Wahnvorstellungen von Rheinnixen und Goldschätzen leidet, aber ein gutmütiger Mann von großer Erzählgabe ist.

Witold und Haro, Mynthas bärtige Brüder.

Enna van Huysen, Mynthas Großmutter, eine schrullige Alte, die sich ihre eigene Welt zusammenspinnt.

Rickel und Swinte Moelner, Mühlenbesitzer. Rickel soll nach dem Willen seiner Schwester Swinte heiraten, trägt aber Bedenken.

Lore, lebenskluge Köchin im Fährhaus, die sich nichts vormachen lässt.

Frederic Bowman, Heimkehrer auf der Flucht vor einem unbekannten Rächer, der sein und das Leben seines zehnjährigen Sohnes bedroht. Herr der Raben.

Emery, Frederics abenteuerlustiger zehnjähriger Sohn, nachts manchmal auf Abwegen.

Karol, Weihrauchhändler, der in die eigene Tasche arbeitet und dabei einen Fehler begeht.

Magistra Rotraut, Oberin im Kloster Machabäern – ein Opfer ihres Misstrauens.

Die Pilgerin Agnes, die gerne Geschichten über Goldschätze im Rhein hört, von sich selbst aber nichts preisgibt.

Bilke, auf Geheiß ihrer Eltern Novizin bei den Machabäerinnen, nutzt jede Gelegenheit, aus dem Kloster zu entwischen.

Volmarus, Vikar von Mülheim, eine abergläubische Bangbotz.

Henning, ein Taschendieb ohne große Begabung.

Gevatterin Ellen, die Dorfzeitung, die alles weiß.

Ewwers, ein großmäuliger Fischer, der Unheil stiftet.

Frau Josepha, Meisterin im Beginenkonvent am Eigelstein.

Magistra Gesine, Nachfolgerin der Oberin Rotraut.

Rixa und Jorgen, Zeidler in der Heide.

Sybilla, eine weise Frau.

Robb und Crea, Ron und Cress, Raky und Creky, Frederics Wachmannschaft.

Mico, der obligatorische Kater.

Und natürlich:

Alyss vom Spiegel und Master John mit ihren Kindern Thomas, Jehanne und Gauwin.

Vorwort

Das Harz des Weihrauchbaums (Boswellia) wurde seit Menschengedenken als süß duftendes Räucherwerk verwendet. Olibanum, das graugoldene Granulat, stammt vorwiegend aus Afrika, den arabischen Ländern und Indien. Wegen der aufwendigen Ernte, der sorgfältigen Zubereitung und vor allem der langen Transportwege wurde es in Europa zu einem der wertvollsten Güter.

Nichtsdestotrotz durchwaberte Weihrauchduft das ganze Mittelalter. In Kirchen und Klöstern wurden Unmengen davon verbrannt, begleitete der heilige Rauch doch die Gebete der Frommen gen Himmel.

Eine Erfindung der christlichen Religion war das Räuchern natürlich nicht. Alle anderen Völker kannten das Rauchopfer ebenfalls, aber so heidnisch es auch sein mochte – auf den Wohlgeruch mochte kein Priester in seiner Zeremonie verzichten.

Aber nicht nur beim Beten unterstützt der Weihrauch: Man sagt ihm auch heilende Kräfte nach. Die beruhen allerdings eher auf dem angenehmen Geruch als auf pharmazeutisch wirksamen Inhaltsstoffen.

Auf jeden Fall vertrieb der Duft die nicht wirklich appetitlichen Gerüche aus wenig reinlichen Hütten und Kammern.

Was wertvoll ist, zieht aber auch kriminelle Energie an. Das Geschäft mit dem Harz blühte, und findige Händler hatten sehr bald heraus, wie man es strecken und damit die Ausbeute erhöhen konnte. Harze anderer Gewächse wurden dem Olibanum beigemischt – Kiefern, Tannen, Wacholder lieferten harzige Füllstoffe. Auch Holzspäne, Nadeln und Kräuter verlängerten den Weihrauch. Auch die Endverbraucher selbst, die sparsam mit dem kostbaren Gut umgehen wollten, entwickelten ihre eigenen Mischungen.

Zulasten der Qualität. Und dann knasterte und sprühte die Mischung auch schon mal. Funken stoben, es qualmte und roch stechend oder betäubend.

Wie weit das die inbrünstigen Gebete beeinflusste, die der Rauch zu Gott, den Heiligen oder Maria tragen sollte, möchte man lieber nicht ergründen. Und ob der Weihrauch die allgegenwärtigen Dämonen wahrlich bannte oder sie vielleicht gar anzog, können wir heute auch nicht mehr so genau beurteilen.

Die große Zeit der Dämonen ist vorbei. Zumindest jener, die im Mittelalter die Menschen drangsalierten. Ganze Bände voll Dämonenkunde sind verfasst worden. Allen voran der Abramelin, ein Basiswerk, im fünfzehnten Jahrhundert von einem Wormser Juden verfasst, der auf vielen Reisen allerlei Dämonen eingesammelt und in ordentliche Kategorien eingeteilt hatte. Für jedes denkbare Ungemach gab es einen Schuldigen.

In unserer aufgeklärten Zeit belächeln wir diesen Aberglauben selbstredend und schenken lieber den Aussagen von Werbung, Lebensratgebern und Ärzten Glauben.

Prolog

Myntha erwachte, und das Erste, was sie wahrnahm, war der warme, süße Geruch von Weihrauch. Ihre Lider jedoch waren so schwer, dass sie sie nicht öffnen mochte. Für eine Weile ließ sie sich einlullen von dem Duft und dem leisen Psalmodieren, das an ihr Ohr drang. Ein klein wenig bewegte sie ihren Kopf, und ein Stöhnen kam über ihre trockenen, rissigen Lippen.

Mit einem Mal änderten sich die Stimmen, wurden barscher, fordernder, und es gelang ihr, die Augen einen Spalt zu öffnen.

Flackerndes Kerzenlicht erfüllte den Raum, und undeutlich hob sich vor ihr eine dunkle Gestalt ab. Angst kroch ihr den Rücken empor, und plötzlich ertönte ein Schrei.

Mit entsetzlicher Klarheit erkannte sie den angespitzten Pflock in der Hand des Priesters, der damit auf ihr Herz zielte.

Sie versuchte sich wegzudrehen. Doch schon wurde der Priester von ihr weggerissen, es gab ein dumpfes Krachen und Knirschen und einen weiteren Schmerzensschrei.

»Myntha! Myntha, Kleine, du lebst!«

Es war die tiefe Stimme ihres Vaters, und seine starken Arme hoben sie hoch und drückten sie an sich. Zitternd schmiegte sie sich an seine breite Brust, und salzige Tränen netzten ihre Wangen.

»Papa?« Ihre Stimme war raspelnd und kaum hörbar, ihre Kehle schmerzte.

Und nicht nur die, alle Knochen, alle Gelenke, jeder Muskel schmerzte – aber, ja, sie lebte. Eine weiche Decke wurde über sie gelegt, und ihre beiden bärtigen Brüder, Haro und Witold, nahmen sie aus den Armen ihres Vaters, hüllten sie in ihre Umhänge und trugen sie hinaus aus der weihrauchgeschwängerten Luft der Kirche in die dunkle Kälte.

Sie schloss wieder die Augen, sog aber die klare Frostluft tief in die Lunge, und in der sicheren Hut ihrer Brüder schlief sie wieder ein.

1. Kapitel

Mai 1420

Es hatte seine Vorteile, die Tochter des Fährmanns von Mülheim zu sein. Wann immer Myntha Lust hatte, die Annehmlichkeiten der großen Stadt zu genießen, begleitete sie ihre Brüder am Morgen auf der ersten Fahrt über den Rhein. So auch an diesem lieblichen Maitag, an dem die Vögel lauthals ihre Lieder zwitscherten und die leichte Brise, die durch das Tal wehte, an ihrem Gewand zupfte. Junge Federknäulchen folgten behäbigen Entenmüttern. Ihnen warf sie einige Krumen altbackenen Brotes zu und wurde mit einem vergnügten Schnattern belohnt.

Myntha zog den Schleier über ihren Kopf und betrat den Nachen. Mit ihr auf der Fähre fuhren einige Handwerker, die sie mit einem Nicken grüßte. Die Männer mit ihren Kiepen auf dem Rücken erwiderten ihren Gruß nicht, sondern schauten unangenehm berührt in die andere Richtung. Nur Rixa, das Weib des Honigsammlers Jorgen, lächelte sie an und erkundigte sich nach ihrer Großmutter Enna.

»Sie hat das Reißen in den Knochen, aber jetzt, wo es wärmer wird, geht es ihr wieder besser«, erzählte Myntha der krummrückigen Frau. Die schlug ihr vor: »Kannst ja mal die aal Sybilla aufsuchen, drüben in Merheim. Die hat Salben, die die Knochen wärmen.« Und dann senkte sie die Stimme zu einem geheimnisvollen Flüstern: »Aber frag nicht zu genau nach, woher sie das Fett hat.«

»Von Schweinen, Rixa. Ich kenne die Sybilla. Aber ich habe auch eine gute Tinktur aus der Apotheke am Neuen Markt bekommen. Die hat der Großmutter einige Erleichterung verschafft. Wie läuft das Geschäft? Honig hast du in den Fässchen da nicht drin.«

Myntha wollte nicht weiter über die Leiden ihrer Großmutter und irgendwelche quacksalberischen Vorschläge reden, und Rixa war leicht abzulenken.

»Nein, die Bienen fliegen noch nicht. Wir haben Harz gesammelt, gutes, feines Wacholderharz. Verkaufen wir an den Turm. Die Wachen verwenden es für ihre Waffen, gibt gutes Geld dafür.«

»Und du bekommst einen neuen Kittel?«

Rixa lachte und entblößte eine Zahnlücke.

»Der hier tut's noch. Die Wolle hab ich selbst gesponnen und gewebt. Aber ein gutes Essen im Adler, das wird's geben. Und, was treibt dich in die Gassen?«

Es waren natürlich nicht nur die städtischen Vergnügen, die Myntha suchte. Sie hatte auch einige ernsthafte Aufträge zu erledigen. Heute beispielsweise ging es darum, einige Fässer Wein zu ordern. Das erzählte sie Rixa auch, und darüber kamen sie an der Landestelle am Niehler Ufer an.

Rixa schulterte die Kiepe wieder, und sie und Myntha warteten, bis alle Fährgäste an Land waren. Dann stellten sie sich neben Mynthas Bruder Haro. Er überragte sie um mehr als Kopfeslänge, und in seinem dichten Vollbart schien ein Lächeln auf. Er zupfte ihr den Schleier vom Gesicht und meinte: »Bleibt beide auf dem Nachen. Wir treideln ein Stück stromaufwärts, das schont eure Füße.«

Myntha hatte damit gerechnet, denn damit die Fähre auf dem Rückweg von der Strömung flussabwärts nach Mülheim getragen wurde, musste eines der starken Zugpferde sie ein Stück am Ufer entlangziehen. Heute machte ihr Bruder Witold den Treideldienst. Rixa nickte, dankbar dafür, dass auch sie auf dem Nachen bleiben durfte. Während sie langsam dahinglitten, meinte Haro zu seiner Schwester: »Schau, ob Frau Alyss wieder ein hübsches Maidchen beherbergt, Myntha. Es wird Zeit, dass Witold sich ein Weib nimmt.«

»Ach, der Witold? Und du?«

»Na, wenn's zweie sind, nehm ich auch eins.«

»Wenn ich nicht dem Jorgen sein Weib wär, tät ich dich nehmen«, kicherte Rixa.

»Dann werd ich mal sehen, ob der Jorgen nicht das nächste Mal mitten auf dem Rhein von einer Nixe ins Wasser gezogen wird«, unkte Haro.

Rixa, ein schlichtes Gemüt, lachte schallend und hieb ihm auf den Rücken. Haro musste sich an der Ruderpinne festhalten, um nicht selbst ins Wasser zu fallen.

Sie erreichten nach kurzer Zeit die zweite Anlegestelle, und Haro verabschiedete sich von ihnen.

»Dann macht euch mal auf den Weg. Myntha, zieh die Fahne hoch, wenn du wieder rüberwillst!«

»Am Nachmittag. Das Essen in Frau Alyss' Hauswesen werde ich mir nicht entgehen lassen.«

Rixa und sie gingen an Land und machten sich am Ufer entlang auf den Weg in die Stadt.

»Ich wünschte, meine Brüder würden sich wirklich bald dazu entschließen, zu heiraten«, murrte Myntha.

»Sind zwei stramme Burschen. Um die müssten die Weibchen sich doch reißen.«

»Pah. Sowie eine junge Frau ihren Blick auf sie wirft, werden sie rot, beginnen zu stammeln, treteln mit den Füßen und suchen schnellstmöglich das Weite. Das sind Kerle wie Baumstämme, aber so was von schüchtern.«

»Was für ein Jammer. Hilft wohl nur beten.«

»Oder ein Holzhammer.«

Eine Weile schwatzten sie gemächlich über dieses und jenes, dann erreichten sie die Stadtmauer, und am Kunibertstor verabschiedete Rixa sich, um dem Turmmeister ihre Ware anzubieten. Myntha wanderte weiter durch die Gassen.

Auf dem Weg zu Frau Alyss, der Weinhändlerin in der Witschgasse, lag die Dombaustelle, an der sie mit immerwährendem Staunen einen Augenblick stehen blieb, um zuzusehen, wie der gewaltige Tretkran einen riesigen, sorgfältig behauenen Stein nach oben schweben ließ.

Dann musste sie aber zwei Männern aus dem Weg gehen, die zwischen sich einen Bottich mit Gips trugen, und wandte sich Richtung Alter Markt. Später würde sie hier an den Ständen noch einige Einkäufe tätigen, jetzt aber galt es zunächst, andere Dinge zu erledigen. Diszipliniertes Vorgehen hatte sie schon vor Jahren im Hauswesen von Frau Alyss und Master John gelernt. Dort hatte sie als junges Mädchen ihre Lehrzeit verbracht und großen Nutzen aus diesem Aufenthalt gezogen. Die Führung eines sehr lebendigen Haushalts hatte sie gelernt, die Buchführung eines schwunghaften Weinhandels, hartes Feilschen, kühles Beurteilen von Qualitäten und – nicht zu unterschätzen – die lateinische Sprache, in der sie der staubtrockene Magister Jakob unterrichtet hatte. Diese Kenntnisse wussten ihr Vater und ihre Brüder sehr zu schätzen, denn oftmals kamen Menschen aus fernen Ländern an die Fährstelle, die der heimischen Zunge kaum mächtig waren. Einige Brocken Latein jedoch konnte ein jeder, und Myntha half gerne, der Fremden Begehr zu übersetzen.

Doch bei Frau Alyss hatte sie nicht nur Arbeit kennengelernt, sondern auch überschäumenden Frohsinn. Manche wilden Scherze hatte sie mit den anderen Jungfern und jungen Männern getrieben, trauliche Gespräche beim Spinnen geführt und ernsthaftes Disputieren mit dem Hausherrn und den Gästen erprobt, die häufig das Hauswesen mit ihrer Anwesenheit beehrten. Besonders in ihr Herz geschlossen hatte Myntha aber Frau Alyss' Eltern, den wohledlen Herrn Ivo vom Spiegel und die scharfzüngige Frau Almut. Anfangs hatte sie Angst vor dem brummigen Herrn gehabt, dessen Augen unter den buschigen Brauen vor geistiger Schärfe funkelten. Seine Donnerwetter, so munkelte man, waren furchterregend gewesen. Bis sie eines Tages entdeckte, dass sich hinter der Wortgewalt des großen Mannes ein tiefsinniger Humor und ein gütiges Herz verbargen und er auf eine treffende Erwiderung mit grollender Erheiterung reagierte. Sein Weib, eine ehemalige Begine, stand ihm an Witz in nichts nach, und die Beobachtung des Geplänkels der beiden hatte Myntha gezeigt, was es hieß, wenn sich zwei Menschen in grenzenloser Liebe zugetan waren.

Im vergangenen Jahr nun war Herr Ivo im gesegneten Alter von vierundachtzig Jahren sanft entschlafen, und sie betrauerte noch immer den Verlust.

Darum hielt sie auf ihrem Weg durch die Stadt an dem trutzigen Kloster von Groß Sankt Martin an, in dem Herr Ivo einst als Benediktinerpater gelebt hatte. Hier ruhte er nun auf dem Friedhof von Sankt Brigiden, der kleinen Kirche neben dem Kloster. An seinem Grab wollte sie eine Fürbitte für den gütigen Mann halten.

Dicht an der Kirchmauer hatte man ihn begraben, und zwei dunkelgrüne Eiben flankierten den Grabstein. Doch während Myntha den Lichhof überquerte, erkannte sie, dass sie nicht die Einzige war, die am Grab des wohledlen Herrn beten wollte. Es kniete eine Gestalt in einem dunkelgoldenen Gewand dort auf dem Grün, und ein Distelfink landete flatternd auf dem Grabstein des Herrn. Er begann, aus voller Kehle zu singen.

Myntha hielt in ihren Schritten inne. Frau Almut pflegte oft hierherzukommen, um Zwiesprache mit ihrem Gatten zu halten. Wie unsagbar musste sie ihn vermissen, denn sie hatte viele Jahrzehnte an seiner Seite verbracht.

Myntha sprach ihre Gebete still in schicklicher Entfernung, doch dann sah sie plötzlich, wie Frau Almut die

Trauer derart übermannte, dass sie niedersank und lang ausgestreckt auf dem Boden zu liegen kam.

Leise näherte sich Myntha und räusperte sich vorsichtig. Das Gras war noch taufeucht und sicher nicht bekömmlich für eine alte Dame.

Frau Almut bewegte sich nicht.

Myntha trat noch näher, beugte sich nieder und berührte sanft die samtbekleidete Schulter. Ein leises Stöhnen kam über Frau Almuts Lippen, dann flatterten ihre Lider.

»Habt Ihr Schmerzen, Frau Almut? Geht es Euch nicht gut?«

»Atmen so schwer«, keuchte die alte Dame leise. Dann drehte sie langsam den Kopf. »Myntha, Kind. Hilf mir auf.«

Ganz vorsichtig hob Myntha Frau Almut an, sodass sie sitzen konnte. Etwas leichter ging ihr Atem, und ihre Augen blickten wieder klar.

»Ich hole die Mönche, sie werden Euch ins Hospiz tragen.«

»Nein, nein. Es geht schon. Stütz mich, Liebes, und bring mich heim. Es ist ja nicht weit.«

Das war richtig: Das Haus derer vom Spiegel lag am Alter Markt, eben um die Ecke von Groß Sankt Martin. Fest auf Myntha gestützt, wanderte Frau Almut den kurzen Weg, schweigend zunächst, doch vor der Eingangstür murmelte sie: »Er hat gesagt, er wartet.«

Es gab nicht viel zu überlegen, was die wohledle Dame damit meinte.

»Der Herr vom Spiegel.«

»Ivo, ja.« Und dann huschte ein geisterhaftes Lächeln über Frau Almuts Gesicht. »Geduld war nicht seine höchste Tugend.«

»So hörte man gelegentlich.«

Die wohledle Dame kicherte.

»Klopft an die Tür, Kind. Man wird sich um mich kümmern wollen. Sie sind alle so fürsorglich geworden die letzten Monate.«

So war es auch. Kaum hatte Myntha den Klopfer einmal bewegt, wurde die Tür auch schon aufgerissen, und eine füllige Matrone streckte ihre Arme nach Frau Almut aus. Die aber wehrte sie sacht ab und wandte sich noch einmal Myntha zu.

»›Ich sehe jetzt durch einen Spiegel ein dunkles Bild; dann aber von Angesicht zu Angesicht. Jetzt erkenne ich stückweise, dann aber werde ich erkennen, wie ich erkannt bin.‹«

Wieder lächelte sie, und ihr Gesicht wirkte wie verklärt. »Er hat seinen Paulus gerne zitiert.« Sinnend blinzelte sie in die Sonne. »Mit Paulus' Worten auf den Lippen schied er aus dieser Welt.«

Frau Almut wurde von der Matrone ins Haus geführt, die Tür fiel zu.

Und Myntha flüsterte: »›Die Liebe hört niemals auf.‹«

Dann eilte sie zur Witschgasse.

2. Kapitel

Um die Mittagszeit des nächsten Tages ergriff Frederic Bowman die Zügel seines Reitpferds und die Lenkleine des Packtiers, um beide von dem Niederländer ans Ufer zu führen. Hinter ihm folgte Emery mit dem Pony, das gutmütig über die Planke trottete. Es war ein hübsches Tier, hellbraun mit einer noch helleren Mähne und Schweif, sanft im Gang und von heiterem Gemüt. Dem zehnjährigen Jungen folgte es aufs Wort, aber Fremden gegenüber war es zurückhaltend. Maldwyn, unerschrockener Freund, hatte Emery das Pferdchen genannt.

»Das ist die Kathedrale, von der du mir erzählt hast, Vater?«

»Ja, das wird einmal der Dom sein.«

Frederic schaute ebenso wie sein Sohn hoch zu dem Turmstumpf, auf dem der Kran stand. Der Turm war gewachsen, seit er ihn das letzte Mal gesehen hatte. Vierzehn Jahre war das nun her, und doch waren ihm der Geruch der Stadt, die Sprache der Menschen und der Anblick der Stapelhäuser am Ufer sofort wieder vertraut.

Sein Pferd schnaubte leise, als er es zum Trankgassentor führte. Es war vermutlich ebenso glücklich wie er, wieder auf festem Boden zu stehen. Etliche Wochen lang hatten sie Schiffsplanken unter den Füßen gehabt, und die Fahrt von King's Lynn durch die Nordsee war streckenweise recht stürmisch gewesen. Der April mit seinen Frühlingsstürmen war nicht der rechte Monat zum Reisen, aber es war notwendig gewesen, und so hatte er die Zähne zusammengebissen, um seinem Sohn ein Vorbild zu sein. Der Arme war mager geworden, das Salzfleisch und das harte Brot – ihre hauptsächliche Nahrung während der Reise – waren selten lange genug in ihm dringeblieben. Erst als sie Deventer erreicht hatten und dort im Hause des Tuchhändlers Robert van Doorne Rast machen konnten, hatten sie sich beide etwas erholt. Frau Catrin hatte sie mit allen Leckerbissen verwöhnt, die Markt und Speisekammer hergaben, und hätte sie auch gerne noch länger bei sich beherbergt. Frederic zog es jedoch weiter, und so hatten sie zwei Tage später das nächste Schiff bestiegen. Immerhin war der Rhein ein ruhigeres Gewässer, und eine Woche später nun waren sie am Ziel angekommen.

Am Kai lagen zwei weitere Schiffe, die eben entladen wurden, und Emery war stehen geblieben, um den Männern im Rad des Tretkrans zuzusehen, die mit großem Geschick Tuchballen vom Deck eines zweiten Niederländers hoben. Ein Wagen stand bereit, auf dem sich bereits mehrere Ballen stapelten, und eine helle Frauenstimme gab Anweisungen, wie das nächste Gebinde daraufzupacken sei.

»Du wirst noch häufiger zusehen können, Emery. Aber jetzt wollen wir einen Boten zu Master Johns Heim schicken.«

»Ja, Vater.«

Der Junge war bekümmert, aber daran konnte Frederic nun nichts ändern. Besser bekümmert als tot. Er legte seine Hand auf dessen magere Schulter und drückte sie sacht.

»Du weißt, was du zu tun hast, mein Sohn?«

»Ja, Vater.«

Ein Botenjunge wurde herbeigepfiffen und trabte mit der Meldung los, Emery Friederson sei am Trankgassentor eingetroffen.

»Es wird gleich jemand aus dem Hauswesen hier eintreffen. Stell dich nahe ans Tor, Emery. Ich werde dort hinter den Fässern warten, bis man dich erkannt hat.«

»Ist gut, Vater.«

»Emery, du bist ein guter Sohn. Und sobald ich kann, werde ich dich wieder aufsuchen und berichten, wo ich Wohnung genommen habe.«

Emery nickte, und seine Hände krallten sich fest um die Zügel seines Ponys. Er kämpfte mit den Tränen. Noch einmal zog Frederic ihn an sich, dann leitete er seine beiden Pferde zu dem Fässerstapel. Vollständig verborgen war er dort nicht, aber er hoffte, dass, wer immer auch Emery abholte, verstehen würde, dass er selbst nicht angesprochen werden wollte.

Lange brauchte er nicht zu warten. Es war John of Lynne selbst, der mit langen Schritten durch das Tor geeilt kam und zielgerichtet auf den Jungen zutrat.

»Emery Friederson?«

»Ja, der bin ich.«

»Ich bin John of Lynne. Ich grüße dich, mein junger Freund.«

Frederic registrierte, dass John englisch mit seinem Sohn sprach, und war dankbar dafür. Er hatte versucht, Emery während der Überfahrt einige Worte Deutsch beizubringen, aber dem Jungen war es viel zu schlecht gegangen. Doch es mochte sein, dass in der freundlichen Atmosphäre im Hauswesen von John und seinem Weib Alyss ihm die Kenntnisse der Sprache schnell vermittelt würden.

»Wo ist dein Vater, Emery?«

»Weg, Master.«

Johns schwerlidrige Augen schweiften über den Kai, und sein Blick blieb an dem Fässerstapel hängen.

»Das ist betrüblich, aber wohl nicht zu ändern. Emery, du bist willkommen in meinem Haus. Doch muss ich dir sagen, dass wir eben um die Mutter meines Weibes trauern.« Mit erhobener Stimme und Richtung Fässer sprach John. »Frau Almut ist heute Nacht ihrem Gatten gefolgt.«

Frederic sah, dass Emery blass wurde und zu zittern begann. John bemerkte es wohl auch und legte dem Jungen den Arm um die Schultern.

»Ist sie … ist sie gemördert worden?«

»Nein, mein Freund. Sie entschlief sanft nach einem sehr langen, sehr bunten Leben und wurde von Mutter Maria im Himmel aufgenommen. Wir bedauern ihren Verlust, aber ihr Scheiden, wie auch das von Ivo vom Spiegel, war friedlich.«

Emery hielt den Kopf gesenkt, und Frederic senkte den seinen ebenfalls. Mit Almut und Ivo hatten zwei gütige Menschen diese Welt verlassen, die er gerne wiedergesehen hätte.

Dann aber richtete er sich auf, um einen letzten Blick auf seinen Sohn zu richten.

Master John sah zu ihm hin und nickte unmerklich. Ja, die Worte waren auch für ihn bestimmt gewesen. Und mit großer Einfühlsamkeit wandte der Tuchhändler sich dann an Emery.

»Du hast deine Mutter verloren?«

»Ja, Master.«

»Das ist schlimm, mein Junge. Komm mit, wir wollen sehen, ob Frau Alyss und ihr Hauswesen deinen Kummer ein wenig lindern können. Ich habe einen Sohn in deinem Alter, und – gnade Gott – er hat ebenso rote Haare wie du.«

»Oh je.«

»Du sagst es.«

Master John nahm die Zügel des Ponys und führte es durch das Tor. Emery hielt sich an seiner Seite und schaute vertrauensvoll zu dem großen Mann mit den grau durchzogenen blonden Haaren auf.

Frederic atmete tief durch. Seine größte Sorge war behoben, sein Sohn war in Sicherheit.

Nun würde er sich eine Wohnstatt suchen. Er wandte sich dem Rhein zu. Das andere Ufer war weit genug entfernt – so weit, dass Emerys Schutz gewährleistet war –, und gleichzeitig doch so nahe, dass er dann und wann nach seinem Sohn würde schauen können.

3. Kapitel

Myntha rupfte Unkraut. Gerne tat sie das nicht, aber die Großmutter hatte noch immer zu sehr das Reißen in den Gliedern, als dass sie die Gartenarbeit hätte machen können. Aber sie hatte ein scharfes Auge darauf, dass ihre Enkelin wirklich auch nur die unerwünschten Triebe ausgrub und nicht etwa die Petersilie oder den Thymian.

In der Hecke tschilpten die Spatzen, Rotkehlchen und Finken zwitscherten fröhlich, und irgendwo über den Feldern mit ihrem jungen Grün krächzten ein paar Raben. Die murmelnde Stimme ihrer Großmutter sprach in eintönigem Rhythmus von den Taten der Könige früherer Zeiten. Es war Ennas Angewohnheit, lange Texte zu rezitieren. Sie behauptete, damit hielte sie ihren Geist beweglich und bekämpfe die Vergesslichkeit. Womöglich hatte sie recht. Seit Myntha denken konnte, wiederholte ihre Großmutter die langen, verschlungenen Verse eines gewaltigen Epos, das sie das Nibelungenlied nannte. Sie hatte es als Kind von einem alten Barden gelernt und memorierte Teile daraus beinahe täglich. Heute war sie bei der neunzehnten Aventüre angelangt, und eben sprach sie:

»Da sprach König Gernot · ›Eh' wir solche Pein

Um dieses Gold erlitten · wir sollten's in den Rhein
All versenken lassen · so gehört' es niemand an.‹
Sie kam mit Klaggebärde · da zu Gieselher heran.
Kind, lass die Finger von der Kresse!«

Myntha zuckte zusammen und ließ die grünen Blättchen stehen, die sie eben ausrupfen wollte. Die Großmutter rezitierte schon weiter und sprach von den gewaltigen Schätzen des Nibelungenhorts und den bösen Folgen von Habgier und Rache.

Myntha kannte die verwickelte Geschichte, und manche Stellen mochte sie sogar ganz gerne. Die schöne Kriemhild hatte sie als Kind bewundert, der edle Recke Siegfried war der erste Mann, in den sie sich verliebt hatte. Aber die Intrigen des düsteren Hagen und die herrischen Ansprüche von Brunhilde hatten sie abgestoßen, und den König Gunther hielt sie für einen schlappen Weichling. Aber es war eine Mär, sie handelte von Liebe und Ritterlichkeit, von Mord und Verrat, und sie endete in einem gewaltigen Blutvergießen. Ob sich diese Geschichte wirklich jemals so abgespielt hatte, bezweifelte sie allerdings.

Anders ihr Vater Reemt. Auch er hatte von Kindheit an Enna die Verse sprechen gehört, und irgendwann hatte sich in ihm die Idee festgesetzt, dass es tatsächlich einen Goldschatz unter den Fluten des Rheines gab.

Myntha erhob sich mit einem leichten Seufzen. Ihr tat der Rücken weh vom ständigen Bücken, und sie wuchtete den Korb mit dem Unkraut hoch, um ihn zum Kompost zu tragen.

»Für heute sollte es genug sein, Großmutter. Die anderen Beete jäte ich morgen.«

»Morgen wird es regnen.«

»Mag sein, aber jetzt muss ich mich um die Kammern kümmern. Die Wäscherinnen haben die Laken gebracht, und Haro hat mir frisches Stroh für die Betten bereitgestellt. Außerdem frischt der Wind auf, und für dich ist es auch besser, im Warmen zu sitzen.«

»Mpf.«

»Doch, Großmutter. Am Küchenkamin. Es gibt einen Korb Strümpfe zu stopfen.«

»Mrrrpf.«

Myntha kannte die grollende Laune ihrer Großmutter und lachte leise.

»Du wirst dich viel besser fühlen, wenn du dich nützlich machen kannst. Außerdem bereite ich dir eine heiße Milch mit Honig.«

»Ich bin nicht bestechlich.«

»Doch, bist du. Komm, ich helfe dir auf.«

»Mrrrpf!«

Trotz ihres Grollens ließ Enna es zu, dass Myntha ihr von dem gepolsterten Hocker half, aber dann griff sie nach ihrem Stock und lahmte ohne Beistand in die geräumige Küche.

Myntha schürte die Glut und stellte den Kessel mit Milch auf den Dreifuß. Eben rührte sie Honig und eine Prise Zimt in die angewärmte Milch, als ihre Brüder in die Küche gepoltert kamen. Sie hielten den klatschnassen Reemt zwischen sich, der lauthals protestierte.

»Sie haben mich gerufen. Ihr könnt mich nicht immer daran hindern. Sie wollten mir verraten, wo er ist. Lasst mich los, Jungs!«

»Nein, Vater. Da waren keine Nixen im Wasser. Das war nur eine Lichtspiegelung.«

»Was weißt du denn schon, Witold? Mich rufen sie. Ich will...«

»Setzt ihn an den Herd!«, befahl Myntha und füllte den ersten Becher mit der süßen Milch. Ihre beiden kräftigen Brüder schoben ihren tropfenden Vater auf die Bank am Kamin, und sie hielt ihm den Becher an die Lippen. Gehorsam nahm er einen Schluck, und seine Augen klärten sich wieder.

»Oh, lecker!«

»Viel leckerer als schlammiges Rheinwasser.«

Er griff mit beiden Händen den Becher und wärmte sich daran. Haro legte ihm eine Decke um die Schultern und schüttelte leicht den Kopf.

»Mitten auf dem Rhein hat's ihn diesmal erwischt. Gut, dass nur zwei Marktweiber und vier Esel auf der Fähre waren. Wir haben ihn gleich wieder rausgefischt und den beiden Frauen erzählt, dass er die Fieberhitze hat. Na, vielleicht glauben sie es.«

»Die Esel bestimmt.«

Myntha füllte weitere Becher mit süßer, heißer Milch und reichte sie ihren Brüdern. Großmutter Enna murrte prompt: »Die hast du *mir* versprochen!«

Den vierten Becher drückte Myntha ihr in die Hand, und das klägliche Restchen, gerade zwei Schlucke noch, trank sie selbst. Aber lecker war die Milch.

»So, und jetzt, Vater, geht in Eure Kammer und zieht Euch trockene Sachen an, und anschließend begleitet Haro Euch zum Bader. Heißes Wasser ist viel bekömmlicher als das des kalten Flusses, und der Bartscher könnte Euch auch mal wieder die Stoppeln schaben.«

»Du bevormundest mich, Tochter.«

»Manchmal.«

»Ich hab's gerne!«

Reemt stand auf und trottete die Stiegen nach oben.

»Er kann auch alleine zur Badestube gehen. Wir müssen noch mal rüberfahren, Myntha.«

»Ja, kann er auch. Und anschließend wird er wieder die Mollie aufsuchen.«

»Und?«

Myntha zuckte mit den Schultern. Sie sollte sich nicht darüber aufregen. Nur zu wissen, dass der eigene Vater eine Dirne aufsuchte... Aber na gut, die Mutter war schon früh gestorben, und er hatte kein anderes Weib genommen. Und er war ein guter Vater. Myntha liebte ihn von Herzen, und seine seltsamen Grillen sah sie ihm mit Langmut nach. So taten es auch ihre Brüder, doch seit Reemt vor einigen Jahren angefangen hatte, mitten auf dem Rhein ins Wasser zu springen, weil ihn angeblich die Nixen riefen, hatten sie ihn überredet, sich bei jeder Fährfahrt ein Seil um die Taille zu knoten. Zwei, drei Mal im Jahr war es nötig, ihn daran wieder auf den Nachen zu ziehen. Außerdem achteten sie darauf, dass er nicht zu oft mitfuhr. Als Fährmeister von Mülheim hatte er genügend andere Aufgaben zu erfüllen, die ihn an Land hielten.

»Ach, Myntha, wir haben gehört, dass der Herr Wolter van Duytz von seiner Reise zurück ist«, sagte Haro und stellte den leer getrunkenen Becher auf den Tisch.

»Mit reicher Ladung, sagt man am Hafen«, ergänzte Witold. »Fässer voll Weihrauch und Myrrhe, Balsam und duftenden Gewürzen.«

»Und Karol«, fügte Haro grinsend hinzu.

»Oh!«

Die Neuigkeit tröstete Myntha ziemlich hurtig darüber hinweg, dass ihr nur der jämmerliche Rest süßer Milch geblieben war. Karol war ein junger Mann, der ihr im vergangenen Sommer seine Aufmerksamkeit geschenkt hatte. Ein hübscher Bursche mit lachenden Augen und zärtlichen Händen. Lange hatte ihre Tändelei allerdings nicht gedauert, denn schon im August war er mit dem Kaufherrn van Duytz aufgebrochen, um in Venedig Waren aus dem Morgenland aufzukaufen.

Vielleicht erinnerte er sich ja an sie.

»Verschenk deine Zuneigung nicht zu schnell, Myntha. So, wie es aussieht, gibt es noch einen weiteren Bewerber, der wenigstens ein Auge auf dich geworfen hat«, sagte Witold.

»Wie ungewöhnlich.«

Beide bärtigen Köpfe nickten, aber dann erklärte Witold: »Der Rickel Moelner, dem die Mühle oben an der Vorinsel gehört, hat den Vater gefragt, ob du schon versprochen seist.«

»Kenn ich den?«

»Keine Ahnung. Scheint ein ordentlicher Mann zu sein, hat aber ein Auge verloren. Lebt mit seiner Schwester Swinte in einem Haus am Holzmarkt.«

Myntha räumte die Becher weg und stellte auch den

Kessel in den Weidenkorb, um alles später am Brunnen auszuwaschen.

»Warten wir ab, was draus wird.«

»Tja, warten wir. Jetzt müssen wir los. Mit der Abendfähre bringen wir den Wein mit.«

»Ja, danke.«

Auch der Vater, inzwischen in trockenen Gewändern, verabschiedete sich, und die Großmutter murrte leise über die Löcher in den Strümpfen, die sich schneller vermehrten als Fliegen auf dem Misthaufen.

Myntha ließ sie knurren und widmete sich den Betten in der Gästekammer und in ihren eigenen Schlafräumen. Als sie nach getaner Arbeit wieder nach unten in die Küche kam, war Ellen bereits dabei, den Brotteig zu kneten und mit der Großmutter zu plaudern.

Ellen war eine rundliche Frau von vierzig Jahren, die ihnen hin und wieder zur Hand ging. Myntha war ihr dankbar, denn sie selbst war keine begnadete Köchin, und das Brot, das sie buk, hatte oft genug noch einen klebrigen Kern, auch wenn die Kruste schwarz gebrannt war.

»Ein düsterer Kerl, sag ich euch, aber sein Goldstück war echt, und er will einen Unterstand für die Pferde an die Kate anbauen.«

»Wer ist ein düsterer Kerl, Ellen?«, fragte Myntha.

»Der in Jens' Hütte einziehen wird. Hat mich gefragt, recht höflich, und der Jens kommt erst nächstes Jahr wieder, also hab ich nichts dagegen, wenn einer drin wohnt und nach dem Rechten schaut. Den Mietzins kann ich gut brauchen, wo die Marie doch jetzt ihr Kind bekommt.«

»Und wie heißt der Düsterling?«

»Frederic Bowman, sagt er. Komischer Name, find ich. Na, wir werden sehen. Hat ein Packpferd dabei und einen Beutel Münzen und ein Reitpferd und eine bittere Miene.«

»Kann er alles bei sich behalten – Pferde, Münzen und Miene.«

Myntha schenkte der Ankunft des düsteren Frederic wenig Aufmerksamkeit. Sie setzte sich zur Großmutter, nahm Nadel und Faden auf, um den sich sprunghaft vermehrenden Löchern in den Strümpfen ihrer Familie Einhalt zu gebieten, und hing ihren Träumen nach.

In denen Karol einen nicht unbeträchtlichen Raum einnahm.

4. Kapitel

Die Kate bestand aus nicht mehr als einem Raum mit einem Herdstein, einem Bett mit Strohsack und einer rauen Decke, einem stabilen Tisch und einer Bank an der Wand. Eine Pfanne und ein Kessel, nicht eben sauber, standen neben der Feuerstelle, an der Wand waren einige Haken angebracht. Frederic hängte seine Kleider daran und stellte sein zweites Paar Stiefel darunter. Er war es zufrieden, mehr als diese Hütte brauchte er nicht. Das Dach war dicht, das einzige Fenster, mit Pergament bespannt, konnte mit einem Laden verschlossen werden. Vorräte würde er sich in den nächsten Tagen besorgen, vielleicht auch eine bessere Decke und ein Kopfpolster erstehen. Vor der Hütte befand sich ein Trog mit einer Pumpe, die unter Protest einen Strahl bräunlichen Wassers ausspie. Die Pferde störte das nicht, sie soffen zufrieden die Brühe. Nach einigen weiteren Hüben wurde das Wasser auch klarer, und schließlich reinigte Frederic Kessel und Pfanne mit Sand und spülte sie aus. Auch eine Schüssel und eine Kanne fanden sich in einer Ecke. Letztere füllte er mit Wasser und trug sie nach drinnen. Er zündete ein kleines Feuer auf dem Herdstein an, hängte den Kessel darüber, um seinen Haferbrei quellen zu lassen, und versorgte seine Pferde, die gemächlich das junge Gras am Rand der Hütte fraßen.

Der Tag neigte sich bald dem Ende zu, lange Schatten warfen die hohen Pappeln, die sich am Rheinufer entlangzogen. Es war an der Zeit, für ein Abendessen zu sorgen.

Frederic kehrte in die Hütte zurück und zog aus dem Lederbehältnis einen kurzen Bogen hervor. Den Köcher mit einigen Pfeilen hängte er sich über die Schulter und trat dann wieder ins Freie. Hier, außerhalb der Stadtgrenzen, gingen die Felder in Heide über, doch sie würde er erst in den nächsten Tagen erkunden. Jetzt wandte er sich dem Ufer zu, und, wie erwartet, schwammen im seichten Wasser etliche Enten umher. Ein Stein, hart geworfen, scheuchte sie auf, und als sie über ihm aufflatterten, schoss er den ersten Pfeil ab. Ein Vogel fiel ihm geradewegs vor die Füße. Der zweite Pfeil traf den nächsten, der wenige Schritt hinter ihm zu Boden kam. Frederic packte seine Beute an den Hälsen und trug sie zur Kate zurück. Die Pfeile konnte er retten, dann rupfte er die Enten und nahm sie mit seinem Dolch aus.

Der Haferbrei war inzwischen gequollen und fest geworden. Er rührte ihn ein paar Mal um und fügte etwas Salz hinzu. Von den Enten legte er Brust und Schlegel in die Pfanne und ließ sie in ihrem eigenen Fett braten. Während sie garten, trat er wieder vor die Tür, um die Abendstimmung seines neuen Heims kennenzulernen. Sie war friedlich. Die Glocken der kleinen Kirche, die auf ihrem Felsen in den Fluss hineinragte, läuteten zur Komplet, die Fähre kam vom anderen Ufer angeschwommen und legte am Fährhaus an, ein einzelner Fischer ruderte gegen die Strömung, und Flussmöwen tanzten in der Abendbrise. Über ihm aber kreisten vier schwarze Gestalten und stießen ihre rauen Schreie aus.

Raben!

Frederic sah zu ihnen hoch. Raben waren kluge Tiere. Wachsame Vögel mit harten Schnäbeln. Er drehte sich um und holte die Fleischabfälle aus der Kate. Auf dem breiten Hackklotz, auf dem das Feuerholz zerkleinert wurde, breitete er sie aus und setzte sich dann still auf den Schemel neben der Tür. Völlige Ruhe und unbewegliche Geduld hatte er gelernt. Beinahe unsichtbar mochte er einem zufälligen Beobachter erscheinen. Der Bratenduft aus der Hütte und das frische, blutige Fleisch lockten die Raubvögel an. Erst kreiste einer vorsichtig spähend über dem Dach, dann folgten die anderen. Es dauerte nicht lange. Flügelschlagend stieß der erste Rabe hinab und ergriff ein Stück von den Innereien. Er setzte sich mit seiner Beute auf den First und verschlang sie. Die drei andern brauchten länger, aber auch sie ergriffen die Überreste und flogen krächzend damit von dannen.

»Morgen wieder, meine Freunde«, murmelte Frederic mit einem Blick gen Himmel. Dann widmete er sich seiner eigenen Mahlzeit.

Die erste Nacht in seiner neuen Wohnstatt schlief er durch, obwohl er das kaum erwartet hatte. Aber der feste Boden unter seinen Füßen, vielleicht auch die Abwesenheit seines unruhig schlummernden Sohnes, hatten ihm den tiefen Schlaf beschert.

Als die Sonnenstrahlen durch die Tür- und Fenster- ritzen fielen, reckte er sich und dachte an Emery. Der Junge wurde oft von bösen Träumen geplagt. Er hoffte, dass man in Frau Alyss' Hauswesen dafür Verständnis zeigte.

Vor der Hütte flötete eine Amsel, kreischten die Mö- wen, aber auch die Raben ließen ihre Schreie hören. Fre- deric beschloss, sich später wieder um sie zu kümmern.

Mit dem kalten Wasser aus dem Trog wusch er sich die Müdigkeit aus dem Gesicht, aß ein paar Löffel von dem pappigen Haferbrei und machte sich bereit, einige Vorräte zu beschaffen. Mülheim war eine kleine, aber reiche Stadt, in der sich eine Reihe wohlhabender Kauf- leute angesiedelt hatten, sodass er sicher sein konnte, auf dem Markt alles für seinen Bedarf kaufen zu können. Dennoch zögerte er einen Augenblick. Er wollte nicht, dass zu viele Menschen seinen Aufenthaltsort kannten, und kleine Marktflecken waren Brutstätten der Neugier und Gerüchte. Andererseits – er lebte alleine, sein Sohn war in Sicherheit. Und wenn es ihm gelang, die Raben zu zähmen, dann hätte er eine zuverlässige Wachmann- schaft.

Also legte er schließlich seinem Packpferd die leeren Körbe über den Rücken und nahm es an die Leine. Weit war der Weg nicht, und schon bald befand er sich inner- halb der Stadtgrenzen. Die Marktstände waren mit Wa- ren wohlversorgt, und wenn auch die Bauern und Markt- weiber ihn mit neugierigen Blicken musterten, als er seine Wünsche äußerte, so schien seine ernste Miene sie doch davon abzuhalten, ihm vorwitzige Fragen zu stellen. Als die Packkörbe auf seiner Stute gefüllt waren, wanderte er noch ein Stück zum Hafen hinunter, um sich bei den Fischern umzuschauen. Er konnte zwar sein Wildbret jederzeit selbst jagen, aber gegen einen schönen, fetten Lachs hatte er auch nichts einzuwenden. An diesem Morgen waren aber alle Boote auf dem Wasser, und so wanderte er am Ufer entlang Richtung Kate. Dabei kam er an der Anlegestelle der Fähre vorbei, die eben voll beladen abstieß, um den Rhein zu überqueren. Das Fährhaus, ein dreistöckiges Fachwerkgebäude auf einem steinernen Sockel, war frisch gekalkt, die Glasscheiben in den Fenstern blinkten, und in einem ordentlichen Gemüsegarten saß eine alte Frau und verlas Kräuter. Daneben befanden sich ein Stall und ein Schuppen sowie ein freier Platz mit festgestampftem Lehm, auf dem Holzbohlen lagerten und Werkzeuge davon sprachen, dass hier Wartungsarbeiten an den Fährkähnen vorgenommen wurden.

Holzbohlen und ein paar kräftige Hände würden ihm helfen, den Unterstand für die Pferde recht schnell zu errichten. Frederic nahm sich vor, im Fährhaus nach Unterstützung zu fragen. Doch zuerst musste er seine Ladung nach Hause bringen. Ihm knurrte der Magen – der Haferbrei war weder besonders schmackhaft noch sättigend gewesen.

5. Kapitel

Am Samstagmorgen ließen sich Myntha und ihr Vater übersetzen, um Abschied von Frau Almut zu nehmen. Die wohledle Dame und Gattin des Ratsherrn Ivo vom Spiegel war im Beginenhof am Eigelstein aufgebahrt – in der kleinen Kapelle, die sie einst mit eigenen Händen erbaut hatte. Myntha hatte während ihrer Ausbildungszeit im Hauswesen in der Witschgasse oft die Beginen aufgesucht, denn mit ihnen verband Frau Alyss eine wohlwollende Freundschaft. Sie waren Seidweberinnen und Kräuterkundige, Hebammen und Lehrerinnen, Klagefrauen oder einfach kluge Ratgeberinnen. Auch nachdem Myntha ihre Aufgaben im Fährhaus übernommen hatte, besuchte sie immer mal wieder die Meisterin Josepha, um bei ihr Rat und oftmals auch Trost zu suchen. In der Kapelle selbst hatte sie häufig stille Gebete verrichtet, und die geschnitzte Statue der heiligen Anna, die sich gütig und lehrend über Maria beugte, berührte immer wieder aufs Neue ihr Herz. Mutterliebe hatte sie selbst entbehren müssen.

»Sie war eine wundervolle Dame, die Frau Almut«, sagte ihr Vater, als sie an Land gingen. »Als ich um deine Mutter freite, hat sie mir Mut gemacht. Lieber Herr Jesus, was war ich damals schüchtern und verlegen.

Aber Inez – ach Kind, es dauert mich so, dass du sie nie hast kennenlernen dürfen.«

Myntha nahm seine schwielige Hand in die ihre. Es gab dazu wenig zu sagen.

»Nur weil ihre Freundin Catrin noch mehr stammelte und stotterte als ich, gelang es mir überhaupt, die schöne Maid anzusprechen«, sagte er leise und lächelte dabei. »Sie hat mir tatsächlich geduldig zugehört. Und beide Mädchen haben sich dann Frau Almut anvertraut. Ich war noch nicht einmal Fährmeister damals, und mein Vater hielt mich für einen Hochhinaus. Aber Frau Almut hat für mich bei der Familie deiner Mutter gutgesprochen.«

Myntha kannte die Geschichte gut. Ihr Vater hatte oft von seiner gestammelten Werbung erzählt und von dem prächtigen Hochzeitsfest, den glücklichen Jahren, in denen erst ihre Brüder zu Welt kamen und sie selbst dann als Nachzüglerin acht Jahre später. Doch bei ihrer Geburt war ihre Mutter gestorben. Und auch ihre Anverwandten waren in den Jahren um die Verbundbriefstreitigkeiten aus der Stadt geflohen oder vertrieben worden. Frau Catrin, Frau Almut und später Frau Alyss aber hatten ihr die mütterliche Familie ersetzt.

Der Frühlingsmorgen in seinem hellen Sonnenschein vertrieb Myntha und ihrem Vater die Schwermut recht schnell, als sie am Rheinufer auf den Eigelstein zustrebten. Gleich hinter dem wuchtigen Tor führte die Straße zum Konvent der grauen Beginen, und hier wurden sie aufs Herzlichste begrüßt. Master John stand mit seiner Tochter Jehanne und seinen zwei Söhnen beim Backes und schwatzte mit der Köchin. Der dritte, ein sehr rothaariger Junge an seiner Seite, aber war Myntha fremd. Doch Frau Alyss nahm immer wieder junge Leute auf, und so vermutete sie einen neuen Schützling. Ein verschüchterter Knabe und, wie es schien, als Master John mit ihm sprach, wohl auch der heimischen Sprache nicht mächtig.

Obwohl...

Gauwin, der jüngste Schlingel der drei Kinder, machte eben einen Schritt nach vorne, um in den Korb mit süßen Wecken zu greifen, den die Köchin dem Grüppchen anbot, und mit lautem Geschepper folgte ihm der Brotschieber, mit dem gewöhnlich die Laibe aus dem Ofen geholt wurden. Alle drehten sich zu dem Jungen um, dem vor Schreck der Wecken aus der Hand gefallen war. Er machte einen Satz zur Seite, und der Schieber folgte ihm mit Gerassel. Myntha bemerkte, wie sich der verschüchterte Rotschopf auf die Wangen biss. So viel zu unschuldigen Knaben. Denn ganz offensichtlich hatte er den Schieber mit einem Lederbändchen am Zipfel von Gauwins Wams angenestelt.

»Ein kleiner Teufelsbraten«, flüsterte Reemt ihr zu, und sie nickte.

»Zwei, Vater. Gauwin ist auch kein Kind von Traurigkeit.«

»Und über beide geht sicher gleich ein Gewitter nieder.«

»Aber kein so gewaltiges wie das, was der wohledle Herr vom Spiegel veranstalten konnte. Ich bedaure es um der Jungen willen, dass er sein Donnerwetter nicht mehr auf sie niederprasseln lassen kann. Ein solcher Streich hätte ihm gefallen.«

»Und Frau Almut auch, weshalb die beiden jungen Ungeheuer ihrer Strafe diesmal entgehen mögen.«

Ein wohlgerundeter Priester in schwarzer Kutte, Vater Lodewig, der Abt von Groß Sankt Martin, trat in den Hof und wurde von den Beginen mit Achtung begrüßt. Er würde den Trauerzug nach Sankt Brigiden begleiten.

»Gehen wir in die Kapelle, Vater, und verabschieden wir uns von Frau Almut.«

Reemt nickte und machte den zwei schluchzenden Maiden Platz, die durch die Tür nach draußen traten.

Frau Almut schlief, angetan mit ihrem schönsten Gewand, die Hände um einen Strauß von Veilchen und Maiblumen gefaltet. Auf ihrer Brust lag an einem feinen Goldkettchen hängend die Träne Mariens, eine vollendete weiße Perle. Jung war ihr Gesicht, die Falten, die das Leben gegraben hatte, schienen geglättet, und ein feines Lächeln lag in ihren Zügen.

»Sie hat ihren Gatten gesehen, als sie starb«, flüsterte Myntha. »Möge sie in seine Arme zurückgekehrt sein.«

Reemt kniete nieder, und mit ihm tat es Myntha, und sie beide beteten das Ave-Maria. Und Myntha schloss ihr Gebet mit den Worten: »Nun aber bleiben Glaube, Hoffnung und Liebe, diese drei. Doch die Liebe ist die Größte unter ihnen. Das hat Frau Almut oft gesagt.«

»Amen«, sagte Reemt.

Dann traten sie auch wieder in den Hof. Myntha hustete und sog tief die frische Luft ein.

»Dieser Weihrauch war eine seltsame Mischung.«

»Ein wenig streng und scharf, da hast du recht. Nun aber werden wir gleich aufbrechen.«

Der Trauerzug war gewaltig und erstreckte sich vom Eigelstein bis zu Sankt Brigiden. Hunderte von Menschen gaben Frau Almut das letzte Geleit, und die Glocken von Groß Sankt Martin läuteten sie aus dieser Welt.

In eine heile, barmherzige und auf ewig heitere, wie Myntha hoffte.

6. Kapitel

R ak, rak, rak!«, sagte der Rabe und ließ sich auf dem Hackklotz nieder.

Frederic saß bewegungslos auf dem Schemel an der Hauswand und betrachtete das schwarze Tier. Der Vogel wiederum betrachtete ihn.

»Frederic«, sagte er leise. »Frederic.«

»Ric, ric.«

»Frederic.«

Der Rabe legte den Kopf schief, als ob er nachdenken müsste.

»Ric.«

Frederic warf ihm ein Stück Fleisch zu. Der Rabe schlang es herunter, blieb aber sitzen.

»Gut. Und du bist Robb? Robb!«

»Ric!«

Frederic zeigte auf seine Brust und sagte: »Ric.« Gleichzeitig reichte er dem Raben ein Stückchen Fleisch. Der nahm es aus seinen Fingern, verschlang es und sah ihn wieder an.

»Robb?«

»Rrrobb?«

Wieder eine Belohnung. Ein zweiter Rabe kam hinzu und hüpfte vor Frederics Füßen auf und ab. Ein wenig kleiner vielleicht als Robb und mit einem weißen Fleck im Nacken. Vermutlich war das Robbs Weibchen. Sie verhielt sich noch etwas zurückhaltend, das Stückchen Fleisch zwischen seinen Fingern beäugte sie nur.

»Ric!«, sagte Robb und hüpfte näher.

»Nix da, das ist für Crea.«

Frederic warf das Fleischstückchen der Rabenfrau hin, die es sofort aufnahm und verschluckte.

Mit den beiden gelehrigen Vögeln vergnügte er sich nun schon seit vier Tagen, und diese Tätigkeit trug Früchte. Das eine Pärchen hielt sich jetzt dauerhaft in der Nähe der Kate auf, das zweite überlegte wohl noch, kam aber zur abendlichen Fütterung gerne vorbei.

Eben jetzt, um die Mittagszeit, hörte er ihr warnendes Krah! Krah!

Frederic stand auf und blickte in Richtung des Krächzens. Die schwingenden Röcke von Ellen beruhigten ihn sogleich. Kein ungebetener Besucher näherte sich, sondern seine Vermieterin. Vermutlich wollte sie ihre Dienste anbieten, und hoffentlich brachte sie ein, zwei Laibe Brot mit.

Sie hatte einen Korb dabei, der nicht nur zwei knusprige Brote, sondern auch seine gewaschenen Reisekleider enthielt.

»Habt Ihr Euch eingelebt, Meister Frederic?«, fragte sie und sah missbilligend zu den vier Raben auf dem First hoch.

»Ja, Gevatterin. Und auch schon vier Freunde gefunden.«

»Raben? Die bringen Unglück.«

»Nur jenen, die uneingeladen zu mir kommen. Ihr hingegen seid sehr willkommen.«

»Weil ich Euch Brot und Wäsche bringe?«

Frederic verneigte sich und nahm ihr den Korb ab.

»Wurst und Käse schmecken besser mit Brot als mit Brei. Sagt, von wem könnte ich ein Fässchen Wein beziehen?«

»Es gibt einen Winzer nach Deutz runter, aber... der Wein ist recht sauer. Weinhändler findet Ihr drüben in Köln etliche, aber wenn Euch der Weg zu umständlich ist, fragt bei Fährmeister Reemt nach. Er hat immer einen Vorrat von gutem Burgunder im Haus und wird ihn Euch verkaufen. Doch habt Acht, seine Tochter handelt geschickt.«

»Ich will es bedenken.«

»Die Lore braut auch ein gutes Bier, nur ist die zurzeit nicht dort, und wenn Myntha die Grut ansetzt, dann muss viel Glück im Spiel sein, wenn ein trinkbares Bier draus wird.« Und mit einem Grinsen fügte Ellen hinzu: »Für das Brot, das sie backt, gilt dasselbe.«

»Auch das ist gut zu wissen. Die Fährmannstochter scheint ein harthändiges Weib zu sein. Vermutlich ist sie mit dem Ruder geschickter als mit dem Kochlöffel.«

»So könnte man meinen. Aber macht Euch selbst ein Bild.«

Darauf, dachte Frederic, würde er gut verzichten können. Um dieses Thema nicht weiter zu erörtern, fragte er Ellen, warum Mülheim nicht wie früher von einer Stadtmauer umgeben war.

»Tja, Meister Frederic, vor drei Jahren hat man sie

mal wieder niedergelegt. Wir hatten viele Fehdejahre hier, müsst Ihr wissen. Die Kölner und die Bergischen liegen ständig im Zank miteinander. Als anno vierzehn der neue Erzbischof gewählt wurde, haben die Bergischen Mülheim zur Festung ausgebaut. Wir hatten viel Verdruss durch diese Maßnahmen, denn der Handel zu Wasser und zu Land wurde stark behindert, und immer wieder gab es blutige Scharmützel rund um die Stadt. Und dann rüsteten die Moersischen, also die Verbündeten von Erzbischof Dietrich von Moers, ein Kriegsschiff aus, mit Kanonen und allem, um die Feste Mülheim zu zerstören. Das war die Ovelgötz.«

Ellen begann zu kichern.

»Ist das erheiternd, Gevatterin? Man sollte meinen, dass ein solches Schiff Schrecken verbreitet.«

»Ach wisst Ihr, Meister Frederic, wir haben Schlimmes erlebt, aber manches... Hört selbst. Die Ovelgötz wurde mit englischen Söldnern bemannt und ankerte drüben in Riehl. Die Mannschaft sollte die Bergischen hier auf der Seite beobachten und jeden Verkehr zwischen Köln und Mülheim verhindern, damit kein Proviant herüberkam. Die unseren aber bewaffneten sich mit Büchsen und beschossen das Schiff, sodass die anderen weiter nach Köln fuhren und dort am Kranenufer anlegten. Und der Rat der Stadt Köln versuchte, Verhandlungen zwischen den Parteien zu führen. Aber...« Wieder kicherte Ellen. »Wisst Ihr, mein Sohn Jens war dabei. Weil nämlich... Der Kommandant der Ovelgötz und der Fährmeister von Deutz und die ganze Mannschaft sind eines Abends in die Badestube am Frankenturm gegangen und haben sich dort dem Trunk hingegeben. Aber der damalige Pastor hat am nämlichen Abend ebenfalls in dieser Taverne vorbeigeschaut und das fröhliche Zusammensein entdeckt. Drauf ist er umgehend über den Rhein gerudert und hat unserem Junker von Cleve von dieser Sorglosigkeit berichtet. Der sammelte seine Mannen, und sie fuhren gen Köln und beschossen die Badestube. Die englischen Söldner wurden gefangen genommen, die Ovelgötz war keine Bedrohung mehr.«

»Leichtsinnig, der Kommandant. Oder bestechlich.«

Ellen zuckte mit den Schultern.

»Oder dumm, nicht wahr?«

»Oder das. Und der Streit wurde beigelegt?«

»Es ging noch ein paar Mal hin und her, aber vor drei Jahren schlossen sie dann Frieden, und die Festungsmauern von Mülheim und Riehl fielen.«

Frederic beschloss, sich dazu noch an anderer Stelle umzuhören. Zwischen zwei Fronten zu geraten, war das Letzte, was er sich wünschte. Vielleicht sollte er ein Badehaus aufsuchen, wo man ihm nicht nur die juckenden Stoppeln vom Gesicht schaben würde, sondern wo auch allerlei Nachrichten und Gerüchte zu erlauschen waren.

Ellen wusste auch hier Rat und empfahl ihm das Haus von Bader Juppes.

Doch als sie gegangen war, blieb Frederic vor seiner Kate sitzen, hörte den Raben zu, die sich auf dem First unterhielten, und hing seinen düsteren Gedanken nach.

7. Kapitel

Du kannst hier nicht sitzen bleiben«, herrschte die magere Ziege sie an, aber die Pilgerin schüttelte nur müde den Kopf. Schon waren die Mauern der Stadt Köln in Sichtweite, aber ihre Füße brannten wie Feuer, und Fieberschauer durchbebten ihren ausgemergelten Körper.

»Du musst weiter, du hast es gelobt!«

Ja, ja, sie hatte gelobt, im Kloster der heiligen Ursula für die Sicherheit ihrer Kinder zu beten. Aber schon seit Tagen schleppte sie sich nur mühselig im Tross der Pilger mit, blieb häufig zurück und taumelte bei jedem Schritt vor Erschöpfung.

Beten half nichts.

Essen hätte vielleicht geholfen, aber der Priester, der sie anführte, verlangte strenges Fasten.

Herrisch zerrte die Ziege sie auf die Beine. Wieder schwankte sie, ließ sich aber mitziehen. Das, was die Frau vor sich hin murmelte, klang weniger gottesfürchtig als vielmehr unflätig.

Schritt für Schritt kämpfte sie sich voran, erkannte kaum die Straße, auf der sie entlangwanderten, stolperte immer wieder und kämpfte gegen den Schwindel an.

Nach einer qualvollen Ewigkeit durchschritten sie das

Stadttor, eine Schar grauer Pilger aus dem fernen Frankenland.

Jemand schubste sie weiter bis vor ein Haus. Dort nahm sie eine weitere Frau am Arm, und die Worte aus ihrem Mund klangen freundlicher, auch wenn sie ihren Sinn nicht verstand. Sie wurde in einen halbdunklen Raum geführt und durfte sich auf ein Bett legen. Es roch nach fauligem Stroh und ungewaschenen Decken, aber ihre Erleichterung war so groß, dass sie sich ausstreckte und umgehend in einen bewusstlosen Schlaf versank.

Einmal wurde sie wach, denn die Frau mit der freundlichen Stimme hielt ihr einen Becher mit einem Kräutersud an die Lippen. Er schmeckte süß und ein wenig bitter, und er wärmte ihr den Magen.

»Kannst du etwas essen, Fremde?«

Sie ahnte es mehr aus den Gesten der Frau und nickte erleichtert.

Essen!

Es war ein süßer Brei, den sie ihr Löffel für Löffel an die Lippen hielt, und dankbar schluckte die Pilgerin.

»Merci«, flüsterte sie, als die Schüssel geleert war. Und mit einem Restchen Kraft fragte sie: »Wo?«

»Im Hospiz Ipperwald. In Köln. Verstehst du?«

Sie nickte. Sie war am Ziel.

Beruhigt schlief sie wieder ein.

8. Kapitel

Myntha hatte vorgehabt, nach Frau Almuts Beerdigung einige Tage bei Frau Alyss zu verbringen, um ihr zur Hand zu gehen. Unzählige Besucher waren zum Leichenschmaus gekommen, und immer gab es etwas aufzuräumen, nachzufüllen oder abzuwaschen. Die alte Hilda, die in der Küche wirkte, konnte jede Hilfe brauchen, denn die beiden Jungfern Richmodis und Clara, Töchter von Frau Alyss' Schwägerin Catrin, bedurften noch sehr der Beaufsichtigung und kosteten Hilda deshalb eher noch mehr Zeit, als dass sie ihr eine Hilfe gewesen wären. Jehanne, die zwölfjährige Tochter des Hauses, fand – genau wie ihre Brüder Gauwin und Thomas – immer wieder eine Ausrede, damit sie im Weingarten werkeln konnte, statt Gäste zu bewirten. Und Emery... Myntha hatte den Verdacht, dass er die deutsche Sprache weit besser verstand, als er zuzugeben bereit war. Doch er konnte seine Ohren wunderbar auf Durchzug stellen, wenn man die Erfüllung einer ungeliebten Pflicht von ihm verlangte.

Dennoch, das Jungvolk war ein fröhliches Häufchen, und an Tagen, an denen Frau Alyss und Master John ihnen mehr Aufmerksamkeit schenken konnten, erfüllten sie auch recht willig und fleißig ihre Aufgaben.

Nach einer Woche legte sich der Trubel allmählich, und der übliche Tagesablauf wurde wieder aufgenommen. Dennoch bat Frau Alyss Myntha, noch eine weitere Woche zu bleiben, denn es gab etliches im Haushalt ihrer Mutter zu regeln. Am Montag nach Pfingsten schließlich kletterte sie zu Jung-Thomas auf das Fuhrwerk, das mit vier Fässern Burgunder und zweien mit weißem Rheinwein beladen war, um damit zur Fähre zu fahren.

An der Anlegestelle zog sie die Fahne hoch, und kurz darauf trieb der Nachen über den Rhein. Mit seiner hochgebogenen, offenen Bugseite schob er sich knirschend an das flache Ufer. Witold half Thomas, die Fässer abzuladen und auf den Nachen zu rollen. Myntha verabschiedete sich von dem Jungen und verschleierte ihr Gesicht.

»Schöne Zeit gehabt?«, fragte Witold, als sie abstießen.

»Arbeitsreich. Anstrengend. Und lustig.« Und dann neckte sie ihn: »Zwei hübsche Jungfern sind zu Gast.«

Witold sagte darauf nichts, sondern bediente das Ruder, um ihr Fahrzeug mit der Strömung auf die Anlegestelle zuzusteuern.

»Clara ist vierzehn und ein wirklich hübsches Mädchen.«

Witold starrte über das Wasser.

»Dein Bruder meint, es sei an der Zeit, dass du dir ein Weib nimmst.«

Witold, jetzt mit einem roten Nacken, starrte weiter auf das Wasser.

Myntha verkniff sich ein Kichern.

' Witold und Haro waren aufrechte Männer, stark und mutig genug, die Fähre sogar bei Eisgang über den Rhein zu steuern. Frauen gegenüber jedoch waren sie genau wie einst auch ihr Vater verschüchtert und befangen. Ohne einen kleinen Schubs würden sie wohl nie ein Weib nehmen.

Wäre es nicht eine lohnende Aufgabe, ihnen diesen Schubs zu geben?

Oder würde der Ruf, der ihr selbst anhaftete, eine jegliche Jungfer abschrecken?

Nicht sehr oft bedrückte Myntha die Vergangenheit, aber es gab Situationen, in denen sie sich daran erinnerte, dass sie für viele Menschen ein Ungeheuer war.

Eine Möwe kam im Sturzflug neben dem Nachen nieder und stieß ins Wasser. Es spritzte auf, und Myntha trat unwillkürlich einen Schritt zurück, um den Tropfen auszuweichen.

Ja, auch das war ein Vermächtnis, das sie nicht loswurde.

Das Mülheimer Ufer näherte sich, und sie griff zur Stake, um Witold zu helfen, den beladenen Nachen direkt vor dem Fährhaus an Land zu bringen. Je näher sie dem Hof waren, desto schneller konnten sie die Fässer entladen und in den Keller rollen.

»Der Düstere aus Jens' Kate hat ein Fässchen Roten bestellt«, sagte Witold, als sie die Fähre am Poller festmachten.

»Vielleicht hebt der ja seine Laune.«

»Kaum. Aber er hat uns auch gefragt, ob wir ihm helfen, einen Anbau für seine Pferde zu bauen. Hab ihm zugesagt. Ist wohl nicht verkehrt, ihn etwas zu beobachten.«

»Hältst du ihn für gefährlich?«

Witold nickte.

»Trägt immer ein Messer im Gürtel und hat einen Bogen bei sich. Sagt, er jagt sich sein Fleisch selbst.«

»Dann soll er aufpassen, dass sie ihn nicht als Wilderer aufknüpfen.«

»Er schießt Karnickel, sagt er, und dafür ist ihm der Bauer sogar dankbar.«

»Woher kommt er?«

»Wie kommst du auf die Idee, dass gerade er mir das anvertraut hat?«

»Weil du ein netter Bursche bist, Witold. Oh, ist das Karol da am Steg?«

»Sagten wir dir doch neulich, dass er zurück ist. – Sei gegrüßt, Karol. Du kommst zur rechten Zeit, um die Fässer zu entladen.«

»Was zahlst du dafür?«

»Gottes Lohn?«

Karol lachte.

»Und du, Myntha?«

»En Bützje?«

»Gut, ich helfe euch!«

Die Arbeit war schnell getan, und Karol legte Myntha den Arm um die Taille und schwenkte sie herum.

»Es war eine lange, aufregende Reise, Myntha, aber ich habe an dich gedacht.«

»So, so!«

»Und jetzt bekomm ich das Bützje?«

Myntha zog den Schleier zur Seite und gab ihm ein hurtiges Küsschen auf die Wange.

»Ooch...«

»Bützje, keinen Kuss.«

»Ich habe aber auch Geschenke mitgebracht.«

»Geschenke sind Geschenke und keine Tauschware.«

»Du bist so hart, Liebschen.«

Myntha machte sich von ihm frei, lief zum Haus, aber schaute noch einmal neckisch über die Schulter. Ihre Laune war sonniger geworden, und sie hoffte, dass Karol ihr nachkommen würde.

Er tat ihr den Gefallen, und als er in die Küche trat, wurde er auch von der Großmutter freundlich willkommen geheißen.

»Frau Enna, Ihr seht blühend aus wie ein Rosenbusch. Und duftet wie die Gewürzgärten des Morgenlandes.«

»Honigmaul. Was Ihr riecht, sind die Pimpernellen, die ich gerade gepflückt habe, und keine morgenländischen Gewürze.«

Aber geschmeichelt war die Großmutter doch, das konnte Myntha ihr ansehen. Und noch mehr leuchteten ihre Augen auf, als Karol ein Holzkästchen aus seinem Wams zauberte und es ihr reichte.

»Nicht nur dem Jesuskind brachte man Weihrauch und Myrrhe. Auch Euch mag diese Gabe Freude bereiten.«

Neugierig fummelte Enna den Verschluss auf, und Myntha trat neben sie, um zu sehen, was das Kästchen enthielt. Einige graugoldene Körner waren es, die einen leichten, süßen Duft verströmten.

»Olibanum, das Harz des Weihrauchbaums. In seiner reinsten und besten Form«, erklärte Karol. »Der Herr Wolter van Duytz hat nur die hochwertigste Qualität eingekauft.«

»Und sie dir überlassen?«

»Einen Teil, ja. Wir haben in Speyer einiges davon verkauft. Hier in Köln gibt es eine Reihe von sehr guten Kunden, aber van Duytz selbst ist bereits nach Aachen weitergereist und hat es mir überlassen, einige Fässer dem Domkapitel und den Klöstern und Stiften anzubieten.«

»So wirst du also mit den hohen Herren verhandeln?«

»Und den hohen Damen Äbtissinnen und Stiftsfrauen.«

Myntha hörte den Stolz in Karols Stimme und freute sich für ihn. Er war als Handelsknecht aufgebrochen, aber offensichtlich hatte er das Vertrauen des Weihrauchhändlers gewonnen, sodass der ihm die geschäftlichen Abwicklungen in Köln anvertraut hatte. Allerdings fragte sie sich, was sie mit dem Weihrauch anfangen sollte. Er war ein so kostbares Geschenk. Das Harz wurde gewöhnlich mit Gold aufgewogen. Es einfach zum Ausräuchern der Stuben zu verwenden erschien ihr eine ungebührliche Verschwendung. Sie könnte es der Kirche spenden und eine Messe für ihre Mutter lesen lassen. Sicher, das wäre eine Möglichkeit. Sie nahm ein Klümpchen zwischen die Finger und drückte das Harz zusammen.

»Man sagt, wenn man das Harz in Wein aufgelöst trinkt, hilft es gegen das Gliederreißen«, meinte Karol. »Oder man kaut ein Klümpchen davon oder räuchert damit die

Zimmer der Leidenden aus. Man muss ja nicht dabei beten. Obwohl das auch helfen soll.«

»Gegen die Sünde?«

»Gegen die Schwermut.«

Bevor Myntha etwas antworten konnte, ertönten schwere Schritte vor der Tür, und ihr Vater trat ein.

»Wir haben Gäste heute Abend«, kündigte er an. »Kind, sag Ellen Bescheid, dass sie ein Mahl für sechs hungrige Männer bereiten soll. Grüß dich, Karol. Hilfst du mir bei den Pferden?«

»Hab ich nicht schon bei den Fässern…«

»Hast du und bist reich entlohnt worden«, meinte Myntha und schubste ihn Richtung Tür. »Ich hole Ellen.«

»Reich – na, wenn du meinst.«

Ein Geturtel unter ihres Vaters Augen wollte sie jedoch nicht beginnen und entwischte aus der Küche.

Ellen war in ihrem Häuschen neben der Kirche damit beschäftigt, einen Weidenkorb zu flechten, und erklärte sich gerne bereit, im Fährhaus auszuhelfen. Reemt bezahlte sie für ihre Dienste immer recht gut, und so begleitete sie Myntha umgehend dorthin. Gemeinsam machten sie sich am Herd zu schaffen. Die Männer in der Gaststube, Leyendecker und Maurer, die nach Köln unterwegs waren, um auf den Baustellen Arbeit zu suchen, waren raue Gesellen, die bereits kräftig dem Bier zugesprochen hatten. Es ging laut zu, und als Myntha mit den Brotkörben eintrat, wurde sie mit Gejohle begrüßt. Gleich der erste Kerl grapschte nach ihren Röcken. Sie stellte den Korb ab und schlug ihm kräftig auf die Finger. Das wollte der Mann als Ablehnung seiner Zärtlichkeiten nicht gelten lassen, also zog er sie mit festem Griff auf seinen Schoß.

Myntha hob seinen Bierkrug auf und knallte ihm den auf den Kopf. Er ließ los, und sie stand auf.

»Haro!«

Ihr Bruder, der eben eine weitere Kanne Bier hereinbrachte, stellte auch die ab, und als der Zudringliche sich von dem dumpfen Schlag erholt hatte und erneut nach Myntha greifen wollte, sah er sich einem bärtigen Riesen gegenüber, der ihn mit schwieligen Pranken auf die Bank zurückdrückte.

»Besser du behandelst meine Schwester mit Achtung, mein Freund«, grummelte er.

»Ach, das kleine Luder ist deine Schwester?«, fragte ein anderer und erhob sich.

Myntha flüchtete.

Gerade noch zur rechten Zeit, denn gleich darauf wurde es noch etwas lauter in der Stube. Witold und Reemt stürzten herbei, Krachen und Scheppern zeugten davon, dass die Gäste eben Benehmen beigebracht bekamen.

»Du hättest nicht reingehen dürfen«, sagte Ellen und säbelte Stücke von einem fetten Schweinebraten ab. »Gibt nur wieder Ärger.«

»Ein paar blutige Nasen. Die beruhigen sich, wenn sie was zwischen die Zähne bekommen.«

»Wenn du meinst. Aber da ist der Ewwers vorhin mitgekommen. Du weißt, das ist ein Stänkerer.«

Myntha seufzte.

»Dann habe ich jetzt wieder den Teufel im Leib. Besser, ich verschwinde in meiner Kammer.«

»Tu das, ich sag deinen Brüdern, dass sie auftragen sollen.«

Der Krawall hatte sich gelegt, und Witold betrat die Küche. Er hatte eine aufgeschrammte Faust und blitzende Augen.

»Der Kerl, den du mit dem Bierkrug gedeckelt hast, hat jetzt einen Zahn weniger. Die anderen haben sich das zur Lehre genommen und halten nun Ruhe. Ist das Futter fertig?«

»Hier, nimm die Platte, Witold. Deine Schwester bleibt besser in ihrer Kammer. Achte ein bisschen auf den Ewwers.«

»Dem hat Vater eben eins aufs Maul gegeben. Aber ich fürchte, halten wird er's nicht. Verschwinde, Schwesterchen.«

In ihrer Kammer oben unter dem Dach standen nicht nur ein Bett und eine schön geschnitzte Truhe, sondern auch ein Spinnrad. Mochte Myntha auch keine gute Hand für das Zubereiten von Speisen haben, spinnen tat sie gerne, und die Fäden, die sie aus der feinen Ziegenwolle spann, waren dünn und ebenmäßig. Sie zog sich den Hocker ans Fenster, durch das noch das Licht der Abendsonne fiel, und setzte das Rad in Bewegung. Es war ein ereignisreicher Tag gewesen, und das gleichmäßige Surren beruhigte ihr Gemüt. Die hässliche Szene in der Gaststube schob sie energisch zur Seite und beschwor die Begegnung mit Karol wieder herauf. Er hatte sie tatsächlich nicht vergessen, und er hatte sich auf der

Reise offensichtlich bewährt. Seine Kleider waren neu und ein wenig geckenhaft, aber das stand ihm gut. Er besaß ein freundliches, offenes Gesicht mit hübschen braunen Augen, die sie immer mit großer Wärme ansahen. Und nie war er so aufdringlich geworden wie die groben Gesellen in der Gaststube. Außerdem hatte er keine Angst vor ihr.

Ewwers würde die bei den Leuten wieder schüren.

Verdammt, warum waren ihre Reaktionen auch immer so heftig? Statt dem Kerl den Humpen auf den Schädel zu schmettern, hätte sie gleich nach ihren Brüdern rufen sollen. Schon mehr als einmal hatte ihr hitzköpfiges Handeln zu bösen Folgen geführt.

Sie haderte mit sich selbst und verknotete den Faden dabei. Wieder rief sie sich zur Ordnung und versuchte, die Vorfälle zu vergessen. Stattdessen dachte sie an die Tage in Frau Alyss' Hauswesen zurück. Die beiden Maiden Richmodis und Clara waren die Töchter von Frau Catrin und im Februar von Deventer eingetroffen. Richmodis war dreizehn, Clara vierzehn, beide hübsch, aber keine Schönheiten. Aber sie waren von herzlichem Wesen, fröhlich und höflich, hilfsbereit und gelehrig. Zwei Jahre würden sie bleiben, das Haushalten lernen, sicher auch das Führen der Bücher und ganz gewiss die englische Zunge. Master John sorgte dafür, dass ein jeder im Haus eine weitere Sprache lernte. Auch sie selbst hatte ein paar Brocken aufgeschnappt, aber mehr noch hatte sie sich das umgangssprachliche Latein angeeignet. Das allerdings unterrichtete ein höchst wunderlicher, staubtrockener Notarius, der Magister Jakob genannt wurde.

Dieser Mann war befugt, wie er sagte, ihr und den Kindern von Frau Alyss Zucht und Grammatik beizubringen. Myntha lächelte bei der Erinnerung. Der Notarius mochte ein nüchterner Jurist sein und vermutlich blendend in seinem Beruf, aber unter seinem trockenen Wesen verbarg er einen ausgesucht skurrilen Sinn für Humor. Nicht jeder verstand ihn, aber wer sich darauf einließ, erhielt einen Gewinn fürs Leben.

Ob Frau Alyss ihn wohl auch bat, den kleinen Emery zu unterrichten?

Der Junge war ein Schlawiner. Er konnte sich lammfromm geben, aber unter seinen brandroten Locken brodelte der Unfug. Auf der anderen Seite aber war er auch verletzlich, und sie hatte ihn von tiefer Traurigkeit umgeben in Frau Alyss' Rosenlaube hinten im Weingarten sitzen sehen, den alten Spitz zu seinen Füßen. Sie hatte ihn nicht gestört, aber Master John davon berichtet.

»Er hat erst kürzlich seine Mutter verloren, Myntha. Es schmerzt ihn noch.«

»Und warum kümmert sich sein Vater nicht um ihn?«

»Der muss eine Aufgabe erledigen, die ihn von ihm fernhält. Auch das bedrückt ihn.«

»Wer ist sein Vater? Ein Verwandter von Euch aus England?«

»So etwas Ähnliches.«

Mehr hatte Master John nicht sagen wollen.

Die Sonne hatte sich über ihre wandernden Gedanken hin zur Ruhe gebettet, es wurde dämmrig im Raum. Myntha legte die Spindel nieder und reckte sich. Zeit, ins Bett zu gehen. Noch einmal öffnete sie die Tür. Auch unten war es ruhiger geworden. Vermutlich würden die Reisenden sich alsbald in die Schlafkammer begeben. Morgen in der Frühe würden Haro und Witold sie übersetzen.

Eigentlich betrieben sie kein Gasthaus, aber es gab eben immer wieder Situationen, in denen jemand um ein Essen und eine Schlafstatt bat, weshalb sie dafür eine Kammer eingerichtet hatten. Bequem war sie nicht – zwei breite Betten, ein Dutzend Decken und Laken waren aber immer noch einladender als die Aussicht, im Freien zu nächtigen.

Leise schlich Myntha nach unten, um sich einen Krug Wasser vom Brunnen zu holen. Die Küche war aufgeräumt, Töpfe und Pfannen gescheuert, die Glut auf dem Herdstein abgedeckt, aber der Kessel mit dem Brei hing schon am Haken. Es duftete noch immer nach Kräutern und fettem Fleisch. Aus der Speisekammer nahm sie sich ein Stückchen Brot und bestrich es mit Bratenfett. Kauend schleppte sie die Kanne nach oben, wusch sich die Hände, tauchte einen Lappen in das Wasser, wrang ihn gut aus und wischte sich auch das Gesicht ab. Wenn sie es selbst machte, konnte sie es gerade noch ertragen, dass es nass wurde. Aber sie rubbelte es kräftig mit dem Leinentuch trocken. Dann löste sie die Nesteln ihres Obergewandes, zog es aus und hängte es an den Haken. Das weiße Untergewand behielt sie an. Nach dem Nachtgebet schlüpfte sie unter die Decken und schlief gleich darauf ein.

Sie wusste nicht, dass sie gegen Mitternacht das Bett verließ und langsam die Stiege hinunterschritt. Lautlos bewegte sie sich im Dunkeln, mied alle Hindernisse und wandelte zum Hof hinaus. Dabei murmelte sie unablässig die rhythmischen Verse, die ihr die Großmutter von Kindheit an vorgesprochen hatte.

Im Hof aber hielt sich der Leyendecker auf, der dort seine Notdurft verrichtete. Er sah die weiße Gestalt, die mit geschlossenen Augen, mit den Händen gestikulierend, auf ihn zukam, und er hörte sie sagen:

»Hin ging der Recken einer · wo er einen Toten fand:
Er kniet' ihm zu der Wunde · den Helm er niederband.
Da begann er zu trinken · das fließende Blut.
So wenig er's gewohnt war · er fand es köstlich und gut.

›Nun lohn' Euch Gott, Herr Hagen‹ · sprach der müde Mann,
›Dass ich von eurer Lehre · so guten Trunk gewann!
Man schenkte mir selten · noch einen bessern Wein.
Solang ich leben bleibe · will ich euch stets gewogen sein.‹

Als das die andern hörten · es däuchte ihn so gut,
Da fanden sich noch viele · die tranken auch das Blut.
Davon kam zu Kräften · manches Recken Leib:
Des entgalt an lieben Freunden · bald manches waidliche Weib.«

Starr vor Entsetzen wich der Leyendecker zurück, aber die geisterhafte Gestalt folgte ihm und streckte die Hände nach ihm aus. Er wollte schreien, doch kein Laut kam aus seiner Kehle. Rückwärts ging er, stolperte und fiel in den Wassertrog. Jetzt endlich entrang sich ihm ein heiseres Gebrüll.

Durch die Haustür kam eine weitere Gestalt in weißem Hemd, humpelte auf die Wiedergängerin zu und nahm sie am Arm.

»Komm! Liebes, komm mit.«

Sacht führte die Alte das Ungeheuer aus dem Hof ins Haus.

Oben flog ein Laden auf, und jemand rief aus dem Fenster: »Was geht hier vor?«

Der Leyendecker blieb mit nasser Bruche im Trog sitzen, er flog an allen Gliedern vor Grauen. Der bärtige Riese erschien, ebenfalls mit nur notdürftig bedeckter Blöße, und zerrte ihn aus dem Wasser.

»Ihr habt schlecht geträumt, Mann. Geht nach oben und legt Euch nieder.«

»Ge… geträumt? D… das war kein Traum. Das war eine lebende Tote. Sie wollte mein Blut trinken.«

»Quatsch. Du hast vorhin zu viel Bier gesoffen. Du bist einem Wahn aufgesessen. Schau, der volle Mond scheint. Da passiert es den Trunkenbolden schon mal, dass sie Geister sehen.«

Der Mann bebte und zitterte noch immer, aber Witold führte ihn mit eisernem Griff zurück in die Schlafkammer. Hier schnarchte die eine Hälfte der Männer trunken, die anderen jedoch waren hellwach und wollten wissen, was vorgefallen war. Seufzend ließ Witold den Leyendecker los. Er würde seine Mär erzählen. Es gab kein Mittel, um ihn aufzuhalten, außer ihm die Kehle durchzuschneiden. Und das verstieß gröblich gegen die Gastfreundschaft.

Also ließ er ihn alleine und trottete missgelaunt in seine eigene Kammer zurück.

Vor Tag und Tau waren die Maurer und Leyendecker aufgebrochen, und als Myntha in die Küche trat, wartete ihr Vater bereits mit unglücklicher Miene auf sie.

»Tut mir leid, Myntha, aber ich denke, du solltest ein paar Tage Einkehr halten.«

»Oh. Bin ich wieder gewandelt?«

Die Großmutter nickte betrübt.

»Hab's zu spät gemerkt, da warst du schon im Hof. Und dieser dämliche Leyendecker pinkelte eben in die Rosenbüsche. Du hast ihm erzählt, du wolltest sein Blut trinken.«

»Ach du lieber Herr Jesus.«

»Und dieser Idiot von Ewwers hat den Hohlköpfen gestern Abend auch noch erzählt, du seist von Dämonen besessen. Wir konnten es nicht verhindern.«

Myntha ließ sich auf die Bank fallen.

»Hört das denn nie auf?«

Reemt streichelte ihre Schulter.

»Doch, doch. In ein, zwei Wochen haben sie es wieder vergessen. Aber besser, du bist bei den Machabäerinnen. Dann rückt uns wenigstens nicht der Priester auf den Hals.«

»Ja, schon gut, Vater. Ich hole nur noch ein paar Sachen, dann könnt ihr mich übersetzen.«

Mit Bedauern stand sie kurz darauf tief verschleiert auf der Fähre und dachte an Karol. Keine Tändelei in den nächsten Wochen...

9. Kapitel

Vikar Volmarus hatte Angst vor der Nacht.

Neben seinem Bett stand ein Kessel mit Weihwasser, daneben lag griffbereit der Weihwasserwedel. Ein mächtiges Holzkreuz hing über der Tür, ein weiteres über dem Fenster, in einem aus Knochen geschnitzten Reliquiar lag ein Splitter vom Kreuz Jesu, mehrere Amulette mit wunderlichen Zeichen waren im Raum verteilt. Außerdem befand sich ein angespitzter Holzpflock immer in der Nähe seiner Hand. Das Fenster war mit einem hölzernen Laden fest verschlossen, ebenso die Türen des Hauses. Er selbst schlief vollständig bekleidet, hielt die Decke bis unters Kinn hochgezogen und trug eine Mütze über den Ohren, um den Schadgeistern keine Möglichkeit zu geben, in eine Körperöffnung einzudringen. Dass er in warmen Nächten dabei schwitzte wie ein Schwein und am Tag auch nicht besser roch, nahm Volmarus billigend in Kauf. Waschungen mied er aus ebendiesen Gründen so weit wie möglich. Im Badehaus hatte man ihn noch nie gesehen. Seinen strengen Ruch der Heiligkeit überdeckte er durch häufigen Gebrauch von Weihrauch, der ihn ebenfalls gegen die allgegenwärtigen Dämonen schützte.

An diesem Morgen schlurfte seine dumpfe Haushälterin in sein Studierzimmer und kündigte einen Besucher an. Ewwers brachte einen frischen Hauch von Fisch in die Stube, hustete schleimig, als er den Qualm einatmete, der aus der Räucherpfanne entströmte, und verbeugte sich dann ehrerbietig.

Vikar Volmarus gab sich streng, doch wie so oft, wenn der Fischer zu ihm kam, mischten sich freudige Furcht und Erwartung in seinem Herzen. Der Mann war ein guter Beobachter, und er hatte ein erstaunlich scharfes Auge für die Umtriebe der Dämonen im Mülheimer Sprengel. Besonders die Wiedergängerin hatte er im Blick, und über ihr unheilvolles Gebaren berichtete er ihm häufig. So wurde er auch umgehend von dem nächtlichen Wandel und dem Wunsch nach Blut benachrichtigt. Genussvolles Grausen packte den Vikar, als er sich vorstellte, wie das junge Weib halb nackt über den Leyendecker hergefallen war. Blutsaugende Dämonen waren eine besonders gefährliche Gattung. Doch dem Ewwers gegenüber ließ er sich nicht anmerken, wie erregend er die neueste Entwicklung fand. Kaum war der Fischer wieder gegangen, holte Volmarus das geheime Werk hervor, das zu studieren ihm seit Jahren größte Freude bereitete. Die Abschrift eines Werkes, das ein Wormser Jude verfasst hatte, war auf schicksalhaften Wegen in seinen Besitz gekommen und bot ihm seit Jahren tiefe Einblicke in das Wirken der dunklen Kräfte.

Wenn er darin den Dämon fand, der die Unholdin heimsuchte, dann würde er ein Ritual entwerfen, um sie davon zu befreien. Und diesmal würde es ihm gelingen!

10. Kapitel

Robb und Crea saßen auf dem First, Raky und Creky umkreisten die Kate. Frederic saß in der Morgensonne vor der Hütte und schnitzte an einigen Rinderknochen herum. Er stellte Nocken für seine Pfeile her. Die langen Ruten vom Haselstrauch trockneten seit einigen Tagen auf einem Gestell. Um sie würde er sich später kümmern.

Robb und Crea erhoben sich nun ebenfalls und flogen den Weg hinunter. Ihr »Krah, Krah!« kündigte einen Fremden an. Ellen würden sie mit einem »Krick! Krick!« ankündigen, ebenso Witold und Haro.

Frederic legte die Knochen in den Korb, behielt aber das Schnitzmesser in der Hand. Ein Mann mit einer Kiepe kam den Weg hoch, ein wandernder Händler vermutlich. Wenn er Leinengarn oder gar Seidennocken dabeihätte, wäre er ihm willkommen. Aber Frederic war misstrauisch.

»Gott zum Gruße!«, rief der Mann, und die Raben umkreisten ihn in niedriger Höhe.

»Seid auch gegrüßt, wer immer Ihr seid.«

Einladend klang Frederics Stimme jedoch nicht.

»Bandkrämer, Andries von Collen. Bänder, Garne, Lederflicken, Nadeln, Scheren, Ahlen.«

Frederic gab einen leisen Ruf von sich.

»Zurück, zurück!«

Die vier Raben kehrten auf den First zurück und krächzten zustimmend.

Mit großen Augen verfolgte der Bandkrämer ihren Flug.

»Sie hören auf Euch?«

»Das tun sie. Habt Ihr dünnes, festes Leinengarn?«

»Natürlich, in allerlei Farben.«

»Ungefärbt. Zeigt Euer Angebot.«

Der Krämer schwang die Kiepe vom Rücken, holte ein Stoffbündel heraus und rollte es auf. Frederic betrachtete das Angebot und wählte einige Knäuel aus. Er wickelte ein Stückchen Garn ab und prüfte dessen Festigkeit. Es würde sich gut für die Wicklungen an den Pfeilschäften eignen, also fragte er nach dem Preis. Viel zu handeln gab es nicht, und bald hatten sie ihr Geschäft zu Ende gebracht. Doch der Bandkrämer wollte noch seine Neuigkeiten loswerden, weshalb er höchst umständlich seine Kiepe wieder packte.

»Habt Ihr schon gehört? Heut Nacht ist die Wiedergängerin umgegangen und wollte das Blut eines Leyendeckers trinken.«

»Wird einen schiefrigen Nachgeschmack gehabt haben«, beschied ihn Frederic.

»Hat ihn ja nicht erwischt. Aber glaubt mir, es wird bald einer sterben. Immer wenn sie umgeht, ist es ein Zeichen. Sie kündet den Tod, die Unholdin.«

»Es stirbt immer mal jemand, das ist Menschenlos.«

»Ihr nehmt das zu leicht, Meister. Viel zu leicht. Der Pfarrer hat schon angekündigt, dass er ihr den Teufel austreiben will. Aber sie ist jetzt rüber ins Kloster geflohen. Vielleicht schaffen es die Nonnen ja, die Besessene zu bändigen.«

Der Bandkrämer wollte von seiner Schauergeschichte nicht ablassen, und so fragte Frederic schließlich doch: »Und wer ist die Unholdin?«

»Wisst Ihr das nicht? Des Fährmanns Tochter. Gestern Abend hat sie gewütet und getobt, als hätte sie den Teufel im Leib, und in der Nacht ist sie umgegangen und wollte Blut trinken.«

»Dann kann einem der Fährmeister leidtun. Aber nun, guter Mann, geht mit Gott und hütet Euch vor nächtlichen Schemen.« Frederic drehte sich zum First und sagte leise: »Rrrobb!«

Sofort erhob sich der große Rabe und flog den Mann an. Der wich erschrocken zurück, packte seine Kiepe und verabschiedete sich hastig.

Nicht nur die Fährmannstochter würde bald einen üblen Ruf haben.

Kopfschüttelnd setzte sich Frederic wieder zum Schnitzen nieder. Das musste schon ein eigenwilliges Weib sein, diese Myntha. Ihre Brüder waren harte, hochgewachsene Kerle, und wenn sie ihnen auch nur entfernt ähnlich war, dann musste sie ein Mannweib sein, das besser mit der Stake als mit dem Rührlöffel umzugehen wusste. Jähzornig war sie vermutlich auch, aber was das nächtliche Umgehen und Bluttrinken anbelangte – dazu hatte er so eine ganz eigene Meinung.

Und das brachte ihn in Gedanken wieder zu seinem Sohn.

Seit fast einem Monat weilte Emery inzwischen bei Frau Alyss, und es wurde Zeit, ihm endlich von seiner neuen Wohnstatt zu berichten. Denn hier in der Kate würde er eine Weile bleiben. Gevatterin Ellen sorgte gut für ihn, die Pferde hatten inzwischen einen festen Unterstand, der Bauer war einverstanden, dass er das Niederwild in seinen Feldern jagte, vier Raben hüteten sein Eigen, und zwei weitere schienen zu überlegen, ob sie ebenfalls in seine Dienste treten sollten.

Ja, mindestens ein Jahr würde er hier verweilen. Denn auch die Zänkereien zwischen den Bergischen und den Kölnern schienen derzeit beigelegt, und weitere Scharmützel waren nicht zu erwarten.

Er konnte es wagen, das Haus in der Witschgasse zu besuchen. Allerdings würde er zur Fähre nach Deutz reiten und dort übersetzen. Es musste in Mülheim niemand wissen, wohin er sich wandte.

Er stellte noch ein Dutzend Nocken fertig, legte den Raben ein paar Fleischstücke und etwas altbackenes Brot auf den Hackklotz, und als sie sich darum versammelten, erzählte er ihnen, dass er ein paar Nächte fortbleiben würde. Ob sie ihn wortwörtlich verstanden, wusste er nicht, aber sie waren ungewöhnlich kluge Tiere und würden zumindest nicht wegziehen. Er sattelte sein Pferd, nahm ein Bündel Kleider auf, ließ aber seine Werkzeuge offen auf dem Tisch in der Kate liegen. Ellen konnte daraus schließen, dass er in Kürze wieder auftauchen würde.

Das Wetter war in diesem Jahr ungewöhnlich warm für den Mai, und als er am Rheinufer entlangritt, sah er an einer Stelle die wilden Rosen blühen. Frau Alyss liebte Blumen. Er stieg ab und schnitt ein paar Zweige mit dunkelrosa Blüten ab, band sie zusammen und steckte sie an sein Bündel. Es trug ihm, als er auf der Fähre stand, einige spöttische Bemerkungen ein, die er aber ohne Gemütsbewegung an sich abprallen ließ. Am Ufer angekommen, stieg er wieder auf sein Pferd, doch er ließ es in langsamem Schritt gehen.

Heimkehr.

Nach vierzehn Jahren kehrte er heim – und als Heim hatte er das Hauswesen von Frau Alyss immer betrachtet, auch wenn seine leibliche Mutter in Villip auf dem Gut lebte. Aber seine schönsten Jahre hatte er in der Witschgasse verbracht, und seine Freunde hatten hier mit ihm zusammen gelebt und gelernt. Hier hatte er den Falken Jerkin betreut, hier hatte er Benefiz, den jungen Spitz, gerettet, dem Gassenjungen den Schwanz abgeschnitten hatten. Hier hatte er seine ungebärdigsten Streiche begangen, war bestraft und begnadigt worden. Hier war er geliebt worden.

Dort, wo die Witschgasse in den Leyenstapel mündete, stieg er ab und ging die letzten Schritte zu Fuß. Dann hatte er das Fachwerkhaus erreicht, dessen Tor zum Innenhof einladend offen stand. Der Duft von frisch gebackenem Brot wehte ihm entgegen, und das Geschnatter einer Gänseschar wurde von jugendlichem Geschrei und Geplapper übertönt.

Frederic blieb einen Augenblick vor dem Tor stehen. Es war, als zöge sich sein Herz zusammen. Heimat, so lange vermisst. Dann aber straffte er die Schultern, trat ein in den sonnendurchfluteten Hof und sah sich um.

Noch bevor er sich die Veränderungen einprägen konnte, trat plötzlich Stille ein. Die Gänse hörten auf zu schnattern, die Mädchen stellten das Plappern ein, die beiden Jungs beendeten ihren Streit. Master John drehte sich zu ihm um, und Frau Alyss lächelte ihm zu.

Nichts jedoch sah Frederic davon. Denn aus einem mit einer weichen Decke gepolsterten Weidenkorb unter dem Verschlag des Falkenpärchens erhob sich ein alter Hund. Weiß war seine Schnauze geworden und seine Beine lahm. Aber er humpelte auf Frederic zu, kläffte mit heiserer Stimme und wedelte mit seinem schwanzlosen Hinterteil.

»Benefiz?«, fragte Frederic heiser und kniete nieder. »Benefiz, mein kleiner Freund, du erkennst mich noch?«

Er streckte seine Arme aus und hob den glücklich hechelnden Hund hoch. Der lehnte sich vertrauensvoll an ihn und leckte ihm die Wangen. Frederic kraulte seinen Nacken, und ein Beben ging durch den alten Spitz. Noch einmal kläffte er leise, dann erschlaffte er in den Armen seines geliebten Herrn.

»Benefiz«, flüsterte Frederic. Er nahm nicht wahr, dass sich ein Kreis von Menschen um ihn versammelt hatte, alle schweigend. Er drückte den kleinen Hund an sich, dann erhob er sich mühsam wie ein uralter Mann und trug seine stille Last zu ihrem Korb zurück. Noch einmal streichelte er das weiche Fell, zauselte ihm die Ohren, strich ihm über den kleinen Schwanzstummel, der ihm verblieben war.

Dann beugte er den Kopf und weinte.

Frau Alyss war es schließlich, die ihm den Arm um die Schultern legte.

»Was für eine Heimkehr. Komm, Frederic, steh auf und tritt ins Haus.«

Frederic hob den Kopf.

»Ja, Frau Alyss.«

Er erhob sich, aber sah noch einmal nach Benefiz.

»Er starb im glücklichsten Augenblick seines Lebens, Frieder. Er hat immer an ein Wiedersehen geglaubt. Und nun wird er sein Grab neben seinem alten Feind Malefiz bekommen, hinten an der Laube unter den Rosen.«

»Danke, Frau Alyss.«

Die Heimkehr war fast ebenso schmerzlich wie die Vergangenheit.

»Vater!«

Zaghaft tönte es neben ihm, und Frederic betrachtete seinen Sohn. Er schien in dem vergangenen Monat gewachsen zu sein, oder kam es ihm nur so vor?

»Emery.« Er fuhr mit der Hand durch die wirren Haare des Jungen. »Benefiz war...« Er musste schlucken. »Benefiz war mein Freund.«

»Ich weiß, Vater. Er war zu mir auch ganz zutraulich, und da hat mir Frau Alyss erzählt, wie du ihn gerettet hast. Ich... ich glaube, er hat nur noch gelebt, um dich wiederzusehen. Er war schon ganz müde und hat nur noch ein bisschen Brei geleckt.«

»Er hat sein Gnadenbrot verdient und bekommen«, sagte jetzt auch Master John. »Komm in die Küche, Frederic, und berichte uns von dir.«

Frederic folgte dem Hausherrn und wurde den übrigen

Mitgliedern des Hauswesens vorgestellt. Neue Gesichter lernte er kennen – lediglich Thomas war schon geboren, als er Köln verlassen hatte. Und der war nun schon auf dem Weg, ein junger Mann zu werden.

»Jehanne ist zwölf und kommt nach Mutter Almut«, meinte John und zupfte seine Tochter an den Zöpfen. »Je nun, auch das hat so seine Momente. Gauwin ist in Emerys Alter, und da er ebenso rote Haare hat wie dein Sohn, fürchte ich, fürchte ich...«

Frederic nickte.

»Ich auch, John. Ich auch.«

»Außerdem halten sich die Maiden Richmodis und Clara, die Töchter meiner Schwägerin, in unserem Hauswesen auf und unterhalten uns mit ihrem Gesang und ihrem Gezänk.«

Die beiden kicherten.

»Und Tilo?«

»Der verflixte Kerl ist einer meiner schärfsten Konkurrenten auf dem Tuchmarkt. Und das vor allem, weil Lauryn ihm mit widerwärtig spitzer Feder die Bücher führt. Drei Kinder haben sie auch, wohlgeraten und aufrecht und frech wie die Raben.«

»Ach ja, Raben... Was ist mit dem Falken Jerkin?«

»Zwei seiner Enkel stehen in Fehde mit Kater Malefizens Söhnen. Thomas hat ein gutes Händchen für die Vögel. Vielleicht könntest du ihm da die eine oder andere Fertigkeit vermitteln, Frederic. Ich bin oft auf Reisen und kann ihn nicht regelmäßig unterweisen.«

»Ich kann nicht bei Euch bleiben, John. Ich habe gute Gründe, Emery und mich zu verbergen.«

»Wirst du verfolgt?«

»Von Dämonen aus der Hölle, ja. Ich werde es Euch erklären, aber nicht heute. Nehmt Ihr Euch Emerys weiter an? Ich habe versucht, ihm beizubringen, wie man sich gut zu benehmen hat.«

»So das bei zehnjährigen Knaben geht – aber schon gut, Frederic, ich bin damals mit euch fertiggeworden, und es wird mir auch gelingen, mit deinem Sohn auszukommen. Sei unbesorgt, wir kümmern uns um ihn.«

»Und sein Pferdchen?«

»Es hat sich schon mit unserem Karrengaul angefreundet. Wo würden wir dich finden, wenn wir dich brauchen? Willst du uns das verraten?«

»Ich habe eine Kate am anderen Ufer bezogen, nördlich von Mülheim. Fragt nach dem Rabenmeister.«

»Nicht nach dem Falkner?«

»Nicht auf die Beizjagd gehe ich mit ihnen. Schutz ist es, den sie mir bieten.«

Mochten Frau Alyss und John auch neugierig sein und sicher gerne wissen wollen, was er in den langen Jahren erlebt hatte, sie bedrängten ihn nicht, sondern erzählten freimütig aus ihrem arbeitsreichen Leben. Frederic war dankbar dafür und hörte zu. Er erfuhr viel von seinen alten Freunden, von den Fehden, die nach dem Tod des Erzbischofs Friedrich von Saarwerden und der höchst zweifelhaften Wahl seines Nachfolgers Dietrich ausgebrochen waren, bekam ein reichhaltiges und köstliches Essen gereicht, schlürfte Frau Alyss' besten Burgunder und bezog später die Kammer, die er einst mit Tilo und Cedric geteilt hatte. Hier schliefen aber heute

Emery, Gauwin und Thomas, und es roch noch immer so, wie es eben in Kammern roch, die von Jungen bewohnt wurden, die sich nur unter Androhung von Feuer und Schwefel wuschen.

Frederic schlief tief und träumte von Benefiz und Jerkin und der Arbeit im Weingarten unter frühlingshafter Sonne.

Am Morgen besuchte er die beiden Falken – keine weißen Gerfalken wie einst Jerkin, sondern braune Turmfalken, aber schon abgerichtet mit Federspiel und Haube. Thomas war tatsächlich ein begabter Falkner, und auch Emery zeigte Interesse daran, die Vögel zu beobachten, und reichte ihnen ohne Scheu Fleischfetzchen. Nach dem Mittagessen nahm Frederic seinen Sohn mit in den Weingarten und setzte sich mit ihm in die Laube, die Frau Alyss als Sanktuarium diente. Unter den Rosenbüschen lagen die Gräber der tierischen Hausgenossen, innigst geliebte Freunde, die lange Zeit das Leben von Jungfern und jungen Männern bereichert hatten. Die Sonne schien warm, in den Blüten summten Bienen und Hummeln, schaukelten an den violetten Rispen des Lavendels. Belial und Leviathan, die gestromten Kater, schlichen auf Beutezug zwischen den Rebstöcken entlang und scheuchten allerlei gefiederte Sänger auf.

»Und, mein Sohn?«

»Sie sind nett. Aber auch streng. Frau Alyss sagt, ich soll Lektionen nehmen.«

»Dann tu das. Sie ist ein gewitztes Weib, von ihr kann man viel lernen.«

»Ja, aber was soll ich damit anfangen, Vater? Wem soll ich Bücher führen? Oder Reben pflegen?«

Eine bittere Frage.

»Man weiß nie, wozu man einmal etwas benötigt, Emery.«

»Ich würde gerne mit dem Bogen schießen lernen.«

»Das kann auch nicht schaden. Allerdings gibt es hier wenige Möglichkeiten, dieses Können einzusetzen.«

»Aber es wird wieder Krieg geben, Vater. Es gibt doch immer Krieg.«

»Was nicht heißt, dass du daran teilnehmen musst. Lern, was immer dir hier angeboten wird, Emery. Ein Jahr lang. Dann sehen wir weiter.«

Der Kopf des Jungen sank betrübt nieder.

»Emery, es ist hier weit angenehmer als in einer Klosterschule, glaub mir.«

»Ja, vermutlich. Kann ich dich besuchen kommen?«

»Im Sommer, ja. Noch muss ich meinen düsteren Ruf aufbauen, da würde ein rothaariger Bengel nur stören.«

»Hast du … hast du eine bequeme Wohnung?«

»Ja, die habe ich. Eine Kate, wie einst in den Bergen. Etwas kleiner vielleicht, aber in der Nähe der Stadt. Und eine Gevatterin, die mein Brot backt und meine Kleider wäscht.« Und dann sagte er mit einem kleinen Lachen in der Stimme: »Und in der Nachbarschaft wohnt eine Unholdin, die nachts umgeht und droht, das Blut der Menschen zu trinken.«

»Uhuhhh!«

Jetzt lachte auch Emery, aber Frederic wurde wieder ernst.

»Kannst du gut schlafen, Sohn?«

»Ja, Vater. Manchmal kommen böse Träume, aber dann wache ich auf und höre Gauwin und Thomas atmen, und Belial kommt zu mir ins Bett, und alles ist gut.«

Eine Weile genossen sie schweigend den Frieden im Weingarten, dann kehrten sie in den geschäftigen Hof zurück und ließen sich von Frau Alyss mit allerlei Pflichten versorgen.

Mit leichterem Herzen und schwer bepackten Taschen kehrte Frederic am nächsten Tag nach Mülheim zurück.

11. Kapitel

Die Pilgerin war wieder kräftiger geworden in der Woche, die sie im Hospiz verbracht hatte. Ihre Mitpilger hatten sie – in ausgeübter christlicher Nächstenliebe – sich selbst überlassen, und wäre die barmherzige Frau nicht gewesen, wäre sie schlichtweg verhungert und verdurstet. Aber auch hier hatte die Barmherzigkeit ein Ende, und als das Pfingstfest vorüber war, verschwand die Frau, die ihr Gelübde, sich der Armen anzunehmen, nun geleistet hatte, und ein anderes, weit herrischeres Weib forderte sie auf, das Lager für Bedürftigere zu räumen.

»Fragt bei den Nonnen nach Unterkunft. Oder bei den Beginen, Fremde.«

»Ja, natürlich. Welches Kloster nimmt Pilger auf?«

»Klopf an die Pforte von Machabäern. Die Benediktinerinnen haben ein kleines Gästehaus.«

Sie sammelte also ihre mageren Habseligkeiten zusammen und ließ sich von einem Gassenjungen den Weg weisen. Noch immer fühlte sie sich ungeheuer schwach, aber wenigstens schmerzten ihre Füße nicht mehr. Die Blasen und Schrunden waren verheilt, doch die Sohlen ihrer Sandalen wiesen noch immer Löcher auf. Sie war froh, als man ihr die Pforte öffnete und ihr gestattete, ein schmales Bett in dem kleinen Anbau zu belegen. Doch Magistra Rotraut, die Oberin, machte ihr unmissverständlich klar, dass sie sich an den geregelten Ablauf im Kloster zu halten hatte. Und das hieß nächtliche Gebete, Gebete bei Sonnenaufgang, Gebete alle Stunde bis Sonnenuntergang. Dazwischen wurden auch von ihr allerlei Arbeiten erwartet, ob im Garten oder in der Küche oder der Wäscherei.

Es erregte Magistra Rotrauts Missfallen, dass sie oft während der Stundengebete einnickte, mehr noch, wenn sie die ihr aufgetragenen Pflichten nicht pünktlich erfüllte. Doch nicht Widerspenstigkeit war der Grund dafür: Das Fieber war noch nicht abgeklungen, und die fehlende Ruhe und das dürftige Essen wirkten der Heilung entgegen. Dennoch blieb die Pilgerin, denn noch immer hoffte sie, ihre Aufgabe erfüllen zu können.

Vielleicht, wenn sie wieder etwas kräftiger wurde.

12. Kapitel

Früher war Myntha das Kloster, in dem sie mehrmals eine stille Zeit verbracht hatte, eine Zuflucht gewesen. Die Base ihrer Mutter, viele Jahre lang Oberin bei den Machabäern, hatte sie immer sehr freundlich behandelt. Unter ihrer Führung hatten auch die Nonnen viele Freiheiten genießen können. Vor einem guten Jahr aber war sie gestorben, und Schwester Rotraut war zur Magistra gewählt worden. Sie führte ein strenges Regiment, Freiheiten hatten die Nonnen unter ihrer Herrschaft keine mehr.

Die Stundengebete und die Arbeit hatten Myntha trotz allem nicht geschreckt, aber andere Maßnahmen der neuen Oberin hatten sie vorsichtig werden lassen. Deshalb hatte sie auch diesmal Vorsorge getroffen. In ihr Unterkleid hatte sie eine Tasche für Münzen eingenäht, in ihr Bündel einige Hilfsmittel eingeschmuggelt.

Als sie am Morgen vor der Pforte stand, wurde sie umgehend eingelassen und zu Magistra Rotraut geführt. In der Wohnung der Oberin waren all die vertrauten Kleinigkeiten der Vorgängerin verschwunden, sie war karg wie die Zellen der Nonnen. Sogar das Lesepult und die Schriftrollen waren fort. Magistra Rotraut hielt nichts von der Lektüre erbaulicher Schriften – schlicht, weil sie nicht lesen konnte. Dafür war sie eine glänzende Organisatorin. Die Räume waren sauber wie nie zuvor, aus dem Küchengarten war jedes Unkraut und jede Zierpflanze verbannt, die Klosterkatze war ausgezogen und hatte ein gemütlicheres Heim gewählt.

»Du bist wieder deinen verderblichen Anwandlungen nachgekommen, nehme ich an«, sagte die Oberin, als Myntha vor ihr stand. Myntha unterdrückte eine scharfe Antwort. Es war besser, der Magistra nicht zu widersprechen, wenn sie ihre Ruhe haben wollte. Stattdessen erklärte sie: »Ich suche Einkehr, ehrwürdige Mutter, und die Ruhe in der Gemeinschaft der Schwestern, um meinem Gemüt Frieden zu bringen.«

»Du wirst Unruhe stiften.«

»Nein, ehrwürdige Mutter. Ich werde mich den Gebeten und den Pflichten widmen, die Ihr mir auftragt.«

»Unruhe, jawohl. Oder kannst du beschwören, dass du nächtens in deinem Bett bleibst?«

Das konnte Myntha nicht. Nicht einmal versprechen konnte sie es, denn das Wandeln überkam sie, wenn sie ohne Willen im Schlaf lag.

Also neigte sie demütig das Haupt und erwiderte: »Ich schwöre nie etwas, das ich nicht halten kann.«

»Dann werden wir dafür sorgen, dass du keine Unruhe stiften kannst. Deine Zelle liegt oben über dem Dormitorium der Novizinnen.«

Das war eine neue Schikane. Früher hatte sie im Gästehaus ein bequemes Bett bekommen. Myntha war kurz davor, sich umzudrehen und das Kloster zu verlassen. Nur die Tatsache, dass sie derzeit nicht nach Mülheim zurückkonnte und auch Frau Alyss in ihrer Verfassung nicht lästig fallen wollte, ließ sie zustimmend nicken. Es würde Möglichkeiten geben, auch dies Ungemach zu erleichtern. Also nickte sie ergeben.

»Gut denn. Du wirst in der Bäckerei arbeiten.«

»Wie Ihr wünscht.«

Und die armen Nonnen würden in den nächsten Tagen ziemlich ungenießbares Brot vorgesetzt bekommen. Aber auch das war nicht ihre Sorge.

Eine Novizin wurde gerufen, um Myntha zu ihrer Zelle zu führen, und als sie weit genug von der Wohnung der Oberin entfernt waren, grinste das sommersprossige Mädchen sie breit an.

»Schön, dass du wieder hier bist. Es war ziemlich öde in der letzten Zeit.«

»Uh, Bilke, und schön, dass du noch hier bist. Ohne dich würde es nicht nur öde, sondern sogar unerträglich. Wie haltet ihr das mit dem Tugenddrachen nur aus?«

Die Novizin zuckte mit den Schultern.

»Auch sie kennt nicht alle Schlupflöcher. Nur sind wir darauf angewiesen, dass es keine Petze unter uns gibt. Hier hoch!«

Die Zelle war eng, nur eine hohe, schmale unverschlossene Fensterluke ließ etwas Licht und Luft ein. Die steinernen Wände waren unverputzt, die Balken an der Decke hingen voller Spinnweben, dem Bettgestell fehlten die Matratze und die Decken, der Schemel in der Ecke wackelte.

»Ich werde hier erst einmal sauber machen, Bilke. Hier scheint seit Jahren niemand mehr genächtigt zu haben.«

»Unten findest du Besen und Lappen. Ich seh mal, ob ich Bettzeug für dich besorgen kann.«

Sie hatten bis zur Sext die kleine Kammer gerichtet, und als sich Myntha nach dem Mittagsgebet und dem nicht besonders gehaltvollen Essen dorthin zurückzog, um bis zur Non die Ruhe zu halten, fand sie endlich Gelegenheit, ihr Bündel aufzuschnüren. Es enthielt ein weiteres Hemd, einen grauen Kittel und ein langes, dünnes Seil, das sie aus der Werkstatt ihrer Brüder entwendet hatte. Dieses Seil versteckte sie im Stroh ihrer Matratze. Ebenso den spitzen Dolch in seiner Lederscheide. Die Hälfte der Münzen aus der inneren Tasche ihres Untergewandes wanderte in eine lederne Börse und gesellte sich zu den anderen Dingen.

Anschließend legte sie sich nieder und verdöste eine Weile.

Es war ruhig im Kloster, und das war auch früher schon der Grund dafür gewesen, dass sie hierhergekommen war. Die Stille tat ihr gut und besänftigte ihr aufgewühltes Wesen. Im Fährhaus herrschte immer Geschäftigkeit, wurde ihre Aufmerksamkeit verlangt, brüllten Fuhrleute, wieherten Gäule, schimpften oder keiften, lachten oder schwatzten Reisende. Hier jedoch herrschte Schweigen, und ihre Gedanken wanderten.

Bilke hatte noch immer nicht die Profess abgelegt, dachte Myntha. Und das trotz sicher unermüdlichem Drängen der Oberin. Sie war zäh, die Jungfer. Vor zwei Jahren hatten ihre Eltern sie zu den Benediktinerinnen in Machabäern gebracht – die jüngste Tochter von mehr als einem Dutzend Kindern, für die es keine große Mitgift gab. Der Vater war ein Ritter, doch sein Lehen nicht eben auskömmlich. Bilke hatte sich mit Händen und Füßen gewehrt, hätte lieber einen Stalljungen geheiratet, aber der Vater war unerbittlich geblieben. Das hatte sie Myntha anvertraut, als sie sich das erste Mal getroffen hatten. Sechzehn war Bilke damals gewesen, Myntha dreiundzwanzig. Die damalige Oberin hatte ihre Freundschaft gefördert, vielleicht um dem jungen Mädchen die Eingewöhnung ins Klosterleben zu erleichtern. Und dann, als der Wind unter Magistra Rotraut allmählich rauer wurde, hatten sie und Myntha Auswege aus der strengen Zucht gesucht, wann immer sie zusammenkamen. Und das geschah zwei, drei Mal im Jahr, wenn Myntha wieder einmal dem Mondlicht gefolgt war.

Lächelnd schlummerte sie für eine Weile ein. Mochte die Magistra noch so borstig sein, sie selbst würde neben der Geruhsamkeit im Kloster auch ihren Spaß hier in Köln haben.

Zur Non fand Myntha sich dann auch pflichtgetreu in der Küche ein und wurde sogleich zum Teigkneten verpflichtet. Die Nonnen gingen schweigend ihren Tätigkeiten nach, daher schwieg sie auch. Bekannte Gesichter bemerkte sie, manches freundliche Nicken, aber auch die eine oder andere starre Zurückweisung. Als der Brotteig für den kommenden Tag zum Aufgehen in Körbe gefüllt war, bat man sie, Wasser aus dem Brunnen zu holen. Dort fiel ihr eine Fremde auf, ein Weib in Lumpen, das mit müden, leicht schwankenden Schritten einen Reisigbesen schwang. Offenbar hatte man eine Bettlerin für grobe Arbeiten aufgenommen. Myntha nahm sich vor, später Bilke nach dieser Frau zu fragen. Sie sah erschöpft und krank aus. Eigentlich hätte sich die Infirmaria um sie kümmern müssen.

Ein schepperiges Glöckchen rief endlich zur Vesper, und wieder widmete Myntha sich den Psalmen und Gebeten in der kleinen Kirche neben dem Kloster. Die eintönigen Gesänge erinnerten sie an die Verse, die ihre Großmutter so oft rezitierte, doch das Latein der Nonnen war ihr ein Graus. Sie bezweifelte ernstlich, ob eine der Frauen überhaupt wusste, was sie da vor sich hin brabbelten. Immerhin roch der Weihrauch süß, und die Kerzen dufteten nach Honig. Leise knurrte ihr Magen.

Er knurrte auch noch nach dem Abendessen, das für sie nur aus einem Stück trockenem Brot und einem Becher Wasser bestand. Die Magistra hatte ihr befohlen zu fasten, um sich von dem Bösen zu reinigen, das sie hergeführt hatte.

Also knurrte er bei der Komplet noch lauter, und als sie zu Bett ging, erschien die Magistra mit Schwester Agatha, die den schweren Schritt einer Schwertkämpferin in voller Rüstung hatte. Etwas überrascht grüßte Myntha sie, erntete aber nur ein kurzes Nicken.

»Aufs Bett!«, befahl die Oberin.

»Ja, natürlich.«

Sie legte sich nieder, und die massige Schwester trat auf sie zu. In dem Augenblick erkannte sie die Lederriemen in deren Hand.

»Wir werden verhindern, dass du Unruhe stiftest«, beschied Magistra Rotraut sie kalt, und Schwester Agatha griff nach ihrem Arm.

Myntha zog ihn weg.

»Das werdet Ihr nicht machen, ehrwürdige Mutter!«

»Aber sicher doch.«

Myntha wollte aufstehen, aber die Schwester drückte sie zurück auf das Bett.

»Halt Ruhe!«, sagte sie und schlang das erste Lederband um ihr Handgelenk.

Myntha wand sich und versuchte, sich unter dem Gewicht der großen Frau wegzudrehen. Die hielt sie eisern fest. Wut kochte in ihr hoch, und sie trat wild um sich. Irgendwo hatte sie die Nonne getroffen. Die jaulte auf und ließ sie los.

»Sie hat den Teufel im Leib!«, tönte die Magistra, und in dem Augenblick spritzte sie ihr Weihwasser ins Gesicht. Grelle Panik ergriff Myntha. Atemnot überwältigte sie, ihr Körper begann sich zu verkrampfen, sie hörte sich selbst keuchen, dann wurde es dunkel um sie.

Als sie wieder zu sich kam, war sie an Armen und Beinen gefesselt, und ihr Kopf lag auf einem feuchten Polster. Mühsam gelang es ihr, ihren Atem zu kontrollieren, doch das Zittern ihrer Glieder blieb ihr noch eine Weile treu. Nur die Hoffnung, dass Bilke einen Weg finden würde, zu ihr zu kommen, hielt sie davon ab, laut zu schreien.

Ihre Geduld wurde eine Weile arg strapaziert, bis sie endlich die leisen Schritte ihrer Freundin hörte.

»Ach du liebes bisschen, sie hat dich angebunden.«

»Damit ich keine Unruhe stifte«, presste Myntha zwischen den Zähnen hervor. »Ich hab doch den Teufel im Leib.« Sehr eilig löste Bilke die Knoten, und mit einem tiefen Aufseufzen reckte sie sich. »Sie kam mit Schwester Agatha.«

»Heilige Mutter Maria, mit dem Schlachtross!«

»Du sagst es. Können wir hier raus?«

»Ist jetzt schwieriger geworden. Die kleine Pforte hinten hat die Oberin zumauern lassen.«

»Ja, das habe ich mir fast gedacht. Darum habe ich ein Seil mitgebracht.«

»Wozu?«

»Um über die Mauer zu klettern.«

»Oh. Mhm … Na ja, wenn wir sehr leise sind, wird es gehen. Hast du ein Gewand für mich?«

»Habe ich.«

Sie zogen sich an, und Bilke berichtete von der Wärterin der Novizinnen, die im Dormitorium wachte.

»Sie ist dem Wein zugetan und nickt immer nach kurzer Zeit ein. Aber manchmal schreckt sie hoch und schleicht zwischen den Betten umher. Ich habe eine Deckenrolle in meines gelegt. Ein bisschen kurzsichtig ist sie ja auch.«

Myntha legte sich den Schleier über die Haare und zog ihn sich auch über Mund und Nase. Dann holte sie Seil und Dolch unter dem Bett hervor. Bilke wickelte sich ebenfalls ein Tuch um den Kopf, und mit den Schuhen in der Hand schlichen sie die Treppe nach unten. Im Dormitorium flackerte ein kleines Nachtlicht, aber die Wärterin rührte sich nicht, als sie an ihr vorbeigingen. Der Hof lag verlassen im Mondschein, und sie huschten eilig zum Weingarten hinter der Klosterkirche und von dort zur Mauer, die zur Straße führte. Hier machte Myntha mit geübten Griffen in einigen Abständen Knoten in das Seil und am Ende eine Schlinge, die sie geschickt über einen der Mauerpfeiler warf.

»Schaffst du das, Bilke?«

»Mach mal vor, Fährmannstochter.«

Myntha lachte leise. Mit Seilen und Knoten kannte sie sich wirklich aus. Hand über Hand zog sie sich hoch und setzte sich dann oben auf die Mauerkrone.

»Ist nicht so hoch, versuch es. Mit den Füßen kannst du dich an den Knoten abstützen.«

Nach zwei Fehlversuchen saß auch Bilke auf der Mauer, und Myntha ließ das Knotenseil auf der anderen Seite herunter. Wenige Augenblicke später standen sie auf der Straße, und Myntha schob das Seil mit einem Stock nach oben. Später würden sie es wieder nach unten angeln.

»Und jetzt?«

»Jetzt brauche ich endlich etwas zu essen.«

»Essen! Fettes Zeug! Eine wunderbare Vorstellung. Magistra Rotraut ist sehr sparsam geworden. Wo finden wir etwas? In eine Taverne möchte ich nicht so gerne gehen.«

»Oh, es gibt unten am Hafen immer Pastetenbäcker. Gehen wir zum Rhein runter.«

Es mochte für die ehrbaren Bürger schon die Zeit des Schlummers sein, aber die Nacht in der Stadt hatte auch ihre lebhaften Seiten. An den Stapelhäusern gingen Wächter ihre Runden, Goldgräber zogen mit ihrer stinkenden Last aus den Kloaken durch die Gassen, Besucher von Badestuben, Hurenhäusern, Schenken – oft

in Klosterkellern angesiedelt –, junge Männer auf Freiers-
füßen und natürlich das nachtschwärmende Gesindel waren noch unterwegs. Und einen Happen zu essen suchten
viele von ihnen, sodass auch die Besitzer der fahrbaren
Holzöfen noch immer ein Geschäft machten. Myntha
und Bilke erstanden fettige Fladen aus Brotteig mit einer Füllung aus Fleisch und Backpflaumen und setzten
sich damit auf die Stufen, die zu der Stiftskirche Maria ad Gradus unterhalb des Doms führten. Von hier aus
konnte man über die Ufermauer auf den Fluss schauen.
Der noch fast ganz runde Mond ließ die kleinen Wellen
glitzern, und ein spätes Fischerboot glitt mit der Strömung Richtung Norden.

»Wie kommt es, dass du noch Novizin bist, Bilke?
Letztes Mal sagtest du, man wolle, dass du zum Oster-
fest die Gelübde ablegst.«

Mit vollem Mund nuschelte Bilke: »War krank.«

»Wie passend.«

»Mhm.« Bilke schluckte und grinste dann wieder.
»Hatte die Rieseln.«

»Die was?«

»Rote Flecken. Ganz viele. Weshalb ich an keiner
Zusammenkunft teilnehmen durfte.«

Myntha leckte sich die letzten Krümel von den Fingern.

»Aha.«

»Weißt du, Myntha, wenn ich Haselnüsse esse, dann
krieg ich solche Flecken. Jucken wie die Hölle, aber nach
ein paar Tagen sind sie wieder weg.«

»Wie praktisch.«

»Jetzt wollen sie, dass ich am Fronleichnamstag die Gelübde leiste.«

»Schlechte Zeit für Haselnüsse.«

»Mir wird schon was einfallen.«

»Du wirst es nicht auf immer hinausschieben können.«

Bilke schaute auf das gegenüberliegende Ufer.

»Vielleicht... Mal sehen. Vielleicht hat mein Vater doch noch ein Einsehen.«

Myntha wünschte es ihrer Freundin. Dann aber wechselte sie das Thema.

»Wer ist diese zerlumpte Frau, die sich an dem Reisigbesen festhält? Beim Essen habe ich sie nicht gesehen.«

»Eine Pilgerin oder Büßerin. Mehr weiß ich auch nicht. Sie spricht nicht. Mag sein, dass sie Schweigen gelobt hat. Oder unsere Sprache nicht kann. Sie kam gestern zu uns, und sie hat ein Bett im Gästehaus bekommen.«

»Sie sieht krank aus.«

»Auch wer krank ist, kann beten und arbeiten.«

»Magistra Rotraut?«

»Ihre Auslegung von Gottes Willen.«

»Sie wird immer härter. Ich verstehe nicht, warum man sie zur Oberin gewählt hat.«

»Ich auch nicht. Aber sie stammt aus einer einflussreichen Familie.«

Sie erhoben sich von den Stufen und wanderten langsam zum Kloster zurück.

»Wie lange wirst du diesmal bleiben?«

»Zwei Wochen, hat mein Vater gemeint. Dann haben sich die Wogen wieder geglättet.«

»Wirst du so lange aushalten? Ich meine… ich bin so froh, dass du da bist.«

»Morgen lasse ich mich willig ans Bett binden. Aber, Bilke, du musst es irgendwie schaffen, zu mir zu kommen. Sonst kann ich diese Tortur nicht ertragen.«

»Wird mir schon gelingen.«

Sie erreichten die Klostermauer, hangelten sich darüber und schlüpften leise zurück. Bilke legte Myntha wieder die Lederriemen um Arme und Beine. Nicht für lange, denn zur Matutin würden sie erbarmungslos zum Gebet gescheucht.

Immerhin knurrte Mynthas Magen nicht mehr.

13. Kapitel

Gevatterin Ellen verzehrte ihr Frühmahl. Sie tat es, wie jeden Tag, mit großem Genuss. Sie aß gerne, was man ihrer drallen Figur auch ansah. Wecken, luftig, knusprig gebräunt aus weißem Mehl, goldgelber Sirup, ein zarter, cremiger Käse – diese Dinge fanden sich immer in ihrer Speisekammer im Häuschen an der Freiheit, der von Norden nach Süden führenden Straße durch Mülheim. Es war das Vermächtnis ihres Gatten, eines fleißigen Fassbenders, der vor über fünf Jahren das Zeitliche gesegnet hatte. Ellen hatte ein wenig um den guten Mann getrauert, ein gutes Dutzend Bewerber auf Hand und Hof abgelehnt und beschlossen, ein selbstbestimmtes Leben zu führen. Ihr einziger Sohn hatte keine Ambitionen gezeigt, das Handwerk seines Vaters zu lernen, sondern zog ein ruheloses Dasein als Handelsknecht vor. So hatte sie die Werkstatt verpachtet und lebte ganz angenehm von den Einnahmen und dem Geld, das sie durch allerlei Arbeiten verdiente. Sie war eine begnadete Bäckerin, kochte gerne und hatte ein gutes Verhältnis zu den Wäscherinnen, denen sie zu regelmäßigen Aufträgen verhalf. Nebenbei unterhielt sie eine heimliche, aber ausgesprochen trauliche Liebschaft mit einem Bäckermeister aus Köln, der sie alle ein, zwei Wochen aufsuchte. Alles das tat sie mit einer unerschütterlichen Lebensfreude und dankte jeden Morgen Gott, dass er ihr Gesundheit, guten Appetit und einen reich gedeckten Tisch gewährte. Als Gegenleistung fühlte sie sich verpflichtet, zweimal in der Woche im Hospiz an der Kohlstraße den Armen und Kranken beizustehen.

So auch an diesem Morgen.

»Dem alten Clais geht es schlechter«, sagte die Aufwärterin. »Wir haben ihm eine Pfanne mit Räucherwerk in die Kammer gestellt, um die schlechte Luft zu reinigen. Und der Ewwers hat seinen Ohm Hennes besucht und ihm Angst gemacht. Der Hennes will unbedingt den Priester sehen. Jetzt, wo du hier bist, kann ich rüber ins Pfarrhaus.«

»Womit hat der Ewwers dem Ohm Angst gemacht?«

»Wegen der Todesbotin. Die ist wieder umgegangen, hat er gesagt. Wollte Menschenblut trinken. Gruselig, das. Ich bin froh, wenn Vikar Volmarus kommt. Er muss etwas unternehmen.«

»Der Ewwers hat ein großes Maul, Druitgin. Lasst Euch von dem Gewäsch doch nicht ins Bockshorn jagen.«

Aber die Druitgin – eine geläuterte Hure von gut vierzig Jahren – war ein abergläubisches Weib, das saftige Skandale liebte und mit Genuss Gerüchte verbreitete. Ellen zuckte also resigniert mit den Schultern und wandte sich zur Küche des Hospizes. Wenn die beiden barmherzigen Brüder auftauchten, die das Hospiz leiteten, würde sie sie bitten, die Kranken zu beschwichtigen. Aber die Mönche hielten sich nicht im Haus auf.

Dafür hing über dem Herd der Kessel mit Brei, und ihre Aufgabe war es, diesen in Schalen zu füllen und den Bettlägerigen zu bringen, die oben in den Kammern untergebracht waren. Mit drei Näpfen kletterte sie die Stiege empor und musste schon auf halbem Weg husten. Erstickender Rauch wehte ihr entgegen, und ein Krächzen und Röcheln hörte man aus der Kammer. Schon packte sie die Angst, die Kammer in Flammen vorzufinden. Doch als sie die Tür aufstieß, waberte ihr nur eine weitere Wolke grauen Rauchs entgegen, beißend und würzig.

Von den drei Männern husteten zwei, der dritte keuchte zum Gotterbarmen. Ellen sah die Räucherpfanne, von der aus die Schwaden aufstiegen, kippte den Brei auf Sand, Glut und qualmendes Räucherwerk und riss den Fensterladen auf.

Der Hennes, dessen Beine lahm waren, richtete sich auf, sein Nachbar, der einen verkrümmten Rücken hatte, schnaufte tief durch. Der Clais aber war plötzlich still. Ellen trat an sein Lager und wollte ihm helfen, sich aufzusetzen, doch mit bedrückender Erkenntnis sah sie, dass hier jeder Beistand zu spät kam.

Sie murmelte ein Gebet für ihn und drehte sich zu den beiden anderen um.

»Er ist von uns gegangen!«

»Gott bewahre uns!«, krächzte Hennes und schlug ein Kreuzzeichen. »Gott bewahre uns. Die Todesbotin ist über uns gekommen. Die Unholdin hat ihn geholt! Sie wird auch uns holen!«

Von unten kamen Schritte die Stiege hoch, und Vikar Volmarus trat ein.

»Hochwürdiger Herr, der Clais ist gestorben«, sagte Ellen nüchtern, bevor die beiden anderen wieder mit ihren Tiraden beginnen konnten. Doch es half nichts, der Hennes und sein Bettgenosse jaulten ihre Todesangst heraus.

Kopfschüttelnd verließ sie die Kammer. Mochte der Priester versuchen, die beiden zu beruhigen. Sie schnüffelte noch einmal. Der fade Geruch von Brei überdeckte den Brodem der Räucherpfanne. Doch die harzigen Schwaden hingen noch immer in der Luft. Echter Weihrauch war das nicht gewesen. Aber Weihrauch war auch viel zu kostbar, um ihn in den Räumen des Armenhauses zu verbrennen.

Um sich selbst weiteres Gejammer zu ersparen, verließ Ellen das Hospiz, ohne noch einmal mit der Aufwärterin zu sprechen, und wollte sich auf die Suche nach der Totenwäscherin machen, deren Dienste nun benötigt wurden. Doch dann blieb sie einen Augenblick an der Tür stehen, um zu lauschen.

Vikar Volmarus hub mit seiner tiefen, volltönenden Stimme zu einem Psalm an und besprengte nicht nur den Toten, sondern auch die beiden anderen Männer großzügig mit Weihwasser. Sie brachen in lautes Wehklagen und gestammelte Gebete aus, und der Hennes schlug sich mit den Fäusten an die Brust.

»Die Unholdin hat den Tod über uns gebracht. Beschützt uns, ehrwürdiger Herr. Beschützt uns vor den bösen Geistern, die die geweckt hat. Den Clais haben sie schon geholt.«

»Beruhigt euch, betet und büßt«, unterbrach der Vikar das Gejammer. »Die Wiedergängerin wird kein Unheil über euch bringen. Den Satan, der in sie gefahren ist, werde ich bannen, das Böse wird hinabfahren in die Hölle. Doch hütet euch vor ihrem Blick und meidet ihre Gegenwart. Vertraut auf die Kraft des Herrn und gebt mir Nachricht, wenn sie sich euch nähert. Ich will abwenden das Böse und zerschmettern die höllischen Geister, die sich ihrer bemächtigt haben.«

Seufzend wandte sich Gevatterin Ellen ab. Das würde wieder Ärger für die Fährmannstochter geben. Hoffentlich blieb sie noch ein paar Tage bei den Machabäerinnen.

14. Kapitel

Feurrr!«, krächzte Robb.

»Feuer!«, sagte Frederic.

»Feuerrr!«

Ein Stück Wurst belohnte den gelehrigen Vogel, der im Schein der Fackel auf seinem neu errichteten Sprenkel saß. Das Gestell hatte Frederic nach seiner Rückkehr gebaut, und die Raben nutzten es gerne, um ihre Lektionen zu nehmen. Alle vier kannten ihren Namen, hörten auf ihn, wenn er sie rief, und nannten ihn selbst Ric. Sie warnten ihn, wenn sich Fremde näherten, und wussten, wer seine wenigen Freunde waren. Eben lernten sie das Feuer kennen. Feuer war gefährlich, das war ihnen offenbar bekannt. Und den Ruf: »Feuer!« würden sie ausstoßen, wenn sie eine Flamme sahen.

Auch Crea versuchte sich an dem neuen Wort und brachte es sehr erfolgreich über den Schnabel. Sie wurde belohnt, und darum versuchten es auch die beiden anderen.

Das dritte Rabenpaar war noch immer misstrauisch, aber Frederic hatte Hoffnung, dass sie diese Zurückhaltung in den nächsten Tagen aufgeben würden. Das Futter lockte.

Als er nach zwei Tagen von seinem Besuch in Köln zu

seiner Kate geritten kam, hatten sie ihn alle umflattert und willkommen geheißen. Es war während seiner Abwesenheit auch niemand außer Ellen in der Hütte gewesen. Die Gevatterin aber hatte ihm einen schönen gelben Hartkäse und einen Krug Bier hinterlassen. Das Bier mundete ihm, während er beim Fackelschein in der warmen Mainacht draußen saß. Zu warm fast war es, und ein Schleier vor dem Mond kündigte einen Wetterwechsel an.

Der Besuch bei seinen alten Freunden hatte viele Erinnerungen geweckt, und wieder hielt die tiefe, schwarze Traurigkeit Einzug in Frederics Gemüt. Benefiz' Tod hatte die kaum verheilte Wunde wieder aufbrechen lassen. Die Wunde, die so sehr schmerzte, dass er sich nicht traute, sein Bett aufzusuchen. Denn dann würden die Bilder des Infernos wieder durch seine Träume ziehen.

Sieben Monate war es her, dass Rodwyn und ihre gemeinsame kleine Tochter in den Flammen umgekommen waren. In dem Feuer, das jemand in der Nacht in der Hütte gelegt hatte, nachdem er selbst nach King's Lynn geritten war, um Vorräte einzukaufen. Als er am folgenden Tag wieder bei ihrer Behausung in North Wooton eintraf, hatte er nur noch die verkohlten Balken vorgefunden, und in der Asche die Leichen seiner Geliebten und seines zweijährigen Töchterchens. Von Emery hatte zunächst jede Spur gefehlt.

Von Entsetzen geschüttelt, hatte er sich auf die Suche gemacht und seinen Sohn schließlich völlig verstört im Wald gefunden. Das Feuer war an mehreren Stellen der Hütte gelegt worden, und nur weil Emery noch einmal nach draußen gegangen war, um nach seinem Pony zu sehen, das laut gewiehert hatte, war er nicht auch durch den Rauch erstickt und verbrannt. Er hatte versucht, seine Mutter und seine Schwester zu retten, aber es war zu spät gewesen. Mit Brandwunden an Händen, Armen und Beinen hatte er sich schließlich in den Wald geflüchtet. Es hatte Frederic lange Zeit und viel Geduld gekostet, die Ereignisse jener Nacht aus ihm herauszubekommen, und er war sich noch immer nicht sicher, ob sich Emery an alles erinnerte. Es war gut möglich, dass er jene gesehen hatte, die für diesen Anschlag verantwortlich waren.

»Feurrr«, krächzte der fünfte Rabe und landete vor Frederics Füßen.

»Guter Vogel.«

Ein Stückchen Käse gab es zur Belohnung.

»Ron!«

»Feurrr.«

»Ron!«

»Rrron.«

Ein Käsebröckchen. Und mit dem Namen Ron war auch dieser Vasall aufgenommen. Cress kam dazu, hackte nach Crea und verlangte: »Feurrr!«

Die Beschäftigung mit den Raben lenkte ihn von seinen düsteren Erinnerungen ab, und als die Vögel schließlich aufflogen, um ihren Schlafplatz aufzusuchen, löschte er die Fackel. Der Himmel hatte sich bewölkt, und ein frischer Wind wirbelte den trockenen Staub auf.

Vielleicht würde er schlafen können.

Bilke hielt Wort. Sobald die Wärterin eingenickt war, schlich sie sich in Mynthas Zelle und befreite sie von den Banden. Doch nach ihrem ersten Ausflug war das Wetter schlechter geworden, und drei Tage hatte es anhaltend geregnet. Die Nacht zum Donnerstag und zum Freitag entwischten sie also nicht über die Mauer, aber jede Nacht suchten sie sich etwas zu essen. Ob die Schwester, die die Aufsicht über die Speisekammer hatte, bemerkte, dass Brot und Käse, Honig und Quark geräubert wurden, oder nicht, fanden sie nicht heraus. Möglicherweise war Schwester Hanne milder als die Magistra und gönnte ihnen die nächtliche Speisung.

Am Freitagabend aber war es aufgeklart, und sie beschlossen, einen weiteren Ausflug zu den Garküchen zu unternehmen.

Er gestaltete sich unerwartet abwechslungsreich, denn als sie eben über die Mauer gestiegen waren, entdeckten sie eine kleine Gestalt, die in der Nähe der Klosterpforte herumlungerte. Gewöhnlich trieben sich um diese Zeit nur noch Päckelchesträger oder Fackelträger herum, die Reisende zu Unterkünften, Schenken oder Hurenhäusern führten, oder kleine Taschendiebe, die ebendiese Kundschaft um ihre Münzen erleichterten.

Dieses rothaarige Geschöpf aber trug einen sauberen Kittel, und an seinen Schuhen bimmelten kleine Glöckchen, was dem leisen Auftreten abträglich war. Außerdem schimmerte sein Haar brandrot im Licht seiner flackernden Handlampe.

Myntha hatte ihn entdeckt und legte als Schweigegeste den Finger auf die Lippen. Bilke nickte. Der Junge starrte zu dem Fenster an der Klosterpforte empor, das jedoch dunkel war. Nur weiter oben war die Wohnung der Magistra noch erleuchtet, und man sah, dass sie selbst unruhig davor auf- und abwanderte.

Vorsichtig schlich Myntha von hinten an den kleinen Strolch heran, packte ihn dann mit energischem Griff im Nacken und drehte ihn zu sich um.

»Emery!«, zischte sie, und schreckensstarre Augen blickten sie an. Ganz offensichtlich erkannte er sie und erwartete das Schlimmste. »Emery, was hast du hier zu suchen?«

»Do not understand«, versuchte er sich zu verstellen und wand sich unter ihrem Griff. Myntha grinste ihn böse an und wiederholte ihre Frage auf Englisch. Das hatte der Junge nicht erwartet und stammelte etwas von einem Botengang.

»Das, Jung-Emery, kannst du mir nicht weismachen. Master John würde nie im Leben einen zehnjährigen Bengel, der in seine Obhut gegeben wurde, nachts alleine auf Botengang schicken. Und ich fürchte, mein junger Freund, wenn Frau Alyss erfährt, dass du ausgerissen bist, wirst du Stunden um Stunden im Hof knien und Paternoster beten. Und die Gänse werden kommen und dich zwicken und zwacken!«

Emery schluckte. Offenbar hatte er schon Bekanntschaft mit dem dämonischen Federvieh gemacht.

»Also, warum treibst du dich hier herum? Sag es mir ehrlich, und ich sehe darauf, dass du unbeschadet nach Hause kommst.«

»Und Ihr verratet mich nicht?«

»Wenn du aufrichtig bist, dann nicht.«

»Lasst mich los.«

»Nein, nein. Erst die Erklärung.«

Ein kluger kleiner Kerl, das war er. Er sah ein, wann er nachgeben musste.

»Es war wegen Thomas. Der hat geprahlt. Der war mit dem Richard und dem Niklaas in der Badestube. Und die wollten mich nicht mitnehmen und haben so dämlich gelacht. Wegen der Badermaiden und allem. Und dann hab ich gehört, wie sie gesagt haben, das Badehaus ist an der Straße zum Eigelstein. Und darum wollte ich das auch mal sehen.«

»Badehaus.« Da hatten die Jungs dem Kleinen aber einen ordentlichen Bären aufgebunden.

»Ist es doch, oder? Und ein Hurenhaus.«

»Wie kommst du darauf?«

»Na, da schleichen sich doch die Männer rein, um bei den Weibern zu liegen.«

»Ähm, ja. Schlichen hier welche?«

»Ja, wenigstens einer. Und dann ging hier unten das Licht aus und oben das Licht an. Und ich wollte wissen, was dann passiert.«

Bilke hinter Myntha gab einen erstickten Laut von sich.

»Du bist recht wissbegierig für dein Alter. Aber ich fürchte, Jung-Emery, deine Freunde haben dich auf den Arm genommen. Du stehst hier vor dem Kloster der ehrwürdigen Benediktinerinnen von Machabäern und nicht vor einem Hurenhaus. So, und jetzt gehen wir drei zur Witschgasse. Wie bist du entwischt?«

»Mit einem Seil. Über die Mauer vom Weingarten.«

Wieder hörte Myntha das unterdrückte Glucksen von Bilke.

»Das solltest du zum letzten Mal gemacht haben, mein Junge.«

Der schüttelte vehement den Kopf.

»Ich brauch das Seil, ich brauch das. Wenn es brennt, muss ich fliehen können. Verratet mich nicht, ich bitte Euch.«

Es schwang eine solche Angst in seiner Stimme, dass Myntha nickte.

»Also gut. Gehen wir.«

Sie wanderten am Rhein entlang, nicht ohne noch einen deftigen Imbiss zu erstehen, an dem sich auch Emery mit großem Vergnügen beteiligte. Und als sie sich auf der Höhe vom Alter Markt befanden, schien er seinen Witz wieder vollkommen beisammenzuhaben.

»Wieso lauft Ihr eigentlich bei Nacht durch die Gassen, Jungfer Myntha? Ich dachte, Ihr wohnt im Fährhaus drüben in Mülheim.«

»Ich besuche meine Freundin Bilke.«

»Im Kloster?«

Seine Augen blitzten, als er zu ihr hochsah.

Sehr kluges Kerlchen.

Myntha überlegte noch eine Antwort, als der Junge anfing zu kichern.

»Ausgerissen?«

»Ähm – so ähnlich. Aber sag's nicht weiter.«

»Nö.«

In verschwörerischem Schweigen legten sie die letzten Schritte zurück, dann halfen sie dem Schlingel über die Mauer und kehrten auf demselben Weg zurück zu Machabäern. Sie bogen eben vor Sankt Kunibert in die Machabäerstraße ein, als ihnen eine Gestalt entgegengewankt kam. Hurtig drückten die beiden jungen Frauen sich an eine Hauswand.

»Heilige Katharina, Bilke, das ist die Pilgerin«, wisperte Myntha. »Noch eine Ausreißerin.«

»Wie ist die denn aus dem Kloster gekommen?«

»Wie wohl? Sie ist ein Gast, keine Novizin. Wollen wir sie aufhalten?«

Eine Antwort erübrigte sich. Die Frau stolperte und fiel der Länge nach hin. Beide liefen zu ihr und knieten sich nieder.

»Was ist Euch?«, flüsterte Bilke. »Hört Ihr mich? Versteht Ihr mich?«

Aus dem mageren Gesicht blickten Augen sie verwirrt an.

»Muss zum Rhein. Wasser.«

»Ihr glüht ja vor Fieber«, sagte Myntha und half ihr, sich aufzurichten.

»Sie hätte in die Infirmerie gehört«, sagte Bilke.

»Muss ins Wasser!«

»Ihr redet irr, Weib.«

»Muss... Kinder...«

So ging das nicht! Die Frau war im Fieberwahn und wollte sich ertränken.

»Bilke, ich glaube, wir bringen sie zu den Beginen. Im Kloster lassen sie sie sterben.«

»Ja, aber...«

»Die Meisterin ist eine gütige Frau, sie wird ihr helfen. Und uns nicht verraten.«

»Na gut. Ist ja nicht weit.«

Gemeinsam hoben sie die Pilgerin auf und stützten sie die wenigen Schritte bis zum Tor des Konvents. Die Pförtnerin öffnete ihnen nach kurzer Befragung, erkannte Myntha und den Notfall, und Meisterin Josepha kam höchstselbst, um sich der Leidenden anzunehmen.

»Myntha, ich will euch beide hier nicht gesehen haben«, sagte sie zu den jungen Frauen, und die nickten.

»Eilen wir uns, Bilke.«

So taten sie, und kaum hatten sie die Mauer erklommen, harrte ihrer ein neues Missgeschick. Die Wächterin im Dormitorium hatte Bilkes Abwesenheit bemerkt und die richtigen Schlüssel gezogen. Sie hatte in Mynthas Zelle nachgeschaut und auch ihr Fehlen festgestellt. Daraufhin hatte sie Magistra Rotraut aufgesucht, und diese erwartete die Ausreißerinnen bereits zusammen mit dem Schlachtross Agatha, als sie über den Hof huschten.

Was dann folgte, war eine Auseinandersetzung, wie sie die heiligen Mauern bislang noch nie erlebt hatten. Sie endete damit, dass Schwester Agatha die Verbrecherinnen auspeitschte und die Oberin wieder einmal versuchte, den Teufel mit Weihwasser zu vertreiben. Was bei Myntha zu einem derart entsetzlichen Anfall führte, dass sie vor Atemnot blau anlief und in eine tiefe Ohnmacht sank. Woraufhin Bilke dem Schlachtross die Peitsche entriss und diese der Magistra um die Ohren schlug. Hätten nicht besonnenere Nonnen eingegriffen, hätte es wohl Tote gegeben.

Myntha erholte sich im Laufe der Nacht wieder, aber sie war wackelig auf den Beinen. Bilke half ihr, ihr Bündel zu schnüren, und die Pförtnerin hielt sie nicht auf, als sie noch vor der Prim das Kloster verließ.

Das Verschwinden der Pilgerin hatte niemand bemerkt, und keiner vermisste die abgerissene, schweigsame Frau.

15. Kapitel

Die Glocken läuteten zur sonntäglichen Messe, doch Frederic verspürte kein Bedürfnis, daran teilzunehmen. Er bereitete sich ein Mahl aus Eiern und Speck zu, dankbar dafür, dass Rodwyn einst darauf bestanden hatte, dass er sich selbst einfache Gerichte kochen konnte. Er hatte anfangs etwas von Weiberkram gemurrt, aber sie war unnachgiebig geblieben, und später, als die Zeiten hart wurden, war er dankbar dafür, dass er wenigstens die Grundzüge gelernt hatte. Einen schmackhaften Brei konnte er recht gut herstellen, Fleisch so braten, dass man sich keine Zähne daran ausbiss, und aus etwas Gemüse und Eiern auch ganz leckere Pfannkuchen backen. Von allen anderen Teigwaren hingegen ließ er die Finger.

Mit seiner Schüssel setzte er sich in die Morgensonne vor der Kate. In den Pfützen badeten ein paar Spatzen, aber die räumten rasch das Feld, als sechs Raben niederkamen und »Ric! Ric!« riefen.

»Schon gut, Freunde, schon gut.«

Er griff in den Beutel, in dem er die Brotkanten, hart gewordenen Käsereste und Wurstzipfel aufbewahrte. Mit Schwung streute er die Krumen aus, und die Schwarzgefiederten machten sich darüber her. Er selbst löffelte seine Schüssel leer und trank einen Becher verdünnten Wein dazu. Dann holte er sein Handwerkszeug und begann damit, an den inzwischen getrockneten, gerade gezogenen Haselzweigen die Nocken aus Rinderknochen anzubringen. Dazu bohrte er den Schaft an, schmierte den Dorn mit Knochenleim ein und fügte ihn in den Schaft ein. Mit dem Garn, das er dem Bandkrämer abgekauft hatte, umwickelte er das hintere Ende des Schafts, um den Nock zu befestigen.

Zwei Dutzend Pfeile hatte er auf diese Weise vorbereitet, als er Ellen den Weg hinaufkommen sah. Die Raben verhielten sich ruhig, denn sie kannten sie inzwischen. Nur Cress flatterte auf und umrundete sie einmal.

»Ich grüße Euch, Meister Frederic. Und soll Euch eine Mahnung von Vikar Volmarus überbringen, der Euch in der Kirche vermisst hat.«

»Überbringt mir lieber eines Eurer Brote, Gevatterin Ellen.«

Sie schnalzte missbilligend mit der Zunge, reichte ihm aber zwei braune Laibe und einen Topf Gänseschmalz.

»Warum sondert Ihr Euch so ab, Meister Frederic? Die Leute beginnen zu munkeln.«

»Lasst sie, es mag ihre Fantasie anregen.«

»Ja, ja. Aber sie werden auch anfangen, Euch dunkle Machenschaften zu unterstellen. Es gibt hier einige, und da ist Vikar Volmarus nicht der Einzige, die Angst vor dem Fremden haben. Angst vor den Galgenvögeln hier und Angst vor den Omen. Und gerade jetzt ist wieder etwas eingetreten, das sie bestärken wird in ihrem Glauben.«

»War die Unholdin wieder auf der Suche nach frischem Blut?«

»Spottet nicht. Manche glauben, dass sie den Tod kündet, und der Tod ist über den alten Clais hier im Hospiz und die Äbtissin von Machabäern gekommen.«

»Hat sie die armen Opfer erdrosselt und erwürgt?«

»Meister Frederic!«

»Ja, schon gut. Aber vergebt mir, das alles sind doch Ammenmärchen.«

»Nein. Leider nicht. Gott, der Clais hatte es an der Lunge, er hätte es eh nicht mehr lange gemacht. Und im Kloster hat es einen Brand gegeben. Dabei ist Magistra Rotraut ums Leben gekommen.«

Frederic wurde kalt.

»Wie entstand das Feuer?«

»Offenbar in der Kirche. Man hat es bald bemerkt und gelöscht, aber die Oberin war bereits tot. Näheres weiß ich auch nicht.«

»Und was hat die Unholdin damit zu tun?«

»Vermutlich gar nichts, denn seit gestern Morgen ist sie wieder im Fährhaus.«

»Aber sie war dort, wollt Ihr sagen.«

»Ja, sie zieht sich nach solchen nächtlichen Wanderungen immer ins Kloster zurück, um den Anfeindungen hier zu entkommen, das arme Ding.«

Frederic zuckte mit den Schultern. Die Fährmannstochter war ihm weidlich gleichgültig, aber eine Brandstiftung erregte seine Aufmerksamkeit und weckte seine Ängste. Was, wenn der Dämon ihm auch hier schon auf die Spur gekommen war?

Narr, schalt er sich, Narr. Das Feuer war in dem Kloster ausgebrochen, vermutlich durch eine umgestürzte Kerze oder einen nachlässig glosenden Weihrauchkessel.

Andererseits – er musste sich Gewissheit verschaffen. Emery lebte drüben auf der anderen Rheinseite. Er durfte nicht in Gefahr geraten.

»Gevatterin, ich werde für ein, zwei Tage verreisen. Achtet auf meine Kate, seid so gut, und gebt den Raben ihren Tribut.«

»Was macht Euch Angst, Meister Frederic?«

»Vieles, Gevatterin. Nur Unholdinnen nicht.«

Sie betrachtete ihn lange, eine mütterliche Frau mit mütterlicher Neugier. Er fühlte sich durchschaut, doch sie fragte nichts mehr.

»Besser, Ihr besucht dann und wann die Messe, Meister Frederic.«

»Mal sehen. Ich bin am Montagabend zurück.«

»Ist recht. Ich nehme Eure Laken mit und gebe sie den Wäscherinnen.«

»Danke, Gevatterin.«

»Pff. Ihr entlohnt mich gut.«

Er ritt wieder nach Deutz und suchte als Erstes John und Frau Alyss auf. Das blanke Entsetzen im Gesicht seines Sohnes überraschte ihn.

»Hat der Strolch etwas ausgefressen?«, war daher seine erste Frage.

»Nein, zumindest hat er keine todeswürdigen Verbrechen begangen. Nur eine Prügelei mit Gauwin«, grummelte John.

»Dann hat er hoffentlich seine Strafe erhalten.«

»Der Haselstrauch, du kennst ihn, opferte für beide eine Gerte.«

»Aua. Gut, mag ihm vergeben sein.« Er nahm John am Arm und führte ihn zum Weingarten, wo sie am Sonntag ungestört sein würden. »Aber nun, John, was könnt Ihr mir zu dem Feuer im Kloster erzählen?«

»So gut wie nichts. Was beunruhigt dich daran?«

»Das Feuer. Es verfolgt mich. John, seit vier Jahren verfolgt mich jemand mit Feuer. Erst brannten Cedrics und mein Tuchlager ab, dann meine Falknerhütte. Fünf Gerfalken und mein Gehilfe kamen ums Leben. Vor zwei Jahren brannte unser Stall, und jemand versuchte, Emery zu entführen, und im vergangenen Sommer verlor ich Rodwyn und meine kleine Tochter in den Flammen. Jedes Mal fand ich eine Botschaft vor, die da lautete: ›Flagra in loca inferna!‹«

»In der Hölle sollst du brennen. Wofür?«

»Ich weiß es nicht, John. Ich weiß nicht, wer der Feuerteufel ist, warum er mich jagt, was er von mir will. Mich selbst hat er bisher nie angegriffen, aber er hat alles vernichtet, was mir lieb und wert war.«

»Rodwyn. Deine Tochter. Großer Gott, Frieder.«

John legte ihm den Arm um die Schultern, und Frederic neigte seinen Kopf.

»Emery hatte sich im Wald versteckt. Er ist seither… schreckhaft. Aber er gibt sich große Mühe, tapfer zu sein. Seid nachsichtig mit ihm. Aber nicht zu sehr. Wenn er Unfug anrichtet, darf er gerne die Gerte spüren. Aber wenn er im Schlaf schreit oder durch das Haus irrt, beruhigt ihn.«

»Da kannst du ganz getrost sein. Hast du irgendeinen Verdacht, dass das Feuer in Machabäern mit deinem Feind zusammenhängt?«

»Ich wäre mir gerne sicher, dass dem nicht so ist.«

»Dann werden wir mal die Torwachen vom Eigelstein befragen. Mag sein, dass sie Näheres wissen.«

Doch die Wachen wussten auch nichts weiter zu berichten, als dass die Nonnen das Feuer selbst gelöscht hatten und die Oberin in der Kirche umgekommen war. Die Pforte des Klosters blieb ihnen verschlossen, aber John schlug vor, bei den Beginen nachzufragen. Der Konvent lag nur wenige Schritte vom Kloster entfernt, und sicher waren die grauen Frauen den Schwestern zu Hilfe geeilt.

»John, es ist besser, wenn mich nicht zu viele sehen. Einige von den Beginen werden mich noch kennen.«

»Guter Einwand. Wir werden Alyss bitten, sie aufzusuchen.«

Das tat diese dann auch am späten Nachmittag, und zum Vesperläuten kam sie zurück und berichtete.

»Das Feuer ist um die Mitternacht ausgebrochen, sagt Meisterin Josepha. Sie haben die Glocke geläutet, und die Nachbarn haben Wasser vom Brunnen geschleppt, so auch die Beginen. Wie der Brand entstanden ist, wissen sie aber auch nicht. Nur muss es am Abend zuvor einen gewaltigen Streit gegeben haben, weil eine Novizin und ein Gast sich auf unerlaubte Weise über die Mauer davongemacht haben.«

»Bitte?«

Frau Alyss lächelte spitzbübisch.

»Die Novizin kenne ich nicht. Der Gast war die Fähr-mannstocher von Mülheim, die Myntha. Sie versteht sich auf Taue und Knoten.«

»Und ist ein unternehmungslustiges Weib«, fügte John hinzu. »So ein Streich sieht ihr ähnlich.«

»Sie ist eine mitleidige Seele, John. Denn sie hat auch an diesem Abend eine arme, kranke Pilgerin zu den Beginen gebracht, die Obdach im Kloster gesucht hatte. Allerdings hatte die verstorbene Oberin keinen sehr menschenfreundlichen Ruf, und sie hat das arme Weib fasten und schuften lassen. Sie sprach wirr im Fieber und wollte sich im Rhein ersäufen.«

»Vielleicht war sie wirr genug, sich an der Oberin zu rächen?«

»Ja, vielleicht. Aber sprecht den Verdacht nicht aus, sonst sperrt man das arme Geschöpf gleich in den Turm. Bei den Beginen ist sie erst einmal sicher und in guter Hut.«

Sie ließen für diesen Abend die Angelegenheit auf sich beruhen, und Frederic nahm sich die Zeit, eine Weile mit seinem Sohn zu plaudern. Der schien sein Entsetzen überwunden zu haben und schilderte wortgewaltig seine Auseinandersetzung mit dem anderen Rotschopf.

Um einen gewissen Frieden zwischen den beiden Feuerköpfen herzustellen, schlug Frederic vor, für beide Jungen je einen kurzen Bogen zu bauen, mit dem sie das Schießen lernen konnten. Gauwin gesellte sich dann auch neugierig zu ihnen, und jeder Streit schien vergessen. Sie begannen damit, passende Hölzer zu suchen, und wurden im Rebgarten fündig.

Er war ein tapferer Junge, sein Sohn, dachte Frederic wieder einmal. Er hatte seinen Schmerz tief in seinem Herzen vergraben und stellte sich dem Leben ohne Vorbehalte. Auch die deutsche Sprache, so konnte er feststellen, beherrschte er in gewissem Umfang inzwischen ganz ordentlich. Wenngleich manche Ausdrücke doch von sehr eigenem kölschen Idiom waren. Sein liebster Spruch lautete: »Et kütt, wie et kütt.«

Und so war es dann auch.

16. Kapitel

Sie ist tot?«, fragte Myntha entsetzt.

Ihre Großmutter war nach der Messe in ihre Kammer gekommen und hatte ihr die Neuigkeit überbracht, dass Magistra Rotraut bei dem Brand im Kloster umgekommen war.

»Witold hat es auf der ersten Fahrt heute Morgen gehört. Und es hat sich in Windeseile herumgesprochen. Gut, dass du heute zu Hause geblieben bist. Noch weiß kaum jemand, dass du wieder hier bist.«

»Umso schlimmer, Großmutter. Dann werden sie jetzt denken, dass ich die Oberin umgebracht habe. Ich, oder die Dämonen in mir.«

Myntha stand schwerfällig auf. Die Schläge mit der Peitsche hatten schmerzhafte Striemen auf ihrem Rücken hinterlassen, aber bisher hatte sie verschwiegen, weshalb sie so überstürzt aus dem Kloster geflohen war. Doch Enna mochte zwar das Gliederreißen haben, aber ihre Augen waren noch scharf und ihr Verstand rege. Sie musterte sie durchdringend und fragte: »Was ist im Kloster vorgefallen, Kind? Du verschweigst etwas.«

»Belass es dabei, es hat mir nicht gefallen.«

»Myntha!«

»Großmutter, ich habe eben den Teufel …«

»Hast du nicht. Was ist passiert? Du lahmst hier schlimmer herum als ich mit meinen alten Knochen und hast dunkle Ringe unter den Augen. Hat sie dich drangsaliert?«

Myntha sah aus dem Fenster in den hellen Sonnenschein. Auch hier war sie dazu verdammt, in ihrer Kammer zu bleiben. Es war nicht gerecht. Es war nicht richtig, dass man ihr immer wieder vorwarf, eine Unholdin zu sein.

Aber sie taten es. Und da nun die Oberin gestorben war …

»Sie hat mit Weihwasser versucht, den Teufel aus mir auszutreiben, und hat mich ans Bett gefesselt«, sagte sie tonlos.

Das Geräusch, das ihre Großmutter daraufhin machte, hätte von einer wütenden Schlange stammen können.

»Dann mag sie jetzt in der Hölle weiterbrennen.«

Sehr sanft streichelte sie die starren Schultern ihrer Enkelin.

»Wir werden uns etwas überlegen, Myntha. Vielleicht wäre es gut, wenn du mit einem aufrechten Mann verheiratet wärst, der für dich einsteht. Und der dich von hier wegbringt.«

»Wer will mich denn schon, Großmutter? Sie haben doch alle Angst vor mir.«

»Der Karol nicht. Und der Rickel Moelner auch nicht.«

»Karol wird wieder auf Handelsfahrt gehen, und den Rickel kenn ich nicht.«

»Na ja, Karol … Vielleicht wirklich nicht, obwohl er ein ansehnlicher Kerl ist, der seinen Weg machen wird.

Und der Rickel wird vorsprechen, wenn dein Vater ihm anzeigt, dass er seine Bewerbung in Betracht zieht.«

»Wir werden sehen. Im Augenblick aber wird es besser sein, ich bleibe in meiner Kammer.«

»Du könntest zu Frau Alyss ...«

»Nein, nein, Großmutter. Bei ihr sind Kinder und Jungvolk. Die sollen nicht mit einer solchen Höllenbrut wie mir zusammenkommen.«

Den ganzen Sonntag widmete Myntha sich ihrem Spinnrad, träumte bei dessen Surren von einem Leben ohne Bedrohung, ein wenig von Karol und einem geheimnisvollen Unbekannten, der wie einstens Siegfried sie entführte und zu seiner Königin machte.

Träumen durfte man ja.

Gegen Abend kamen ihre Brüder zu ihr, brachten ihr Brot, Braten und Wein und berichteten, was sie an Neuigkeiten gehört hatten, doch erfreulich waren die meisten nicht. Natürlich hatten die üblichen Schandmäuler sich in Bewegung gesetzt und allerlei Vermutungen über den Brand im Kloster angestellt. Von ruchlosen Orgien munkelte man und dunklen Riten. Von Teufelsanrufungen und göttlichen Blitzschlägen und natürlich von ihrem verderblichen Einfluss auf die frommen Frauen.

»Wann wird Vikar Volmarus hier wieder auftauchen und seinen Exorzismus durchführen wollen?«, fragte sie, als Haro seinen Bericht beendet hatte.

Die beiden sahen einander betreten an.

»Er war also schon hier?«, murmelte Myntha.

»Ja, war er. Allerdings wegen einer anderen Sache. Der alte Clais im Hospiz ist vor drei Tagen auch gestorben. Wär er ohnehin, sagt Ellen. Aber dieser verdammte Ewwers hat den Insassen Angst gemacht, und die haben ihm von der Unholdin vorgejammert.«

»Mein Gott, soll ich den Alten auch umgebracht haben?«

»Du weißt doch, wie diese Schandmäuler sind.«

Myntha konnte es nicht verhindern, die Angst schnürte ihr die Kehle zu.

»Was wollte Vikar Volmarus?«

Haro raufte sich die Haare, und Witold knetete seine großen, groben Hände.

»Wieder seinen verdammten Exorzismus durchführen, ja?«

»Sollte er das tun, Myntha, werden wir ihn des Hauses verweisen. Wenn nötig, mit Mistgabeln«, knurrte Haro.

Ja, das würden die beiden bärtigen Riesen tun, und ihr Vater würde den Priester ebenfalls von seinem Grund jagen. Was alles nur noch schlimmer machen würde.

»Und den Ewwers werden wir auch noch das Fürchten lehren, wenn der mit seinem Gewäsch nicht aufhört«, fügte Witold hinzu. »Mach dir keine Sorgen, kleine Schwester. Aber bleib die nächsten Tage noch im Haus, wenn es irgend geht. Es wird bald neue Gerüchte zu dem Tod der Oberin geben, und dann zerreißen sich die Leute darüber die Mäuler. Und dass es mit dem Clais zu Ende ging, das wussten auch alle.«

Das hoffte sie auch und ging ein wenig getröstet zu Bett. Ihre Brüder waren eben nette Riesen. Und beide sollten wirklich bald heiraten.

Vor dem Einschlafen spann sie noch ein paar erfreuliche Gedankenfäden.

Das Verstecken im Haus aber gelang ihr nicht. Denn schon am Montagvormittag kam die Großmutter und bat sie nach unten in die Küche.

»Deine Freundin Bilke ist hier, Myntha. Wir brauchen deinen Rat.«

Die Novizin saß am mehlbestäubten Küchentisch, und neben ihr kauerte das blasse, magere Weib, das sie in der Freitagnacht zu den Beginen gebracht hatten.

»Ich grüße Euch. Bilke, was bringt dich her?«

»Die verrückten Nonnen, Myntha. Sie haben sich in den Kopf gesetzt, dass Agnes das Feuer gelegt hat, und wollten sie in den Turm bringen. Eine von den Beginen hat gepetzt, dass sie bei ihnen Unterschlupf gefunden hat. Und deshalb hat Frau Josepha mich gerufen und gebeten, Agnes in Sicherheit zu bringen. Ich dachte, hier im Fährhaus sucht sie erst mal niemand. Wir haben sie in eine Beginentracht gesteckt, und dein Bruder hat uns hergebracht.«

»Und sie haben dich einfach so gehen lassen?«

»Sie sind alle völlig kopflos, Myntha. Nehmt ihr sie auf?«

Die Großmutter hatte eine Schale mit Brei und Honig gefüllt und sie vor die erschöpfte Frau gestellt. Mechanisch begann diese, sie leer zu löffeln.

»Frau Agnes, was habt Ihr dazu zu sagen?«

Das Weib zuckte zusammen und sah Myntha mit tief liegenden, müden Augen an.

»Bitte. Ausruhen.«

Wie schon die Male zuvor packte Myntha das Mitleid mit der ausgezehrten Kreatur, und sie sah zu Enna hin.

»Richte ihr ein Lager in Lores Kammer. Wenn sie sich erholt hat, sehen wir weiter.«

»Ja, ist gut, Großmutter.«

»Ich bereite ihr einen Kräutersud. Und wir verbrennen etwas Wacholder. Der stärkt die Lebensgeister.«

Bilke half Myntha, die Kammer zu richten, in der üblicherweise die Köchin wohnte. Lore jedoch war für einige Wochen nach Villip gezogen, um dort auf dem Gut derer vom Spiegel auszuhelfen. Nach dem Tod von Frau Almut hatte es viel zu ordnen gegeben, und jede kundige Hand wurde gebraucht.

Während sie die Decken ausbreitete, meinte Bilke: »Sie spricht nicht viel, Myntha, aber wenigstens hat Frau Josepha herausgefunden, dass sie Agnes heißt und aus dem fernen Frankenland stammt. Sie ist zu Fuß mit einer Pilgergruppe hergekommen, um im Kloster der heiligen Ursula zu beten. Unterwegs hat sie Fieber bekommen. Ihre Begleiterinnen haben sie ins Hospiz gebracht und dort alleine gelassen. Die vom Ipperwald haben sie nach wenigen Tagen aber auch wieder auf die Straße gesetzt und zu den Benediktinerinnen geschickt.«

»Tätige Nächstenliebe allerorten«, knurrte Myntha.

»Jeder ist sich selbst der Nächste. Aber vielleicht wird es mit einer neuen Oberin bei uns jetzt besser.«

»Gibt es schon jemanden, den sie als neue Magistra wählen werden?«

»Nö. Wie gesagt, völlig kopflos alle. Wie die Hühner, wenn der Habicht kommt.«

»Willst du auch eine Weile hierbleiben?«

Bilke schüttelte den Kopf.

»Das würde nur noch mehr Ärger bringen. Aber...« Sie grinste jetzt. »Gelübde werden erst mal nicht abgelegt, das kannst du mir glauben.«

»Vermutlich nicht. Holen wir Agnes nach oben.«

Sie halfen der Pilgerin in ein Leinenhemd von Enna, und mit Schrecken bemerkte Myntha, wie sehr die Frau abgemagert war. Ein Gerippe fast nur noch, ausgebrannt von Hunger und Fieber. Der Kräutersud aber schien ihr gut zu bekommen, und schläfrig bedankte sie sich, als sie ihr die Decke über den Leib zog. Würzig und warm wehte der Wacholderrauch durch die Kammer, und als Myntha sie verließ, war Agnes eingeschlafen.

17. Kapitel

Vielleicht waren es doch keine blutsaugenden Dämonen, grübelte Vikar Volmarus. Seite um Seite hatte er sich durch das Buch gequält, den Zeigefinger entlang der Zeilen die Worte zusammenbuchstabiert, die seltsamen Namen der bösen Geister zu entziffern gesucht. So unüberschaubar viele gab es, und sie alle warteten nur darauf, einen leichtsinnigen Menschen zu finden, den sie für sich in Beschlag nehmen konnten. Und Lesen war für ihn schon immer eine Tortur gewesen. Unendlich viele Stockschläge hatte er von seinem Lehrer einstecken müssen, weil die Buchstaben sich nur langsam und widerwillig zu Wörtern zusammenfügten. Und so gab er nach einigen Zeilen seine Mühen auf und begann zu grübeln und zu beten. Und schließlich kam ihm die Erleuchtung. Die Wiedergängerin war bei den Machabäern untergeschlüpft, wie schon so oft zuvor. Dort hatte er keine Gewalt über sie. Hermanus de Arcka, der Diakon vom Kunibertsstift, zu dem das Kloster gehörte, war nicht gerade sein persönlicher Freund. Besser gesagt, er war sein geschworener Feind, und diese Feindschaft reichte schon Jahre zurück. Volmarus erinnerte sich nicht gerne an die Zusammenstöße, die er mit dem Stiftsherrn gehabt hatte.

Aber nun war natürlich etwas geschehen, was ein neues Licht auf das Wirken der Besessenen warf. Magistra Rotraut war im Feuer umgekommen, als sich die Unholdin im Kloster aufgehalten hatte. Mochten die Leute auch von einem Unfall sprechen, er selbst wusste natürlich ganz genau, welche dunklen Mächte für derartige Unfälle zuständig waren.

Ein Dämon, der das Feuer beherrschte. Luzifer, der Lichtbringer, muss es gewesen sein.

Das war eine Herausforderung!

Er würde einen Exorzismus durchführen, bei dem der Höllenfürst selbst erscheinen würde.

Vikar Volmarus rieb sich die Hände.

Feuer bekämpfte man mit Feuer. Oder mit Wasser. Mit geweihtem Wasser und mit heiligem Feuer. Er würde ein Ritual entwerfen, in dem beides seine Rolle spielte. In dem die Wiedergängerin schreiend am Kreuz hängen und Luzifer selbst aus ihrer Kehle springen würde. Er würde mit dem Dämon ringen und ihn niederwerfen.

Und diesmal würde er dabei nicht gestört werden. Darum war die Planung dieses Exorzismus besonders umsichtig durchzuführen.

18. Kapitel

Der Turmmeister war muffelig. Frederic war zusammen mit John of Lynne bei ihm erschienen und bewunderte einmal mehr das Geschick des Tuchhändlers, verstockte Holzköpfe zum Reden zu bringen.

»Ihr habt von der Gaffel Windeck, Turmmeister Adolphus, mehr als genug Harnische und Spieße angefordert.«

»Steh'n uns zu.«

»Und Antworten, Turmmeister, stehen uns zu.«

»Nicht jedem. Schert Euch fort.«

»Harnische und Spieße stehen auch nicht jedem zu. Wisst Ihr, Ihr seid ziemlich fett geworden. Beim letzten Umzug der Gaffeln quoll Eure Wampe mächtig aus dem Eisen. Ihr müsst Euch sehr unwohl gefühlt haben.«

Frederic betrachtete den Fettwanst und stellte ihn sich in dem eisernen Brustpanzer vor, den die Wachen bei Kämpfen, viel häufiger aber bei Ehrenumzügen anzulegen hatten. Turmmeister Adolphus' Gesicht spiegelte die überstandene Qual deutlich wider. Doch er war stur.

»Geht Euch das was an?«, blaffte er.

John lächelte.

»Nun, als Gaffelmeister bestimme ich, wer neue Harnische bekommt. Euch habe ich soeben von der Liste gestrichen. Es sei denn, Ihr möchtet uns mit Auskünften dienen. Dann würde ich diese Maßnahme noch mal überdenken.«

Der Dicke war blass geworden. Offensichtlich war ihm nicht klar, dass Master John der Windeck vorstand. Einer der angesehensten und reichsten Gaffeln Kölns. Vielleicht hatte er es nicht mitbekommen, weil der Tuchhändler oft auf Reisen war, vielleicht, weil er selbst es an Aufmerksamkeit hatte fehlen lassen.

Er wurde indes nun sehr gesprächig.

Wie es schien, hatte die Magistra zur Nacht in der Klosterkirche die Vigilien gehalten, alleine und ohne eine andere Schwester darüber in Kenntnis zu setzen. Das war ihr gutes Recht, immerhin war sie die Oberin der Gemeinschaft. Doch dann aber war sie vermutlich vor dem Altar neben dem brennenden Weihrauchfass oder einer Kerze eingeschlafen. Ein Luftzug mochte die Flamme bewegt haben, hatte ihr Gewand erfasst und es entzündet. Als sie aufgewacht war, hatte sie zu fliehen versucht und musste gestolpert sein. Dabei war sie wohl bewusstlos und damit ein Opfer der Flammen geworden. Auf ein Einwirken durch einen Eindringling von außen gab es keine Hinweise. Das schien die *theoria* zu sein, der man derzeit anhing.

Ein tragischer Unfall also, keine Brandstiftung, wenn man dem Mann glauben konnte. Mochte die Magistra zu bedauern sein, Frederic war erleichtert.

Allerdings war da noch die Pilgerin, die die Nonnen im Verdacht hatten, aus schierer Bosheit das Feuer entzündet zu haben. Der Vollständigkeit halber erkundigte

John sich bei den Beginen nach dem Weib. Frau Josepha kam zum Tor, und während Frederic sich im Hintergrund hielt, erhielten sie die Auskunft, die Frau sei am Morgen mit einer Novizin fortgegangen. Wohin, das konnten sie nicht sagen.

»Aber sie war krank und schwach, Master John. Ich kann mir nicht vorstellen, dass sie eine Schuld trifft. Sie konnte sich kaum auf den Beinen halten«, sagte Meisterin Josepha. »Wenn ich die Novizin wiedersehe, werde ich sie fragen, wohin sie Agnes gebracht hat.«

»Tut das, Frau Josepha, und schickt mir Nachricht.«

Während sie zurück zur Witschgasse gingen, meinte John: »Bist du jetzt beruhigter, Frederic?«

»Einigermaßen. Obwohl... Die Pilgerin könnte ihre Schwäche auch gespielt haben. Aber – je nun, sie hat, wenn überhaupt, dann in der Klosterkirche gezündelt und nicht bei mir oder bei Euch.«

»Du glaubst, dass es ein einzelner Mann ist, der dich bedroht?«

»Gute Frage. Es könnten natürlich auch mehrere sein oder auch eine Frau, da habt Ihr recht. Nur eines war in allen drei Fällen gleich – dieser lateinische Fluch.«

»Ein gängiger Fluch. Ein Engländer hätte geschrieben: ›Thou shalt burn in hell‹, ein Deutscher dir wünschen: ›Du sollst in der Hölle brennen‹. Ein Franke hätte es in seiner Sprache geschrieben.«

»Geschrieben – ja, mein Verfolger ist des Schreibens kundig, und das sind Frauen selten.«

»Lass das nicht Frau Alyss hören. Oder deine Schwester Lauryn.«

Frederic gab ein leises Schnauben von sich.

»Wenn es ein Weib ist, dann sicher ein sehr energisches und auch eines, das die lateinische Sprache beherrscht – ebenso wie das Schreiben. Und durch halb England gezogen ist, um mich zu finden.«

»Also doch eher ein Mann, da stimme ich dir zu. Einer, dem du vor mindestens fünf Jahren einen Tort angetan hast und dessen Rachsucht sich von Jahr zu Jahr steigert. Gefährlich, Frederic. Wirklich gefährlich. Es ist gut, dass du hergekommen bist. Wir werden deinen Sohn hüten, und wann immer du Hilfe brauchst, wende dich an uns.«

»Vor fünf Jahren, John, war ich in der Hölle. Gott weiß, wem ich damals alles ein Leid angetan habe. Die Schlacht von Agincourt hat Tausende das Leben gekostet, und meine Pfeile brachten vielen Tod und Verwundung.«

John blieb stehen und nahm Frederics Arm.

»Du warst ein Bogenschütze in King Harrys Dienst?«

»Ein dunkles Kapitel in einer dunklen Zeit.«

Überrascht bemerkte Frederic, wie John den Kopf senkte.

»Ich habe mich der Pflicht meinem König gegenüber entzogen«, sagte er leise.

»Aber John...«

Sie gingen langsam weiter, achteten nicht der Karren und Kiepenträger, der Straßenhändler und Wandergesellen, die die Gassen bevölkerten.

»Ich habe in meinem sicheren Hauswesen gesessen und Tuche verkauft, während meine Familie – und sogar du – für England gekämpft hat.«

Frederic nickte. John of Lynne hatte vor sechzehn Jahren auf sein Erbe verzichtet und den Titel des Lords gegen den Master getauscht. Er hatte sein Heimatland verlassen, um in Köln bei seinem Weib zu leben.

»Ihr habt in Kriegszeiten einen Hort des Friedens geschaffen, John. Ihr und Frau Alyss habt mit Stetigkeit und Güte ein Heim der Ruhe und Geborgenheit errichtet, in dem Eure Kinder und die Eurer Freunde aufwachsen durften. Hätte ich nicht die Erinnerung an diese Zeit gehabt, John, ich wäre schon lange zerbrochen. Und Cedric auch.«

»Siehst du es so?«

»Unbedingt, John.«

»Wirst du mir von deinem Leben in England erzählen? Wir haben nur wenige Botschaften von euch jungen Männern erhalten. Von Cedric erfuhren wir häufiger etwas, aber auch er hat sich über dein Schicksal ausgeschwiegen.«

»Er war zusammen mit mir in Frankreich, zwei Jahre lang. Es ist keine Zeit, über die wir gerne sprechen, John. Aber ich werde Euch berichten, so gut ich kann. Bei unserem nächsten Treffen. Heute werde ich mit Emery auf den Markt gehen und einige Dinge erstehen, um seinen und Gauwins Bogen fertig zu bauen. Am Nachmittag reite ich zurück nach Mülheim.«

Emery bettelte, er möge noch einen Tag bleiben, aber Frederic lehnte seine Bitten ab. Immerhin hatten sie die Bogen fertiggestellt und einige sehr einfache Pfeile erworben, mit denen die beiden Jungen im Weingarten auf einen Strohsack schießen üben konnten. Für seine eigenen Pfeile hatte Frederic Seidenzwirn gekauft, Frau Alyss einige Gänsefedern abgeschwatzt und den Jungfern, denen es oblag, die Schnatterschar zu bewachen, den Auftrag erteilt, sorgsam alles lose Gefieder ihrer Schützlinge zu sammeln und für ihn aufzubewahren.

Die Köchin drückte ihm schließlich noch einen Beutel voll Pasteten in die Hand, und als die Glocken zur Vesper riefen, machte er sich auf den Weg zurück, um über Deutz nach Mülheim zu reiten.

Irgendwann würde er John und vielleicht auch Frau Alyss von seinem Leben berichten. Über die düsteren Seiten würde es ihm schwerfallen, doch es gab auch schöne Erinnerungen. Seine Zeit als Falkner auf der Burg von Helmsley, seine Reisen nach Frankreich, das Wiedersehen mit Rodwyn, die Kameradschaft mit Cedric, Johns Neffen, der ebenfalls Tuchhändler geworden war.

Die ersten acht Jahre, von 1406 bis 1414, waren gute Jahre gewesen, und von ihnen zehrte er noch. Buchstäblich, denn in jener Zeit hatte er auch einiges an Besitz erworben.

Dann aber hatte er sich anwerben lassen, eitel wie er war, stolz auf seine Fähigkeiten, mit dem Langbogen umgehen zu können. Er und Cedric waren in den Sold des Königs getreten.

Sechs Raben stiegen krächzend auf und hießen ihn willkommen, als er sich der Kate näherte. Manchmal schauderte es ihm noch beim Anblick der schwarzen Vögel. Auf den Schlachtfeldern waren sie immer zu Gast, und jene, derer sie sich angenommen hatten, boten keinen schönen Anblick.

Robb und Crea, Ron und Cress, Raky und Creky aber betrachteten ihn nicht als nahrhaften Kadaver, sondern als Ernährer und Spender großer Leckereien. Und auf eine seltsame Vogelweise schienen sie sich zu freuen, dass er zurückgekehrt war. Sie hockten in zwei Reihen auf dem Sprenkel, als er sein Pferd in den Unterstand gebracht hatte, und betrachteten ihn mit ihren schnellen, schwarzen Augen.

»Ric? Ric, ric, ric!«

»Frederic.«

»Freder. Ric. Ric!«

Irgendwann würden sie sogar seinen Namen aussprechen können. Er trat in die Kate, fand einen Korb voll fettiger Brotkrumen, die Ellen dortgelassen hatte, und verteilte sie an die Vögel.

Während sie pickten, schaute er den ziehenden Wolken nach. Ein Habicht kreiste hoch oben, spähte nach Beute.

Er würde sich auch bald Gedanken darüber machen müssen, was er mit seinen müßigen Tagen beginnen wollte. Er konnte nicht monatelang in einer Kate sitzen, Karnickel jagen und Pfeile herstellen. Vielleicht sollte er sich auf das besinnen, was er wirklich beherrschte – Raubvögel zur Jagd abrichten. Die Heide war vermutlich ein gutes Brutrevier. Es war an der Zeit, die Umgebung zu erkunden.

Morgen!

Man machte gute Geschäfte mit den Beizvögeln …

19. Kapitel

H altet den Dieb! Haltet den Dieb!«
An der Anlegestelle war ein Tumult ausgebrochen.

Myntha folgte der Großmutter aus der Küche und sah, wie ein Mann am Ufer entlanglief. Witold und drei andere folgten ihm, Haro machte den Nachen fest und kam zu ihnen hoch.

»Was für eine Dreistigkeit!«, sagte er kopfschüttelnd. »Zwei von den Altenbergern waren auf der Fähre, und der Kerl hat ihnen einen Beutel entrissen.«

»Wird kaum etwas von Belang drin gewesen sein.«

Haro grinste.

»Doch. Die beiden Brüder haben die Pachthöfe in Riehl aufgesucht. Oder soll ich heimgesucht sagen?«

»Im Beutel war die Pachtsumme, ich verstehe. Der Bursche muss schlau gewesen sein.«

»Auf jeden Fall hat er flinke Füße.«

Sie schauten den Rhein hinunter. Witold und ein stämmiger Mann hatten die Verfolgung noch nicht aufgegeben, aber die beiden Mönche waren schon weit zurückgeblieben. Es waren ältere Männer, die jetzt kurzatmig zum Fährhaus zurückgingen.

»Kommt herein, ehrwürdige Brüder, und erholt euch von dem Schreck«, rief die Großmutter ihnen zu.

Beide trabten sie mit hochroten Köpfen in den Hof und ließen sich schnaufend auf der Bank am Haus nieder.

»Gut zwei Pfund Silber«, stieß der eine hervor. »Wir werden Ärger bekommen.«

»Vater Johann wird sich aufregen«, keuchte der andere.

Myntha reichte ihnen je einen Becher mit Wasser verdünnten Wein, den sie dankbar austranken.

»Wartet ab, es kann gut sein, dass mein Bruder den Schlingel einfängt.«

»Möge Gott ihn dafür segnen.«

»Aber Ihr wart unvorsichtig, würdige Brüder«, sagte Enna und setzte sich auf ein Fass. »Tragt Eure Barschaft offen im Beutel. Das lockt die Taschendiebe.«

»War ein Brotbeutel, gute Frau, stand nicht Pachtgeld drauf.«

»Dann hatte der Dieb gute Augen.«

»Oder Ohren, weil die Münzen klimperten?«, flüsterte Myntha Enna zu. Die hüstelte.

Die beiden Mönche sahen einander hilflos an.

Myntha ging zum Tor zurück und schaute auf das Ufer. Ja, Witold hatte den Flüchtenden eingeholt. Er und sein Begleiter hatten ihn in einem schmerzhaften Griff zwischen sich genommen und strebten auf das Fährhaus zu.

»Haro, wo ist Vater? Es sieht aus, als ob er über einen Dieb zu befinden hätte«, rief sie ihrem Bruder zu, der das Entladen des Nachens überwachte.

»Wollte den kleinen Kahn überholen, hinten in der Werkstatt.«

Dort fand sie Reemt, der pfeifend über ein Brett hobelte.

»Witold hat einen Dieb gefangen, der zwei Brüdern von Altenberg die Pachteinnahmen geklaut hat.«

»Hätte er den nicht gleich ersäufen können?«

Unwillig legte der Fährmeister sein Werkzeug nieder, um sich seiner Pflicht zu widmen. Die Gerechtsame verlangte auch, dass er über gewisse Verbrechen zu richten hatte, die im Zusammenhang mit dem Fährwesen standen. Diese Aufgabe verabscheute er, denn er verhängte nicht gerne Strafen, das wusste Myntha.

Als sie beide in die Gaststube traten, hatte Witold den Dieb bereits gefesselt und auf einen Hocker gesetzt. Der Junge war bleich und hielt sich starr, auf dem Tisch lag der Beutel. Die beiden Mönche schauten ihnen grimmig entgegen.

Reemt begann mit einer harschen Befragung nach Name und Herkunft des Diebes, ließ sich von den Mönchen den Hergang beschreiben, und Myntha setzte sich neben Witold.

»Der war ganz schön hurtig«, flüsterte sie.

»Mhm. Fast hätte er es geschafft. Aber dann kamen die Raben.«

»Was?«

»Draußen, wo der Neue seine Kate hat. Da lauerten sechs schwarze Viecher. Riesig, sag ich dir, und wild. Die sind über ihn hergefallen, als ob sie ihn zerhacken wollten. Da hat er's mit der Angst zu tun bekommen und ist umgekehrt. Er ist mir direkt in die Arme gelaufen.«

»Dann warst du also das kleinere Übel«, kicherte Myntha.

»Und Vater das größere. Wenn der Kerl nicht eine richtig gute Ausrede findet, ist die Hand ab.«

»Witold, du weißt, dass Vater nie ein solches Urteil sprechen wird.«

»Vielleicht muss er es. Immerhin sind die Altenberger unsere Lehnsherren.«

Myntha betrachtete den Angeklagten eingehend. Der Junge war mager und schmutzig und trug einen an vielen Stellen zerrissenen Kittel. Seine Füße waren bloß, seine Haare zottelig, und ein leichter Bartflaum lag auf seinen Wangen. Er mochte vielleicht achtzehn oder neunzehn Jahre alt sein. Henning war sein Name, und er hatte angegeben, auf dem Pachthof in Riehl als Stallbursche zu dienen.

»Was hattest du auf der Fähre zu suchen?«, wollte Reemt wissen.

»Der Herr wollte, dass ich Heideplaggen besorge.«

Das mochte sogar stimmen. Trockene Heide wurde gerne als Unterlage in Pferdeställen verwendet. Myntha sah sich den Jungen noch etwas näher an. Er mochte heruntergekommen sein, aber seine Augen waren wach, und sie hatte das Gefühl, dass er versuchte, seine Möglichkeiten abzuwägen. Er hatte eine Dummheit begangen und wusste es. Er hatte Angst, beherrschte sie aber gut. Und irgendwie keimte in ihr der Wunsch auf, ihm zu helfen. Wenn er so klug war, wie sie vermutete, würde er ihr Zeichen verstehen.

Sie bewegte ihre Hände, und sein Blick schweifte zu

ihr. Langsam hob sie die Rechte, führte sie an den Mund und tat, als ob sie etwas abbeiße.

Verstehen blitzte in Hennings Augen auf.

Reemt hatte die beiden Mönche befragt, ob sie den Jungen kannten. Beide vermeinten ihn auf dem Hof schon mal gesehen zu haben.

»Darum konnten wir kaum glauben, wie uns geschah«, jammerte der eine.

»Warum hast du den Beutel entwendet, Henning?«, fragte der Fährmeister streng.

»Ich ... weil ich so hungrig war, Herr. Seit zwei Tagen hab ich nichts zu essen bekommen.«

»Hungrig?«

»Ja, Herr, es war Brot in dem Beutel, Herr. Und mein Magen knurrte so.«

Myntha trat Witold auf den Zeh.

»Nun, Vater, das mag stimmen. Der ehrwürdige Bruder zog auf der Fähre einen Brotkanten aus dem Beutel und verzehrte ihn.«

Henning schlug die Augen nieder, ganz das Bild darbender Bedürftigkeit.

Mundraub war ein weit geringeres Vergehen als Diebstahl.

Die Mönche begehrten auf und bestanden darauf, dass der junge Mann ihnen den Pachtzins hatte stehlen wollen.

»Aber Ihr habt Euer Silber in einen Brotbeutel gesteckt. Das habt Ihr selbst gesagt«, erklärte Enna.

»Und es war Brot im Beutel«, ergänzte Witold.

Reemt nahm den Beutel auf und zog an dem Lederband, das ihn verschloss. Er schüttete den Inhalt auf den Tisch. Silbermünzen rollten heraus, aber auch etliche Brotkrumen und noch ein angebissener Kanten.

»Leichtsinnig, ehrwürdige Brüder. Eine Verlockung für hungrige Mäuler. Ich denke, der Gerechtigkeit ist Genüge getan, wenn Ihr Euren Brotbeutel zurückbekommt, samt seinem ungenießbaren Inhalt. Henning, die Hand wird dir erhalten bleiben, aber trotzdem – Strafe muss sein.«

Reemt versank in Nachsinnen, während Witold die Münzen zählte und sie wieder in den Beutel warf.

»Das Strafmaß soll der Pächter festlegen«, entschied der Fährmeister schließlich. »Wir bringen den Jungen rüber und erklären dem Herrn, was er getan hat.«

Henning wurde blass. Er presste die Kiefer zusammen, und seine gefesselten Hände ballten sich zu Fäusten. Namenlose Angst stand in seinem Gesicht. Offenbar verbarg sich weit mehr hinter dem Entwenden des Pachtzinses.

»Ich begleite die ehrwürdigen Brüder zur Tür, Vater«, bot Myntha an und stand auf. Der eine Mönch raffte den Beutel an sich und erhob sich ebenfalls.

»Nein, nein, schon gut. Alles schon in Ordnung. Es ist ja kein Schaden entstanden.«

In ziemlicher Eile verließen die beiden das Haus.

Witold nahm dem Jungen die Fesseln ab.

»Und jetzt, Freundchen, raus mit der Wahrheit!«

»Die wird ihm leichter über die Lippen kommen, wenn er ein paar Löffel Brei gegessen hat«, meinte die Großmutter und stellte eine Holzschüssel mit Gerstenbrei vor ihn hin, über den sie eine Kelle dicke Milch gegossen hatte.

Henning starrte den Löffel an, den sie ihm in die Hand drückte.

»Essen?«

»Iss. Und dann sagst du uns, was wirklich der Grund für dein dummes Verhalten war.«

In Windeseile war der Napf geleert.

»Stallbursche, ja. Aber irgendeinen Mist hast du gemacht, sodass man dich bestraft hat, richtig?«, fragte Myntha.

Er sah sie an, und sein Kehlkopf ruckte im Hals auf und nieder.

»Man hat dir nichts zu essen gegeben, dich vermutlich auch verprügelt. Besser, wir schlagen dir nicht zu kräftig auf den Rücken, was?«

Er betrachtete die leere Schüssel.

»Abgehauen. Fährgeld nicht bezahlt. Du wusstest, was die Mönche im Beutel hatten. Aber als Taschendieb bist du nicht besonders geschickt. Sie haben es gemerkt. Das Gewicht von Silber, Henning, ist höher als das von Brot.«

Er schluckte wieder krampfhaft.

»Wolltest dir vermutlich einen neuen Kittel kaufen und weiter ins Bergische wandern, um dir einen neuen Herrn zu suchen. Der weniger hart mit dir umspringt.«

Henning schüttelte den Kopf.

»Hab nicht nachgedacht. Wollte nur weg. Wenn Ihr mich zurückbringt, schlägt der Pächter mich tot.«

»Du hast Mitleid mit dem Burschen, Tochter?«, fragte Reemt.

Myntha nickte.

»Dann hast du Glück, Henning. Meine Tochter sieht in die Herzen der Menschen.« Und dann lächelte er den Jungen an. »Sie war einmal tot und ist zurückgekehrt in die Welt der Lebenden. Seither hat sie einige wundersame Gaben.«

Myntha knirschte mit den Zähnen. Das hätte jetzt nicht sein müssen. Henning sah sie mit großen Augen an, dann senkte er wieder die Lider, hob sie aber gleich darauf, und ein seltsames Wissen leuchtete in seinem Gesicht.

»Bestimmt Ihr die Strafe, werte Jungfer«, murmelte er.

»Ja, Tochter, bestimme du, was mit dem Taugenichts geschehen soll.«

Myntha hörte Erleichterung in den Worten ihres Vaters mitklingen. Aber auch sie wusste auf die Schnelle nicht, was sie antworten sollte. Ein klein wenig hilflos sah sie ihren Bruder Witold an. Der nickte plötzlich und sagte: »Der Düsterling!«

»Oh ja, der! Henning, höre! Der Rabenmeister lebt ganz alleine in seiner Kate. Er hat zwei Pferde, die versorgt werden müssen. Auf Jahr und Tag sollst du für ihn arbeiten, wenn er dich will. Recht so, Vater?«

»Recht so!«

»D... der Rabenmeister?«

»Bring ihn hin, Witold«, sagte die Großmutter.

Als die beiden gegangen waren, seufzte der Fährmeister.

»Ich werde es ins Buch eintragen. Mundraub. Aber ob das richtig war?«

»Wenn er dem düsteren Rabenmeister abhaut, muss er sehen, wie er überlebt. Das ist Strafe genug. Vater, ich gehe zum Kai runter und schaue, ob ich ein paar schöne Fische kaufen kann.«

»Solange du sie nicht kochst…«

»Pfff!«

Neben der Kirche, die auf einem felsigen Vorbau in den Rhein hineinzuwachsen schien, wurde das Ufer flacher. Der warme Mai hatte dem Rhein ein Niedrigwasser beschert, das einen sandigen Streifen hinterlassen hatte, auf dem sich Steine, Muscheln und allerlei Scherben angesammelt hatten. Das Treibholz hingegen wurde jeden Morgen von eifrigen Kinderhänden eingesammelt. An verwitterten Holzstangen waren Netze aufgespannt, an denen einige alte Frauen saßen und Ausbesserungen vornahmen. Zwei Fischerboote waren an Land gezogen worden. Bei dem einen leerten zwei Männer die Reusen in Bottiche, in denen sich in der Nacht die Aale eingefunden hatten. Sie waren für die Händler bestimmt, doch drei weitere Frauen warteten schon darauf, ihnen den besten Fang abzukaufen. Myntha gesellte sich zu ihnen und begutachtete die glitschigen, sich windenden Tiere. Die Suppe, die Lore daraus zu kochen pflegte, war so dermaßen köstlich, dass ihr selbst bei dem unangenehmen Anblick das Wasser im Mund zusammenlief. Aber auch gebraten würde der fette Fisch ihnen schmecken.

Schon griff die erste der Frauen zu, packte einen der Aale und begann einen lebhaften Handel mit dem Fischer. Wasser spritzte, als das schlangengleiche Tier sich wand und um sich schlug. Myntha machte einen Satz nach hinten. Vermutlich war es keine so gute Idee, einen Aal mitzunehmen. Der andere Kahn hatte Rotaugen und Forellen geladen. Doch bevor sie sich diese Ausbeute genauer ansehen konnte, hörte sie einen leisen Jammerlaut zwischen den rundgewaschenen Steinen. Unwillkürlich bückte sie sich, um nach der Ursache zu forschen.

Es war ein nasses, weißes, struppiges Ding mit großen grünen Augen.

»Es ist offenbar mein Schicksal dieser Tage, verhungerte, zerzauste Geschöpfe aufzusammeln«, murmelte sie und bückte sich. Das Kätzchen fauchte und tatzte nach ihr, aber sie packte es fest im Genick und hob es hoch.

»Dich wollte wohl jemand ersäufen.« Das Tierchen krallte sich an ihrer Schulter fest, und sie stützte es mit einer Hand. »Seit der alte Murrer gestorben ist, tanzen die Mäuse zwischen den Mehlsäcken. Ich hätte da eine Aufgabe für dich.«

Die junge Katze wurde ruhiger und schmiegte sich jetzt an den rauen Stoff ihres Kittels.

»Gerdes, gib mir zwei dicke Forellen mit«, sprach sie den Fischer an.

Der betrachtete sie mit gebührendem Misstrauen. Offenbar hatte der Ewwers weiter Schauergeschichten über sie verbreitet. Aber für ein paar Münzen war er nicht unempfänglich, und so landeten zwei fette Fische in ihrem Korb. Mit Katze und Fisch trottete sie zurück zum Fährhaus und stellte hier ihre Beute auf den Küchentisch.

»Hab ich aus dem Wasser gezogen, Großmutter.«

Enna warf einen Blick auf die Forellen, nickte und musterte dann das nasse Kätzchen.

»Noch ziemlich klein. Das fressen ja die Mäuse.«

»Darum geben wir ihm jetzt eine Schüssel Sahne, damit es wächst. Du hast neulich selbst gesagt, dass wir wieder einen Mauser brauchen.«

Das Kätzchen löste sich höchst ungern von Mynthas Schulter. Sie hakelte die Krallen eine nach der anderen aus dem Stoff und setzte das Tier auf dem Tisch ab. Es maunzte protestierend, blieb aber sitzen und schüttelte sich heftig. Die Sahne beäugte es zunächst ängstlich, aber der Hunger war wohl groß und der Teller kurz darauf leergeputzt.

20. Kapitel

Es lag eine flirrende Hitze über der Heide, in der sich der Duft der gelben Ginsterblüten und der harzige Wohlgeruch des Wacholders mischten. Die Pfade waren schmal und sandig zwischen dem stacheligen Heidekraut. Eine Ziegenherde mit einem trägen jungen Hirten querte gemächlich Frederics Weg. Er ritt langsam, sah sich um und merkte sich die Wegmarken, um später die Gegend wiederzufinden. Menschenleer war es hier, doch belebt von vielerlei Getier. Er aber achtete vor allem auf die Vögel, die in diesem Revier ihre Brutstellen hatten. Für sie hatte er einen guten Blick, und sein Gehör war auf die Laute gerichtet, mit denen sie sein Kommen kündeten. Allerlei Singvögel hatte er schon bemerkt, einen Habicht hoch oben im Blau entdeckt, zwei jagende Baumfalken erspäht und das Gelege eines Sperbers entdeckt. Über ihm erhob sich ein kleiner brauner Vogel und begann einen lauten, volltönenden Gesang. Eine Heidelerche, erkannte er und gab seinem Pferd den Befehl, stehen zu bleiben.

Lerchengesang – er weckte Wehmut in ihm, und Trauer verdunkelte das helle Sonnenlicht. Mit Rodwyn war er oft in die Heide geritten. An den warmen, geschützten Stellen hatten sie ihre Decke ausgebreitet, Wein getrunken und sich geliebt. Lerchen hatten ihnen Ständchen gebracht in jenen zärtlichen Stunden stiller Vertrautheit. In der Heide war ihr Sohn gezeugt worden.

Frederics Augen brannten. Er vermisste Rodwyn schmerzlich, und der Gedanke, dass sie hilflos dem Feuer ausgeliefert gewesen war, dass sie in Entsetzen und Qual gestorben war, zusammen mit seiner kleinen Tochter, der schnürte ihm noch immer das Herz ab.

Der Feuerteufel würde dafür zahlen müssen. Wenn er seiner nur habhaft wurde.

Dass er alleine die Kate bewohnte, abseits von den besiedelten Gebieten, mochte ein lockender Köder für ihn sein.

Noch immer trällerte die Lerche, und Frederic rief sich mit großer Willenskraft zurück in die Gegenwart. Nach Greifvögeln suchte er, nach Nestern, Horsten, Gelegen. Am liebsten hätte er Turmfalken gefangen, doch die schienen hier nicht ansässig zu sein. Doch Habichte oder Sperber würden es für den Anfang auch tun. Diese kleineren Raubvögel waren bei den Damen und auch beim Klerus beliebt, und das Hillije Köln hatte an beiden viele. Es war die richtige Zeit für Sperber. Die neu geschlüpften Vögel wurden Ende Mai, Anfang Juni flügge. Vier, fünf der Jungen konnte er aufziehen und abrichten.

Er gab seinem Ross das Zeichen weiterzugehen und hielt nun gezielt nach Sperberrevieren Ausschau. Drei gute Spuren hatte er bereits gefunden, als er etwas abseits eine Hütte bemerkte, aus deren Kamin ein Rauchfaden stieg. Neugierig lenkte er sein Pferd in diese Richtung.

Ein ordentlicher geflochtener Zaun umgab einen Hof, auf dem etliche Hühner Körner pickten, ein müde blinzelnder Hund ein leises »Wuff« von sich gab und ein Mann irgendwelche Ranken an Stecken aufband. Er drehte sich zu Frederic um, als er den Hufschlag hörte. Ein Graubart mit grünen Händen, einer verschlissenen Filzkappe auf dem Kopf und einem breiten Grinsen grüßte ihn.

»Was verschlägt Euch in die Einsamkeit der Heide, Herr?«

»Ich wollte die Gegend kennenlernen, Alter. Ihr lebt hier?«

»Ich und mein Weib. Steigt ab und trinkt einen Honigwein mit mir. Die Arbeit in der Sonne macht durstig und der Ritt sicher auch. Euer Pferd findet einen Eimer Wasser hinter dem Haus.«

»Das ist ein großzügiges Angebot«, sagte Frederic und meinte es auch so. Er hatte Durst, und so führte er sein Reittier am Zügel zu der angegebenen Stelle, haspelte einen Eimer Wasser aus dem Brunnen und stellte es ihm hin. Der Alte kam mit einem Tonkrug und zwei Bechern zu ihm und wies auf zwei Baumstümpfe, die als Sitzgelegenheiten dienten. Der Met war kühl und süß, stark war er auch. Aber er belebte Frederic.

»Ich bin Jorgen. Die Frau, meine Rixa, ist nach Altenberg gegangen«, sagte der Alte. »Wir hatten eine gute Ausbeute. Honig sammeln wir, Wachs manchmal und Harz. Die im Kloster zahlen gut dafür.«

»Mich ruft man Frederic.«

»Und Ihr seid auf der Jagd?«

»Der Bogen ist mein Begleiter.«

»Ah, dann schießt mir doch diese verdammten Hasen, Herr. Die fressen mir immer die jungen Erbsen weg.«

»Nicht nach diesem Gesöff, Jorgen. Da trifft kein Pfeil mehr.«

Der Alte lachte.

»Dann muss ich wieder Schlingen legen.«

Frederic deutete auf die kleine Rauchfahne.

»Kocht da im Kessel ein Hasenschwarz?«

»Das machen wir später. Da bereite ich den Sirup aus Wacholderbeeren zu. Gut gegen den Husten und schmerzenden Hals. Hilft auch dem Gedärm.«

»Dem der Mönche in Altenberg?«

»Nicht nur, die Rixa verkauft ihn auch in Mülheim oder drüben in Köln auf dem Markt. Braucht Ihr Bogenholz, Herr Frederic?«

Jorgen wies auf einige Hölzer hin, die an der Wand lehnten. Wacholderholz. Anerkennend nickte Frederic und nahm einen der Stäbe in die Hand. Neben der Eibe das beste Material für einen Jagdbogen. Es würde sich lohnen, bei Gelegenheit etwas davon mitzunehmen. Auch für einen gut gearbeiteten Bogen erhielt man sein Geld, und die Kunst des Bogenmachens beherrschten hierzulande nicht viele.

»Heute nicht, aber ich werde wieder vorbeikommen. Doch wenn Ihr etwas Harz und Bienenwachs vorrätig hättet, würde ich es Euch gerne abkaufen.«

»Wachs noch einen ganzen Tiegel, Wacholderharz nur noch ein klein wenig. Hat neulich ein junger Mann so gut wie alles mitgenommen. Aber ein Restchen habe ich noch.«

Der Alte ging in die Kate und brachte einen kleinen Lederbeutel mit den leicht klebrigen Perlen.

»Das Bogenholz und die Sehne werden es Euch danken. Was verlangt Ihr dafür?«

»Schießt mir diese verdammten Hasen!«

Frederic nickte. Ein Becher Met hatte natürlich nicht seine Fähigkeit beeinträchtigt, mit dem Bogen umzugehen. Der Alte zeigte ihm, wo die Hasen ihren Bau hatten, und mit einem Mal bewies der träge Hund auch eine gewisse Lebhaftigkeit. Er stöberte die Langohren mit großer Freude auf, und Frederic konnte vier von ihnen erlegen. Jorgen und er teilten sich die Beute, und recht zufrieden mit seinem Ausflug und dem Versprechen, wiederzukommen, trennten sie sich.

Die Schatten wurden schon länger, als Frederic zu seiner Kate kam. Zwei der Raben begrüßten ihn, die vier anderen saßen auf dem Dach des Unterstands und gaben bedrohliche Laute von sich. Da stimmte etwas nicht!

Der Bogen glitt wie von selbst von seiner Schulter in seine Hand, ein Pfeil in die andere.

Dann sah er den Eindringling. In graue Lumpen gehüllt, saß er neben dem stämmigen Packpferd, ängstlich zusammengekauert.

»Hey, du!«

Der Junge sah zu ihm auf und versuchte, sich noch weiter unter dem Pferd zu verkriechen. Robb kreiste über Frederic und setzte sich ohne einen Laut auf seine Schulter.

»Ra... Rabenmeister?«

»So sagt man. Wer bist du, was willst du hier?«

»Witold... er schickt mich.«

»Witold vom Fährhaus?«

Der Junge nickte. Frederic ließ den Bogen sinken.

»Welche Nachricht überbringst du?«

»K... keine Nachricht. Ich soll in Euren Dienst treten. Auf Jahr und Tag.«

Das war recht ungewöhnlich, aber Frederic hatte die beiden bärtigen Fährmänner als rechtschaffene Kameraden kennengelernt. Es musste also ein Grund dahinterstecken. Er stieg vom Pferd, Robb flog auf und setzte sich auf das Dach des Unterstands zu den anderen Raben.

»Wie heißt du?«

»Henning, Meister.«

»Und als was sollst du mir dienen?«

»Als Pferdebursche.«

»Dann kümmere dich um den Hengst.«

Frederic trat zur Seite und beobachtete, wie der Junge näher an das Tier trat. Meuric war gut ausgebildet, er gehorchte seinem Herrn, doch bei Fremden verhielt er sich zurückhaltend, gelegentlich widerborstig.

»Herr, könnt Ihr... könnt Ihr die Raben...«

»Sie tun dir nichts.«

Immerhin, der Bursche hatte einen gesunden Respekt vor den Vögeln. Und auch vor dem Pferd. Er betrachtete es zunächst, dann murmelte er etwas vor sich hin. Meuric spitzte die Ohren, blieb aber ganz ruhig stehen. Henning trat näher und legte ihm seine ziemlich schmutzige Hand auf den Hals. Auch das wurde geduldet. Frederic war es zufrieden und ging wieder näher zu seinem Pferd, löste den Sattel, nahm die beiden Hasen herunter. Meuric ließ es sich von Henning gefallen, zum Unterstand geführt zu werden, und ließ sich das Halfter abnehmen. Auch die Stute verhielt sich ruhig.

»Du kannst mit Pferden umgehen, wie ich sehe. Hier, die beiden Hasen häuten und ausnehmen. Die Innereien sind für die Raben, das Fleisch ist für uns.«

»Ich hab kein Messer, Herr.«

»Am Kamin findest du alles. Aber zuerst scheuerst du dir die Hände.«

21. Kapitel

Bruder Gerhardus und Bruder Sigwin von Groß Sankt Martin hatten am Morgen mit der Fähre nach Mülheim übergesetzt, um Vorbereitungen für das Fronleichnamsfest in der ihrem Kloster zugeordneten Kapelle Sankt Mariae Geburt in dem Weiler Stammheim zu treffen. Beide waren Männer gestandenen Alters und von Abt Lodewig mit der Betreuung der Klostergüter und ihrer Leute beauftragt. Als sie ans Ufer traten, nickten sie dem Fährmann zu – einen Lohn hatten Mönche nicht zu zahlen, aber beide waren zumindest so freundlich, sich für die Überfahrt zu bedanken. Dann begannen sie ihre Wanderung an dem von Pappeln bestandenen Ufer entlang bis zum Nachbarort von Mülheim, grüßten die Jungen und Mädchen, die hier schon begonnen hatten, den Prozessionsweg für den nächsten Tag mit jungem Grün zu schmücken. Eine gute halbe Stunde später erreichten sie die aus grauem Stein gebaute kleine Kapelle, die inmitten einer niederen Einfassung lag. Um den Sockel des Turmes schmiegten sich Büsche von blühenden Heckenrosen, die von Bienen summten.

Die kleinen Fachwerkhäuser, die sich um die Kapelle gruppierten, lagen in der Sonne, da und dort gackerten Hühner, fegten und gackerten einige Mägde, schepperte ein Kessel oder quietschte die Winde eines Brunnens. Die Bauern und Knechte des Hofguts arbeiteten auf den Feldern, ein wandernder Händler zockelte mit seinem Maultier vorüber und wurde von zwei Frauen angehalten, die seine Waren zu besichtigen wünschten.

Bruder Sigwin und Bruder Gerhardus wandten sich dem Häuschen neben der Kapelle zu, in dem der Pfarrer sein Heim hatte, und klopften an die Tür. Eine stämmige Matrone öffnete und wischte sich die feuchten Hände an der Schürze ab.

»Er ist zur Morgenandacht, ehrwürdige Brüder.«

»Es ist bald Mittagszeit«, sagte Bruder Sigwin mit einem Blick auf den Sonnenstand.

»Ah, ja. Wie die Zeit vergeht. Er wollte, dass ich die Kessel scheuere. Wegen morgen und dem Festessen. Nun, sucht ihn in der Kapelle auf und holt ihn her. Ich habe eine Suppe auf dem Herd, die wird auch euch munden.«

Die beiden Mönche stimmten zu und gingen die wenigen Schritte zur Kapelle. Die schwere Eichentür war geschlossen, und als sie sie mit einiger Anstrengung öffneten, quoll ihnen eine mächtige Rauchwolke entgegen.

»Heiliger Sankt Martin, was verkokelt der denn hier?«, meinte Bruder Gerhardus und trat einen Schritt zurück.

Bruder Sigwin schnüffelte.

»Da ist zwar Weihrauch mit drin, aber – uh – ein halber Nadelwald ebenso.«

»Bruder Hinrich?«, riefen sie in die verqualmte Kapelle hinein. »Bruder Hinrich, wo bist du?«

Sie bekamen keine Antwort.

»Da stimmt was nicht, Bruder. Rufen wir die Männer. Sie sollen mit Wassereimern kommen. Dieser Brand muss gelöscht werden.«

Es waren aber drei Frauen, die mit ihren Schaffs und Kesseln zur Hilfe eilten, und todesmutig schnappte sich Bruder Sigwin ein Gefäß und drang in die Kapelle ein.

Es brannte nicht, nein, aber als er durch den wabernden Rauch zum Altar schritt, erkannte er die Quelle des Ungemachs – ein recht üppiges Weihrauchschiff. Und vor dem Altar lag Bruder Hinrich ausgestreckt am Boden.

Beherzt goss der Mönch das Wasser auf das Räucherwerk und beugte sich dann zu dem Mann nieder. Mit ausgesprochener Erleichterung stellte er fest, dass noch Leben in ihm war. Auf seinen Ruf kam sein Begleiter herbei, und sie trugen Bruder Hinrich aus der Kapelle. Inzwischen hatten sich davor weitere Menschen versammelt, und ein lautes Wehklagen hub an.

»Beruhigt euch, Leute. Er ist nur ein wenig besinnungslos«, rief Bruder Gerhardus und wies mit dem Kinn auf das Pfarrhaus.

In dem Augenblick begann der Mann auch schon zu husten und sich zu winden. Sie legten ihn auf den Boden, richteten seinen Oberkörper auf und stützten ihn.

»Huh, was ist...?« Ein Hustenanfall schüttelte den armen Priester.

»Du hast wohl zu lange gefastet und... mhm... zu viel Rauch eingeatmet.«

Jemand reichte dem Bruder einen Becher Wasser, und

er trank dankbar. Dann versuchte er, sich aufzurappeln, und Gerhardus half ihm auf die Beine. Gemeinsam gingen sie zum Pfarrhaus, wo die Matrone augenblicklich um ihn herumflatterte.

Bruder Sigwin half, den Priester in einen Sessel zu setzen, und fragte: »Wieso, Bruder Hinrich, hast du so viel Räucherwerk entzündet? Und vor allem in dem Weihrauchschiff. Das dient doch der Aufbewahrung, nicht der Räucherung.«

»Habe ich doch gar nicht. Würde ich nie tun. O heilige Muttergottes, hat das Schiff gebrannt? Mitsamt dem kostbaren Olibanum? O Gottogottogott!«

»Wenn du es nicht entzündet hast, wer denn sonst?«

»Aber ich habe nur einen kleinen Löffel voll… in das Pfännchen. Weil ich wissen wollte, wie der neue Weihrauch riecht. Wir tragen ihn doch morgen bei der Prozession…«

»Stimmt, es stand ein Pfännchen neben dem Schiff«, sagte Bruder Sigwin. »Aber das war ausgebrannt. Warst du die ganze Zeit alleine in der Kapelle, Bruder?«

»Ja, ja doch. Die Leute hier sind brav, aber sie kommen nur zur Messe. Ich war alleine, ehrlich.«

»Und so versunken in deine Gebete, dass du nicht bemerkt hast, wie sich das Räucherwerk im Schiffchen entzündet hat?«

Es klang ungläubig aus Bruder Sigwins Mund, und auch Gerhardus schüttelte den Kopf. Aber aus Hinrich war nicht mehr herauszubekommen.

»Lassen wir ihn, es ist nichts wirklich Schlimmes passiert«, meinte Sigwin, als sie vor die Tür traten.

»Außer dass ein Vermögen von Olibanum in Rauch aufgegangen ist.«

»Kaum, Bruder. Wenig kostbares Harz, weit mehr solches der Kiefer oder des Wacholders. Was zu der starken Rauchentwicklung geführt hat.«

»Dann sollte man überprüfen, von wem er dieses Zeug erhalten hat. Aber erst nach der Prozession. Jetzt lass uns die Ministranten zusammenrufen und ihnen ihre Aufgaben zuweisen.«

22. Kapitel

Myntha saß im Hof und flocht eine Girlande aus Efeu, Weinranken und Wicken. Der kleine weiße Kater – er hatte sich als solcher herausgestellt – haschte nach den Zwirnsfäden und hüpfte munter zwischen den Blättern umher. Die Pilgerin saß still bei ihr, genoss die Sonne mit geschlossenen Augen. Sie war noch immer blass und zu schwach, um auch nur ein paar Blüten zurechtzuzupfen. Myntha störte sie nicht – sie wusste selbst zu gut, wie elend man sich nach langer Krankheit fühlte. Es war schon ein Erfolg, dass Agnes sich überhaupt aus dem Bett bewegt hatte.

Nach einer Weile hatte der quirlige Kater genug von seinen Spielen und hüpfte der stillen Frau auf den Schoß, drehte sich zweimal um sich selbst und fiel in einen erschöpften Schlaf.

Agnes hingegen wachte auf und hielt das Tierchen fest. Dann sah sie zu Myntha hin.

»Wofür die Girlanden?«, fragte sie mit heiserer Stimme.

»Für die Nachen und Kähne morgen. Morgen ist Fronleichnam, und da findet eine Prozession auf dem Rhein statt. Die Gottestracht.«

Agnes nickte.

»Schönes Bild.«

»Ja, es sieht prachtvoll aus. Alle Schiffe sind geschmückt, und der Prozessionsweg rund um die Gemarkung wird ebenfalls mit jungem Grün und Streublumen hergerichtet.«

»Prozession kenne ich. Warum mit Schiffen?«

Agnes sprach und verstand ihre Sprache, aber sie kam ihr irgendwie unbeholfen über die Lippen. Doch nicht so, als ob sie sie eben erst gelernt hätte, sondern als hätte sie sie lange Zeit nicht benutzt. Wenn die Frau sich kräftiger fühlte, würde Myntha versuchen, der Sache auf den Grund zu gehen. Jetzt aber beantwortete sie ihr die Frage mit einem kleinen Lächeln.

»Mein Vater würde Euch die Geschichte in viel bunteren Farben erzählen, aber ich kenne sie auch. Es mag wohl an die hundert Jahre her sein, da hat ein Kirchenräuber die kostbaren Kelche und Monstranzen aus unserer Kirche Sankt Clemens gestohlen und wollte mit seiner Beute in einem Boot entkommen. Doch der Strom selbst wehrte sich gegen diesen Frevel, und das Boot blieb mitten in der Strömung stehen. So wurde der Raub entdeckt, und die Fischer und Schiffer fassten den Frevler und brachten die heiligen Gerätschaften in einer Prozession zurück nach Sankt Clemens. Zum Gedenken an diesen Tag findet nun immer diese Gottestracht ein Stück auf dem Fluss statt.«

»Würde gerne mitgehen.«

»Dazu seid Ihr noch viel zu schwach, Agnes. Es ist ein langer Weg rund um Mülheim und seine Gemarkung.«

Sie schüttelte den Kopf.

»Bin auch bis hierher gekommen. Würde so gerne.«

Nun ja, auf dem Nachen würde sie sitzen können, und über den Landweg... Der alte Tragstuhl wäre eine Möglichkeit. Haro und Witold waren allemal stark genug, das magere Weib zu tragen. Es war nicht unüblich, dass die Gebrechlichen auf diese Weise der Prozession folgten.

»Ich will sehen, was sich machen lässt.«

Myntha befestigte die letzten Ranken an der Girlande und stand auf, um ihre Brüder zu suchen.

Haro, der mit Reemt zusammen dem kleinen Kahn den letzten Schliff gab, erklärte sich bereit, den Tragstuhl herzurichten, und zufrieden nahm Myntha Korb und Schere, um weiteres Grün zu schneiden. Sie zerrte eben an einem langen Trieb in der Hecke, als sie in der Taille gepackt und hochgehoben wurde. Mit einem Quiekser wandte sie sich um und blickte in Karols lachendes Gesicht.

»Huh, lass mich runter.«

»Aber ich will dir doch nur helfen. So bist du größer und kommst an die Äste dort oben.«

»Die brauche ich aber gar nicht.«

Er stellte sie wieder auf den Boden, ließ sie aber nicht los. Noch immer lachte er, und seine Augen funkelten herausfordernd. Es war so leicht, ihm die Arme um den Hals zu legen, und seine Lippen waren so warm und so süß. Aber nach dem langen, köstlichen Kuss machte sie sich vorsichtig von ihm los.

»Wo warst du die ganze Zeit, Karol?«

»Hab ich dir gefehlt?«

»Vielleicht? Ein bisschen? Du bist ohne Abschied verschwunden.«

»Ich musste meine Vorräte verkaufen. Drüben in Köln und unten in Deutz. War ein paar Tage zu Hause und hab das Dach gedeckt, das im Winter leck geworden war. Die Mutter war krank, meine Schwester hat sich einen Bankert andrehen lassen. Kurz, sie brauchten einen Mann im Haus, der nach dem Rechten sah. Aber jetzt habe ich ein paar Tage Zeit.«

»Und dann gehst du wieder auf Fahrt?«

»Herr Wolter van Duytz will im August wieder aufbrechen. Er hat mich gefragt, ob ich diesmal als Handelsgeselle mitkommen will. Mit einem kleinen Kapital, um selbst ein paar Fässer Weihrauch und Gewürze zu erwerben.«

»Du wirst noch ein richtiger Handelsherr, Karol.«

Er lachte wieder fröhlich.

»Ein reicher Pfeffersack, was hältst du davon?«

Viele, sehr unterschiedliche Gedanken flatterten durch Mynthas Kopf. Es wäre schön, einem Handelshaus vorzustehen, oh ja. So wie Frau Alyss.

Sie schmiegte sich kurz an ihn. Dann aber griff sie nach ihrem Korb und meinte: »Dann kommst du erst nächstes Jahr wieder zurück. Das ist eine lange Zeit.«

»Und eine weite Reise. Musst du den ganzen Nachmittag Girlanden binden, oder hilfst du mir, den Weg zu schmücken?«

»Ich könnte auch dir helfen und die Girlanden heute Abend winden.«

Sie verbrachten einen glücklichen Nachmittag damit, Blätter und Blumen zu sammeln und sie in Körben zu den anderen Mädchen und jungen Männern zu bringen, die die Gemarkung für die Prozession herrichteten. Doch dann wurde Mynthas heitere Laune getrübt, als drei Männer sie anpöbelten und das Zeichen gegen den bösen Blick machten. Die jungen Weiber kreischten und liefen von ihr weg, und eine Alte hob einen Eimer Wasser, in dem Blumen gestanden hatten, und schleuderte den Inhalt gegen sie. Aufschreiend sprang Myntha zur Seite, stolperte und fiel hin. Karol stürzte auf die Alte zu, entriss ihr den Eimer und stülpte ihn ihr über den Kopf. Das Geschrei nahm zu, und schon war eine gewaltige Prügelei im Gange.

Zutiefst gedemütigt schlich Myntha davon. Das Wasser hatte sie nicht getroffen, was ihr einen Panikanfall ersparte, aber die Missbilligung der Menschen erschütterte sie einmal mehr. Sie hatte niemals jemandem ein Leid getan, und dennoch betrachtete man sie als Ausgestoßene, als Wiedergängerin, als Unholdin. Davor konnte auch Karol sie nicht schützen.

Der Hof lag wie ausgestorben in der Sonne. Agnes war wohl wieder in ihre Kammer gekrochen, ihre Brüder und der Vater machten den Fährdienst, die Großmutter saß vermutlich mit Ellen und anderen Frauen zusammen. Nur der kleine Kater schlief noch mitten in einem Sonnenfleck. Myntha kniete sich zu ihm nieder und streichelte sein heißes Fell. Er blinzelte sie an, streckte die Pfoten aus, umfasste mit den Tatzen ihre Hand und leckte genüsslich ihre Finger.

»Du hast keine Angst vor mir, Katerchen«, flüsterte sie. »Danke dafür. Wollen wir uns überlegen, wie ich dich rufen soll, Kleiner? Ein Murrer wie der alte Mauser bist du nicht.«

Er nagte an ihrem Daumen und gab freundliche Laute von sich. Ein seltsam zutrauliches Tierchen war er, vielleicht dankbar dafür, dass sie ihn gerettet hatte.

»Ein Freund, Amicus, ja?«

»Mirr!«

»Ja, gut. Später, wenn du größer bist. Jetzt lassen wir es bei Mico.«

Er drehte sich auf den Rücken, und sie krabbelte seinen Bauch. Er schnurrte aus Leibeskräften, und allmählich gewann Myntha auch ihre Gelassenheit zurück.

Der letzte Blätterschmuck war geflochten, die Girlanden zum Nachen gebracht, die Großmutter briet Fische, Myntha schrubbte sich mit Sand die grünen, harzigen Hände am Brunnen, als Reemt mit einem Begleiter im Fährhaus erschien. Sie sah ihnen entgegen, als sie durch das Tor traten. Der Mann war etwa gleich groß wie ihr Vater, doch weit schmächtiger. Er hielt sich etwas gebeugt, sein Schädel war kahl geschoren, eine weiße Binde lag über seinem linken Auge. Rickel Moelner, schoss es Myntha durch den Sinn. Der Mühlenbesitzer, der sich bei ihrem Vater nach ihr erkundigt hatte.

Nun denn, er würde vermutlich bald genug von ihrem üblen Ruf hören und keinerlei Interesse mehr zeigen.

»Kind, sind deine Hände sauber?«, fragte Reemt sie, während der andere Mann einen Schritt hinter ihm verharrte.

»Sauber, aber noch nass. Ich grüße Euch, Herr«, sagte

sie und nickte dem Begleiter ihres Vaters zu. Ein großes, braunes Auge begutachtete sie, und ein schüchternes Lächeln begleitete seine Verbeugung.

»Jungfer Myntha?«

»Das ist Rickel Moelner. Sei so gut, bring uns Wein und Kuchen in die Stube.«

»Sogleich, Vater.«

Er wollte also nicht, dass sie bei dem Gespräch dabei war. Aber das war nicht ungewöhnlich. Möglicherweise ging es auch um geschäftliche Angelegenheiten und gar nicht um sie selbst. Reemt übernahm hin und wieder Fahrten für die Rheinmühlen, die im Wasser lagen und deren Mahlwerke durch die Strömung angetrieben wurden.

Wein fand sich in der Speisekammer, und die Großmutter hatte süße Pasteten mit Heidelbeeren und Honig gebacken. Sie brachte die Erfrischungen in die Stube und verschwand lautlos wieder. Ihr Vater würde ihr später schon berichten, was wichtig war. Wenn nicht der Rickel schaudernd davoneilte, wenn er die bösen Gerüchte über sie hörte.

Enna war in der Zwischenzeit auch zurückgekommen, und so beschäftigte sie sich in der Küche damit, ihrer Großmutter zu helfen, das Essen für den nächsten Tag vorzubereiten. Die Prozession würde viele Stunden lang dauern, und abends würden sie zwar geläutert und gesegnet, aber ausgesprochen hungrig nach Hause kommen.

23. Kapitel

Zufrieden mit seinen ersten Vorbereitungen lehnte Vikar Volmarus sich zurück. Einen Ort für den Exorzismus an der Fährmannstochter hatte er schon gefunden. Unten im Keller des Hospizes gab es einen fensterlosen Raum, in dem die Aufwärter die stinkenden Laken sammelten, um sie einmal im Monat den Wäscherinnen zu übergeben. Dort hatte er schon einmal einen großen Erfolg zu verzeichnen gehabt, damals, als er der alten Hilla den Beelzebub ausgetrieben hatte. Diese furchtbare Vettel hatte ständig während der Messe unflätiges Gewäsch von sich gegeben. In fremden Zungen hatte sie geredet, und während der Wandlung von Wein in Blut hatte auf ihr Geheiß der Blitz in den Kirchturm eingeschlagen. Damals waren alle sofort bereit gewesen, die Alte, die wie besessen tobte – na ja, sie war ja auch besessen –, festzuhalten und mit Stricken zu binden.

Einen feinen Exorzismus hatte er damals durchgeführt. Vor Zeugen war die Hilla plötzlich von einem Fliegenschwarm umgeben gewesen, den er mit seinen Gebeten und volltönenden Bannsprüchen verscheucht hatte. Es war ihr sogar eine Spinne aus den Haaren gekrochen gekommen, als er sie großzügig mit Weihwasser besprengt hatte. Erst hatte sie noch geschrien wie am

Spieß, aber das war ja ein übliches Verhalten der Dämonen, wenn man sie austreiben wollte. Dann wurde sie aber immer stiller und stiller.

Ja, es war ein großer Erfolg für ihn gewesen.

Der Enkel der alten Hilla hatte ihn zwar angeknurrt, aber nichts weiter unternommen. Inzwischen kam die Vettel kaum noch aus ihrer Hütte gekrochen, und wenn sie in die Kirche kam, blieb sie stumm und stierte nur noch vor sich hin.

Also gut, der Keller im Hospiz. Dort würde er in den nächsten Tagen ein hohes Holzkreuz aufrichten. Wieder rieb Volmarus sich voller Vorfreude die Hände. Ewwers und seine Kumpane würden ihm dabei sicher helfen. Und dann musste er sich sehr gut ausdenken, wie er der Wiedergängerin habhaft wurde, ohne dass es ihre Brüder, diese vermaledeiten, merkten.

Auch dazu hatte er schon eine Idee. Sie trieb sich ja gerne mit dem Karol herum. Unzüchtige Dinge tat sie mit ihm. Ganz sicher. Weiber verführten die jungen Männer immer mit ihrem sündigen Gebaren. Und mit dem Karol hatte er noch Geschäfte abzuwickeln. Letzthin hatte der ihm Weihrauch angeboten, zu einem horrenden Preis, den er nicht gewillt war zu zahlen. Andererseits konnte es jetzt eine lohnende Investition sein. Über den Handelsgehilfen waren ihm nämlich einige Gerüchte zugetragen worden, die er nutzen konnte, um einerseits den Preis zu drücken und zum anderen den jungen Mann dazu zu überreden, ihm die Wiedergängerin zuzutreiben.

Mal sehen, was sich da machen ließ.

Jetzt aber musste er sich um eine andere Veranstaltung kümmern. Weit weniger unterhaltsam als eine Teufelsaustreibung, aber ein notwendiges Übel – die alljährliche Gottestracht stand vor der Tür.

24. Kapitel

Die Raben regten sich mächtig auf, denn schon in der Frühe waren unzählige Menschen am Ufer entlanggegangen, um sich vor Mülheim zu versammeln. Alle schienen sie ihren Sonntagsstaat angelegt zu haben, was Frederic, der sie von der Tür seiner Kate aus beobachtete, den Gedanken eingab, dass sein neuer Gehilfe vermutlich auch einen Kittel benötigte. Der Junge hatte sich als anstellig mit den Pferden erwiesen, und die Hasen hatte er fachgerecht gehäutet und ausgenommen. Nur vor den Raben hatte er noch immer Angst. Konzentriert hatte er später das Hasenragout in sich hineingeschaufelt und dazu einen halben Laib Brot verdrückt. Aber er hatte dabei weder gekleckert noch geschmatzt. Viel geredet hatte er allerdings nicht, und Frederic hatte ihn auch nicht weiter dazu ermuntert. In der Dämmerung hatte Henning sich zu den Pferden verzogen, sich in eine raue Decke gewickelt, sich im Stroh zusammengerollt und war eingeschlafen.

Frederic, früh von dem lauten Krächzen der Raben geweckt, wusch sich am Trog mit dem kalten Wasser den Schlaf aus dem Gesicht und reckte sich. Der Tag würde wieder sonnig werden, aber wenn ihn nicht alles täuschte, lag Regen in der Luft. Spätestens am Abend würden von Westen Wolken aufziehen. Doch die Gottes-tracht würde noch im Sonnenschein stattfinden. Ohne ihn. Gott hatte ihm zu viel genommen, als dass er ihm noch mit Gebeten zu huldigen gedachte.

Ein Blick zu den Pferden zeigte ihm, dass der Junge noch da war, sich jetzt aber auch zu rühren begann. Im-merhin, er hätte sich in der Nacht auch davonstehlen können. So recht wusste Frederic noch immer nicht, was er mit dem Burschen anfangen sollte. Es wäre ver-mutlich von Nutzen, am Fährhaus vorzusprechen und Witold zu fragen, was hinter der Sache steckte. Aber der heutige Tag war dafür nicht geeignet. Die Fährleute wür-den allesamt auf dem Wasser sein, um die Prozession zu begleiten. Henning kam jetzt aus dem Unterstand und rieb sich die Augen.

»Wasch dich, Junge. Ich such dir ein paar Kleider. Du siehst jämmerlich aus.«

»Ja, Meister. Danke, Meister.«

Der zerschlissene Kittel fiel auf den Boden, die faden-scheinige Bruche folgte, und Frederic sog die Luft zwi-schen den Zähnen ein. Jemand hatte den Jungen ziem-lich übel ausgepeitscht, sein Rücken zeigte viele alte und frische Striemen. Aber dessen ungeachtet begann sich Henning mit Geplansche und Geplatsche zu wa-schen. Frederic kehrte in die Kate zurück, um seine eige-nen Gewänder zu durchsuchen. Ellen sorgte dafür, dass er immer saubere Sachen hatte. Viele waren es nicht, aber das eine oder andere Stück konnte er entbehren. Er brachte sie zusammen mit einem Leinentuch und einem Tiegel Salbe nach draußen.

Tropfend stand Henning am Trog und kämmte sich mit den Fingern die nassen Haare. Sie waren dunkel, lockig und fielen ihm bis auf die Schultern.

»Trockne dich ab, dann behandle ich die Striemen.«

»Nicht notwendig, Meister.«

»Doch. Los!«

Henning hatte Angst, dass er ihn wegen der Peitschenhiebe ausfragen würde, das war nicht zu übersehen. Aber die Befragung schob Frederic auf und schmierte schweigend die fettige Ringelblumensalbe auf die roten Stellen. Der Junge gab keinen einzigen Laut von sich, obwohl ihm die Berührung wehtun musste. Dann reichte Frederic ihm seinen grobzinkigen Holzkamm und meinte: »Kämm dich und lass die Salbe eine Weile an der Luft einziehen. Ich bereite uns den Frühstücksbrei zu.«

»Ja, Meister.«

Wortkarg, der junge Kerl. Aber gehorsam.

Frederic entzündete das Feuer unter dem Kessel und rührte in dem vorbereiteten Gerstenbrei. Füttern und kleiden musste er seinen neuen Gehilfen, und ein paar Stiefel benötigte er auch. Er würde herausfinden müssen, was er, außer dass er mit Pferden umgehen konnte, sonst noch für Fähigkeiten besaß. Wenn er geschickte Hände hatte, konnte er ihm möglicherweise beim Bogenbauen helfen.

Während Frederic seine Vorräte überprüfte und den letzten Rest Honig zu dem Brei gab, hörte er seine Pferde leise wiehern. Er blickte aus der Tür und sah, dass Henning, noch immer nackt, wie Gott ihn geschaffen hatte, die Tiere zur Tränke geführt hatte und nun mit der Forke den Unterstand reinigte. Gehorsam und fleißig.

Jemandem entkommen.

Auf der Suche nach einem Versteck.

Die Raben verhielten sich ihm gegenüber inzwischen friedlich. Offenbar hatten sie akzeptiert, dass er hier seinen Aufenthalt genommen hatte. Als Frederic ihnen die Reste vom Vortag ausstreute, kamen sie herbei und verschlangen sie gierig.

»Henning, zieh dich an und iss deinen Brei.«

»Ja, Meister.«

Kurz darauf kam der Junge angekleidet in die Kate, setzte sich still an den Tisch und löffelte den Napf leer.

»Die Stute ist trächtig, Meister.«

»Ist sie das?«

»Noch nicht lange.«

Die Nachricht war erfreulich. Und zeigte, dass Henning einen guten Pferdeverstand hatte.

»Heute ist Gottestracht auf dem Rhein. Willst du mitgehen?«

Überrascht sah der Junge ihn an.

»Ihr... Ihr gebt mir frei?«

»Ich will dich nicht am Beten hindern.«

»Geht Ihr mit?«

»Nein.«

»Ich muss nicht?«

»Nein.«

Henning biss sich auf die Unterlippe, dann schüttelte er den Kopf.

»Ich bewege die Pferde, wenn es Euch recht ist.«

»Und kommst zur Sext zurück?«

»Sicher, Meister.«

»Brauchst du einen Sattel?«

Ein winziges Lächeln huschte über Hennings Gesicht.

»Nein, Meister.«

»Dacht ich mir. Dann geh.«

Der Junge hatte eine hervorragende Haltung auf dem Pferd. Und Frederic setzte sich grübelnd auf die Bank, um seinen Bogen und die Sehne mit Wachs und Harz zu behandeln. Wenn Henning auf der Flucht war, dann hatte er jetzt die Gelegenheit, mit zwei wertvollen Pferden abzuhauen. Warum traute er dem Kerl eigentlich? War es die stoische Haltung, mit der er die Schmerzen zu ertragen bereit gewesen war? Die Geduld, mit der er den Hunger ertragen hatte? Er musste heißhungrig gewesen sein, aber er hatte trotz allem manierlich gegessen.

Manierlich.

Ein Pferdebursche?

Manches konnte man ablegen, vieles leugnen. Dinge, die man von klein auf gelernt hatte, behielt man bei.

Die Raben kamen von ihren Rundflügen zurück, setzten sich auf den Sprenkel und begannen ihr Gefieder zu putzen.

»Lernt mal ein neues Wort, Jungs und Mädchen«, sprach er sie an.

»Freder. Ric. Ric!«

»Sehr schön. Nun sagt: ›Freund!‹«

Es dauerte eine Weile, bis sie es alle über den Schnabel bekamen, dann aber gingen sie ihr gesamtes Repertoire durch.

Der Bogen schimmerte bald, und Frederic legte ihn beiseite, um die Pfeile weiter zu bearbeiten. Er schäftete die Gänsefedern und begann die Befiederung anzubringen. In der Ferne hörte er die Gesänge und Gebete der Prozession, die sich dem Ufer näherte, dann verklangen die Stimmen, und es näherte sich Hufschlag.

Sein Vertrauen war offenbar gerechtfertigt. Henning kam in leichtem Trab den Weg hinauf, die Stute am Halfter neben sich. Vor der Kate glitt er vom Rücken des Hengstes und begann, ihn mit einem Strohbündel abzureiben. Auch die Stute erhielt diese Behandlung, und beide Tiere führte er anschließend zu der kleinen Weide hinter der Hütte, wo er sie ordentlich anpflockte. Dann erst kam er zu ihm.

»Und?«

»Hat Ärger gegeben.«

»Wo?«

»Bei der Prozession. Der Priester hat der Jungfer aus dem Fährhaus verboten mitzugehen.«

»Ein loses Weib?«

Erstmals erblickte Frederic ein erbostes Blitzen in Hennings Augen.

»Ein gütiges junges Weib.«

»Du hast sie kennengelernt?«

»Gestern.«

»Man sagt, sie sei eine Wiedergängerin«, sagte Frederic trocken. »Ein jähzorniges Mannweib, das Unheil kündet.«

Einigermaßen gespannt wartete er auf eine Antwort.

»So sprach der Priester und besprengte sie mit Weihwasser.«

»Wie hilfreich. Fuhren die Dämonen aus ihr heraus?«

Henning drehte sich um und ging weg.

»Komm zurück, Junge, und berichte weiter.«

Er hörte nicht auf seinen Ruf.

»Robb, Crea, holt ihn.«

Die beiden Raben flatterten auf und stießen mit lautem Krächzen auf den Jungen nieder. Das half. Er hob abwehrend die Arme und blieb bewegungslos stehen.

»Henning, komm her.«

»Die Raben.«

»Robb, Crea, zurück!«

»Rück, rück!«

Es hörte sich an wie Gelächter.

Hennings Miene war starr, aber er kehrte um.

»Ich habe dich beleidigt, da ich die Jungfer beleidigt habe. Ich kenne sie nicht, Henning, aber ich habe diese Dinge sagen hören.«

»Sie ist… besonders.«

»Und das Besondere an ihr macht den anderen Angst. Dir nicht?«

»Nein.«

»Setz dich. Robb, komm zu mir.«

Der Rabe setzte sich auf Frederics Schulter, und mit einer Hand fuhr er ihm über Kopf und Rücken. Dann wies er auf Henning.

»Sag Freund!«

»Frrreund!«

»Gib mir deine Hand, damit er lernt, was es heißt.«

Zögernd reichte Henning ihm die Rechte.

»Frrreund!«

Der Rabe hüpfte über den Arm auf die Schulter des Jungen, kniff ihn in sein Ohr und krächzte noch einmal: »Frrreund!« und schwang sich dann auf.

»Ihr ... Ihr sprecht mit ihnen. Sprecht mit Vögeln.«

»Tja, Junge, ich bin auch irgendwie ... besonders.«

»Ja.«

Eine Weile schwiegen sie, dann fragte Henning plötzlich: »Kann ich ein Stück Brot haben, Meister?«

»Sicher. Liegt im Korb drinnen.«

Er kam zurück und hatte einen Kanten in der Hand, den er in kleine Stücke brach.

»Darf ich das dem Raben geben?«

»Lock sie, wenn du kannst.«

»Rrrobb!«

Er konnte die Rabenstimme erstaunlich gut nachmachen. Robb kam und hüpfte vor seine Füße. Henning reichte ihm das Brot mit den Fingern. Der Rabe nahm es ihm aus der Hand.

»In Stammheim hat es gestern in der Kapelle gebrannt«, erzählte er dann wie beiläufig.

Frederic zuckte zusammen.

25. Kapitel

Dass man sie von der Prozession ferngehalten hatte, verwunderte Myntha nicht besonders. Vikar Volmarus hatte eine geradezu krankhafte Angst vor ihr. Und der eine kleine Teufel, der tatsächlich in ihr steckte, brachte sie hin und wieder dazu, diese Angst in ihm aufs Neue zu schüren. In den vergangenen zwei Jahren hatte sie sich aber während der Prozession einfach unter die Menge gemischt und war ihm nicht unter die Augen gekommen. Doch dieses Mal war es wieder schlimmer geworden. Seit Magistra Rotraut in den Flammen umgekommen war, hatten abergläubische Lästermäuler weiter das Gerücht verbreitet, dass sie das Unheil anzog und sie von bösen Geistern besessen sei.

Sie hatte sich also, nachdem der Vikar seinen Weihwasserwedel vor ihr herumgeschwenkt und Bannsprüche geblökt hatte, ins Fährhaus zurückgezogen. Sie hatte mit Mico gespielt, am Spinnrad gesessen und zum Surren des Rades ihre eigenen Lieder gesummt und über ihre Zukunft sinniert. Rickel Moelner hatte tatsächlich mit ihrem Vater über eine mögliche Verbindung gesprochen. Ihm war offenbar das Gerede über ihre nächtlichen Umgänge noch nicht zu Ohren gekommen, oder es scherte ihn nicht. Allerdings war er wohl mehr an einer ausreichenden Mitgift interessiert als an ihr selbst. Er war nach der Unterredung fortgegangen, ohne sich von ihr zu verabschieden.

Vielleicht musste er erst noch mal nachrechnen, ob sie auch eine lohnenswerte Erwerbung sein würde.

Andererseits – war er als Gatte auch für *sie* eine lohnenswerte Erwerbung?

In gewisser Weise sicher. Für ihn sprach, dass er sein Heim am Holzmarkt hatte, auf der anderen Rheinseite, im südlichen Köln. Bis dorthin war ihr Ruf noch nicht gelangt, und außerdem lag sein Haus nicht weit entfernt von dem von Frau Alyss. Er war zweiundvierzig Jahre alt und noch nie verheiratet gewesen. Das mochte man achtsam bedenken. Seine Schwester Swinte führte seinen Haushalt. Die würde man besser kennenlernen, bevor es zu einer Verbindung kam. Ihre Mühlen allerdings arbeiteten mit Gewinn, und er selbst war in der Gaffel Schwarzhaus als Mühlenerbe vertreten. Das wog vieles wieder auf.

Gegen ihn sprach vermutlich auch einiges, das sie bisher noch nicht bemerkt hatte, sicher aber nicht sein fehlendes Auge. Vielleicht würde er in den nächsten Tagen die Bekanntschaft mit ihr suchen. Dann würde man weitersehen.

Am Abend kamen ihre Brüder und die Großmutter mit Agnes zurück, und Myntha tischte ihnen kalten Braten und Käse auf. Agnes zog sich jedoch gleich in ihre Kammer zurück. Myntha brachte ihr eine Schüssel Suppe, einen weißen Wecken und einen Krug verdünnten Wein und half ihr, die Kleider abzulegen.

»Danke, Jungfer Myntha. Es war sehr schön, diese Gottestracht. Aber der Priester war böse. Warum?«

»Er mag mich nicht. Esst, damit Ihr bald wieder kräftig werdet.«

»Ja, kräftig. Ich muss zu den Jungfrauen. Und zu der heiligen Ursula. Hab ein Gelübde abgelegt.«

»Wartet noch eine Woche oder so, Agnes. Die Heiligen sind langmütig.«

»Und Ihr auch.«

»Oh, bei Weitem nicht immer. Daher rührt ja mein schlechter Ruf.«

Der nächste Tag war wieder den üblichen Pflichten gewidmet, die Girlanden wurden von den Booten genommen, die Blüten von den Wegen gefegt. Der Gemüsegarten bedurfte der Pflege und die Haushaltsbücher der Eintragungen. Ein böiger Wind scheuchte ein paar Schauer über das Land, die am Nachmittag in einen anhaltenden Regen übergingen. Myntha setzte sich mit den am Morgen geernteten Bohnen an den Küchentisch und begann sie zum Trocknen vorzubereiten. Agnes gesellte sich zu ihr und übernahm ohne zu fragen ebenfalls diese Aufgabe. Sie schien genau zu wissen, was zu tun war, also nickte Myntha ihr freundlich zu.

»Wir sind im April aufgebrochen. Von Malesdroit. Zwanzig Pilger«, sagte Agnes plötzlich leise.

»Wo liegt Malesdroit?«

»Im Westen, in der Bretagne. Vierzig Tage waren wir unterwegs. Schlimmer Weg. Manchmal hielten uns Söldner auf. Ich bin in Aachen krank geworden. Müde, so müde, und die Füße kaputt.«

»Woher kennt Ihr die heilige Ursula? Woher wisst Ihr, dass Ihr bei ihr um Fürbitte beten müsst?«

Agnes lächelte ein wenig.

»Die heilige Ursula war eine bretonische Königstochter.«

»Oh.«

»Auch sie ist nach Köln gezogen. Wir folgten ihr. Sie wird meinen Kindern Schutz gewähren.«

»Ihr habt Kinder?«

»Zwei Jungen und ein Mädchen. Ich habe sie nicht gerne alleine gelassen. Aber ich brauche Sankt Ursula. Brauche Schutz. Es herrscht Krieg, immer noch.«

»Sowie Ihr Euch besser fühlt, begleite ich Euch zu den Ursulinen.«

»Danke dafür. Ich helfe hier, ja? Ich kann spinnen und weben und nähen und kochen.«

»Aber Ihr seid keine Magd, Agnes.«

»Doch ich kann arbeiten. Gut arbeiten.«

»Nun, mal sehen. Lore, unsere Köchin, wird in den nächsten Tagen zurückkommen, dann braucht sie ihre Kammer wieder.«

»Ich kann am Herd schlafen.«

»Das wird nicht nötig sein. Wir finden irgendwo ein Bett für Euch.«

Himmel, das Weib war beharrlich. Aber nun gut, während der Sommerzeit konnten sie Hilfe brauchen. Es gab viele Fährgäste, oft war die Schlafkammer belegt, und die Reisenden verlangten Nahrung.

So, wie es schien, auch schon an diesem Abend. Reemt kam mit tropfender Kappe in die Küche und sagte: »Ein Tross Kupferhändler verlangt Unterkunft, Myntha. Ist die Schlafkammer gerichtet?«

»Mit frischem Stroh und Decken, ja. Aber sie wollen wohl auch essen und trinken.«

»Davon kannst du ausgehen. Es sind auch zwei Händlerinnen dabei, die müssen in die kleine Kammer.«

»Wird schon gehen. Ich hole Ellen, damit sie der Großmutter am Herd hilft.«

Die Kupferhändler verhielten sich gesitteter als die Leyendecker, und Myntha traute sich, ihnen den Braten und die Brote, das Rübenmus und den Käse in die Stube zu bringen. Ihr Vater saß bei den Händlern und schwatzte, ihre Brüder hielten die Aufsicht über das Fass mit dem Apfelwein und schenkten ihn in Krügen aus.

»Doch, werte Herren, der Rhein hat seine Tücken«, hörte Myntha Reemt eben sagen und drehte sich Augen rollend zu Haro um. Der zuckte nur mit den Schultern. Ihr Vater geriet bei großer Zuhörerschaft manchmal in Fabulierlaune. Und die Rheinnixen waren sein ganz besonders beliebtes Thema.

»Die Strömung ist nicht immer gleich stark, und an manchen Tagen, werte Herren, ist sie besonders gefährlich. Es sind die Rheintöchter, die ihr Opfer fordern, und manches Boot ist mit Mann und Maus von ihnen in die Tiefe gerissen worden.«

»Rheintöchter?«, fragte die eine Händlerin, ein kräftiges Weib mit einer roten Haube. »Hab ich schon mal gehört. Aber gesehen hat die noch keiner, oder?«

Oh je, das war Wasser auf Reemts Mühlen.

»Es gibt sie, und ich habe sie gesehen. Schöne Weiber sind sie, und ihre Haare schweben wie Wassergras um sie herum. Sie sprechen und singen mit betörenden Stimmen und locken mit sinnlichem Ton. Mir haben sie Gold versprochen, ganze Horte voll, doch meine Söhne lassen mich nie mit ihnen reden.«

»Horte voll Gold, im Rhein?«

»Seit Hunderten von Jahren schon wartet es. Hier wurde der Nibelungenschatz verborgen, hier ließ König Gernot das schimmernde Geschmeide, die funkelnden Juwelen, das glänzende Gold versenken.« Und er intonierte den Singsang, den auch Enna immer vor sich hin murmelte:

»Nun mögt ihr von dem Horte · Wunder hören sagen:

Zwölf Leiterwagen konnten · ihn kaum von dannen tragen

In vier Tag und Nächten · aus des Berges Schacht,

Hätten sie des Tages · den Weg auch dreimal gemacht.«

Mit großen Augen lauschten die Gäste seinem Bericht über die Pracht des Nibelungenschatzes. Die tragischen Rollen von Kriemhild, Siegfried und Hagen aber vernachlässigte er, mischte seltsame Weisungen von jenen Rheintöchtern mit hinein, die er selbst hatte gehört haben wollen, sprach von Gold schmiedenden Zwergen und lauernden Drachen in den Bergen. Schließlich stand Witold auf und legte ihm den Arm um die Schultern.

»Unser Vater ist ein wundervoller Geschichtenerzähler, werte Herren. Doch manch bunte Farbe malt der Wein in seine Worte. Wir setzen Euch morgen über, und wenn Ihr Glück habt, lässt die Sonne die Wellen funkeln. Kein Goldschatz wurde je hier gesehen. Und leider auch keine hübschen Wasserweiber.«

»Aber Sohn...«

»Sonst, Vater, hätten wir den Schatz schon lange geborgen und lebten in Saus und Braus.« Und mit geübtem Griff half er Reemt aufzustehen und führte ihn aus der Gaststube.

Myntha sah ihm nach und erkannte Agnes, die an der Tür stand und ihm mit leuchtenden Augen nachsah. Da hatte er wieder eine Frau bezaubert mit seinen Schilderungen von Gold und Geschmeide. Arme Agnes – kostbarer Schmuck hatte bisher wohl nicht zu ihrem Leben gehört. Mochte sie heute Nacht von schimmernden Perlen und glitzernden Karfunkelsteinen träumen. Sie selbst hatte nie daran geglaubt, dass wirklich ein Schatz im Rhein versenkt worden war. Wer hätte je so dumm sein können? Früher hatte auch ihr Vater nie davon gesprochen, obgleich er von Kindesbeinen an auf der Fähre gestanden hatte. Vor zehn Jahren jedoch hatte Reemt damit begonnen, diese Geschichte zu erzählen, und schmückte sie mit jedem Mal mehr aus. Manches stammte aus den Versen über Kriemhild und Siegfried, die Enna ständig vor sich hin murmelte, anderes aus Berichten der Reisenden, die von den wunderlichen Erlebnissen ihrer Fahrten sprachen, und einiges musste er geträumt haben. Ausgelöst hatte diesen Wahn, so glaubten sie und ihre Brüder, ein starkes Fieber, das ihn in jener stürmischen Nacht gefangen hielt, in der er trotz Krankheit dem Tross einer jungen Adligen über den Rhein geholfen hatte. In jenen fiebrigen Nächten danach, in denen sie um sein Leben bangten, hatte er angefangen, von einem Goldschatz zu faseln. Und auch später, wenn er den einen oder anderen Schluck zu viel getrunken hatte und zu viele begeisterte Zuhörer an seinen Lippen hingen, dann spann er diesen Stoff weiter aus. Und in den darauf folgenden Tagen mussten Witold und Haro immer sehr darauf achten, dass er nicht ins Wasser sprang, um den Rheintöchtern zu folgen.

Er war kauzig, ihr Vater. Aber es war eine liebenswerte Kauzigkeit.

Weit liebenswerter als ihr eigenes unholdes Wesen.

26. Kapitel

Mit dem Handelsgesellen Karol hatte Vikar Volmarus ein befriedigendes Geschäft abgewickelt. In mehrerlei Hinsicht. Zum einen hatte er ein Kästchen recht ordentlichen Weihrauch erhalten, zum andern war der Junge nicht unempfänglich für die Angst vor allerlei bösen Geistern. Offenbar hatte er auf seiner Reise nach Venedig einiges gesehen und gehört, das ihm bedenklich vorgekommen war. Was die Fährmannstochter jedoch anging, war er noch etwas verblendet. Er hielt sie nicht für gefährlich.

Hingegen hatte er eine lange Fahrt hinter sich und war vielen Anfechtungen ausgesetzt gewesen, und so war es dem Vikar ein Leichtes, ihn zu einer gründlichen Beichte zu überreden. Volmarus liebte es, Beichten zuzuhören. Und Karol enttäuschte ihn nicht. Allerlei Sünden hatte er auf der Reise nach Venedig begangen. Schlägereien, Flüche, Lügen schilderte er drucksend, dann wurden seine Berichte flüssiger, als er von den Weibern sprach, die ihn in jenen südlichen Gefilden verführt hatten. Glutvolle Sünderinnen, die ihn unter Orangenbäumen zu unkeuschen Taten verlockt hatten, denen er sich trotz allen Bemühens nicht widersetzen konnte. Ah, was sie mit ihm getan hatten, war so lustvoll... ähm, so sündig. Er musste genauer nachfragen, und willig schilderte Karol seine Vergehen, bereute und klagte über die Schwachheit seines Fleisches.

»Und hier, mein Sohn? Hier in deiner Heimat? Ficht dich die Fährmannstochter nicht an?«

Karol schwieg eine Weile, und in seinem Gesicht arbeitete es. Volmarus' Neugier nahm zu, und mit großer Spannung erwartete er die Antwort.

»Nein. Nein, Myntha ist eine keusche Jungfer, und mehr als eine kleine, harmlose Tändelei will ich nicht mit ihr haben. Aber die Mollie…« Und hier seufzte Karol tief auf. Volmarus verspürte ein schmerzhaftes Ziehen in seinen Lenden. Ja, die Mollie.

»Hat die Mollie dich zu unsittlichem Tun verleitet?«, fragte Volmarus und merkte selbst, dass seine Stimme vor Erregung heiser wurde.

Er kam auf seine Kosten.

Karol hatte Unzucht mit der Dirne getrieben. Unten am Rhein, in einer kleinen Liebeslaube, die er aus jungen Reisern im Dickicht gebaut hatte. Ein geheimes Plätzchen, in dem er die schamlosesten Verrichtungen vorgenommen hatte, von denen selbst Volmarus noch nie gehört hatte. Karols in jedem Sinne geschmeidige Zunge schilderte die saftigsten Einzelheiten so bildhaft, dass ihm der Schweiß auf die Stirn trat. Mit geschlossenen Augen stellte er sich vor, was das lüsterne Paar getrieben hatte. Karols Stimme war seidig und wurde leiser und leiser. Und ein süßlicher Rauch stieg aus der Räucherpfanne auf und umnebelte schmeichelnd seinen Geist.

Als Volmarus aus seinen Träumen erwachte, war der junge Mann gegangen, und mit blankem Entsetzen starrte der Vikar auf die Sanduhr. Sie war abgelaufen, vermutlich schon eine ganze Weile, denn auch die Schatten waren lang geworden, und der Geruch der Abendmahlzeit schlich sich in seine Studierstube.

Mit einem Ächzen stand Volmarus auf, und mit hölzernen Bewegungen stakste er zum Fenster.

Er hatte dem Sünder keine Absolution erteilt.

Er hatte sich stattdessen den gefährlichsten Trieben hingegeben. Er würde büßen müssen, bereuen, und vor allem sich gegen die Einflüsterungen des Bösen wappnen.

Fasten, Beten, die Nachtwache in der Kirche halten.

Es dauerte einige Tage, bis Vikar Volmarus dahinterkam, dass Karol ihn ganz offensichtlich von dieser unseligen Fährmannstochter abgelenkt hatte. Und vermutlich eine weitere, ungeheuerliche Sünde verschwiegen hatte.

27. Kapitel

Die Regenwolken hatten sich in der Dämmerzeit verzogen, die Luft war kühl und feucht, und vom Rhein her zog Nebel auf. Frederic atmete tief ein, der liebliche Duft von nassem Gras und Klee wehte ihn an, und er beschloss, vor dem Schlafengehen noch einen Gang am Ufer entlang zu machen. Am Vormittag war er in dem Nachbarörtchen gewesen, in dem es angeblich in der Kapelle gebrannt hatte, und hatte dort erfahren, dass lediglich ein Weihrauchbehälter stark gequalmt hatte. Dennoch war er nicht zur Gänze beruhigt, denn der etwas trottelige Bruder Hinrich konnte keine Erklärung dafür finden, was das kostbare Räucherwerk entzündet hatte. War es eine Warnung jenes Feuerteufels gewesen, der ihn verfolgte, oder tatsächlich ein Missgeschick, was der Bruder nur nicht zugeben wollte? Er war misstrauisch, vielleicht über Gebühr. Mit finsterer Miene war er zurückgeritten und hatte damit seinen Ruf als schweigsamer Düsterling weiter gefestigt.

Henning schien indes sein dunkler Ausdruck nicht zu stören. Er hatte in seiner üblichen stillen Art das Rebhuhn gerupft, das Frederic mitgebracht hatte. Und den ganzen verregneten Nachmittag hatten sie in der Kate verbracht. Dabei hatte er Henning beigebracht, wie die

Befiederung an den Pfeilschäften anzubringen war. Die Tätigkeit verlangte eine große Fingerfertigkeit, aber der Junge hatte sie nach einiger Zeit gemeistert. Noch immer war er wortkarg, anstellig und fleißig. Frederic ließ ihn in Ruhe. Witold hatte ihm von dem Taschendiebstahl auf der Fähre und der Flucht berichtet. Auch er hatte den Verdacht geäußert, dass der Junge weit mehr zu verbergen hatte als den Grund dafür, dass er den beiden dumpfen Mönchen die Pachtgelder geklaut hatte. Diese Tat mochte nur der Gipfel eines länger geplanten Vorhabens gewesen sein, vielleicht auch ein Akt der Verzweiflung.

»Ich hätte ihn ja laufen lassen, Frederic, aber deine Raben haben ihn aufgehalten.«

»Und darum hast du ihn mir jetzt ans Bein gebunden.«

»Schien mir keine schlechte Idee. Du brauchst ihn nicht, und wenn er wegläuft, ist kein Schaden entstanden. Wenn er aber bleibt, hast du einen billigen Gehilfen.«

»Wenn er mich beklaut, ist es mein Verlust.«

»Gibt's bei dir was zu klauen?«

»Zwei Pferde, zwei Bögen, Kleider, Münzen...«

»Und du bist ein Mann, dem man sein Eigentum einfach entwenden kann?«

Frederic hatte mit den Schultern gezuckt.

»Weit Kostbareres nahm man mir. Aber Henning scheint derzeit zufrieden, einen Unterschlupf zu haben. Man wird sehen.«

Und bisher hatte es keine Schwierigkeiten gegeben.

Frederic hatte das Rheinufer erreicht und schlenderte

auf die Stadt zu. Leise schwappten die Wellen an das Ufer, Frösche quakten, Grillen zirpten. Auf dem Wasser tanzte ein kleines Licht, irgendein Fischer hatte wohl seine Angel ausgeworfen und wartete auf nächtlichen Fang.

Fischen und Angeln waren nicht Frederics bevorzugte Arten des Jagens, die Bogenjagd war seine Profession. Und inzwischen hatte er zwei Bündel Pfeile fertiggestellt, es fehlten nur noch die Spitzen. Er könnte Hornspitzen schnitzen, sann er vor sich hin. Aber Eisenspitzen waren besser. Es gab in Mülheim zwei Schmiede. Die würde er in den nächsten Tagen aufsuchen und mit ihnen über seine Vorstellungen verhandeln.

Die ersten Häuser von Mülheim erhoben sich links von ihm, dunkel, die menschlichen Bewohner in tiefem Schlaf. Zwei Katzen jedoch schlichen Seite an Seite vor ihm her, bogen zu einem Fischerboot ab und schienen dort nach interessanten Resten zu stöbern. Die Kirche von Sankt Clemens dräute dunkel vor dem großen Strom, ihr Turm ragte in den von Wolkenschleiern verhangenen Nachthimmel hinein. Der Fährnachen lag angetäut am Ufer und wiegte sich leicht in der Strömung. Frederic blieb stehen und schaute sinnend über den Fluss. Vor vielen Jahren hatte er sich in den Sommernächten oft mit seinen Freunden vor den Stadtmauern am Ufer vergnügt. Man hatte ihnen die Freiheit gelassen, an einem Lagerfeuer zu sitzen, im Heu zu übernachten und – ja, auch mit den willigen Maiden zu tändeln. Cedric, Tilo, manchmal auch Lucien und er waren damals noch unbeschwert gewesen, er hatte die Lasten noch nicht getragen, die heute auf seinen Schultern ruhten. Später hatten Cedric und er an anderen Ufern gesessen und mit einer gewissen Wehmut an dieses hier gedacht. Und dann hatten sich die Wasser rot gefärbt vom Blut des Krieges...

Er war wieder daheim, und, ja, es war richtig so.

In den nächsten Tagen würde er seinen Sohn wieder aufsuchen, mit ihm eine Nacht in den Wiesen vor der Stadt verbringen und ihm Geschichten aus den glücklichen Jahren erzählen.

Frederic drehte sich um und wollte zurückkehren, als er aus dem Augenwinkel ein weißes Wehen entdeckte. Seine Sinne schärften sich, seine Muskeln spannten sich an, seine Hand glitt zum Dolch an seinem Gürtel.

Dann ließ er sie sinken.

Eine Frau! Die silberblonden Haare fielen ihr in Wellen bis über die Taille, das weiße Gewand schmiegte sich an ihre Glieder. Zierlich war sie, die Füße bloß, die Arme unbedeckt, das Gesicht bleich, die Augen geschlossen. Dennoch bewegte sie sich sicher und mit gleitender Anmut auf ihn zu.

Ein Geist, ein Gespenst, eine Elfe vielleicht.

Die Wiedergängerin.

Kein handfestes Mannweib, sondern eine beinahe überirdisch schöne Fee, lieblich und zart. Lautlos trat Frederic auf sie zu, nahm sanft ihren Arm und geleitete sie zum Fährhaus. Willig ließ sie sich führen, und ein glückliches Lächeln lag auf ihren Zügen. Sie hatten eben das Tor erreicht, als eine humpelnde Alte am Stock auf sie zukam. Sie hielt inne, nickte und übernahm mit kundiger Hand die Führung.

»Danke, Herr. Sie weiß es nicht.«

»Ich weiß. Weckt sie nicht auf. Aber hütet sie besser. Sie war nah am Ufer«, wisperte er.

Die Alte führte die Fährmannstochter ins Haus, und Frederic ging mit großen Schritten zurück zu seiner Kate.

Sie war – besonders. Da hatte Henning wohl recht.

Als er zu seiner Kate kam, sah er, dass auch sein Gehilfe noch wach war. Er saß mit gekreuzten Beinen vor dem Unterstand und spielte mit dem Schnitzmesser an einem Stück Holz herum.

»Nicht müde?«

»Nein.«

Er ließ die Hände sinken, Frederic setzte sich auf den Hackklotz neben ihm.

»Ich bin der Wiedergängerin begegnet. Sie wandelte im Schlaf«, sagte er.

»Und nun wartet Ihr auf ein Unglück.«

»Nein, aber sie dauert mich.«

»Warum das?«

Erstaunen lag in Hennings Stimme.

»Weil sie Schlimmes erlebt haben muss. Mein Sohn Emery…Er ist auch eine Zeit lang nachts aufgestanden und umhergeirrt. Nachdem unsere Hütte abgebrannt war und mein Weib und meine Tochter darin umkamen.«

Warum vertraute er nur plötzlich diesem Jungen sein Leid an?

»Wer hat Euch das angetan?«

Sehr nüchtern kam diese Frage. Ihr kühler Ton überraschte Frederic.

»Wenn ich das herausgefunden habe, Henning, dann werde ich Vergeltung üben.«

»Gut. Wo ist Euer Sohn?«

»In Sicherheit, bei Freunden.«

»Ja, das ist auch gut.«

Den Jungen quälte etwas, ohne Zweifel. Etwas, das größer war, als er tragen konnte. Vielleicht verspürte er deshalb ein so seltsames Vertrauen. Frederic stand auf und drückte Henning leicht die Schulter.

»Leg dich schlafen, mein Junge. Der Morgen wird heller sein als die Nacht.«

»Ja, Meister.« Und dann ganz leise: »Danke, Meister.«

Auch Frederic ging zu seinem Lager, zog die Stiefel aus und legte sich nieder.

Was hatte er sich jetzt nur wieder aufgehalst?

Sie war wieder gewandelt, hatte die Großmutter gesagt. Und der Rabenmeister hatte sie gesehen und sie zum Haus zurückgeführt. Offenbar hatte der düstere Mann keine Furcht vor nächtens umgehenden Unholdinnen. Na ja, vermutlich war er selbst ein Unhold, so wie er sich mit den Raben gemein machte. Diese Vorstellung ließ Myntha ein wenig kichern. Immerhin hatte sonst niemand sie gesehen und leitete bedrohliche Omen daraus ab.

Es musste diese Geschichte von dem Schatz im Rhein gewesen sein, die sie dazu gebracht hatte, ihr Bett schlafend zu verlassen. Sie erinnerte sich an einen lebhaften Traum, in dem eine schöne junge Frau sie anflehte, sie überzusetzen, und dazu eine Kiste voller Goldmünzen und Geschmeide öffnete, um sie zu entlohnen. Sie nahm eine zierliche Kette an und begleitete die Frau zur Fähre. Dann aber brach der Traum ab, oder sie konnte sich an den Rest nicht mehr erinnern.

Es gab Wichtigeres als Traumgespinste. Haro war von der Morgenfahrt gekommen und hatte berichtet, dass bei den Nonnen von Machabäern eine neue Oberin Einzug gehalten hatte. Und Agnes war recht munter in der Küche erschienen, um Enna beim Teigkneten zu helfen. So fasste Myntha den Entschluss, nicht nur das Kloster aufzusuchen, sondern auch der Pilgerin den Weg zu den Ursulinen zu zeigen. Agnes willigte freudig ein, und zur Non betraten beide den Nachen, der auch eine Fuhre Hanf beförderte, aus dem die Seiler Taue herstellen würden, sowie einen Bandkrämer, der ihnen sogleich einige bunte Borten anzudrehen versuchte. Myntha verschleierte ihr Gesicht, und Agnes starrte unbeeindruckt von den blumigen Anpreisungen ins Wasser.

»Du wirst kein Gold dort unten schimmern sehen, Agnes. Es sind nur prächtig gesponnene Mären, die mein Vater erzählt.«

»Ja, sicher. Aber eine schöne Vorstellung.«

»Wer möchte sich nicht mit Kronen und Ringen schmücken? Aber wir besuchen heute Klöster, und da gebührt uns Demut, nicht Prunksucht.«

Sie sagte es mit einem Lächeln in der Stimme, und Agnes nickte ernsthaft dazu.

Der Bandkrämer gab endlich seine Bemühungen auf, und als sie die Anlegestelle erreichten, rollte der Frachtkarren vom Nachen. Sie blieben noch an Bord und ließen sich weiter in Richtung Stadt treideln. Witold tat ihnen sogar den Gefallen, den Nachen bis zum Trankgassentor zu ziehen, damit ihr Weg nicht zu anstrengend wurde.

»Gehen wir zuerst zum Kloster von Sankt Ursula, Agnes. Merk dir den Weg gut, denn nach der Vesper musst du wieder aufbrechen. Dann treffen wir uns an der Pforte von Machabäern und gehen gemeinsam zur Fähre.«

Agnes war einverstanden, und Myntha übergab sie am Kloster der Pförtnerin, die die Pilgerin freundlich begrüßte. Machabäern war nur wenige Hundert Schritt von den Ursulinerinnen entfernt, und dort fand Myntha gleich darauf Einlass. Hier allerdings grüßte sie die Pförtnerin mit unerwartet rot geweinten Augen. Die Nonnen hingegen empfingen sie herzlich. Offenbar hatte der Verlust von Magistra Rotraut auch dazu geführt, dass die Stimmung gelöster war. Man gestattete ihr, sich mit der Novizin Bilke im Klostergarten zu ergehen, und zwischen den Kräutern und den ersten blühenden Rosensträuchern wanderten sie eine Weile auf und ab.

»Magistra Gesine ist von Nonnenwerth zu uns gekommen«, sagte Bilke. »Sie ist noch ziemlich jung. Und lange nicht so streng wie Magistra Rotraut. Wir dürfen wieder mehr miteinander reden, und das Essen ist auch besser geworden.«

»Dafür kann man nur dankbar sein.«

»Na ja, man wird sehen, wie es weitergeht. Sie will nicht, dass wir über den Brand reden, und hat dafür gesorgt, dass die Spuren in der Kirche beseitigt wurden.

Es ist ein Altartuch verbrannt und ein Seitenaltar ziemlich verkohlt. An der Stelle steht jetzt eine Marienfigur, nicht sehr hübsch, aber bestimmt sehr heilig. Ich muss trotzdem ständig daran denken, Myntha.«

»Es ist ein schlimmer Tod, in den Flammen umzukommen.«

»Ja, und vielleicht war es ihre Strafe dafür, dass sie so hart war.«

»Oder sie hat sich wirklich eine Feindin gemacht. Agnes war es allerdings nicht, obwohl sie die entsetzlich schlecht behandelt hat. Sie war dem Tode nahe, als du sie zu uns gebracht hast. Wir haben sie inzwischen aufgepäppelt, und mit Ruhe und gutem Essen ist sie jetzt wieder gesund geworden.«

»Viele der Nonnen haben Magistra Rotraut nicht gemocht, aber… es würde ja bedeuten, dass sie jemand wirklich umbringen wollte«, sinnierte Bilke. »Und das kann ich mir nicht vorstellen. Sie haben sich ja nicht einmal beschwert.«

»Sondern heimlich ihre Schlupflöcher gepflegt.«
Bilke nickte.

»Aber wo Schlupflöcher sind, können auch Fremde eindringen. Hat es heimliche Besuche gegeben? Du erinnerst dich, der Junge, den wir vor der Pforte erwischt haben, dachte, das Kloster sei ein Hurenhaus. Er hat einen Mann beobachtet, der das Kloster betreten hat.«

Bilke blieb stehen und rieb sich mit dem Finger über die Nase.

»Ist nicht auszuschließen, Myntha. Die Nonnen sind nicht alle so keusch, wie sie sein sollten. Es hat schon mal Gemunkel gegeben über Eindringlinge und Getändel mit Gästen. Aber das war im vergangenen Jahr …«

»Was nicht heißt, dass es nicht weiterhin passiert sein könnte. Doch wenn, dann wohl mit mehr Geschick.«

»Und jener heimliche Besucher hat dann Feuer in der Kirche gelegt und die Oberin niedergeschlagen, damit sie verbrennt?«

»Nicht sehr glaubhaft, richtig. Warum sollte er die Magistra ermorden? Eher hat der Besucher mit einer der Nonnen Unzucht getrieben.

Es sei denn, die Magistra hatte einen Feind außerhalb des Klosters. Sie stammte aus einer reichen Familie, nicht wahr?«

»Wir faseln uns ein übles Gespinst zusammen, Myntha. Vielleicht gibt es eine ganz einfache andere Erklärung. Weißt du, am Tag nach dem Brand hat eine der Mägde den Topf mit dem Weihrauch umgestoßen, der gerade geliefert worden war. Dabei hat sich herausgestellt, dass dieser mit anderem, viel wertloserem Harz versetzt war. Trotzdem wurde er in den Kessel auf dem Altar gefüllt, und damit wurde geräuchert. Möglicherweise hat das zu dem Feuer geführt. Manchmal entstehen Funken, und es knastert.«

»Und Magistra Rotraut, die betend vor dem Altar kniete, hat das nicht gemerkt?«

»Ich bitte dich, Myntha, wer betet schon die ganze Nacht durch? Sie wird eingenickt sein.«

Eine ähnliche Erklärung hatten ihre Brüder auch mitgebracht. Die Untersuchungen waren eingestellt worden, weil man an einen tragischen Unfall glaubte. Aber von dem verunreinigten Weihrauch hatte bisher niemand gesprochen. Diese Erklärung machte den Hergang noch glaubwürdiger.

»Es hat auch in Stammheim in der Kapelle ein Weihrauchschiffchen gebrannt. So was kann wohl vorkommen. Mag ihre Seele Frieden finden«, murmelte Myntha.

Bilke zog eine der eben erblühten Rosen an ihre Nase und schnupperte daran.

»Möge die Heilige Jungfrau auch für sie fürbitten. Ihr Tod war schlimm. Lass uns von etwas anderem sprechen.«

»Ja, zum Beispiel über dein Leben hier. Hast du eine Möglichkeit gehabt, mit deinen Eltern zu sprechen?«

»Ja, mein Vater war am Sonntag hier. Die feierlichen Gelübde sind ja nicht abgelegt worden, wegen des Feuers. Jetzt soll ich die Profess zu Mariä Himmelfahrt leisten. Aber ich will nicht, Myntha. Ich will einfach nicht. Ich meine, nicht dass das Leben hier nicht auch seine guten Seiten hätte, aber ich fühle mich nicht berufen, Gott zu dienen. Vater hört nicht auf mich. Und meine Mutter ringt immerzu die Hände wegen der Mitgift. Ich würde ja mit einem einfachen Händler als Ehemann zufrieden sein. Es gibt welche, die eine Verbindung zu den Ritterbürtigen suchen, aber das kommt für Vater nicht infrage. Er ist so stur und hat einen solchen Standesdünkel.«

»Reiß aus und schließ dich einer Gauklertruppe an. Die Fahrenden haben mehr Freiheiten als wir.«

»Glaub mir, daran habe ich schon im Ernst gedacht. Aber ihr Leben ist auch ziemlich unbequem.«

»War auch nur ein alberner Vorschlag. Mir wird schon was Besseres einfallen. Übrigens gibt es seit Jahren wieder einen Bewerber um meine Hand, den nicht gleich das kalte Grausen gepackt hat.«

»Och ja? Erzähl!«

Myntha berichtete von Rickel Moelner, und Bilkes Miene wurde lang.

»Ein einäugiger, schon ziemlich alter Mann? Na ja…«

»Ein eigenes Haus, eine Familie, eine angesehene Stellung…«

»Ja, ja, ich wär damit ja auch zufrieden. Aber was ist mit Karol? Hast du den nicht wiedergesehen?«

»Doch, schon.«

Myntha merkte, dass ihr die Röte in die Wangen stieg.

»Aha«, kommentierte Bilke.

»Er tändelt und kost, aber ob er je heiraten wird? Er sucht das Abenteuer, will reisen und sich ein Vermögen erwerben. Bilke, ich bin schon fünfundzwanzig Jahre alt und kann kaum weitere fünf Jahre auf ihn warten. Dann wird es jüngere und lustigere Maiden geben, die ihm sein Bett wärmen wollen.«

»Also würdest du die Werbung des Müllers annehmen?«

»Ja. Es ist das Beste, was ich bekommen kann.« Und dann seufzte sie einmal tief auf. »Gernot hätte ich weit lieber geheiratet. Aber es sollte nicht sein.«

Bilke legte ihr den Arm um die Schultern. Sie wusste, dass Mynthas Verlobter vor fünf Jahren in einem bitterkalten Winter bei einem Eisbruch auf dem Rhein ums Leben gekommen war.

»Komm, suchen wir Magistra Gesine auf, damit sie dich kennenlernt.«

Myntha war einverstanden, und Schwester Bernardine brachte sie zu der neuen Oberin, die sie mit einer liebenswürdigen Zuvorkommenheit begrüßte.

»Du bist hier oft zu Gast gewesen, hörte ich sagen. Immer wenn dich böse Träume plagten.«

»Ja, Magistra Gesine, dann habe ich hier Ruhe und Frieden gefunden. Die vorherige Oberin war eine Base meiner Mutter. Sie hat mir für diese Zeiten die Gastfreundschaft angeboten.«

»Ich will sie dir ebenfalls nicht verweigern. Allerdings, meine Tochter – nächtliche Ausflüge, ob schlafend oder wachend, solltest du nicht wieder unternehmen. Und auch keine Novizinnen dazu verführen.«

Etwas betreten senkte Myntha den Kopf.

»Es war doch nur, weil wir so hungrig waren.«

»Hungern wird hier keine der Nonnen, Novizinnen oder Gäste mehr, es sei denn, sie legen ein freiwilliges Fastengelübde ab. Und es wird auch niemand mehr an sein Bett gefesselt, das verspreche ich dir.«

Es hatte sich wohl herumgesprochen, was Magistra Rotraut für seltsame Maßnahmen ergriffen hatte.

»Danke, ehrwürdige Magistra. Ist es mir und Novizin Bilke erlaubt, in der Kirche zu beten?«

»Jederzeit, Kind. Aber bedenkt gut, um was ihr bittet. Es könnte euch gewährt werden.«

Saß da ein kleiner Schalk in den Augen der Oberin?

Myntha verbeugte sich vor ihr, wurde gesegnet und schlüpfte aus der Wohnung der Magistra.

Es war kühl in den hohen Hallen, die Sonnenstrahlen fielen nur spärlich durch die bleiverglasten Fenster, doch das ewige Licht flackerte über dem Altar. Der Duft von Weihrauch und von verbranntem Holz lag in der Luft, Stille herrschte bis auf das Brummeln einer verirrten Hummel, die versuchte, durch die Fenster zu entkommen.

Bilke und Myntha knieten nieder und sprachen gemeinsam ihre Gebete, dann schwiegen sie, und eine jede sandte ihre Bitten an die Mutter Gottes.

Mynthas Gedanken waren zunächst verworren. Es gab so vieles, bei dem sie sich Beistand wünschte. Doch die Mahnung der Oberin klang ihr noch im Ohr. Was, wenn wirklich etwas, um das sie leichtfertig bat, eintrat? Was, wenn sie sich wünschte, der Rickel Moelner würde ernsthaft um ihre Hand bitten? Nein, dazu brauchte sie noch etwas Bedenkzeit. Besser, so etwas nicht zu verlangen. Und Karol? Ja, wenn er sie ehelichte, hätte sie ein paar Monate Spaß und ein lustiges Leben. Und dann? Nein, um diese Dinge wollte sie nicht bitten, das würde sie ihrem Vater überlassen oder, wenn nötig, die Angelegenheit selbst in die Hand nehmen. Ob sie, wie schon so oft, darum bitten sollte, dass die bösen Zungen schwiegen, die sie verunglimpften und ächteten? Aber vermutlich war das sinnlos. Es hatte noch nie etwas genutzt. Auf dem Ohr war die Heilige Jungfrau irgendwie taub. Vielleicht sollte sie sowieso lieber überhaupt nichts für sich selbst erbitten. Wahre Demut wäre es, für andere um Hilfe, Rat und Beistand zu flehen. Ob Sancta Maria wohl so gütig sein würde, Bilke vor der drohenden Profess zu schützen? Für sie einen anderen Weg zu finden?

Guter Gedanke.

Myntha sammelte ihren Witz zusammen und formulierte ihre Anrufung. Sie mochte die Litaneien, mit denen die großmütige Mutter Gottes gerühmt wurde, und ihr Geist wurde frei und klar.

Und die Lösung stand ihr so plötzlich vor Augen, dass sie ein leises Lachen ausstieß.

Dankbar betete sie weiter, bis die Glocke die Vesper verkündete. Gleich würden die Nonnen sich zum Stundengebet versammeln, danach die Abendmahlzeit einnehmen. An beidem würde sie freudigen Herzens teilnehmen.

Als die Psalmen verklungen waren, stupste Bilke sie mit einem Augenzwinkern an. Offenbar hatte auch ihr die gebenedeite Jungfrau guten Rat gegeben.

»Gehen wir zum Refektorium, Myntha. Es gibt gedünsteten Lachs mit Rübchen und Mandelsoße, wenn ich das vorhin richtig gerochen habe.«

Sie nahmen das wohlschmeckende Mahl zusammen mit den Nonnen ein, hörten der Lesung an der Tafel zu, die das erbauliche Martyrium der heiligen Apollonia schilderte, der man alle Zähne gezogen hatte.

Myntha biss sehr vorsichtig in das krosche Brot.

28. Kapitel

Der Schuster maß Henning die Leisten an. Der Junge hielt sich still und blieb wie üblich in sich gekehrt. Doch die Tatsache, dass Frederic ihm neue, eigens für ihn gefertigte Stiefel schenken würde, hatte ihn am Morgen völlig verblüfft.

»Ist doch nicht nötig, Meister. Ich bin's gewöhnt, barfuß zu gehen.«

»Dann gewöhnst du dich jetzt um.«

Henning hatte auf seine Füße geblickt, die leidlich sauber waren, aber hornig und voller Kratzer.

»Füße, Henning, sind wichtig. Gesunde Füße lebenswichtig. Du läufst auf ihnen, vor etwas weg, auf etwas zu. Du bleibst standhaft auf ihnen. Was immer du willst. Wunden an den Füßen können dich dein Leben kosten.«

Noch immer starrte der Junge seine Füße an.

»Warum kümmert Euch das, Meister?«

»Ich habe Männer mit blutigen Füßen gesehen, mit Blasen und eitrigen Schrunden, Männer, denen die Zehen abgefault waren, weil sie nicht auf ihre Füße geachtet haben. Männer und Frauen, die keinen Schritt mehr ohne brennende Schmerzen gehen konnten. Trag Stiefel, gute Stiefel, Henning, die deine Füße schützen.«

»Ich kann sie nicht bezahlen.«

»Du wirst dafür arbeiten. Ich habe Aufgaben für dich.«

Und so hatte er sich bereit erklärt, mit Frederic den Schuster aufzusuchen und sich Stiefel anmessen zu lassen. Anschließend waren sie zum Fährhaus gegangen und hatten nach Witold gefragt. Die Jungfer, mit einem Besen bewaffnet, fegte, dass die Staubwolken sie umwirbelten. Sie erwiderte ihren Gruß und ihre Frage mit einem Grollen und zeigte mit spitzem Finger auf die Werkstatt.

»Der Holzkopp ist dahinten.«

»Hat er Euch verstimmt, Jungfer Myntha?«

»Verstimmt? Untertreibt es nicht. Der Bötzerotscher is so stur wie'n Maulesel.«

Die überirdisch schöne Fee, die ihm in der Nacht begegnet war, hatte sich in eine Furie verwandelt, die geradezu Funken versprühte. Vorsichtig entfernten Frederic und Henning sich aus dem Dunstkreis der Wütenden und begaben sich zur Werkstatt. Hier hobelte Witold mit ähnlicher Wut eine Planke glatt.

»Verzeih, Witold, wenn wir stören.«

»Haut ab!«

»Witold, deine Schwester hat dermaßen drohend den Besen geschwungen, dass wir vor ihr geflohen sind. Mag ja sein, dass sie dich verstimmt …«

»Verstimmt? Untertreib es nicht.«

»Oh, schon gut, sie hat dich maßlos verärgert. Trotzdem, ich würde euch gerne einige Bretter abkaufen. Schmale, zwei, bis drei Ellen lange.«

Witold legte den Hobel hin und richtete sich auf.

»Schon gut. Du hast recht, es lohnt nicht, sich über

ihre Spinnereien aufzuregen. Geht hinten in den Schuppen, da liegen die Reste. Nehmt mit, was ihr brauchen könnt.«

»Ich zahle ...«

»Nimm's einfach mit, Frederic. Und, Henning, kommst du zurecht?«

»Ja, Herr.«

Mehr kam nicht, und Witold nahm wieder den Hobel auf. Seine kochende Wut schien verflogen, er arbeitete energisch, aber nicht mehr wild an der Planke weiter.

Sie fanden einiges an Holzstücken, die Frederic geeignet erschienen. Er schnürte sie mit einem Hanfseil zu einem Bündel zusammen und drückte es Henning in die Arme.

»Gehen wir noch bei dem Nagelschmied vorbei.«

Einige Häuser weiter fanden sie dessen Werkstatt, eine schwarze Höhle, rußverschmiert, mit einem lodernden Feuer, das einen Mann in Lederschürze und einen schwärzlichen kleinen Dämon am Blasebalg in geradezu höllischem Schein beleuchtete.

»Euer Begehr?«, brummte der Oberdämon.

»Könnt Ihr solche Spitzen fertigen, Meister Schmied?«

Frederic zeigte eine zweischneidige Pfeilspitze vor, und der Schmied nahm sie in die Finger.

»Kost' was.«

»Wie viel?«

Sie handelten eine Weile, dann einigten sie sich auf einen Preis für vier Dutzend Spitzen und einen Beutel Nägel.

»Spitzen sind in drei Tagen fertig.«

»Gut, der Junge holt sie dann ab.«

Frederic winkte Henning, ihm zu folgen, und der ging weiterhin schweigend hinter ihm her. Der Junge zeigte erstaunlich wenig Neugier, fand Frederic. Nicht eine Frage war bisher über seine Lippen gekommen, und er stellte plötzlich mit einiger Überraschung fest, dass er sich zurückhalten musste, um ihm nicht sein Handeln zu erklären. Es war offenbar eine kluge Taktik, nichts zu fragen. Es brachte die Menschen dazu, die Dinge von sich aus zu erklären.

Einzig bei Henning selbst schien diese Methode nicht zu wirken. Er hatte bisher nicht einen Zipfel von sich selbst preisgegeben. Noch nicht.

Aber sein Verhalten war einwandfrei. Er kam seinen Pflichten unaufgefordert nach, suchte sich sogar eigene, benahm sich höflich, forderte nichts, bedankte sich, wenn er etwas erhielt. Die Striemen auf seinem Rücken verheilten, seine zotteligen Haare kämmte er inzwischen mit einem Kamm, den er sich selbst geschnitzt hatte. Die Pferde vertrauten ihm, die Raben hatten ihn akzeptiert. Heute würde es sich zeigen, ob er auch mit Hammer und Nagel umzugehen wusste. Das Holz hatte Frederic für den Bau zweier Verschläge vorgesehen, in denen er die jungen Sperber unterzubringen gedachte, die er in den nächsten Tagen in der Heide fangen wollte.

Raky und Creky begrüßten sie mit lauten Rufen, die anderen Vögel saßen auf dem First der Kate und bedachten, was immer Raben zu bedenken hatten.

»Wir werden etwas bauen. Henning, sortiere die Hölzer nach ihrer Länge.«

Der Junge schnürte das Bündel auf und tat, wie ihm geheißen. Frederic begutachtete die Latten und wählte jene Bretter aus, die den Rahmen bilden sollten. Es würden zwei einfache Kästen werden, deren Seitenwände durch geflochtene Weidenzweige gebildet würden.

»Also an die Arbeit«, sagte er zu dem Jungen und zeigte ihm, wie er die Hölzer zusammenzufügen hatte. Er brauchte nicht viel zu erklären, auch diese Tätigkeit beherrschte sein Gehilfe, und gegen Abend hatten sie die Konstruktionen aufgebaut.

»Morgen schneiden wir Weidenruten und fügen das Flechtwerk ein. Jetzt kümmern wir uns um unser Abendessen.«

»Mögt Ihr Fisch?«

Frederic hob eine Braue. Der Junge hatte von sich aus einen Vorschlag gemacht.

»Ja«, antwortete er kurz und wartete, was geschehen würde.

»Ich bringe uns welchen.«

»Nur zu.«

Henning ergriff einen Korb und rief die Stute, die auf der Weide graste. Überraschenderweise ritt er nicht zum Rhein, sondern zu den Feldern. Offenbar hatte er bei seinen morgendlichen Ausritten einen Bach oder einen Teich gefunden.

Frederic räumte die Holzreste, Nägel und Werkzeuge fort, hörte die Raben Ellen ankündigen, die mit einem Leinenbeutel voller Brote und Pasteten zur Kate kam.

»Wo ist Euer Vielfraß, Rabenmeister?«, wollte sie wissen und lächelte ihn an.

»Wollte Fische fangen.«

»Doch wohl nicht die Forellen aus Bauer Egberts Teich.«

»Das steht zu befürchten.«

»Dann wird er sich hoffentlich nicht erwischen lassen.«

»Das steht nicht zu befürchten.«

Ellen lachte.

»Ein schlaues Kerlchen, ja? Und was wird das hier?«

»Vogelkäfige. Ich werde ein paar Beizvögel abrichten.«

»Darüber werden sich einige Leute freuen. Sagt mir Bescheid, wenn Ihr so weit seid. Und bietet sie auch im Fährhaus an. Dort kommt allerlei Volk durch.«

»So war mein Gedanke.«

Ellen setzte sich unaufgefordert auf die Bank und schwatzte weiter.

»Die Myntha hat heute ein ziemliches Krakeel veranstaltet und sich mit ihrem Bruder gestritten.«

»Richtig, sie wirkte ein wenig verstimmt.«

»Verstimmt? Sehr höflich ausgedrückt. Aber sie hat natürlich recht: Es wird Zeit, dass ihre Brüder sich endlich Weiber nehmen. Es sind kräftige Burschen, und das Fährgeschäft ist einträglich. Und wenn Myntha fortgeht, brauchen sie eine Hausfrau, die sich um die Gäste und das Hauswesen kümmert.«

»Geht sie denn weg?«

»Der Rickel Moelner, heißt es, will um sie anhalten. Sie wird ihn nehmen, denn dann wird wohl endlich das Geschwätz aufhören, dass sie eine Unheilkünderin ist.«

Sie mochte ja kein derbes Mannweib sein, diese Fährmannstochter, aber zu beneiden war der Müller nicht.

So, wie sie heute rumgewütet hatte, konnte Frederic durchaus verstehen, dass ihr der Ruf nachging, den Teufel im Leib zu haben.

Nicht seine Sorge.

Ellen stellte weitere Mutmaßungen an, und Frederic hörte mit halbem Ohr zu.

»Vielleicht wäre diese Agnes gar keine schlechte Lösung. Jetzt, wo sie wieder etwas Fleisch auf die Knochen bekommt, ist sie ein gar ansehnliches Weib. Ich glaube, sie würde gerne im Fährhaus bleiben.«

»Muss ich Frau Agnes kennen?«

Ellen zwinkerte ihm zu.

»Ich schwatze einfach so vor mich hin, Rabenmeister. Agnes ist die Pilgerin, die von Machabäern gekommen ist. Myntha hat sie aufgenommen, kurz nachdem es im Kloster gebrannt hat. Sie war nur noch Haut und Knochen und glühte vor Fieber.«

Das ließ Frederic allerdings aufhorchen.

»Sie war die ganze Zeit hier im Fährhaus?«

»Ihr kennt sie also doch?«

»Nein, aber ich habe sie gesucht. Ich habe Fragen an sie.«

»Nanu? Welche denn?«

»Fragen an *sie*, Gevatterin Ellen, nicht an Euch.«

»Ihr könnt auch ganz schön kratzborstig sein. Sucht sie morgen auf, dann wird sich der Staub im Fährhaus gelegt haben.«

»Mal sehen.«

»Und lasst Euch endlich mal in der Kirche blicken, Rabenmeister. Ihr habt die Gottestracht versäumt und hockt hier mit Euren Galgenvögeln und einem Taschendieb herum. Die Leute werden misstrauisch.«

»Sollen sie doch.«

»Meister Frederic, es ist ein guter Rat.«

Vermutlich war er das. Nun ja, warum nicht? Er musste ja nicht beten, sondern sich nur zeigen. Ein Köder musste sichtbar sein, sonst schnappte die Falle nicht zu.

»Vermutlich soll ich mir vorher auch den Bart scheren und die Haare schneiden lassen?«

»Und den Hals und die Ohren waschen. Und Euer Schützling auch.«

»Gevatterin Ellen, Ihr seid grässlich.«

»Und Ihr seht gut aus, wenn Ihr lächelt, Rabenmeister. Solltet Ihr häufiger tun.«

»Das schadet meinem Ruf!«

»Oh, na dann. Da kommt Euer junger Fischer mit seiner zappelnden Beute, von der ich besser nichts wissen sollte.«

29. Kapitel

Gevatterin Ellen betrachtete mit Genugtuung den groß gewachsenen, breitschultrigen Mann, der, begleitet von dem jüngeren, schwarz gelockten Gesellen, zur Kirche schritt. Beide hatten ganz offensichtlich die Dienste des Baders und vielleicht auch die der Badermaiden in Anspruch genommen. Ihre Wangen waren glatt, ihre Haare glänzend, ihre Kittel sauber. Der Rabenmeister trug Stiefel, der Junge lief jedoch barfuß.

Es war ein Spießrutenlaufen für die beiden, denn alle und jeder blieb stehen und gaffte sie an. Aber sie hielten sich gut, weder der Junge noch der Ältere verzog auch nur eine Miene.

Reemt und seine beiden Söhne Witold und Haro nickten ihnen zu, Myntha und Enna waren wie üblich nicht zur Messe gekommen. Enna schob gern ihr Gliederreißen vor, und Myntha war vorsichtig geworden, seit Vikar Volmarus ihr die Teilnahme an der Gottestracht untersagt hatte. Trotzdem, auch ihr Fernbleiben würde wieder zu Ärger führen.

Armes Ding, das.

Der Pfarrvikar, begleitet von vier Ministranten, hielt Einzug, und alles Getuschel hörte auf. Ellen war eine gläubige Frau und betrachtete den Besuch der Messe als ein erhebendes Ereignis, das die Woche krönte. Hier war man Gott nahe, die heiligen Handlungen vorne am Altar dienten dazu, den Bund zwischen ihr und dem Himmel zu festigen, auch wenn sie nicht verstand, was Vikar Volmarus und die vier in Talar und Chorhemden gekleideten Jungen dort zelebrierten. Aber sie waren ein hübscher Anblick in ihren bunten Gewändern. Kerzen brannten, ihre Flammen schimmerten in dem silbernen Altargeschirr. Die volltönende Stimme des Priesters wurde untermalt von den Antworten aus jugendlichen Kehlen, das Weihrauchfass wurde kunstvoll geschwenkt, und süßer Rauch zog auch zu den Mitgliedern der Gemeinde hin. Besonders süßer Rauch heute, oder kam ihr das nur so vor?

Sie kniete in der dritten Reihe hinter dem Fassbender und seiner vielköpfigen Familie, den würdigen Herren der Schiffervereinigung und den drei lustigen Wäschermädchen. Wolken zogen heute über den Himmel, und so tanzten die Sonnenstrahlen mal mehr und mal weniger über den mit Schieferplatten ausgelegten Boden. Das Gemurmel, das vom Altar her klang, erhob Ellens Seele, und sacht wiegte sie sich vor und zurück. Wohlige Müdigkeit umfing sie. Was für ein schöner Gottesdienst, dachte sie noch, als plötzlich ein Rumms und ein Scheppern sie aufschreckte.

Der Ministrant mit dem Weihrauchfass war umgefallen, das Silbergefäß sprang auf, und die Glut spritzte auf das Chorhemd des Jungen. Dann rollte es klappernd vom Altar weg auf den Fassbender zu. Der aber rührte sich nicht, ebenso wenig wie seine vielköpfige Familie. Und auch die drei anderen Ministranten starrten mit glasigen Augen auf ihren Freund.

Vikar Volmarus oben am Altar unterbrach seine Litanei und zischte sie an.

Ellen schüttelte sich, um die Benommenheit loszuwerden, und bemerkte, dass der Rabenmeister und der Junge nach vorne sprangen. Beide drehten den Ministranten so, dass das glosende Gewand sich auf dem Boden ausbreitete, und Meister Frederic trat mit seinen Stiefeln das Feuer aus. Henning stieß das Weihrauchfass Richtung Altar, wo es vor den Stufen auf dem Schieferboden liegen blieb. Dann hoben sie den Jungen auf. Ohne auf die geflüsterten Kommentare zu achten, trugen sie ihn durch die Menge nach draußen.

Ellen holte tief Luft und kämpfte sich den Weg zu ihnen frei.

»Was ist mit dem Tonius, Meister Frederic? Lebt er?«

»Er ist benommen, vermutlich wird er gleich wieder zu sich kommen. Ihr kennt den Jungen?«

»Ist dem Bördeschiffer Rungis sein Ältester.«

Sie beugte sich vor und klatschte ihm nicht unfreundlich auf die Wangen.

Mühsam hob der Junge seine Lider, die Pupillen groß und leicht verwirrt dreinblickend.

»Hast du zu lange gefastet, Tonius?«, fragte Ellen.

»Nein, nein. Warum?«

»Du bist ohnmächtig geworden und hast das Weihrauchfass fallen lassen.«

»Oh je, oh je. Ich muss…«

»Du bleibst hier draußen, Junge, und atmest tief ein.«

Das tat er auch, und nach ein paar langen Zügen richtete er sich langsam wieder auf. Inzwischen waren auch der Schiffer und sein Weib aus der Kirche gekommen, und Ellen trat ein paar Schritte zurück, damit sie sich um ihren Sohn kümmern konnten. Auch der Rabenmeister überließ den Eltern die Fürsorge und gab Henning einen Wink.

»Wir gehen, Ellen.«

»Wartet. Ihr könnt nicht einfach…«

»Glaubt mir, Gevatterin, wir können. Die Raben haben Hunger.«

Er würde sich und den Jungen in Schwierigkeiten bringen, dachte Ellen und sah ihnen hilflos hinterher.

30. Kapitel

Immerhin hat das den Vikar von deinen Umtrieben abgelenkt«, meinte Haro und nahm sich ein Stück Braten.

»Was wirft er dem Rabenmeister vor?«

Myntha stippte Brot in die Soße.

»Schändung des Kircheneigentums, Missachtung der heiligen Messe, heidnische Praktiken, Pakt mit den Dämonen... Du kennst ihn ja.«

»Er hat Schiss vor dem Rabenmeister.«

»Aus gutem Grund, schätze ich mal. Meister Frederic ist ein gefährlicher Mann, das hab ich schon mal gesagt.«

»Weil er mit düsterer Miene und Pfeil und Bogen über die Heide zieht?«

Myntha leckte sich einen Finger ab. Sie saßen beim sonntäglichen Mittagsmahl, das immer etwas üppiger ausfiel als wochentags. Ihr Vater, der bisher nur zugehört hatte, meinte plötzlich: »Ich vermute, der Mann ist ein Söldner gewesen.«

»Wie kommt Ihr darauf, Vater?«

»Kaum ein Mann kann mit einem Langbogen umgehen, Myntha. Und wie Haro sagt, besitzt er einen. Langbögen aber werden in der Schlacht eingesetzt und nicht zum Hasenjagen.«

»Und eine Schlacht, in der Soldaten mit Langbögen

über eine Übermacht an Feinden gesiegt haben, hat vor fünf Jahren stattgefunden«, murmelte Witold.

»Agincourt, die Engländer gegen die Franken. Und er trägt einen englischen Namen.«

»Bowman – Bogenmann«, murmelte jetzt auch Myntha verstehend. »Er wird viel Leid gesehen haben.«

»Falsch, Kind. Er wird viel Leid verursacht haben. Es sind Tausende gestorben.«

»Ein Mörder.«

»Ein Krieger. Vielleicht ein Mörder. Aber…« Witold kratzte sich den Bart. »Ich weiß nicht, er umgibt sich mit Schweigen und Bitterkeit, aber um Jung-Henning kümmert er sich beinahe kameradschaftlich.«

»Er ist auf der Flucht«, sagte Haro und trank von seinem Apfelwein. »Vor was auch immer.«

»Vor der Rache seiner Opfer?«

»Kann sein. Trotzdem, ich halte ihn eigentlich für einen aufrechten Mann. Solange er uns keinen Ärger macht, werde ich auch keine Verdächtigungen äußern.«

»Nein, das sollten wir nicht«, sagte Myntha. »Ich weiß, wie grässlich das ist, wenn alle Welt dumme Gerüchte ausstreut. Hoffen wir, dass er Vikar Volmarus nicht gleich einen Pfeil in den Hintern schießt.«

Haro und Witold grinsten.

»Oder vielleicht doch?«

»Genug mit dem Geplänkel«, fuhr Reemt dazwischen. »Für morgen hat sich der Bruder Camerarius von Altenberg angekündigt.«

Das hörte sich bedrückt an, und Myntha legte ihrem Vater die Hand auf den Arm.

»Dann sollten wir diesen schönen Nachmittag damit verbringen, die Bücher durchzugehen, damit Ihr ihm Rede und Antwort stehen könnt, Vater.«

Die Fähre unterstand dem Kloster Altenberg, und da der Fährmeister in diesem Fall der Pächter der Gerechtsame war, musste er zweimal im Jahr Rechenschaft ablegen und die Pacht begleichen. Die Zisterzienser waren penibel, und der Bruder Camerarius ein rechter Erbsenzähler. Reemt war zwar ein ehrlicher Mann, der das Fährgeld ordentlich erhob, abrechnete und in das Buch eintrug, die Fahrten mit ihren Frachten jedes Mal vermerkte und das Geld in einer abgeschlossenen Truhe hütete, aber er hatte Angst vor den pingeligen Fragen des Mönches, der grundsätzlich unterstellte, dass sein Orden übervorteilt wurde.

Schon vor einigen Jahren hatte Myntha es übernommen, die Aufschreibungen ihres Vaters noch einmal durchzugehen und vorab die Summen zu bilden, die der Camerarius wissen wollte. Er wollte unterschieden haben in Frachtfahrten, Personen mit und ohne Privileg, Sonderfahrten, Material für Reparaturen, Handwerkerarbeiten, Erlöse aus dem Verkauf von Obst und Gemüse von ihren Ländereien, Abgaben an Kirche und Gilde und was sonst alles so anfiel. Sie machte diese Arbeit gerne, das Führen der Registerbände hatte sie als junges Mädchen bei Frau Alyss gelernt.

So saßen sie dann später beieinander, spitz geschnittene Federkiele an der Seite, das Tintenfass geöffnet, und ließen die Finger gewandt über den Abakus klickern. Die Geschäfte waren gut gelaufen in den vergangenen Monaten. Es hatte in diesem Winter keinen Eisgang gegeben, der zu Ausfällen und Schäden hätte führen können, mit den Nachbarn hatte es so gut wie keine Streitigkeiten gegeben, die Treidelpferde waren gesund und kräftig, die Erträge aus der Landwirtschaft sogar recht gut.

»Wir können für uns nach allen Abgaben diesmal einen ordentlichen Gewinn einstreichen, Vater.«

»Haro meint, ein Anbau wäre nützlich. Aber ich weiß nicht recht …«

»Es wäre nützlich, die Frauenkammer oben größer zu machen. Die armen Weiber, die hier übernachten, müssen sich ein Bett teilen oder auf dem Boden schlafen.«

»Vielleicht wird deine Kammer übers Jahr frei, Tochter.«

»Wie kommt Ihr drauf, Vater?«

»Der Rickel Moelner würde dich schon gerne zum Weib nehmen. Und wir könnten den Gewinn zu deiner Mitgift schlagen.«

»Ihr habt noch einmal mit ihm gesprochen?«

Reemt nickte.

»Haben vorgestern Mehl von seiner Mühle abgeholt. Da hat er mich angesprochen. Er will sechzehn Kölnische Mark, eine Kleidertruhe und wöchentlich eine Transportfahrt von der Mühle zum Mülheimer Markt.«

Myntha blieb der Mund offen stehen.

»Ähm … Wie bitte?«

»Wir können es uns leisten, Kind.«

»Nein, können wir nicht. Wir brauchen Essen und Kleider und Holz und Werkzeuge. Hier, ich habe es doch aufgeschrieben – das ist für den Haushalt und den Fährbetrieb. Und was ist, wenn ein Pferd ausfällt? Ein Nachen leck schlägt? Ein Hochwasser kommt?«

Reemt sah sie missbilligend an.

»Red doch nicht das Unglück herbei.«

»Vater, Ihr wisst, dass ich keine Unheilsbotin bin. Ich kann nur rechnen.«

»Ach Kind. Ich will dich gut verheiraten. Und – weißt du, ich werde noch mal nach dem Schatz im Rhein suchen. Dann wirst du eine Mitgift erhalten wie eine Königin.«

»Mit der kann ich mir dann auch einen Mann mit zwei Augen kaufen«, entfuhr es Myntha wütend, und Reemt sah sie betroffen an.

»Ekelt es dich so sehr vor dem Rickel Moelner?«

Zu gerne hätte Myntha die vorschnell geäußerten Worte zurückgenommen.

»Nein, nein, Vater. Es ist nur so… Ich komme mir vor wie ein Pferd auf dem Markt. Und – die Mitgift sollte doch eigentlich der Vater festlegen, nicht der Bräutigam, oder? Habt Ihr denn damals so um meine Mutter gefeilscht?«

»Um Gottes willen, nein.«

Myntha schwieg jetzt klugerweise und ließ ihrem Vater Zeit, nachzudenken. Manchmal war er ein wenig weltfremd, versponnen in seine Geschichten. Aber er meinte es gut und wollte ihr gegenüber nur großzügig sein. Denn die Mitgift war ihre Sicherheit, ihr Gatte hatte im Grunde keine Verfügungsgewalt darüber. Aber je nach Charakter des Ehegatten konnte das auch schon mal anders aussehen.

»Hast ja recht, Myntha, er hat nichts zu fordern. Ich rede noch mal mit ihm, mach ein anderes Angebot. Dann sehen wir ja, was wichtiger für ihn ist: du oder dein Brautschatz.«

Da der Moelner sich bisher noch nicht weiter mit ihr bekannt gemacht hatte, vermutete Myntha, dass die Mitgift die größere Rolle in diesem Geschäft spielte. Auf der einen Seite würde es manche Schwierigkeiten für sie lösen, auf der anderen könnte diese Eheschließung ganz neue heraufbeschwören.

»Vater, ich würde mich gerne mit Rickel Moelner unterhalten. Wollen wir ihn nicht einmal zu einem Treffen einladen?«

»Ich rege es an, wenn ich ihn das nächste Mal sehe, Töchterchen.«

»Und – weiß er, dass ich manchmal nachts umgehe?«

»N… nein.«

»Das sollte er wissen, Vater. Sonst gibt es ein böses Erwachen.« Sie sagte es mit einem kleinen Lächeln, aber Reemt fuhr sich mit der Hand durch die grauen Haare.

»Es macht die Sache schwieriger.«

»Aber ehrlicher. Mir macht sein fehlendes Auge nichts aus, vielleicht stört ihn wiederum mein Wandeln nicht.«

»Hoffen wir es.«

»Und außerdem sollten Haro und Witold sowieso vor mir heiraten. Und zwar ein paar Jungfern, die Euch die Geschäfte führen können.«

»Fang nicht schon wieder damit an, Myntha. Du hast

Witold so verdammt wütend gemacht mit deiner Kuppelei.«

»Aber Vater, wollt Ihr keine Enkelkinder auf Euren Knien wiegen?«

Reemt rieb sich das Gesicht und stöhnte leise.

»Ich hab doch recht, Vater, oder? Und ich kenne zwei Maiden mit einer ordentlichen Mitgift.«

Reemt knurrte.

»Na gut, dann eben jetzt noch mal zu den Pachteinnahmen...«

Der Bruder Camerarius traf am späten Vormittag auf einem langohrigen Maultier ein, das ebenso mürrisch aussah wie sein Reiter. Haro nahm es in Empfang und führte es zu den Ställen. Reemt begrüßte den Mönch mit einer ehrerbietigen Verbeugung und führte ihn in seine Schreibkammer, wo die Bücher schon bereitlagen.

»Gestattet, ehrwürdiger Bruder, dass meine Tochter wie beim letzten Mal an unserer Unterhaltung teilnimmt. Sie hat die Bücher treulich geführt und wird Euch zu jeder Kleinigkeit Antwort geben können.«

»Ich schätze es nicht, wenn Weiber diese Aufgaben übernehmen. Das weibliche Hirn ist zu weich und ungezügelt...«

»Verzeiht, ehrwürdiger Bruder«, sagte Myntha und verneigte sich. »Mein Hirn ist recht gewandt darin, Zahlen zu addieren. Wie Ihr schon bei Eurem letzten Besuch bemerkt habt, sind meinem Vater und mir keine Fehler unterlaufen.«

Der Camerarius bekreuzigte sich und starrte über sie

hinweg auf die Wand. Das tat er immer, und sie wusste auch ganz genau, warum. Es war nicht die Versuchung, die er befürchtete, es war sein Unbehagen, das sie bei ihm auslöste. Er wusste von ihrer Wiederauferstehung, ja, er hatte damals sogar selbst an dem Exorzismus teilgenommen. Einer Teufelsaustreibung, die leider nicht vollständig gelungen war.

»Wenn Ihr die Bücher einsehen und die Gelder einsammeln wollt, ehrwürdiger Bruder Camerarius, dann nehmt es hin, dass Myntha Euch die Zahlen erläutert.«

Manchmal konnte ihr Vater auch recht bestimmend sein. Und so schickte sich der Mönch in die Situation. Doch gab er sich größte Mühe, ihrem Blick so gut es ging auszuweichen. Nach einer Weile begann einer der kleinen Dämonen, die noch in ihr wohnten, seinen Spaß daran zu finden. Als der Camerarius wieder seine spitzfindigen Unterstellungen von sich zu geben begann, rückte sie etwas näher in sein Gesichtsfeld. Und als er daraufhin unwillkürlich hochschaute, sah sie ihm fest in die Augen.

Wieder schlug er das schützende Kreuz.

Ihre Antwort verstand er nicht und geriet bei der nächsten Frage ins Stammeln. Gleich darauf gelang es ihr, diesmal mit einer schnellen Handbewegung, seinen Blick zu fangen. Wieder sah sie ihn durchbohrend an. Es war ein kleines, hinterhältiges Spiel mit seiner Angst, und es führte dazu, dass er schneller als sonst die Überprüfung der Aufzeichnungen abschloss. Eine Erfrischung, freundlich von Myntha angeboten, lehnte er geradezu hysterisch ab, und seinen Aufbruch konnte man eigentlich nur als fluchtartig bezeichnen.

»Kind, das war nicht recht«, sagte ihr Vater. Und dann grinste er. »Aber verdammt nützlich.«

»Ich habe doch gar nichts gemacht, lieber Vater.«

»Nein, Kind, du hast nichts getan – er hat Teufel gesehen, wo keine waren. Und nun haben wir uns einen Wecken mit Honig verdient.«

Sie bekamen sogar noch mehr Leckereien als nur einen Honigwecken, denn in der Küche hatte sich die Köchin Lore eingefunden. Mit ihr zwei riesige Körbe mit Vorräten aus dem Gut derer vom Spiegel in Villip. Enna und Agnes waren schon dabei, Säcke und Beutel, Fässchen und Kisten in der Speisekammer zu verstauen, und Lore säbelte gerade dicke Scheiben von einem nach Wacholderrauch duftenden, fetten Schinken ab.

»Lore!« Myntha streckte ihr die Hände entgegen. »Schön, dass du wieder da bist.«

»Ihr seht auch schon ganz verhungert aus, Jungfer. Und Ihr erst, Meister Ferrer. Mager bes op de Repp.«

Ein breites, sommersprossiges Grinsen begleitete diese Worte, und Reemt erwiderte ihr Lachen.

»Dann muss es heute Abend Aalsuppe geben, Köchin!«

31. Kapitel

Volmarus fühlte sich ausgelaugt und leer, es schwindelte ihn, und sein Gedärm schmerzte ihn seit Tagen. Es musste ein Dämon Gewalt über ihn erlangt haben. Seit Karols Beichte hatte er nicht mehr gewagt zu schlafen, hatte gefastet und gebetet, alle möglichen Vorsichtsmaßnahmen ergriffen, und dennoch… sein Fleisch war so schwach. Ein paar Mal war er über seinen Büchern eingenickt, und immer dann umschlichen ihn die finsteren Mächte.

Und nun war auch noch dieser Mann aufgetaucht. Der, den sie Rabenmeister nannten. Ein düsterer Kerl, ein Heide, ein Gotteslästerer.

Um seinen Sprengel zu schützen, würde er mit ihm reden müssen, würde ihn bekehren und ihn von seinem gottlosen Tun abhalten müssen.

Aber er fühlte sich so schwach…

Er müsste auch weiter planen, was mit der Wiedergängerin anzustellen war. Er musste sie in seine Gewalt bekommen. Vielleicht… Man musste sie beobachten. Sie war ein dreistes Weib und oftmals alleine unterwegs. Wenn man sie an einen einsamen Platz locken könnte – ja, dann würde man ihrer habhaft werden. Dazu brauchte er nicht einmal die Hilfe dieses Karols. Es gab Schäfchen in seiner Herde, die ihm dabei gerne behilflich sein würden. Der Ewwers zum Beispiel. Und ein paar von den Fischweibern.

Es war an der Zeit, wieder einmal eine deutliche Predigt über das Wirken der finsteren Mächte zu halten. Dass dabei Männer, die mit Tieren sprachen, solche, die sich mit Unheil kündenden Galgenvögeln umgaben, auch zur Sprache kommen würden, verstand sich von selbst.

Diese Gedanken munterten Volmarus so weit auf, dass er sich gelassen in seinem Sessel zurücklehnte und über die machtvollen Worte nachdachte, die er verwenden würde.

Unvorsichtigerweise schlief er darüber ein, und auf leisen Sohlen schlich sich ein Sukkubus in seine Träume. Ein böser Geist in Form einer schönen, nackten Frau, die seinen Leib auf die unzüchtigste Weise berührte.

Mit einem gequälten Stöhnen erwachte er, schweißnass und zitternd vor Erregung. Es war wie damals, als er noch auf der väterlichen Burg geweilt hatte. Da fing es an, just als er dreizehn geworden war. Da hatten die Dämonen begonnen, ihn nächtens zu peinigen. Damals hatte der Kaplan seine sündigen Gedanken und Gefühle aufgedeckt.

Volmarus schauderte, als er an die Folgen dachte, die diese Entdeckung gezeitigt hatte.

Raus! Er musste raus in die kühle Nacht.

Volmarus floh aus dem Pfarrhaus, lief am dunklen Ufer entlang, gehetzt von den dämonischen Bedrohungen. Außer Atem hielt er an der Stadtgrenze an und lehnte sich an den Stamm einer Pappel. Es drehte sich alles um ihn. Am liebsten wäre er niedergesunken, hätte sich in einer Wurzelhöhle verkrochen, die Arme über den Kopf gelegt und vor Erschöpfung geweint. Doch er blieb aufrecht stehen, stierte mit wirrem Blick über das Wasser und bemerkte die Gestalt nicht, die ihn lautlos wie ein Geist beobachtete.

Ein Käuzchen rief, schaurig und mahnend. Das endlich löste ihn aus seiner Starre. Er musste zurück in sein Heim, musste Bannworte sprechen, seine Stube mit Weihwasser und Salz reinigen, den Rauch entfachen und – verdammt, er musste etwas essen.

Der nächtliche Ausflug und seine Folgen beseitigten die Schwäche in Volmarus' Gliedern, die Fleischpastete und der Wein nahmen ihm den Schwindel und die Schmerzen in seinem Leib, wenngleich er diese Erlösung der Vertreibung der Dämonen durch seine heiligen und bannenden Handlungen zuschrieb.

Er war wieder in der Lage, zu planen und zu handeln. Und seine Predigt vorzubereiten.

32. Kapitel

Frederic und Henning flochten Weidenruten zu einem Gitterwerk, das in die Rahmen der Kisten eingesetzt werden sollte. Es war wieder sehr warm geworden, dennoch trug Henning mannhaft seine neuen Stiefel.

»Der Priester schleicht nachts hier herum, Meister.«

»Hier? Er wird doch wohl nicht nachtwandeln?«

»Er ist gefährlich.«

»Er ist dumm.«

»Wie Ihr meint, Meister.«

Frederic reckte sich.

»Du hast recht, Henning, auch Dumme können gefährlich sein.« Dann sah er zu den Raben auf dem First hoch. »Sie haben ihn nicht bemerkt.«

»Er war unten am Ufer.«

»Und du auch.«

»Ja.«

Warum auch immer – er war wohl nicht bereit, ihm zu verraten, warum. Mochte er es für sich behalten, beschloss Frederic.

»Wir brauchen mehr Ruten«, sagte er und betrachtete das schwindende Häufchen.

»Ich hole welche, Meister.«

»Gut. Unten bei den Weiden findest du genug. Achte darauf, dass sie nicht zu dünn sind.«

Der Junge steckte sich das Messer in den Gürtel und entfernte sich. Er humpelte, stellte Frederic fest. Neue Stiefel musste man sorgsam eintragen. Er nahm sich vor, ihn darauf anzusprechen, wenn er zurückkam.

In der Zwischenzeit setzte er das fertige Flechtwerk in den Rahmen ein. In den nächsten Tagen würde er sich daranmachen, die zukünftigen Bewohner einzusammeln. Sperberjunge, mit denen er das Abrichten beginnen konnte. Ein wenig war er gespannt darauf, wie Henning sich dabei anstellte. Mit den Raben hatte er Freundschaft geschlossen, auch wenn sie weit mehr auf ihn selbst hörten. Gerade eben glitten Raky und Creky über ihn hinweg und schwangen sich ins lichte Sommerblau auf. Manchmal schienen sie sich rein an der Lust des Fliegens zu ergötzen. Die vier anderen folgten ihren Rufen und glitten in weiten Kreisen über die Kate. Frederic widmete sich seiner Tätigkeit, doch plötzlich hörte er das alarmierende Krächzen seiner Wächter. Sie stürzten auf jemanden nieder, der sich näherte, und das war gewiss nicht Henning.

»Hau ab, du Düüvelsveech. Ich schlare dir om Dätz. Ich ropp dir de Stätz af!«

»Robb! Robb!«

»Ric! Freder! Ric!«

Himmel hilf!, dachte Frederic und warf Hammer und Nägel zur Seite.

Aufgeregt flatterten die Raben um das zeternde Weib, das mit den Händen wedelte und einen Schwall derbster

Beschimpfungen von sich gab. Henning kam humpelnd angelaufen und wurde ebenfalls mit den bildhaftesten Beleidigungen überhäuft.

Einen kleinen, traumhaften Augenblick tiefster Erheiterung lang genoss Frederic das ohrenbetäubende Schauspiel, wie sich Lore, die kleine Kampfhenne, gegen seine krächzenden Verbündeten zur Wehr setzte. Es sah aus, als ob sie sich mühelos gegen die Übermacht durchzusetzen verstand. Doch dann siegte die Vernunft und die Fürsorge für seine Vasallen.

»Raky, Robb, Ron! Freund!«

Die Raben sahen es anders, sie stürzten wieder auf Lore hinab, die sich bückte und sie mit Dreckklumpen bewarf. Einer davon traf Henning, der perplex stehen geblieben war.

»Crea, Cress, Creky! Freund!«

Die Weiber waren auch nicht zu bremsen.

Er setzte sich in Bewegung, um den kleinen Springteufel selbst einzufangen.

»Lore, halt den Schnabel!«

Sie verstummte und schoss giftige Blicke auf ihn.

Er hob den Arm, und Robb schien endlich zu verstehen, dass sie genug Angst und Schrecken verbreitet hatten. Er flatterte kurz noch mal auf und setzte sich dann auf Frederics Arm.

»Ric! Freder! Ric!«

»Gut, mein Freund, gut. Und jetzt gebt Ruhe.«

»Rabenmeister. Aha. Jetzt versteh ich. Myntha wollte es mir nicht verraten.«

Die giftigen Blicke waren einem Lächeln gewichen,

und Lore drehte sich zu dem Jungen um, der noch immer wie erstarrt neben dem Weg stand.

»Du da, zieh die Stiefel aus.«

»Nein.«

»Besser, du tust das. Oder willst du zum Krüppel werden?«

Hilflos sah Henning zu Frederic hin, der sich schon wieder ein Lachen verbeißen musste.

»Ich hätte es dir auch geraten. Neue Stiefel und heißes Wetter vertragen sich nicht gut.«

»Aber Ihr habt gesagt, ich muss es lernen, Meister.«

»Für heute ist die Lektion beendet.«

»Ich hole die Gerten.«

»In Ordnung, aber dann ziehst du sie aus. Lore, darf ich dich in mein Heim einladen?«

Sie war noch immer klein, aber nicht mehr so spillerig wie damals, als sie in Frau Alyss' Haus die Gänse gehütet hatte. Ihr Schnabel hingegen war womöglich noch schärfer geworden. Unter dem nachlässig gebundenen Tuch quollen rötliche Locken hervor, ein paar feine Linien umgaben ihre Augen, die ihn allerdings munter und neugierig musterten. Und ihre Sprache war, außer wenn sie schimpfte, offensichtlich fein geglättet worden.

»Frederic Bowman also jetzt. Und Raben statt Falken.«

»Bald wieder Sperber und irgendwann wieder Falken. Aber bei Frederic bleibt es.«

Lore nickte und schielte dann zu den Raben hin, die sich inzwischen auf den First gesetzt hatten.

»Wozu hältst du sie dir?«

»Um mir die Leute vom Hals zu halten.«

Lore schnaubte.

»Das gelingt dir prächtig. Sie sagen dir schon allerlei Übeltaten nach. Ein heidnischer Kirchenschänder bist du in den Augen frömmelnder Matronen, und die Jungfern werden angehalten, sich von dir fernzuhalten.«

»Wie entsetzlich. Dann werden sie demnächst hier heimlich herumlungern.«

»Du wirst sie bange machen mit den Galgenvögeln.« Lore stellte den Korb ab, den sie am Arm getragen hatte. »Hier sind auch Vögel drin. In Gänseschmalz eingelegt, geräucherte Ente und ein fettes Suppenhuhn. Ich koch es dir, wenn du einen Kessel hast.«

Die Aussicht war verlockend, und außerdem freute Frederic sich über das Wiedersehen mit Lore. Von Frau Alyss hatte er schon erfahren, dass seine Gefährtin aus Jugendtagen ihren eigensinnigen Weg gegangen war. Sie hatte sich mit Händen und Klauen dagegen gewehrt, verheiratet zu werden. Drei Jahre nach ihm hatte sie das Hauswesen in der Witschgasse verlassen und eine Stelle als Köchin bei einem Professor der Universität angenommen. Der alte Gelehrte war glücklich überfressen vor sechs Jahren gestorben, seither hatte sie den Kochlöffel im Fährhaus von Mülheim übernommen. Es hatte dem Ruf des Hauses nicht geschadet.

»Natürlich habe ich einen Kessel. Bedien dich.«

»Ja, aber erst befreien wir diesen Helden da von seinen Stiefeln. Ich fürchte, wir brauchen ein paar nasse Lappen, um das Blut aufzuwischen.«

Henning lahmte deutlich, auch wenn er es zu überspielen versuchte. Er lud ein Bündel Weidenruten ab, und Frederic befahl ihm, sich auf den Schemel zu setzen.

»Anziehen, Henning, ist einfach. Ausziehen hat seine Tücken.« Er drehte ihm den Rücken zu und klemmte sich mit schnellem Griff einen Fuß zwischen die Knie. »Du darfst mir in den Hintern treten.«

»Meister...?«

»Tu, was er sagt, Junge.«

Die Operation verlief holperig, und ein herzzerreißendes Stöhnen begleitete jeden Stiefel. Die blutigen Blasen wurden von Lore schnell und fachkundig versorgt.

»Die Stiefel, Junge, müssen sich an deine Füße gewöhnen. Jetzt bleib hier sitzen und binde ein paar Federspiele.«

»Ja, Meister.«

Lore folgte Frederic in die Kate.

»Weiß er, wie man Federspiele bindet?«

»Das werden wir nachher sehen. Dieser Bengel gibt nichts von sich preis. Darum stelle ich ihm hin und wieder ungewöhnliche Aufgaben. Bisher hat er alles gemeistert, was ich ihm aufgetragen habe. Er kann Wild ausnehmen, Forellen fangen, Pferde betreuen, mit Hammer und Nagel umgehen und kommt mit den Raben zurecht. Nur Taschendiebereien wollten ihm nicht gelingen.«

»Ein Edelknabe?«

»Heruntergekommen bis auf den dunkelsten Urgrund. Möglich. Ich bedränge ihn nicht. Und du bitte auch nicht.«

»Nein, ich werde *dich* bedrängen.«

Lore legte das Huhn auf den Tisch und begann, es in handliche Stücke zu zerteilen.

»Du hast doch von Master John schon alles gehört.«

»Wenig. Emery sieht dir nicht sehr ähnlich. Aber er hat trotzdem viel von dir.« Frederic nahm ihr das Hühnerklein ab, um es für die Raben zu verwahren. Der Rest wanderte in den Kessel und wurde mit weißem Wein aufgegossen. »Das muss jetzt eine Weile köcheln«, erklärte Lore.

»Lebt das Messveech noch?«, wollte Frederic wissen, während er zusah, wie Lore geschwind jungen Lauch, kleine Möhren, Wurzelgemüse und eine Handvoll Kräuter zerkleinerte.

»Ist schon alt, aber trottet noch brav hinter mir her. Is ene leev Messveech.«

Die Eselin Jennet war einst von Lore adoptiert worden, so wie Frederic den schwanzlosen Spitz aufgenommen hatte. Anfangs hatte die damals vom Schicksal hart gebeutelte Päckelchesträgerin Lore Angst vor dem ebenso heruntergekommenen Tier gehabt, aber schon sehr bald hatten sich zwei störrische Seelen gefunden.

»Und jetzt bekochst du die Unholdin und ihre Familie?«

»Idiot!«

»Du hast recht. Sie schlafwandelt, aber sie ist keine Unholdin.«

»Sie ist ... besonders.«

»Tja, so hat Henning sie auch genannt.«

»Frederic, du scheinst auf die Gerüchte der abergläubischen Trottel zu hören.«

»Ich höre auf gar keine Gerüchte.«

»Dann hör dir mal die Wahrheit an.« Lore ließ das Messer sinken und sah ihn an.

»Dann erzähl sie mir.«

»Vor fünf Jahren, Frederic, herrschte hier im Winter ein gewaltiger Eisgang. Ich war erst seit einem Jahr im Fährhaus und bekam mit, mit welchen geradezu unmenschlichen Anstrengungen Haro, Witold und der Fährmeister versuchten, wenigstens einmal am Tag den Fluss zu überqueren. Myntha war zu der Zeit mit dem Zöllner Gernot verlobt und sollte im Frühjahr heiraten. Er war am Weihnachtstag ins Fährhaus gekommen, um Myntha abzuholen, die seine Familie besuchen wollte. Der Nachen kenterte, Gernot wurde vom Eis erschlagen, Myntha hat noch versucht, ihn zu retten. Ihre Brüder haben sie eine Weile später aufgefischt, aber sie schien tot zu sein. Unterkühlt, leblos. Sie haben sie in der Kirche aufgebahrt, Frederic, und als am nächsten Tag der Priester, dieser dämliche Vikar Volmarus, die Totenmesse hielt, wachte sie plötzlich wieder auf. Und der verdammte Vikar wollte ihr einen Pflock ins Herz stoßen.«

»Ach du Scheiße!«

»Der Fährmeister und ihre Brüder haben sie gerettet. Aber seither haftet ihr der Ruf an, eine Wiedergängerin zu sein.«

Frederic war betroffen. Dass der Jungfer etwas Schreckliches widerfahren war, hatte er schon vermutet. Eine solch brutale Geschichte aber hatte er nicht erwartet.

»Armes Ding – erst den Verlobten verlieren, dann dem Tod nur knapp entrinnen und auch noch von einem Mann Gottes bedroht werden. Und seither geht sie in manchen Nächten um. Verständlich. Armes junges Weib.«

»Tja, Frederic, so haben wir alle unsere Päckelches zu tragen.«

Wenn das ein zarter Wink war, ihr seine Päckelches anzuvertrauen, dann ignorierte er den. Er trat vor die Kate und begutachtete, was Henning in der Zwischenzeit zustande gebracht hatte. Drei ordentliche Federspiele waren es.

Bemerkenswert.

33. Kapitel

Seine Worte hatten Früchte getragen. Die Predigt hatte nicht nur Ewwers, sondern auch drei andere Fischer – solche, die wohl auch schon mal einen Händel mit den Fährmännern gehabt hatten – aufs Tiefste beeindruckt. Sie hatten sich bereit erklärt, ein Auge auf die Wiedergängerin zu haben. Und ihre Weiber und deren Freundinnen hatten genauso ein Bedürfnis, der hochnäsigen Myntha Demut zu lehren. Am Donnerstagmorgen hatte eine von ihnen bei ihm vorgesprochen und ihm verraten, dass die Fährmannstochter den Bauern Egbert aufsuchen würde, der eben geschlachtet hatte. Blutwürste, das wusste schließlich die ganze Stadt, fraßen Haro und Witold besonders gerne.

»Sie geht gerne am Ufer lang, ehrwürdiger Herr. Da können wir sie uns schnappen.«

Der Vikar nickte zustimmend.

»Und dann? Wohin sollen wir sie bringen?«

»Wickelt sie in eine Decke. Legt sie ins Boot und fahrt bis an die Kirche. Aber passt auf, dass sie nicht zu schreien beginnt.«

»Wir binden ihr den Mund zu. Und dann?«

»Dann gebt ihr mir Bescheid. Wir bringen sie ins Hospiz.«

»Mit Verlaub, ehrwürdiger Herr, da wirkt oft die Gevatterin Ellen. Und die ist eine Freundin der Fährmannstochter.«

»Ich kümmere mich darum.«

»Gut, und dann?«

»Dann beginnt meine Aufgabe. Ihr müsst nur über alles schweigen. Ihr habt sie nie gesehen, nichts von ihr gehört, keine Ahnung, wo sie sein könnte. Verstehen wir uns?«

Die Verschwörer nickten.

Volmarus sprach einen Segen über sie, dann verließen sie ihn.

Er selbst rieb sich voller Erwartung die Hände.

Diesmal würde keiner sein Ritual stören. Diesmal würde er sich ganz alleine mit der Besessenen befassen. Das letzte Mal hatte er den Fehler gemacht, die Mönche von Altenberg zur Unterstützung teilnehmen zu lassen. Sie waren leider nicht ganz davon überzeugt gewesen, dass das Weib, das schon einmal tot gewesen war, nur durch die Kraft finsterer Mächte wieder ins Leben zurückgekommen war, um Unheil zu verbreiten. Zwar hatten sie geholfen, den Exorzismus vorzubereiten, und hatten die Unholdin auch zum Altenberger Hof auf die andere Rheinseite gebracht, aber irgendwie hatten die Fährleute von Deutz dem Fährmeister Reemt Bescheid gegeben. Volmarus schauderte, als er daran dachte, wie die drei Männer und dieses giftige kleine Weib, die Köchin, drei Tage später über sie gekommen waren. Fast hatte er die Dämonen aus der Fährmannstochter exorziert. Fast. Sie hatte schon stundenlang geschrien und sich gewunden, hatte in fremden Zungen gelallt und Galle erbrochen.

Und dann kamen diese Kerle.

Seither fehlte Volmarus ein Schneidezahn im Unterkiefer, und seine Nase war auch nie wieder gerade geworden.

Diesmal würde kein Verräter sein heiliges Ritual unterbrechen.

Heute Abend würde er beginnen.

34. Kapitel

Agnes war in der Küche genauso eine Versagerin wie sie selbst, stellte Myntha mit leiser Genugtuung fest. Sie konnte zwar Gemüse putzen, wenn man ihr zeigte, was sie dabei mit dem Messer zu tun hatte, aber den Brei hatte sie anbrennen lassen, und der Fisch, den Lore ihr zum Schuppen gegeben hatte, war nur noch für Mico erstrebenswert. Er verputzte eben diese kleinen Fetzchen, die von dem armen Ding übrig geblieben waren.

Trotzdem hatte Reemt ihr vorgeschlagen, im Fährhaus wohnen zu bleiben und mitzuarbeiten. Lore hatte sich bereit erklärt, die Kammer mit ihr zu teilen, und ein weiteres Bett war dort hineingestellt worden. Enna maulte deswegen zwar, aber wie es sich zeigte, hatte die Pilgerin doch einige Qualitäten. Mit Nadel und Faden war sie geschickt, und am Webstuhl bewährte sie sich ebenfalls. Die feine Ziegenwolle, die Myntha gesponnen hatte, wurde unter ihren Händen zu einem glatten, geschmeidigen Tuch.

Das wiederum stimmte die Großmutter milde, und vor allem geizte Agnes nicht mit Bewunderung für die Verse, die diese unablässig memorierte. Sie lauschte den Geschichten über das Nibelungengold mit höchster Aufmerksamkeit, noch mehr aber war sie von Reemts bilderbunten Auslegungen der Mär fasziniert.

Myntha hingegen versuchte Agnes etwas von ihrer eigenen Geschichte zu entlocken, aber sehr viel Erfolg hatte sie damit nicht. Sicher, sie berichtete von der anstrengenden Reise von Malesdroit bis Köln, von den verwüsteten Dörfern und Städten, in denen die Schlachten der vergangenen Jahre gewütet hatten, aber auch von der herben Landschaft ihrer Heimat, den Wäldern und heimlichen Quellen, an denen noch immer die alten Götter verehrt wurden, von dem heiligen Ivo, der als Advokat der Armen verehrt wurde, und natürlich auch von der bretonischen Königstochter Ursula. Nur von sich selbst, von ihrem Heim, ihrer Familie, ihrem Gatten sprach sie nie.

Es war noch immer dämmerig an diesem warmen Juniabend, Gäste gab es derzeit keine, und Lore und Myntha hatten sich in den Kräutergarten gesetzt, um vor dem Schlafengehen noch ein wenig zu plauschen.

»Die Agnes ist eine Hochwohlgeborene«, meinte Lore. »Sie hat sich die Finger nie schmutzig gemacht.«

»Ich weiß nicht, Lore. Sie kann zumindest stopfen und nähen, weben und vermutlich auch spinnen.«

»Eben. Das können die edlen Damen. Aber ins Kräuterbeet würde ich sie nicht lassen. Aber Ihr müsst wissen, warum Ihr sie hierbehaltet.«

»Mein Vater sonnt sich in ihrer Bewunderung«, knirschte Myntha.

»Dann kriegt Ihr vielleicht, noch bevor Ihr heiratet, eine Stiefmutter.«

»Lore!«

Die kicherte.

»Für Eure Brüder ist sie zu alt.«

»Meine Brüder, diese bärtigen Stoffel, werden nie ein Weib finden, so maulfaul, wie sie sich geben, sowie eine Jungfer sie auch nur anschaut.«

»Ihr habt Euch etwas in den Kopf gesetzt.«

»Ja, vermutlich ein Gespinst. Ich war letzthin bei Bilke drüben bei den Machabäern. Sie versucht, sich vor dem Gelübde zu drücken. Was ich gut verstehen kann. Sie wollte nie ein gottgeweihtes Leben führen. Und Haro oder Witold wären keine schlechten Kandidaten, um sie zu heiraten. Nur Bilkes Vater hat einen derartigen Standesdünkel. Als ob sich ein bitterarmer Ritter das erlauben kann.«

»Sie kann aber nicht einfach das Kloster verlassen, oder?«

»Noch ist sie nur Novizin. Ich habe ihr vorgeschlagen, dass sie zu den Beginen gehen soll. Ihre Mutter wäre damit wahrscheinlich einverstanden.«

Lore nickte.

»Und Beginen können heiraten.« Und dann fügte sie hinzu: »Ihr auch.«

Myntha seufzte und zerrieb ein Blättchen Katzenminze zwischen den Fingern. Mico, der ebenfalls zwischen den Kräutern seine Jagdkünste erprobte, kam zu ihr und schnupperte an ihren Händen. Ekstatisch schnurrend, wälzte er sich gleich darauf vor ihr auf dem Boden.

»Du hast auch nie geheiratet, Lore.«

»Nee, dat is mir nix.«

»Warum eigentlich nicht?«

Die Köchin unterdrückte ein leises Schaudern, und Myntha beschloss, nicht weiter nachzufragen. Ganz offensichtlich weckte der Gedanke an die eheliche Gemeinschaft böse Erinnerungen bei ihr. Sie hatte vermutlich schlechte Erfahrungen mit Männern gemacht.

»Ich würde schon gerne einen Mann haben«, sann sie stattdessen halblaut vor sich hin. »Manchmal wünsche ich mir einen, mit dem ich kosen und an dessen Schulter ich mich lehnen kann. Und süße Küsse und zärtliche Umarmungen, Lore.«

»Tändelei!«

»Ja, aber das gehört doch dazu, sonst hätte Gott uns nicht dieses Sehnen gegeben.«

»Oder der Teufel?«

Lore war wirklich verbittert, aber die laue Nacht machte Myntha sanftmütig.

»Der Karol…«, flüsterte sie. »Mit dem Karol wär es schön.«

»Für eine kurze Weile mag das sein. Aber Männern liegt nichts am Kosen. Glaubt mir, der wirft Euch weg wie eine Lumpenpuppe, wenn er ein anderes williges Weib findet.«

»Lore, glaubst du nicht an die Liebe?«

»Nö.«

»Lore, du kennst Frau Alyss und Master John.«

»Die sind was anderes.«

»Sie sind Menschen, genau wie wir. Und auch Frau Almut und Herr Ivo…«

»Die waren Heilige.«

»Ach, Lore.«

»Is jut, is jut. Häss recht.« Lore zupfte etwas Thymian ab, und die Luft war plötzlich von würzigem Duft erfüllt. »Ich hab auch mal gedacht... War en leev Jong. Aber dann isser fott.«

Myntha legte ihr den Arm um die Schultern. Noch nie hatte die scharfschnäbelige Köchin zu erkennen gegeben, dass auch sie ein Liebesleid durchlitten hatte.

»Na ja, vielleicht geht es auch ohne Liebe, Lore. Wenn der Rickel Moelner mich nimmt, dann ist das ein Geschäft, von dem wir beide Nutzen haben. Ich bekomme mein eigenes Heim und Kinder, er seine Erben und eine Hausfrau mit Verstand.«

Lore löste sich aus ihrer Umarmung.

»Vernünftig, Jungfer Myntha. Aber holt Euch nur ja eine Köchin in die Küche, sonst hängt gleich der Haussegen schief.«

»Vielleicht hat er ja schon eine.«

»Erkundigt Euch! So, und jetzt zu Bett.«

»Der Bauer Egbert hat geschlachtet«, sagte Witold am Morgen. »Er hat uns Würste angeboten. Wir können sie abholen, bevor er sie auf den Markt bringt.«

»Blutwurst?«

Haro grinste breit. Es war die Lieblingsspeise ihrer Brüder, und Myntha erklärte sich bereit, mit Agnes über die Felder zu gehen und beim Bauern vorzusprechen.

Jede mit einem Korb bewaffnet, zogen sie los. Sie nahmen die Straße quer durch den Ort, die Mülheimer

Freiheit, die dicht von den Häusern der Händler und Handwerker gesäumt war. Dann überquerten sie die niedergelegte Stadtmauer und nahmen die Wege zwischen den Feldern, auf denen das Getreide schon hoch aufgeschossen im leichten Wind wogte. Der Bauernhof war bald erreicht, und ihre Körbe wurden mit allerlei frischer Wurst gefüllt. Agnes war inzwischen kräftig genug, auch ihren Anteil zu tragen, und schien die kurze Wanderung sogar zu genießen.

»Gehen wir zurück am Ufer entlang. Die Pappeln spenden uns Schatten, und vom Wasser her weht ein kühler Wind«, schlug Myntha daher vor.

Flussmöwen tanzten auf den kleinen Wellen, Enten schnatterten aufgeregt, als sie vorbeigingen, auf einem Bötchen sangen zwei Männer ein unflätiges Trinklied, und ein mächtiges Frachtschiff glitt stromabwärts an ihnen vorbei.

»Schön ist es hier«, sagte Agnes und blieb stehen, um über den Strom zu blicken. Es klang ein Hauch Wehmut in den Worten, so als habe sie sich lange nach diesem Anblick gesehnt.

»Wart Ihr schon mal hier, Agnes?«

Zuckte sie leicht zusammen?

»Nein, nein. Darum erstaunt mich der Anblick ja so.«

Gute Antwort. Aber nicht ganz ehrlich. Agnes war nicht von fränkischer Geburt, das hatte sich Myntha schon zusammengereimt. Sie beherrschte ihre Sprache nun deutlich besser als in den ersten Tagen, und so schnell lernte man eine fremde Zunge nicht, das wusste Myntha aus eigener Erfahrung. Vermutlich hatte es sie vor Jahren nach Malesdroit verschlagen, aus welchen Gründen auch immer. Da sie von ihren Kindern gesprochen hatte, musste sie wohl verheiratet sein oder gewesen sein. Aber geboren und aufgewachsen war sie irgendwo hier in der Nähe.

Warum wollte sie bleiben und nicht zu ihren Kindern heimkehren? Führte sie irgendwas im Schilde oder scheute sie nur die Anstrengung des langen Weges zurück?

Myntha beschloss, dass Enna die Richtige war, um das herauszufinden. Ihre Großmutter hatte eine gewitzte Art, Leute auszufragen. Und Agnes gegenüber war sie misstrauisch.

Sie gingen weiter, grüßten ein paar Wäscherinnen, die am Ufer Laken auswrangen, wichen einem Trupp Zimmermannsgesellen aus, die den Pfad für sich beanspruchten, und traten zur Seite, als eine verhangene Sänfte vorbeigetragen wurde. Kurz vor der Stadtgrenze aber kam es wieder einmal zu einem Zwischenfall. Zwei Fischweiber und drei Netzflicker erkannten Myntha, die Frauen kreischten auf und machten das Zeichen gegen den bösen Blick. Die Männer hingegen brüllten sie an, kamen auf sie zugestürzt. Einer hob einen Kiesel auf und warf ihn nach ihr. Das war das Zeichen für die Weiber, ebenfalls nach ihr zu werfen. Einem fauligen, stinkenden Fisch konnte Myntha gerade noch ausweichen, ein Stein traf sie an der Brust. Die Männer, die immer näher kamen, hatten Taue in den Händen, und in diesem Augenblick erkannte Myntha die Gefahr. Sie zerrte Agnes, die entsetzt stehen geblieben war, am Ärmel, rannte los und schlug einen schmalen Pfad zwischen den Feldern ein. Die Männer folgten ihnen, die Schmähworte und Flüche gellten hinter ihr her, aber Wurfgeschosse trafen sie nicht mehr. Dafür stürzten sich sechs Raben mit einem höllischen Geschrei auf sie. Myntha ließ den Korb fallen und hob die Hände schützend über den Kopf, Agnes warf sich lang auf den Boden.

»Robb!«, rief eine laute Männerstimme. »Raky!«

Die Raben kreisten noch einmal über ihnen, einer zerrte eine Wurst aus dem Korb, dann flogen sie fort und setzten sich auf die Äste eines Baumes, um sie zu beobachten. Die drei Netzflicker blieben in gebührendem Abstand stehen.

Myntha ließ die Hände sinken und sah den Jungen auf sie zulaufen.

Henning. Das waren also die Wächter des Rabenmeisters, von denen ihre Brüder berichtet hatten. Noch immer hielt die Angst sie gefangen.

»Jungfer Myntha, sie tun Euch nichts«, sagte der Junge und reichte Agnes die Hand, um ihr aufzuhelfen.

»Sie haben uns verflucht«, wimmerte diese.

»Die Raben fluchen nicht, werte Frau.«

»Nicht die Raben, die Fischweiber und Netzflicker«, erklärte Myntha. »Sie haben Angst vor mir. Sie haben mich fangen wollen.«

Henning sah sie an, und in seinem Blick lag etwas Dunkles, das ihr Gänsehaut verursachte.

»Ist der Rabenmeister in der Nähe?«, beeilte sie sich zu fragen.

»Er ist auf der Heide.«

Agnes klammerte sich an ihren Arm und zog ein wenig daran. Myntha überlegte. Mit dem Rabenmeister hätte sie ein sicheres Geleit gehabt, aber vielleicht half es auch schon, wenn der Junge an ihrer Seite ging. Weit war der Weg nicht, und in der Stadt würde man nicht wagen, sie offen anzugreifen.

»Henning, hast du Zeit, uns nach Mülheim zu begleiten?«

»Sicher. Kommt mit zur Kate, Jungfer, werte Frau.«

»Myntha...«

»Ist gut, Agnes. Es scheint, dass die Raben auch auf ihn hören.«

Ganz beruhigt war ihre Begleiterin nicht, doch sie ließ sich willig mitziehen.

Henning sah nach oben zu den Raben.

»Raky! Raky, komm her!«

Der Rabe, der noch immer die Wurst im Schnabel hielt, segelte vom Ast und setzte sich vor ihm auf den Boden. Der Junge entriss ihm mit schneller Bewegung die Beute, und der Vogel hackte nach ihm.

»Lasst ihm doch die Wurst«, flüsterte Agnes noch immer verängstigt.

»Nimm sie als Geschenk und Lohn, Henning.«

»Wie Ihr wünscht.«

Sie folgten dem Jungen zur Kate, warteten aber vor der Tür, während er sich drinnen zu schaffen machte. Als er wieder nach draußen kam, trug er Stiefel an den Füßen und hatte den gespannten Bogen über der Schulter. An seinem Gürtel hing ein Köcher mit Pfeilen.

Ein wehrhafter Bursche, ging es Myntha durch den

Kopf. Er hatte sich verändert, der Taschendieb. War das der Einfluss des Rabenmeisters, der wohl auch ein kriegerischer Mann war? Oder hatte Henning gelogen, als er sich als Pferdebursche dargestellt hatte?

»Gehen wir«, sagte er und schritt voraus.

»Komm, Agnes, uns wird jetzt nichts mehr passieren.«

Oder jemandem würde etwas passieren. Henning machte nicht den Eindruck, als ob er zögern würde, von dem Bogen Gebrauch zu machen.

Schweigend folgten sie ihm bis zum Fährhaus. Kurz vor ihrem Ziel aber hielt ihr Beschützer inne und verbeugte sich.

»Gestattet, dass ich umkehre, Jungfer, werte Frau.«

»Danke für deinen Dienst, Henning.«

Er verneigte sich noch einmal sehr anmutig und wandte sich um. Ein stolzer junger Mann mit geschmeidigen Bewegungen und einem aufrechten, geraden Rücken.

Eine Augenweide, wenn man es recht betrachtete.

Mit seltsam dunklen Augen.

35. Kapitel

Frederic hielt nach Sperberrevieren Ausschau. Zwei hatte er bereits gesichtet, sich aber noch nicht näher herangewagt. Sie lagen günstig, auf dem Rückweg würde er sie nach Jungvögeln untersuchen. Er zockelte auf Meuric langsam dahin, eine Weile am Strunderbach entlang, an dem sich die Wassermühlen in großer Zahl angesiedelt hatten, dann wieder durch die Heide. Dort war es einsam, die Luft flirrend vor Hitze. Längst vergessene Erinnerungen holten ihn ein. Vor vielen Jahren hatte er hier zusammen mit seinen Freunden Frau Alyss aus dem Hofgut derer von Isenburg befreit. Lore, damals noch fast ein Kind, hatte es mit ihrem heldenhaften Einsatz möglich gemacht, die Entführer zu überlisten. Doch sie war verletzt worden, und ein wunderliches Weib, das in einer einsamen Hütte lebte, hatte ihre Wunden verbunden. Er selbst hatte sie zu der Sybilla gebracht.

Ob die Zaubersche wohl noch immer hier ihren Geschäften nachging?

Frederic schaute sich um. Die Gegend kam ihm bekannt vor. Hinter der letzten Mühle befand sich der Abzweig, der zu dem Hofgut führte. Wenn er die andere Richtung wählte, würde er vielleicht das Haus der Zauberschen finden.

Nun gut, auch das war weit über fünfzehn Jahre her, in der Zeit konnte viel geschehen sein.

Er trabte an und folgte dem sandigen Pfad. Wacholder bildete kleine Gehölze, struppiger Ginster verströmte noch immer seinen Blütenduft, im Heidekraut summten die Bienen.

Ein Hund bellte.

Frederic beschattete seine Augen mit der Hand und entdeckte die braune Bracke, die im Kreis lief. Ein Jagdhund, der seine Beute gestellt hatte? Und wo war der Jäger?

Er lenkte sein Pferd in die Richtung des Gebells, und schon sprang der Hund auf ihn zu. Der Bogen glitt wie von selbst in seine Hand. Doch nicht aggressiv knurrte das Tier ihn an, sondern wenn es auch nur einen Hauch von Hundeverstand hatte, dann suchte es Hilfe.

Und dann sah er auch das graue Gewand zwischen dem Heidekraut.

Ein Mensch.

»Sybilla!«, rief er, und das Bündel bewegte sich, hob eine Hand und winkte ihm.

»Ruft den Hund zu Euch.«

»Bestla, komm!«

Willig gesellte sich die Hündin zu ihrer Herrin, und Frederic sprang vom Pferderücken. Es war Sybilla, die Zaubersche, älter geworden, die grauen Flechten waren ihr unter dem Tuch hervorgerutscht, ihr Gesicht von zahlreichen Fältchen durchzogen.

»Rastet Ihr hier in der warmen Sonne, Frau Sybilla, oder seid Ihr gestürzt?«

»Ein verdammtes Kaninchenloch! Ich habe mir den Fuß verdreht und komm nicht selbst auf die Beine. Seid so gut, Herr, helft mir auf.«

»Ich helfe Euch sogar auf mein Pferd, Frau Sybilla, und bringe Euch zu Eurer Hütte, so sie noch hier in der Gegend steht.«

Er half ihr auf die Füße, und sie stützte sich auf seinen Arm.

»Ihr kennt mich offenbar, doch mir seid Ihr fremd. Oder?«

»Vor vielen Jahren, Frau Sybilla, habe ich Euch ein junges Mädchen mit einem gebrochenen Arm gebracht. Ein schrecklich vorlautes, rothaariges Gör namens Lore.«

Erstaunen malte sich in ihren Zügen ab, dann ein heiteres Lächeln.

»Frieder, so hieß der junge Kerl, der sie brachte. Junge Kerle werden Männer. Ich grüße Euch, Herr Fr...«

»Frederic Bowman nun, und erst seit wenigen Wochen wieder in diesem Land. Kommt, ich helfe Euch aufs Pferd.«

Willig ließ sie sich hochziehen und nahm hinter ihm Platz. Sie hielt sich an seiner Taille fest, der Hund folgte ihnen. Nicht lange, und sie hatten die Hütte erreicht.

»Ein fester Verband wird Eurem Fuß helfen, das Gewicht zu tragen.«

»Ohne Zweifel, Herr Frederic, tretet ein und setzt Euch nieder. Ich habe Beerenwein...«

»Schön, aber zunächst habt Ihr einen Leinenstreifen und sicher auch eine Salbe für Euren Fuß.«

»Das kann warten.«

»Wie ich es gelernt habe, können Verletzungen nicht warten. Oder traut Ihr mir nicht zu, einen Knöchel zu verbinden?«

Sie legte den Kopf ein wenig schief. Eine ältere Frau, doch noch immer mit einem ansehnlichen Antlitz. Weiser als damals, und, wenn ihn nicht alles täuschte, auch pfiffiger.

»Ein Mann, der Wunden zu versorgen gelernt hat und einen Bogen trägt – das seid Ihr geworden. Dann zeigt, was Ihr könnt, Frederic Bowman. In der Truhe findet Ihr Leinen. Der zweite Tiegel auf dem Bord enthält die Heilsalbe. Und im Krug ist der Beerenwein. Schenkt uns ein.«

Eine grau getigerte Katze schlich hinzu und musterte Frederic nach Katzenart, befand ihn für harmlos und schlenderte wieder ins Freie. Er füllte zwei Becher, nahm Binden und Salbe und schob Sybilla den Kittelsaum über dem Bein ein Stück hoch, das sie ihm entgegenstreckte. Ein abgetragener Bundschuh schützte den Fuß, aber der Knöchel war bereits angeschwollen und hatte sich blau verfärbt. Frederic löste die Schuhbänder und tastete den Fuß ab. Gebrochen war er offenbar nicht, aber schmerzhaft war die Verletzung auf jeden Fall.

»Im Jahr 1404 war es, Herr Frederic. Das Jahr, als mein Kind starb«, sagte Sybilla leise.

»In jenem Jahr, richtig.«

»Die Seherin, die Euch begleitete, sie besuchte mich später noch einmal.«

»Gislindis, jetzt die Herrin vom Spiegel. Ich habe sie seither nicht wieder getroffen. Es heißt, dass sie ihren Gatten auf seinen Reisen begleitet.«

Frederic strich mit festen Bewegungen die Salbe auf den Fuß und legte fachkundig den Verband an.

»Schont ihn ein paar Tage. Ich suche Euch einen Stock, auf den Ihr Euch stützen könnt.«

»Es lehnt einer am Herd. Ich hätte ihn mitnehmen sollen, als ich auf der Heide nach Harz suchte.«

»Nach Harz?«

»Räucherwerk, Herr Frederic. Und auch nützlich bei allerlei anderen Dingen.«

Sie wies auf seinen Bogen.

»Ich weiß. Es wunderte mich nur, denn bei meinem letzten Ausflug in die Heide traf ich Jorgen, den Harzsammler.«

»Mehr Wachs und Honig. Die Heide ist groß und voller nützlicher Dinge. Aber die Einsamkeit scheuen viele Menschen. Ihr nicht?«

»Dann und wann empfinde ich sie als wohltuend, doch auch ich sammle.«

»Honig für Eure Zunge?«

»Hätte sie nötig, meint Ihr?«

»Hält sie geschmeidig.«

»Mag sein, doch mein Sammelgut wird mir meinen Lebensunterhalt gewährleisten. Süße Worte tun das nicht.«

»Wenn Ihr meint. Geschickte Hände habt Ihr, den Bogen wisst Ihr auch zu spannen. Was jagt Ihr auf der Heide?«

»Wissbegierig, Frau Sybilla? Keine Angst, ich komme Euch nicht in die Quere. Junge Raubvögel suche ich, die ich für die Jagd abrichten kann.«

»Falkner. Falken werdet Ihr wenige finden, Habichte und Sperber nisten hier.«

»Ich weiß.« Frederic nahm den knorrigen Stock, der am Herd stand. Ein glatt geschliffenes, zweckmäßiges Stück Holz, das gut in der Hand lag. Doch mehr als der Stock weckte die Räucherpfanne Frederics Aufmerksamkeit. Die Asche darin war kalt geworden, doch noch immer verbreitete sie einen würzigen Duft.

»Was habt Ihr hier verbrannt, Frau Sybilla?«

»Wacholderharz und einige Kräuter.«

»Und wozu dient diese Räucherung?«

»Warum wollt Ihr das wissen?«

Sie war eine Zaubersche, rief Frederic sich ins Gedächtnis zurück. Derartige Fragen würde sie nicht ohne Not beantworten, denn darin lagen ihr Wissen und ihr zu hütendes Geheimnis. Andererseits…

»Am vergangenen Sonntag, Frau Sybilla, wurde ich Zeuge, wie ein junger Ministrant vom Rauch aus dem Weihrauchfass bewusstlos wurde. Es hätte einen schweren Brandunfall geben können.«

Sybilla richtete sich plötzlich auf und gab ein kleines Lachen von sich.

»Ihr also seid der heidnische Rabenmeister, der die Messe entweiht hat.«

»Mein Ruf scheint mir voranzueilen.«

»Mit Donnerhall! Warum habt Ihr die Messe entweiht?«

»Weil kein anderer den Jungen aufgeklaubt und sein glosendes Gewand gelöscht hat. Etwas war in dem Weihrauch, das sie träge gemacht hat.«

»Ja, es gibt Mittel. Hanfsamen, Bilsen, der getrocknete Saft der Mohnkapseln… Wie roch der Rauch?«

»Süß. Süßer als Weihrauch gewöhnlich.«

»Mohn. Vermutlich Mohn. Ein übler Streich, Rabenmeister. Aber… mhm… Ministranten sind junge Männer, nicht wahr? Und die haben nun mal Unsinn im Sinn. Wenn sie den Priester in Schwierigkeiten bringen oder blamieren wollten, dann war das eine gute Möglichkeit. Nur hätten die Schlingel daran denken müssen, dass sie selbst auch den Rauch einatmen würden.«

»Woher sollten die Messdiener von der Wirkung wissen, Frau Sybilla?«

»Sind es nicht die Söhne von Händlern? Gewürze, Räucherwerk, Kräuter sind Waren, mit denen gute Geschäfte gemacht werden.«

»Schon möglich. Aber… Es gab noch einen anderen Vorfall, kurz vor diesem. In Stammheim entzündete sich der Inhalt eines Weihrauchschiffs offenbar von selbst. Auch hier wurde ein Priester ohnmächtig vor dem Altar aufgefunden.«

»Weihrauch entzündet sich nicht von selbst. Weihrauch ist ein Harz, Rabenmeister. Man braucht Glut, damit es seinen Duft entfaltet.«

»Es hat gewaltige Rauchwolken gegeben, erzählte man.«

Sybilla lachte noch einmal.

»Mehr Schlingel? Ihr kennt Euch mit Räucherwerk nicht aus, will mir scheinen, Rabenmeister. Dort oben, der blaue Topf. Holt ihn mir her.«

Er brachte ihr das Behältnis, und sie hob den Deckel.

Sand schien er zu beinhalten, doch sie schob ihn ein wenig zur Seite und hob mit spitzen Fingern ein goldgelbes Bröckchen heraus und reichte es ihm.

»Olibanum, Rabenmeister. Reinstes Harz des Weihrauchbaums, aus dem Morgenland auf einem langen Weg zu uns gekommen. Und sein Gewicht wird mit Gold aufgewogen.«

Vorsichtig drückte Frederic an dem Harz, schnupperte daran und sah die Zaubersche dann an.

»Ein Vermögen. Ihr seid sehr vertrauensvoll.«

»Ein Vermögen, richtig. Und ein armes Kirchlein möchte eine weihevolle Messe begehen. Es soll ein Wohlgeruch die Gebete gen Himmel leiten. Was wird der Priester tun?«

»Das Gleiche, was ein Gastwirt macht, wenn er billigen Wein als teuren verkauft, nehme ich an. Panschen.«

»Genau. Mit billigem Harz – Nadelhölzer sind sehr harzreich. Und doch ist auch hier das Harz wertvoller als die Nadeln und das Holz. Deshalb mischt man sie unter den Weihrauch, um ihn zu – verlängern. Nun, Rabenmeister, nehmt den braunen Topf.«

Er tat, was sie wünschte, und betrachtete die Mischung. Auch hier waren Harzkügelchen enthalten, aber auch trockene Pflanzenteile.

»Nehmt aus dem Herd ein wenig Glut. Dort, mit der Zange, und legt sie in die Räucherpfanne. Dann gebt ein wenig von dem Inhalt darauf. Es ist eine Räucherung, die die üblen Gerüche von Krankheit und Trauer vertreibt.«

Er tat wie geheißen und beobachtete, wie ein Fädchen Rauch aufstieg. Er roch nach Wald und Würze und Wärme. Aber plötzlich spritzte ein Funken auf. Nicht weit, er fiel auf dem Herdstein nieder und verglomm. Aber weitere Funken begannen zu knistern. Und Frederic hatte eine erhellende Erkenntnis.

»Ich hätte darauf kommen können, ich habe oft genug an Lagerfeuern gesessen. Aber ich habe nicht gewusst, dass man Nadeln dem Weihrauch beimischt. Wenn sie feucht sind, qualmen sie entsetzlich, und wenn sie trocken sind, gibt es Funkenflug. Also hat der Stammheimer Priester seinen Weihrauch mit den falschen Mitteln verlängert.«

»Er oder ein anderer.«

»Mit böser Absicht vielleicht.«

»Kümmert es Euch?«

Es war zumindest eine Erklärung für die Vorfälle und entkräftete den Verdacht, dass der Feuerteufel, der ihn verfolgte, seine Hand im Spiel hatte. Aber etwas anderes war offenbar im Gange.

»Im Hospiz ist ein Mann gestorben, nachdem man das Zimmer ausgeräuchert hat.«

»Giftige Dämpfe?«

»Vielleicht. Auf jeden Fall viel Qualm.«

»Daran kann ein geschwächter Mensch ersticken.«

»Weshalb man kein Räucherwerk verwenden sollte, das allzu stark Rauch entwickelt. Und wie es heißt, ist auch die Magistra von Machabäern bei einem Unfall mit Feuer ums Leben gekommen.«

»Dann seid vorsichtig, heidnischer Rabenmeister,

denn das sieht danach aus, als ob jemand den heiligen Rauch entweiht und die Kirche schänden will.«

»Warum ich?«

»Wer sonst? Ihr habt doch schon ein öffentliches Beispiel gegeben. Unter den Augen des Vikars von Mülheim.«

Das war perfide. Und möglicherweise richtig gedacht. So wie man die Fährmannstochter als Unholdin und Unheilsbringerin verfolgte, würde man ihn vermutlich auch bald dunkler Taten verdächtigen. Er hatte selbst mit aller Kraft daran gearbeitet, sich als unnahbaren Fremden darzustellen, und darüber den Aberglauben der schlichten Gemüter vergessen. Fremde, die sich nicht nach den Regeln der Gemeinschaft richteten, gerieten leicht in einen üblen Ruf. Er hatte sich mit den Galgenvögeln umgeben und sie zu seinen Wächtern erzogen. Er hatte einen wortkargen Taschendieb zu seinem Gehilfen gemacht und scherte sich nicht um Kirche und Prozessionen.

Seit er in der Kate wohnte, hatte es Unfälle mit dem Weihrauch gegeben.

Sybillas Warnung war berechtigt.

»Ihr seht finster aus, Herr Frederic.«

»Das zu allem Überfluss auch noch.«

»Angst?«

»Ja. Aus verschiedenen Gründen.«

»Klärt auf, wer den Weihrauch panscht, Rabenmeister, und findet den Schuldigen.«

»Und wo soll ich anfangen?«

»Bei den Ministranten? War es ein Jungenstreich?

Oder steckt mehr dahinter? Habt Ihr einen Feind, Rabenmeister?«

»Ja, den habe ich. Aber dieser Art waren seine Bemühungen bisher nicht.«

»Oh, auch Feinde können einfallsreich sein.«

»Wohl wahr. Frau Sybilla, habt Dank für Euren Rat und Eure Weisung.«

»Habt Ihr Dank für Eure Hilfe. Fangt Eure Vögel und kommt, wenn Ihr Gelegenheit habt, mal wieder bei mir vorbei. Es ist einsam in der Heide.« Sie lächelte wieder. »Und Ihr bietet gute Unterhaltung.«

Sie stützte sich auf den Stock und erhob sich. Er ging mit ihr aus der Hütte, und am Zaun verabschiedete er sich.

Drei junge Sperber saßen in dem geschlossenen Weidenkorb, als Frederic sich seiner Kate näherte. Mit der Ausbeute war er zufrieden, das Gespräch mit der Zauberschen würde ihn jedoch noch einige Zeit beschäftigen. Er war in Gedanken, während er zwischen den Feldern einherritt, doch dann wurde er jäh aufgeschreckt.

»Feurrr! Feurrr!«, tobte es in der Luft.

Frederic wurde es kalt vor Angst. Er brachte sein Pferd in den Galopp und preschte auf die Kate zu. Rauch stieg davor auf, und Henning versuchte, die Raben abzuwehren, die immer wieder auf ihn niederstießen. Er schaffte es gerade in den Schutz des Unterstands, als Frederic eintraf.

In einem kleinen Steinkreis brannte ein Reisigfeuer, ein Topf lag umgefallen daneben. Mit schnellen Bewegungen holte Frederic ein Schaff Wasser aus dem Trog und goss es über die Flamme.

»Gute Vögel, gute Raben!«, rief er und trat in die Kate. Das Kaninchen, das er am Morgen gejagt hatte, war sein Dankopfer.

Gierig stürzte die Rabenschar sich auf den Kadaver. Er hingegen kümmerte sich um die drei gefangenen Sperberjungen. Sie hatten den Ritt unversehrt überstanden, doch hackten sie nach ihm, als er sie in den größeren Käfig setzte, in dem schon ein wenig Fleisch und eine Wasserschale auf sie warteten. Dann erst wandte er sich an Henning, der inzwischen sein Pferd hin und her führte.

»Ich habe es nicht gewusst, Herr«, sagte Henning.

»Jetzt weißt du es. Mach nie wieder Feuer vor der Kate. Nie!«

»Nein, Herr. Ich wollte Leim kochen. Das stinkt.«

»Verstehe. Aber trotzdem werden wir Feuer nur außer Sichtweite der Raben entzünden.«

Er stand vor ihm, der hagere Jüngling, mit erhobenem Kopf und geraden Schultern. Aber stumm senkte er die Lider.

»Leim wofür?«, fragte Frederic sanfter.

»Die Pfeilspitzen sind fertig geworden. Ich habe sie vom Schmied abgeholt.«

»Gut. Dann kümmere dich jetzt um das Pferd.«

»Ja, Meister. Jungfer Myntha und eine Frau sind mit Steinen beworfen worden. Ich habe sie in die Stadt begleitet, Meister. Ich habe Euren Bogen mitgenommen.«

Frederic merkte, wie seine rechte Braue sich nach oben bewegte.

»Meinen Bogen also. Dann bring mir ein weiteres Kaninchen.«

»Ja, Meister. Und wir haben eine Wurst bekommen.«

»Trotzdem.«

Der Junge nickte.

Und wie es aussah, war er auch in der Lage, mit dem Bogen umzugehen.

Ein Knappe möglicherweise. Sohn oder Bastard eines Edelmannes?

36. Kapitel

Sie war ihnen entwischt.

Vikar Volmarus gab sich einer unheiligen Wut hin. Die Wiedergängerin hatte die Unheilsvögel gerufen, die über Ewwers und seine Freunde hergefallen waren. Ein weiterer, deutlicher Beweis, dass sie über die finsteren Mächte gebot.

Und den Taschendieb hatte sie sich auch zu Willen gemacht. Das musste ein Ende finden.

Grübelnd und grollend saß Volmarus in seinem Studierzimmer. Er musste wohl drastischere Maßnahmen ergreifen, um der Unholdin habhaft zu werden.

Vielerlei Szenarien durchdachte er, aber immer wieder kehrten seine Gedanken zu Karol zurück. Der junge Kerl hatte ihn letzthin mit seiner wollüstigen Beichte in die Irre geführt. Und das hatte ganz sicher einen Grund gehabt.

Was hatte der Handelsknecht nicht gestanden? Was hatte er ihm verschwiegen?

Vikar Volmarus kannte seine Beichtkinder und wusste gewöhnlich, was sie vor ihm und Gott verschwiegen, und er hatte bisher durch geschickte Fragen immer herausgefunden, welche heimlichen Sünden sie zu verbergen gedachten.

Da war diese Sache mit dem Weihrauch, die dazu geführt hatte, dass der Ministrant Tonius während der heiligen Messe umgefallen war. Das Räucherwerk hatte er von Karol wenige Tage zuvor erhalten. Hatte der Kerl da etwas hineingemischt? Hatte er kostbares Olibanum gepanscht? Sich unrechtmäßig daran bereichert?

Vikar Volmarus sprang auf.

Darauf hätte er schon viel früher kommen müssen. Mit wehendem Talar stob er in die Kirche, dort in die Sakristei und öffnete das Weihrauchschiffchen.

Goldgelbe Harzbröckchen lagen darin. Sacht ließ er sie durch seine Finger gleiten. Und siehe da, etwas Klebriges blieb daran haften. Eine andere Art von Materie, dunkler, kleiner: süßlich riechende Kügelchen. Teufelswerk?

Volmarus füllte eine kleine Menge des verunreinigten Weihrauchs in ein Kästchen und ließ es in seinem Gewand verschwinden. Was immer es bewirkte, würde er in den nächsten Stunden unter heroischer Selbstaufopferung herausfinden.

So entsetzlich gestaltete sein Opfer sich jedoch nicht. Der Rauch duftete köstlich, und nach kurzer Zeit begann Vikar Volmarus sich leicht und glücklich zu fühlen. Seine Ängste und Sorgen verflüchtigten sich, verschiedene kleine Schmerzen verschwanden, eine wohlige Müdigkeit überkam ihn, und selig lächelnd schlummerte er in seinem Sessel ein.

Die Unholdin war für eine Weile vergessen.

Aber als er wieder erwachte, hatte er eine neue Idee.

Und der getrocknete Dämon, den er tief unten in seiner Truhe gefangen hielt, würde ihm dabei zu Diensten sein.

37. Kapitel

Haro und Witold hatten sich mit dem Ewwers unterhalten. Auf nicht eben sanfte Art. Jetzt hinkte der Schiffer, hatte ein blaues Auge und eine aufgeplatzte Lippe. Nur warum er und seine Kumpane Myntha belästigt hatten, das war weder aus ihm noch aus den anderen herauszubekommen gewesen.

»Willst du wieder ins Kloster, Myntha?«, fragte Witold.

»Nein. Nein, ich will nicht immer weglaufen. Hier gibt es so viel zu tun.«

Und so war es auch. Der Handelsverkehr zwischen Mülheim und Köln war rege. Über die Handelsstraßen aus dem Bergischen kamen die Reisenden mit ihren Frachtkarren, von Köln jene, die ihre Waren von den Schiffen aus Nord und Süd geladen hatten, und oft musste Myntha mit ihren Kenntnissen der lateinischen Sprache aushelfen, um den Männern und Frauen den Weg zu weisen und ihnen allerlei Fragen zu beantworten.

Rixa tauchte um die Mittagszeit in einem neuen, sehr roten Gewand auf und prunkte dazu auch mit einer neuen Haube, an der kleine Flitterchen aufgenäht waren. Sie funkelten in der Sonne, und mit einem breiten Grinsen schäkerte sie mit Haro. Der, wie immer, wenn er die Aufmerksamkeit einer Frau auf sich gelenkt fühlte, stummer und maulfauler wurde und sich schließlich mit rotem Kopf abwandte.

»Rixa, vergeude deine Mühe nicht auf meine Brüder. Da sind die steinernen Propheten am Domportal noch von größerem Witz als diese Stoffel.«

»Warum kann er nicht lachen, Myntha? Es sind doch nur Scherze.«

»Sie sind beide schüchtern.«

Rixa gluckste vor sich hin.

»Du hast gute Geschäfte gemacht, was? Neues Kleid, neue Haube...«

»Und neue Schuhe. Schau!«

Auch die waren aus rotem Leder und würden in der krautigen Heide bald ihre Farbe verlieren. Aber Rixa war keine Schönheit, krummrückig und mit einem von Falten durchzogenen Gesicht. So mochten Putz und Tand ihr das Gefühl geben, doch noch ganz ansehnlich zu sein.

»Hinreißend«, stimmte Myntha ihr also zu, und Rixa erzählte von den guten Preisen, die sie für Wachs und Honig erhalten hatte.

»Und das gesamte Harz hat uns auch wieder ein hübsches Mannsbild abgekauft. Der hat viel mehr bezahlt als die aal Sybilla.«

»Hast du denn deinem Jorgen auch ein kleines Geschenk mitgebracht?«

»Hab ich, hab ich. Einen Krug Eiertrunk aus der Apotheke am Neuen Markt. Süß und scharf und sahnig. Hat die Trine gemischt. Willst du mal probieren?«

»Nein, nein, ich kenne das Zeug. Es macht ziemlich schnell wirr im Kopf.«

Rixa kicherte und schwang sich ihre Kiepe wieder auf den Rücken. Sie hatte noch einen weiten Weg vor sich, und so rief Myntha Lore zu, sie möge der Frau noch zwei ihrer süßen Wecken mitgeben.

Am Nachmittag traf ein unerwarteter Besuch ein, der Reemt aus seiner Kammer lockte, in der er sich mit dem Gildemeister über die fälligen Aufgaben unterhalten hatte.

Rickel Moelner und eine Dame in einer trotz des warmen Tages mit Pelz besetzten Houppelande schritten von der Fähre auf das Haus zu, begleitet von einem katzbuckelnden Witold.

»Husch, lauf in deine Kammer und zieh das gute Gewand an«, sagte Enna und scheuchte Myntha die Stiege hinauf. Agnes folgte ihr und bot ihr an, beim Umkleiden zu helfen.

»Euer Bräutigam, ja?«

»Vielleicht, Agnes, vielleicht.«

Gemeinsam nestelten sie die Verschnürung des einfachen Kittels auf, und Agnes strich anerkennend über das blauseidene Gewand, das Myntha aus der Truhe holte. Der Geruch von trockenem Lavendel und Rosen erfüllte den Raum, als sie es ausschüttelten. Dann nahm Myntha das Kopftuch ab, das sie gewöhnlich zur Arbeit trug, und fuhr sich mit dem Kamm durch die silberblonden Haare. Glatt fielen sie ihr über den Rücken.

»Ich habe kein passendes Chapel. Und ein Gebände möchte ich nicht anlegen.«

»Nein, das braucht Ihr nicht. Arme hoch!«

Die Seide glitt über sie, und Agnes schnürte das Gewand mit geschickten Fingern zurecht. Es machte Myntha für einen Augenblick stutzig. Offenbar kannte die Pilgerin sich mit derart kostbaren Kleidern gut aus. War sie, wie Lore vermutete, wirklich eine Dame von hohem Stand? Oder war sie zumindest einmal die Zofe einer hohen Herrin gewesen? Doch jetzt hatte sie keine Zeit, dieser Frage nachzugehen.

»Hier, die feinen Schühchen, Jungfer Myntha. Habt Ihr etwas Schmuck?«

»Ja, aber den möchte ich nicht gleich zur Schau stellen.«

»Nun gut. Ihr seht anmutig aus. Und Haare habt Ihr wie gesponnene Seide.«

Mit einem Lächeln auf den Lippen ging Myntha die Stiege hinunter. Ja, sie war sich, wenn auch selten, bewusst, dass sie recht ansehnlich aussah. Hoffentlich fand sie Beifall in dem einen Auge ihres Bewerbers.

Reemt saß bereits mit den Besuchern in der guten Stube, Lore hatte den Weinkrug, ein Körbchen mit Gebäck und Schüsseln mit Erdbeeren auf den Tisch gestellt.

»Myntha, meine Tochter«, sagte Reemt und erhob sich.

»Meine Liebe«, säuselte die Dame und streckte ihre lilienweiße Hand aus. Myntha ergriff sie und wollte auf ihre Art zudrücken, doch die schlaffen Finger der Frau fühlten sich an wie Mehlwürmer, und so ließ sie es bei einer zarten Berührung. Die Hand des Moelners war herzhafter, wenn auch seine Miene unbewegt blieb.

»Setzt Euch zu uns, Jungfer Myntha«, kam es von der Dame Moelner, und so nahm sie auf der Bank neben ihrem Vater Platz.

»Wir sprachen über Euren Brautschatz, Jungfer Myntha. Ein hübsches Angebinde, das Euer Vater Euch mit in die Ehe geben will.«

»Er ist mir immer ein guter Vater gewesen«, murmelte Myntha unverbindlich und musterte die Frau einigermaßen unauffällig. Sie hatte nicht nur blasse Hände, sondern auch ein blasses Gesicht mit leicht vorstehenden braunen Augen, die warm wie die ihres Bruders blickten. Ihre Nase war kurz, und ihre Oberlippe wölbte sich über einem kräftigen Überbiss. Sie mochte ein, zwei Jahre älter als ihr Bruder Rickel sein, schien aber ihren Lebtag lang keine harte Arbeit verrichtet zu haben.

»Ja, ein hübsches Angebinde, sage ich. Nur – Jungfer – wird es für Euch ausreichend sein, nur eine Truhe Kleider zu besitzen? Das Leben in Köln verlangt doch oftmals standesgemäßes Auftreten. Immerhin ist mein Bruder in der Gaffel Schwarzhaus vertreten. Das ist eine hoch angesehene Vereinigung.«

»Gewiss.«

»Nun, wenigstens drei oder vier Samt- und Seidengewänder werdet Ihr brauchen, um Eurem Gatten Ehre zu machen.«

»Gewiss. Mein Gatte wird sicher darauf achten, dass ich seinen Ruhm und Reichtum auf angemessene Weise zeige. Eure Mühle arbeitet mit gutem Gewinn, wie ich hörte, Herr?«

Lächelnd schaute Myntha den Moelner an.

Der wiederum sah zu seiner Schwester hin, die nickte.

»Selbstverständlich arbeitet die Mühle mit Gewinn, und mein Bruder ist ein geachtetes Mitglied der Gemeinschaft. Umso mehr, Fährmeister, ist es angemessen, dass sein Weib nicht mit einer ärmlichen Ausstattung in die Ehe tritt.«

»Als ärmlich, Frau Swinte, würde ich zwölf Kölner Goldmark nun nicht gerade bezeichnen.«

»Nein, Vater, und die standen auch nie zur Verfügung. Ärmlich sind auch vier Goldmark nicht für ein Weib, das einen Haushalt und ein Geschäft zu führen in der Lage ist.«

Frau Swinte schaute von Myntha zu Reemt und zurück.

»Meine Liebe, Ihr habt erstaunlich viel Geldverstand. Das ist ja bewundernswert für ein junges Weib. Aber ein Geschäft wie die Rheinmühlen zu führen, das stellt weit höhere Anforderungen, als sie erforderlich sind, um die kleine Kasse eines Haushalts zu verwalten.«

»Da stimme ich Euch gerne zu, Frau Swinte. Darum führe ich ja auch die Bücher des Fährgeschäfts für meinen Vater, und es wird ein trauriger Verlust für ihn sein, wenn ich erst die Bücher meines zukünftigen Gatten übernehmen werde. Übrigens eine Tätigkeit, die man nicht in Samt und Seide durchführen muss.«

»Die Bücher meines Bruders führt ein versierter Schreiber, Jungfer Myntha. Mit Tinte braucht Ihr Eure Fingerchen nicht zu beklecksen und Euer niedliches Köpfchen nicht mit Zahlen zu belasten.«

»Sondern mit hübschen Häubchen, Frau Swinte? Die

mir mein zukünftiger Gatte sicher mit überwältigender Großzügigkeit schenken wird?«

»Ähm …«, sagte der zukünftige Gatte und sah hilflos zu seiner Schwester hin.

»Myntha, du bist voreilig«, mischte sich Reemt nun auch wieder ein. »Noch hat der werte Herr Rickel Moelner seine Bewerbung ja noch nicht ausgesprochen, nicht wahr?«

»Nein, verzeiht, Vater.«

Myntha sah den Moelner mit einem herzlichen Lächeln an, das dieser nicht erwiderte, sondern erneut zu seiner Schwester hinblickte.

Deren Tonfall wurde nun allerdings einen Hauch säuerlich.

»Ich kann meinem Bruder im Augenblick nicht recht raten, eine Bewerbung auszusprechen, Fährmeister. Nein, dazu müssen noch einige Dinge geklärt werden. Gestattet, dass wir uns zurückziehen?«

»Ähm … Swinte?«

»Ja, Rickel?«

»Ich möchte aber gerne heiraten.«

»Sollst du ja auch, sollst du ja. Aber wir wollen nichts überstürzen. Das wird die Jungfer sicher verstehen.«

»Ja, Frau Swinte, das verstehe ich nur zu gut. Darf ich Euch hinausbegleiten?«

Aber Swinte war bereits aufgestanden und strebte zur Tür, nicht ohne noch einen Wecken aus dem Korb genommen zu haben. Ihr Bruder senkte sein Haupt und trottete ergeben hinter ihr her.

»Uh, Vater!«

»Myntha, du warst sehr vorlaut.«

»Ein Zuchtvieh, begutachtet und bemäkelt. Wenn der Rickel Moelner ein Mann ist, wird er sich erklären, ohne seine Schwester vorzuschieben. Lasst es gut sein, Vater. Zwölf Kölner Goldmark ist die Mitgift einer Prinzessin, nicht einer Müllersfrau.«

»Du bist abgeneigt, ihn zu ehelichen?«

»Nicht grundsätzlich, Vater. Aber wenn ich mir vorstelle, mit Frau Swinte als Schwägerin in einem Haushalt zu leben, dann fühle ich ein gewisses Unbehagen.«

»Mhm, ja, sie tut sehr süßlich. Aber ich glaube auch, sie ist sehr auf ihres Bruders Vorteil bedacht.«

»Er wird für sich selbst einstehen müssen. Nun, wir werden sehen. Ich ziehe jetzt wieder den Kittel an und ernte Erbsen für Lore.«

38. Kapitel

Tonius hatte sich wieder vollständig erholt und stand im Krämerladen seines Vaters, um auf der empfindlichen kleinen Waage kostbare Gewürze abzuwiegen und in kleine Dosen zu füllen. Frederic sah sich in dem stark duftenden Raum um, in dem der Bördeschiffer an Land seine Ware anbot. Zwei Matronen erstanden eben mit viel Gefeilsche und Geplapper Pfeffer, Paradieskörner, Kardamom und Zimt. Endlich hatten sie ihren Handel abgeschlossen, und mit einem entgegenkommenden Lächeln wandte der Junge sich an ihn.

»Herr, womit kann ich Euch dienen?«

»Mit einem kleinen Teil deiner Zeit, Tonius.«

»Oh, aber ich kann den Laden nicht alleine lassen, Herr. Es sind teure Waren hier bevorratet.«

»Dann schließt die Tür für eine Weile. Was wir beide zu bereden haben, sollte ohnehin unter uns bleiben.«

Wurde der Jüngling ein wenig blass um die Nase?

Wurde er, und höchst eilig schloss er die Tür.

»Ich habe nichts damit zu tun gehabt, Herr. Und der Jobst auch nicht.«

»So, so. Aber du weißt ziemlich genau, worum es geht, ja?«

»Der Weihrauch, Herr. Und wo Ihr mich doch geret-

tet habt ... Ich hätte Euch aufsuchen sollen, Herr, aber ...
aber ich hatte ...«

»Angst vor meinen Raben?«

Der Junge nickte.

»Gut so. Aber nun bin ich zu dir gekommen, also
sprich!«

»Herr, ich danke Euch, dass Ihr mich aus der Kirche
getragen habt. Es war mir plötzlich furchtbar schwummerig.«

»Gern geschehen. Aber nun – was war in dem Weihrauch, Junge? Ich sehe, du kennst dich mit allerlei fremdartigen Gewürzen gut aus.«

»Noch nicht so gut wie mein Vater, aber ein bisschen
schon. Ich habe darüber nachgedacht, Herr, und mir will
nur eine Sache einfallen.«

Er drehte sich um und langte nach einem braunen
Steinguttopf. Als er auf der Theke stand, öffnete er ihn
und ließ Frederic hineinschauen. Ein dunkelbraunes,
körniges Material war darin, das einen süßlichen Geruch verströmte.

»Viel haben wir nicht davon, Herr, und eigentlich
kauft es nur der Apteker, wenn er neues Laudanum ansetzt. Es ist der getrocknete Saft von Mohn. Von solchem, der in den südlichen Ländern wächst. Herr van
Duytz bringt uns immer einen kleinen Vorrat mit. Es ist
ein sehr ... mächtiges Mittel, Herr, und er hilft, Schmerzen zu ertragen und zu schlafen.«

»Wenn man es zu sich nimmt?«

»In Wein aufgelöst oder gekaut oder eben im Rauch.
Aber wie es in den Weihrauchkessel gekommen ist,

weiß ich nicht zu sagen, Herr. Ich habe es nicht hineingetan.«

»Knastert es, wenn es brennt?«

»Nein, es ... mhm ... zerläuft irgendwie. Und qualmt ein bisschen.«

»Du hast es also schon ausprobiert?«

»Der Apteker hat's mir mal gezeigt. Als ich so Zahnschmerzen hatte. Aber man muss vorsichtig sein, hat er gesagt. Zu viel macht schwummerig. Und Schmerzen hat uns Gott geschickt, dass wir sie ertragen, hat er gesagt.«

»Wenn Gott gewollt hätte, dass wir Schmerzen ertragen, dann hätte er nicht den Mohn wachsen lassen.«

Diese Schlussfolgerung schien Tonius zu verblüffen.

»Ja ... irgendwie schon, wohl.«

»Aber er hat ihn sicher nicht wachsen lassen, um die Gebete der Messe zum Himmel zu leiten. Wer von euch Ministranten hat noch Zugang zu dem Weihrauch?«

»Der Jobst, der Bert, der Niko und ich. Und der Herr Vikar. Und die Marga, die Haushälterin, vielleicht.«

»Wo wird er aufgehoben?«

»Im Weihrauchschiffchen. Und das steht in der Sakristei.«

»Die abgeschlossen ist?«

»Mhm ja, meistens. Ihr habt recht, Herr, manchmal steht sie offen. Es wird ja keiner ins Allerheiligste gehen, hatte ich gedacht. Aber neulich stand die Tür offen.«

»Wer hat den Schlüssel dazu?«

»Der Vikar, Herr. Und vielleicht der Pfarrer von Buchheim.«

Frederic betrachtete noch einmal den Topf mit dem getrockneten Mohnsaft.

»Wer hat in der letzten Zeit davon etwas gekauft, Tonius?«

Der Junge zuckte mit den Schultern.

»Ich hab nichts davon verkauft, vielleicht der Vater. Keine Ahnung.«

»Nun gut, dann wird das erst mal ein Geheimnis bleiben, wie das Zeug in den Weihrauch gelangte. Solltest du jedoch irgendwas dazu in Erfahrung bringen, Tonius, dann gib mir Bescheid.« Und mit einem Grinsen fügte er hinzu: »Die Raben werde ich zurückrufen, wenn du mich aufsuchst.«

»Sie hören auf Euch, nicht wahr?«

»Ja, das tun sie.«

»Dann, Herr, seht Euch vor. Der... der Herr Vikar glaubt...«

»Dass es Dämonen aus der Hölle sind. Der Himmel bewahre ihm seinen Glauben.«

Jetzt grinste auch Tonius.

»Er ist ein bisschen... mhm... ängstlich, der Herr Vikar.«

»Er wird seine Gründe haben. Ich danke dir für deine Zeit, Tonius.«

Nachdenklich schlenderte Frederic die Straße entlang. Dem Vikar Mohn in den Weihrauch zu mischen hörte sich wie ein Schelmenstückchen an. Aber der betäubende Rauch hatte den Falschen getroffen – den Thuriferar, den Ministranten, der den Weihrauch trug. Oder?

Der Priester stand bei der Messe oben am Altar, die Messdiener unten, wo vor allem der Junge mit dem Rauchfass den ganzen Segen abbekam. Galt der Streich womöglich Tonius, dem Sohn des Gewürzhändlers? Das machte die drei anderen Ministranten recht verdächtig. Gut wäre es gewesen zu wissen, ob nur diese eine Räucherung vermischt oder ob der ganze Vorrat mit dem Mohnsaft versetzt worden war.

Nun, das würde wohl die nächste Messe am Sonntag zeigen. Möglicherweise ein Grund, noch mal in die Kirche zu gehen.

Frederic war bis zum Kohlplatz gelangt und sah sich um. Die Häuser standen dicht an dicht, aus manchen Giebeln ragten Seilzüge, die vermuten ließen, dass sich unter dem Dach Warenspeicher befanden. Bei vielen waren die Türen geöffnet und ließen den Einblick in die Werkstätten zu. Fassbender, Kistenmacher, Korbflechter hatten sich hier angesiedelt. Behälter für allerlei Güter waren gefragt. Drei kleine Häuschen jedoch beherbergten keine Handwerker. Frederic fiel ein, dass Ellen von ihrer Arbeit im Hospiz gesprochen hatte. Das musste die Unterkunft der Armen und Kranken sein.

Und auch hier hatte es einen Vorfall mit Räucherwerk gegeben.

Frederic drehte sich auf dem Absatz um und marschierte auf das erste der Häuschen zu. Auf sein Klopfen hin öffnete ihm ein Mönch in brauner Kutte und fragte nach seinem Begehr.

»Seid Ihr der Verwalter des Hospizes, ehrwürdiger Bruder?«

»Bruder Joseph und ich haben die Aufsicht über die Häuser, Herr.«

»Frederic Bowman, ehrwürdiger Bruder. Und ich habe eine Frage an Euch.«

»Dann tretet ein.«

Es war ein kärglicher Raum mit einem Kamin, einem langen, ungehobelten Tisch und schmalen Bänken. Derbes Tongeschirr stapelte sich auf einem Bord, und im Kessel simmerte eine Suppe über der Glut. Richtig appetitanregend roch sie nicht.

»Eure Frage, Herr?«

»Ihr nehmt oftmals Sieche bei Euch auf, und wie ich hörte, reinigt Ihr die Luft in den Kammern mit Rauch.«

»Ein wirksames Verfahren, um die üblen Miasmen zu vertreiben.«

»Ich weiß. Mich würde interessieren, mit welcher Art Räucherwerk Ihr die besten Erfahrungen gemacht habt. Verwendet Ihr reines Olibanum?«

Der Mönch lachte heiser auf.

»Herr, das möchte alle Krankheit vertreiben, doch wir betreiben ein Armenhaus und leben von den Almosen, die wir uns erbetteln. Wir räuchern mit Wacholder – wenn wir bekommen, mit Harz, ansonsten mit den Beeren und den Nadeln.«

»Die qualmen aber sehr stark.«

»Zweifelsohne. Und – Gott bewahre, Ihr fragt doch nicht etwa nach, weil der alte Clais gestorben ist?«

»Nun, ich hörte davon. Und damit meiner Großmutter nicht dasselbe widerfährt, wollte ich vermeiden, eine ähnliche Räucherung vorzunehmen.«

Seine Großmutter hatte Frederic nie gekannt, aber in diesem Moment schien sie ihm nützlich.

»So das alte Weib keine Krankheit der Brust hat und husten muss, könnt Ihr unbesorgt mit dem Wacholder räuchern, Herr. Aber das Harz ist bekömmlicher als die Nadeln oder das Holz. Es schlägt weniger Funken und glimmt langsamer.«

»Dank Euch für diesen Rat, ehrwürdiger Bruder. Nun verratet mir noch, woher Ihr das Räucherwerk bezieht.«

»Gelegentlich spendet der Herr van Duytz uns einen Topf Harzreste aus dem Morgenland, den wir mit dem üblichen Räucherwerk vermischen. Das wiederum bringen uns die Zeidler und manchmal die Kinder der Hirten vorbei, die in der Heide leben.«

Frederic nickte.

»Ich hörte von einem Weib namens Sybilla...«

Entsetzt wedelte der Mönch mit den Händen.

»Nein, nein, nein. Nicht von der, Herr. Dann lieber von der Zeidlerin Rixa. Ihr trefft sie dann und wann an der Fähre, wenn sie ihre Ware nach Köln auf den Markt bringt. Oder fragt Frau Ellen.« Der Mönch lächelte. »Frau Ellen weiß alles.«

»Wohl wahr.« Frederic zog seinen Geldbeutel hervor und legte ein paar Silbermünzen auf den Tisch. »Verwendet sie für eine nahrhafte Suppe, ehrwürdiger Bruder.«

Der Mönch neigte dankend sein Haupt und geleitete ihn zur Tür.

Wieder schlenderte Frederic sinnend durch den Sonnenschein. Diesmal führten ihn seine Schritte zum Ufer.

Ein stämmiges Treidelpferd zog einen mit Fässern beladenen Nachen, ein Stakkahn folgte der Strömung nahe am Ufer, zwei kleine Mädchen warfen einer Schar Enten Krumen zu und wurden von einem Jungen aufgescheucht, der flache Steine über das Wasser springen ließ.

Der Vorfall im Hospiz war offenbar wirklich ein unglücklicher Zufall gewesen und hatte nichts mit dem Weihrauch in der Kirche zu tun. Und erst recht nichts mit einer Brandstiftung. Blieb noch der halb erstickte Priester von Stammheim und die im Feuer umgekommene Magistra. Mohnsaft im Weihrauch – das mochte in beiden Fällen auch eine Rolle gespielt haben.

Nach Stammheim war es nicht weit. Und wenn er seinen Sohn besuchen wollte, konnte er auch noch einmal bei Machabäern vorsprechen.

In der kleinen Kapelle von Stammheim hatte Frederic jedoch kein Glück. Der Pfarrer war zwar gerne bereit, Auskunft zu geben, doch von dem verderblichen Weihrauch war kein Krümelchen mehr übrig geblieben. Keiner bedauerte das mehr als Bruder Hinrich, der nun in der nächsten Zeit die Messe ohne den heiligen Rauch zelebrieren musste.

»Es war nicht der erstklassige Weihrauch, Herr Frederic. Wir können uns reines Olibanum nicht leisten. Es war aber wohl diesmal etwas zu viel Knaster in der Mischung.«

»Knaster?«

»Hanf, faserig und getrocknet. Er hebt ein wenig die

Stimmung der Leute, wisst Ihr? Sie singen dann schöner und inbrünstiger.«

»Zur höheren Ehre Gottes. Ja, ich verstehe. Aber warum brannte dann der ganze Vorrat?«

»Tja, vielleicht, weil es eine neue Mischung war. Roch auch etwas anders. Mehr so nach Holz, wisst Ihr?«

»Von wem bezieht Ihr Euer Räucherwerk?«

»Von einem Gewürz- und Weihrauchhändler. Wolter van Duytz, wenn Ihr den kennt, Herr.«

»Ich habe von ihm gehört, ja. Ist er ein ehrbarer Mann?«

»Oh, ohne jeden Zweifel. Er überlässt uns auch immer ein klein wenig Myrrhe oder Balsam. Zur höheren Ehre Gottes, wisst Ihr?«

»Und auch die verbrannte Mischung stammt von ihm?«

»Aus seiner letzten Lieferung vor… uh… sechs, sieben Wochen.«

»Ihr wisst nicht zufällig, wo ich den Händler finden könnte?«

»Oh doch. Der ist nach Aachen aufgebrochen. Macht gute Geschäfte da.«

Das, so dachte Frederic, konnte er verstehen. Neben Köln war Aachen eine der Städte, über denen die Weihrauchwolken nur so aufstiegen.

Er bedankte sich bei dem schmächtigen Pfarrer und hinterließ auch bei ihm eine kleine Silberspende, die mit demütiger Dankbarkeit entgegengenommen wurde.

Herr Wolter van Duytz – dreimal war der Name gefallen.

Ein Herr aus Deutz, wenn der Name nicht täuschte.

Frederic stieg wieder auf sein Pferd und ritt am Ufer langsam zu seiner Kate zurück. In der warmen Sonne des Spätnachmittags waren nur wenige Menschen unterwegs, und die matte Trägheit wollte auch ihn überkommen. An einem dichten Ufergestrüpp saß er ab und rastete unter einer der Pappeln, die den Strom säumten. Drüben am Riehler Ufer zog ein Niederländer vorbei, und dass er selbst hier auf festem Boden saß, ließ Frederic einen dankbaren Seufzer ausstoßen. Vielleicht machte er sich viel zu viele Sorgen. Bisher hatte der Feuerteufel sich noch nicht wieder in sein Leben eingemischt, seine Spuren hatte er gründlich verwischt, seit er von King's Lynn aufgebrochen war. Emery war in guten Händen und würde seine Trauer langsam überwinden. Und auch er selbst würde irgendwann mit dem Verlust von Frau und Tochter leben können. Was kümmerte es ihn, wenn jemand hier in Mülheim Weihrauch panschte? Sybillas Warnung mochte überzogen sein – ihn würde keiner dieser Tätigkeit verdächtigen. Welchen kuriosen Grund sollte er haben?

Er schloss für eine Weile die Augen und döste in den länger werdenden Schatten.

Bis ihn ein Rascheln, ein unterdrücktes Kichern und ein lustvolles Aufstöhnen weckte.

Es mochten auch andere den warmen Nachmittag vertändeln, ging ihm durch den Sinn, und er schaute sich vorsichtig um. Nichts war zu sehen außer einigen schwankenden Zweigen im Gebüsch.

Mhm.

Eine verborgene Liebeslaube?

Besser, er entfernte sich so leise wie möglich.

Das Kichern wurde lauter, das Aufstöhnen zu einem Grunzen.

Frederic begab sich zu seinem Pferd, das gemütlich an einigen Grashalmen nagte, und schwang sich in den Sattel. Von oben herab erkannte er das Geflecht aus jungen Trieben, einen blauen Kittel, ein paar nackte Beine und einen ebenso nackten Hintern. Man war so intensiv beschäftigt, dass er mit dem Pferd über die beiden hätte hinwegreiten können. Er setzte sich in Trab, und als er an dem Nestchen vorbeikam, hob der junge Mann seinen Kopf und starrte ihn entsetzt an. Er beachtete ihn nicht, sondern ritt weiter. Wer immer die beiden sein mochten, brauchte ihn auch nicht zu interessieren.

Aber morgen würde er nach Köln reiten und seinen Sohn auf die Wiesen vor der Stadt mitnehmen. Den neuen Bogen ausprobieren, vielleicht ein Kaninchen jagen, ein Lagerfeuer anzünden und ihm alte Geschichten erzählen.

Und dann ging ihm noch eine Möglichkeit durch den Kopf.

Henning könnte er eigentlich auch mitnehmen...

39. Kapitel

Myntha hatte nicht besonders gut geschlafen, aber wenigstens war sie nicht aufgestanden und gewandelt. Dafür waren ihr zu viele Gedanken durch den Kopf gegangen.

Erstmals seit fünf Jahren hatte sich wieder ein Bewerber um ihre Hand gefunden, und wenn der Rickel auch nicht die größte Wunscherfüllung einer Jungfer war, so mochte er doch ein solider Mann sein. Sie würde ihn nehmen, natürlich. Trotz Schwester, trotz fehlendem Auge, trotz überzogener Mitgiftforderungen. Es war vermutlich ihre letzte Chance, noch eine Familie zu gründen.

Karol hatte sie seit einigen Tagen schon nicht mehr gesehen. Und wenn auch seine Küsse süß und seine Hände zärtlich waren – er war ein unzuverlässiger Leichtfuß. Einen Vorteil hatte der Rickel Moelner sicher – er war leicht zu lenken. Das hatten ihr seine fragenden Blicke zu seiner Schwester hin gezeigt. Frau Swinte aber, das würde eine ihrer Forderungen sein, durfte nicht in ihrem Haushalt leben, wenn sie verheiratet wäre. Das Weib würde immer versuchen, die Herrschaft an sich zu reißen, und zwei Frauen in einem Haus bedeuteten Unfrieden.

Mit dem Krähen des Hahnes strampelte Myntha die Decken beiseite und stand auf. Das kalte Wasser in der Schüssel vertrieb die nächtlichen Gedanken, und das Krakeelen im Hof erinnerte sie an ihre Pflichten. Sie streute Körner für die Hühner aus, sammelte die Eier aus den Gelegen und betrat dann die Küche. Hier war Lore schon dabei, allerlei Vorbereitungen zu treffen, und Agnes summte, während sie den Brotteig knetete, eine heitere Melodie vor sich hin.

»Ihr werdet heute Kirschen ernten«, sagte Lore statt einer Begrüßung. »Ihr alle!«

»Oh, schön.«

»Sagt Ihr jetzt noch. Da, nehmt von dem Brei. Hat nicht die Agnes gekocht, kann man also essen.«

»Hab ich aber schon Kirschen reingetan. Mochten Eure Brüder gerne.«

»Das sind ja auch Leckermäuler.«

Myntha löffelte ihren Napf leer und legte sich dann die große, graue Schürze um, die fleckig von Obstsaft und Gras war. Auch Agnes wickelte ein Tuch um ihren Kittel.

»Du brauchst neue Kleider, Agnes. Du kannst doch nähen.«

»Ja, das kann ich.«

»Dann kaufen wir Leinen für dich. Morgen.«

Agnes nickte nur und nahm einen der Körbe auf. Kirschen ernten war eine Arbeit, bei der man entsetzlich rote Hände und – na ja, auch rote Lippen bekam. Die Früchte an der Südseite des Hauses waren reif und saftig und füllten bald drei Körbe. Um höher in das Gezweig zu kommen, hielt Agnes Myntha die etwas wackelige Leiter, die allerdings auch der junge Kater zu erklimmen versuchte. Der vierte Korb war auch fast voll, als Lore aus dem Haus rief: »Myntha, Besuch für Euch.«

»Na, hoffentlich nicht der Rickel Moelner«, sagte sie und kletterte nach unten. »Wenn der mich so sieht, wird er mich spornstreichs für eine blutsaugende Unholdin halten.«

Aber es waren zwei Nonnen und Bilke, die auf sie warteten.

»Kirschen«, quiekte Bilke und streckte die Hand nach dem Korb aus. Eine der Nonnen schlug ihr auf die Finger.

»Benimm dich, Bilke. Jungfer Myntha, wir lassen Bilke für eine Weile in Eurer Obhut. Wir haben Altartücher nach Buchheim zu bringen.«

»Danke, Schwester Bernardine. Wir jagen sie gleich in den Kirschbaum.«

»Tut das, zur Sext holen wir sie wieder ab.«

Als die beiden Nonnen gegangen waren, tanzte Bilke auf dem Gras unter dem Kirschbaum einen wilden Tanz.

»Was freust du dich denn so?«, wollte Myntha wissen.

»Die Sonne lacht, Magistra Gesine hat mir Urlaub gegeben, um dich zu besuchen, und Mutter hat Vater fast so weit gebracht, dass er zustimmt, mich bei den Beginen leben zu lassen.«

»Das, Bilke, ist einen Schoppen wert. Komm mit!«

Agnes hatte die Körbe mit Kirschen bereits in die Küche gebracht und verlas mit Enna zusammen die Früchte. Aus dem Krug goss Myntha für sich und ihre

Freundin kühlen Apfelwein ein und setzte sich mit ihr auf die Bank vor dem Haus. Mico kam sogleich angetrottet und schlich ihnen maunzend um die Beine.

»Wir haben auch wieder eine Klosterkatze, eine graue.«

»Das hört sich gut an.«

»Sie liebt die Küche.«

»Mico auch. Und Lore hat er auch schon um die Pfote gewickelt.«

»Agnes sieht wieder kräftig und gesund aus. Hast du inzwischen herausgefunden, wer sie ist?«

»Sie erzählt viel von ihrem Land und der Pilgerreise, aber wes Standes sie ist, sagt sie nicht. Sie kann nicht gut kochen, aber mit Spindel und Webschiffchen weiß sie geschickt umzugehen. Und mein gutes Gewand hat sie fein zu schnüren gewusst. Ich habe schon überlegt, ob sie die Zofe einer vornehmen Dame war. Einer, die möglicherweise bei den Kriegen umgekommen ist oder fliehen musste. Viel mehr aber wundert es mich, dass sie offenbar nicht den Wunsch hegt zurückzukehren. Obwohl sie drei Kinder hat.«

»Wenn sie doch in guter Obhut sind? Der Weg ist weit und anstrengend. Stört sie euch hier?«

»Nein, sie ist ein verträgliches Weib und immer hilfsbereit. Nur dass sie mit so großer Inbrunst den Geschichten von dem Goldschatz im Rhein lauscht, die mein Vater ständig zu erzählen weiß, macht mir etwas Sorge. Nicht, dass sie eines Tages doch ins Wasser geht, um mit den Nixen zu plaudern.«

»Das war schon ihre verrückte Idee, als sie noch bei uns im Kloster war. Erinnerst du dich?«

»In der Nacht, als wir erwischt wurden, ja, die habe ich nicht vergessen.«

Bilke ließ Mico nach einem langen Grashalm haschen und schwieg eine Weile. Dann sagte sie: »Damals hat es noch mehr Ärger gegeben. Das habe ich zunächst gar nicht mitbekommen.«

»Ach ja?«

»Die Pförtnerin war pflichtvergessen.«

»So, so. Wir hätten also das Seil gar nicht benötigt?«

»Nein, vermutlich nicht. Erinnerst du dich an den kleinen Jungen, der behauptet hat, das Kloster sei ein Hurenhaus?«

»Emery, der Schlingel. Ja, er sah einen Mann hineingehen. Oha!«

»Schwester Edwina, der Herr sei ihrer Seele gnädig, ließ ihn ein.«

»Wen wollte er besuchen?«

»Eben Schwester Edwina. Wie man hörte, haben sie sich im Pförtnerhäuschen getummelt, und so ist Agnes einfach hinausspaziert.«

»Wie ist diese Untat herausgekommen?«

»Durch anhaltendes Schluchzen.« Bilke warf Mico den Halm zu und rieb sich mit den Händen über das Gesicht. »Schwester Edwina ist eben drei Jahre älter als ich. Und auch sie ist von ihren Eltern gezwungen worden, Nonne zu werden. Es ist nicht recht, Myntha. Es ist nicht recht, und ich glaube nicht, dass Gottvater so etwas wünscht. Wir sollen Jesus als unseren Bräutigam lieben, aber es gibt Liebe und Liebe. Je nun, Schwester Edwina hat sich in den Kerl verliebt, der sie umgarnt hat. Und dann ist er nie wieder zu ihr gekommen, und nun grämt sie sich tagaus, tagein.«

»Habt ihr herausgefunden, wer ihr Liebster war?«

»Sie hüllt sich in Schweigen. Vielleicht hat sie es gebeichtet, aber seinen Namen hat sie uns nicht verraten.«

»Man kommt letztendlich darüber hinweg«, sinnierte Myntha und dachte an Gernot, den sie im Eisgang verloren hatte.

»Kommt man wohl. Ich habe für sie gebetet. Auch dafür, dass sie nicht schwanger ist. Davor hat sie nämlich die größte Angst.«

»Auch dafür gibt es Lösungen.«

»Weißt du eine?«

»Wenn es notwendig ist, könnte ich versuchen zu helfen. Aber darüber wollen wir nachdenken, wenn es sich herausstellt, dass sie ein Kind empfangen hat. Aber jetzt, Bilke – was ist mit den Beginen?«

»Ah ja. Mutter hat sich mit Frau Josepha unterhalten. Sie ist sehr angetan von dem Konvent. Und noch mehr davon, dass die Beginen keine so strengen Vorgaben für die Mitgift machen. Das wiederum wird sie meinem Vater schmackhaft machen.«

»Oh... mhm... ja, ja, die Mitgift. Dazu könnte ich auch etwas beitragen.«

»Ah, was?«

Myntha berichtete mit zunächst ruhiger, dann immer erregterer Stimme von der Unterredung mit Swinte Moelner.

»Kuhhandel!«, fauchte Bilke wütend. »Was für ein Kuhhandel.«

»So ist es. Und wenn der Rickel um mich anhält, dann werde ich nur zustimmen, wenn seine Schwester sich aus unserer Ehe heraushält.«

»Das, liebe Myntha, könnte schwierig werden.« Und dann grinste sie. »Ich habe dich schon mal ein Huhn zerlegen sehen. Also sieh zu, dass du in der Küche ein frisch geschliffenes Messer hast.«

»Das Huhn war darauf nicht sehr glücklich.«

»Eben. Es war das blanke Grauen.«

»Mhm.«

Mico kam mit einem kleinen, zappelnden Etwas anstolziert und legte es Bilke auf den Fuß.

»Eine Maus! Gut gemacht, Mico. Jetzt friss sie auf.«

Er tat es mit genüsslichem Knurpseln, und Haro trat in den Hof. Er hatte ein aufgerolltes Seil über der Schulter, in seinen lockigen Haaren schimmerte die Sonne, und sein Bart kräuselte sich voll und glänzend um sein Kinn. Er war ein Bild von einem Mann und weiß Gott ansehnlicher als der schmächtige Rickel. Myntha strahlte ihn an und stupste Bilke an den Arm.

»Ist er nicht ein prächtiger Riese?«

Bilke sah zu Haro hoch und strahlte ebenfalls.

»Ich grüße Euch, Fährmann. Tanzen die Rheinnixen heute wieder in den Wellen?«

»Ähm ...«

»Sag: ›Ja, Jungfer Bilke. Doch keine ist so schön wie Ihr‹«, neckte Myntha ihren Bruder.

»Ähm ...«

»Oh, was für ein reizendes Kompliment, Fährmann. Da muss ich ja beinahe rot werden.«

»Ähm …«

Große Hände rangen miteinander, aber Haros Blick blieb einen kleinen Augenblick an Bilkes lächelndem Gesicht hängen.

»Sag: ›Ihr errötet auf so liebliche Weise, Jungfer Bilke, dass mein Herz beinahe zu schlagen vergisst‹«, soufflierte Myntha.

»Ähm …«

»Oh, Fährmann. Ein Herz habt Ihr auch? Ist es noch frei und ungebunden? Und nicht den schönen Rheintöchtern verfallen?«

»Ähm …«

Große Füße bewegten sich scharrend auf dem Boden. Aber Haros Blick lag weiter auf Bilkes Antlitz.

»Sag: ›Frei ist es, und ich werde es für dieses Lächeln Euch zu Füßen legen, Jungfer Bilke.‹«

»Ähm …«

Haro schüttelte sich, als ob er einen Bann verscheuchen wollte, verbeugte sich kurz und stolperte Richtung Werkstatt.

»Ähm …«, sagte Myntha.

»Ich tät's nehmen. Liebend gerne«, wisperte Bilke, faltete ihre Hände und betrachtete sie innig.

»Du bekommst es. Lass mir etwas Zeit. Sie sind beide so furchtbar schüchtern. Aber wenn du endlich aus dem Kloster heraus bist, wirst du mich häufiger besuchen können. Dann wird es schon Möglichkeiten geben.«

Ihre Freundin nickte.

»Du machst mir Hoffnung. Danke.«

»Wir leben alle von der Hoffnung.«

Die Glocken läuteten zur Sext, und die beiden Nonnen kamen, um Bilke abzuholen. Myntha gab ihnen
einen Korb Kirschen mit, und Haro, stumm und mit
roten Wangen, begleitete sie zur Fähre.

40. Kapitel

Bert, der Ministrant, war ein brauchbares Kerlchen. Sein Vater war ein Fassbender mit sechs Söhnen, Bert mit seinen vierzehn Jahren der Jüngste. Die anderen arbeiteten schon bei der Herstellung der Eichenfässer mit, der Nachkömmling aber war schon als Kind schwächlich gewesen. Er hatte eine eingefallene Brust und schüttere mausblonde Haare, seine Ohren standen weit vom Kopf ab, und seine Zähne wuchsen kreuz und quer in seinem Mund. Man hatte entschieden, dass er die geistliche Laufbahn einschlagen sollte – was bedeutete, dass er bei einem Priester in die Lehre gehen musste. Vikar Volmarus hatte sich seit zwei Jahren seiner angenommen und ihn in den kleinen Handreichungen der kirchlichen Rituale unterrichtet, soweit er sie selbst beherrschte. Auch ein wenig Buchstabieren hatte er ihm beigebracht und ließ ihn jede Woche einige Psalmverse auswendig lernen. In lateinischer Sprache – soweit er sie selbst beherrschte.

Auch er hatte einst diese Dinge lernen müssen. Unter Mühen und Seufzen. Als jüngster Sohn eines kinderreichen Edelmanns war ihm nichts anderes übrig geblieben, als in den geistlichen Stand zu treten. Eine Klosterschule war nicht infrage gekommen – der Hofkaplan hatte ihm das notwendige Wissen eingebläut. Und ihn die Angst vor der Hölle und den Fallstricken des Bösen gelehrt. Eine aus Furcht, Ekel und Entsetzen gebildete Faszination übten dabei dessen Schilderungen der Dämonen und ihrer Versuchungen aus. Sie hielt bis zum heutigen Tag an und bestimmte sein Denken und Handeln. Auch die Kunde über Dämonen bemühte er sich daher seinem Lehrling zu vermitteln – und hatte einigen Erfolg damit.

Dafür versorgte der Junge ihn, wenn nötig, mit allerlei Nachrichten.

Karol, so hatte er ihm mitgeteilt, verfolgte ein eifriges Liebesleben. Er verfolgte auch ein reges Geschäftsleben, seit er von seiner Fahrt mit Wolter van Duytz zurückgekommen war. Nicht nur dem Volmarus hatte er Weihrauch verkauft, auch den Priestern in anderen kleinen Kirchen, vor allem aber hatte er einige Geschäfte drüben in Köln abgewickelt. Wie es schien, nicht immer zur Zufriedenheit der Kunden. Das war aufregend.

Bert war nicht schlau genug zu durchschauen, was der junge Händler da tat, aber Volmarus zog seine Schlüsse. Olibanum war kostbar. Das Harz anderer Bäume weit weniger.

Aus einem kleinen Fässchen echten Weihrauchs konnte man vermutlich zwei, drei Fässchen gepanschtes Räucherwerk herstellen, ohne dass es zunächst auffiel. Und wenn man dann noch andere Mittel hineinmischte...

Er musste jetzt nur noch eine Möglichkeit finden, diesen Karol wieder zu sich zu locken und ihn zu einer erneuten Beichte zu überreden. Ihn mit seinen Machenschaften zu konfrontieren würde ihm leichtfallen, und dann würde er ein williges Werkzeug werden, um die Wiedergängerin in seine Gewalt zu bringen. Mit der Drohung, dass die höllischen Mächte über ihn kommen würden, sollte er genügend Furcht und Schrecken in die Seele des jungen Mannes zu träufeln in der Lage sein, damit der daraufhin tat, was er, Volmarus, von ihm wünschte. Der getrocknete Dämon würde dabei eine machtvolle Unterstützung bieten. Zusätzlich würde dann auch die Angst über ihm liegen, dass Volmarus sein Wissen der Obrigkeit melden konnte. Der Pranger war kein freundlicher Ort.

Oh ja, daraus ergaben sich Möglichkeiten.

Bert würde Karol, sowie der wieder in Mülheim auftauchte, die Nachricht überbringen, dass er im Pfarrhaus erwartet wurde.

Zwecks Abwicklung weiterer Geschäfte.

41. Kapitel

Die drei kleinen Sperber schlangen das Fleisch hinunter, das Henning ihnen zureichte.

»Meister, es ist besser, ich bleibe hier. Ich kümmere mich um die Vögel.«

»Wie du willst. Ich komme morgen im Laufe des Tages zurück.« Frederic prüfte den Dolch in seinem Stiefel und pfiff nach Meuric, und der Hengst kam willig angetrabt. »Du kannst zu Jorgen reiten, Henning, und dir Bogenholz geben lassen. Weißt du, wie du den Zeidler findest?«

»Ja, Meister.«

»Dann hüte dich vor seinem Met.«

»Ja, Meister.«

Henning legte den Sattel auf und zurrte ihn fest. Frederic stieg auf und nickte ihm zu.

»Ich statte dem Fährhaus noch einen kurzen Besuch ab, aber ich setze in Deutz über.«

»Ist gut, Meister.«

An diesem Morgen warteten an der Fährstelle schon gut ein Dutzend Reisende, und Frederic musste sein Pferd durch Kistenstapel und Ballen lenken. Im Hof des Fährhauses aber war es ruhiger. Lore stand am Backes und jonglierte heiße Brote auf dem Blechschieber. Es roch köstlich, und als sie seiner gewahr wurde, warf sie ihm einen kleinen heißen Laib zu, den er fing und dann in den Händen hin und her wandern ließ.

»Gut, dass du ihn mir nicht an den Kopf geworfen hast. So verbrenne ich mir nur die Pfoten.«

»Kannst mir ja einen Grund geben, dann krichste auch enen annen Dätz.«

»Ich komm nicht zum Streiten, ich wünsche Frau Agnes zu sprechen.«

»Wat …?«

»Frag nicht. Sag mir, wo ich sie finde.«

»Hinten im Obst. Mit Jungfer Myntha. Aber benimm dich!«

Er führte sein Pferd zu den Ställen und band es fest, das Brot steckte er in die Satteltasche und ging zu den Obstbäumen. Beide Frauen knieten zwischen den Erdbeerpflanzen und ernteten die roten Früchte.

»Jungfer Myntha?«

»Huch!«

Sie fuhr hoch, einen wilden Blick in den Augen, einen roten Streifen auf der Wange.

»Sie sind reif und saftig, will mir scheinen. Frederic Bowman zu Euren Diensten, Jungfer.«

»Rabenmeister!«

»Unholdin!«

Das Blitzen in den Augen verstärkte sich.

»Blutverschmiert, wie erwartet«, fügte er hinzu.

»Ach, das habt Ihr erwartet?«

»Und bebe vor Angst.«

Sie griff in die Schüssel neben sich und reichte ihm eine Handvoll Beeren.

»Ein großzügiges Haus. Lore hat mir einen Laib Brot an den Kopf geworfen, Ihr spendet mir Beeren. Frau Agnes, was erhalte ich von Euch?«

»Einen freundlichen Gruß, Herr.«

»Dafür danke ich Euch. Gestattet, das ich Euch ein paar Fragen stelle, Frau Agnes?«

Ihre Miene verschloss sich augenblicklich, und die Jungfer fuhr ihn an: »Was wollt Ihr?«

»Friedlich! Lasst die Krallen bei Euch. Ich hörte, dass Frau Agnes eine Weile im Kloster von Machabäern gewohnt hat. Just als es dort zu einem Unglück kam. Ich habe Gründe anzunehmen, dass Ihr mit diesem Unglück etwas zu tun habt, Frau Agnes.«

»Rrrrabenmeister...«, knurrte die Unholdin, und Frederic musste sich ein Lachen verbeißen. Die Fährmannstochter war irgendwie niedlich, wenn sie so wütend wurde.

»Hat sie nicht?«

»Nein, hat sie nicht. Sie war auf den Tod krank.«

»Lasst ihn, Myntha. Herr, ich will Euch gerne sagen, woran ich mich erinnern kann.«

»Dann tut es, Frau Agnes.«

»Ich war schwach, Herr, halb verhungert und im Fieber. Ich kam nach Köln, Herr, um bei der heiligen Ursula für meine Kinder zu bitten. Doch der Weg zehrte mich aus. Ich fand ein paar Tage Obdach in Ipperwald, dann ging ich zu den Benediktinerinnen. Dort hieß man mich arbeiten. Es ging mir schlechter, und ich träumte

bös. Und in jener Nacht verließ ich das Kloster. Ich...
ich suchte im Fieberwahn nach meinen Kindern. Als ich
wieder zu mir kam, kümmerten die grauen Beginen sich
um mich, und dann brachte mich die Novizin Bilke hierher. Der Fährmeister nahm mich auf, und Jungfer Myntha pflegte mich gesund. Ich bin ihr zu großem Dank
verpflichtet.«

»Ihr habt das Kloster in der Nacht verlassen?«

»Ja, man hinderte mich nicht.«

Die Fährmannstochter sah plötzlich etwas betreten
auf ihre Füße. Dann blickte sie auf und sah ihm geradewegs in die Augen.

»Sie spricht die Wahrheit, Rabenmeister. Bilke und
ich fanden sie, als sie halb von Sinnen durch die Gasse
taumelte.«

»Ihr wart ebenfalls in Köln? Und mit Euch nächtens
eine Novizin in der Gasse? Ein seltsames Kloster scheint
das zu sein.«

»Wir... Ich war dort zu Gast. Und... wir schlüpften
hinaus. Um uns etwas zu essen zu besorgen. Die Verpfle-
gung war recht karg.«

Das wurde ja immer spannender.

»Man ließ Euch gehen?«

»Na ja... ich hatte ein Seil dabei.«

Es war ungeheuer schwer, sich das Lachen zu verbeißen.

»Frau Agnes, habt auch Ihr ein Seil verwendet?«

»Nein, ich ging durch die Pforte. Es war niemand dort.«

»Sodass jedermann das Kloster und die Kirche betreten konnte, wollt Ihr sagen.«

»Ein Missgeschick, Rabenmeister.«

»Oh, natürlich.«

»Warum glaubt Ihr, dass Frau Agnes etwas mit dem Brand in der folgenden Nacht zu tun haben könnte? Da war sie sterbensschwach und wurde von den Beginen gepflegt.«

»Schwäche kann man spielen, Jungfer. Und wie man sagte, war Magistra Rotraut nicht eben beliebt.«

»Ihr seid ein widerlicher Kerl, Rabenmeister.«

»Ja, leider. Und Ihr habt mir reichlich Stoff zum Nachdenken gegeben. Gehabt Euch wohl, Jungfer, Frau Agnes.«

Er verbeugte sich höflich und schlenderte, die Erdbeeren essend, zu seinem Pferd zurück.

Eine Frucht traf ihn klatschend am Hinterkopf.

Er drehte sich um und verbeugte sich noch einmal.

Teufel im Leib, ja, ja.

Während des Ritts aber dachte er wirklich nach. Eine strenge Führung führte häufig dazu, dass sich die Menschen Schlupflöcher suchten. Ein Seil – was sonst würde eine Fährmannstochter wählen? Vermutlich konnte sie recht gut mit Tauen und Knoten umgehen. Eine junge, abenteuerlustige Novizin kannte sicher auch einige unerlaubte Wege aus der Gefangenschaft. Die Pförtnerin hingegen machte ihm mehr Sorgen. Den Ein- und Ausgang unbewacht zu lassen, war ein böses Vergehen. Eines, von dem die beiden Mädchen jedoch nichts gewusst hatten. Sonst wäre das Seil nicht zum Einsatz gekommen. Es bedeutete aber, dass jeder, der ein klein wenig Kundschaft betrieben hatte, ins Kloster gelangen konnte.

Und derjenige hatte das Feuer gelegt, in dem die Oberin zu Tode kam.

Das Unbehagen war mit einem Mal wieder da.

Andererseits – diese Pilgerin hatte nichts mit dem Feuer zu tun. Interessant wäre es, nachzuforschen, ob auch bei den Machabäern der Händler Wolter van Duytz den Weihrauch geliefert hatte. Das herauszufinden würde wohl möglich sein. John of Lynne hatte viele Beziehungen in der Stadt, mehr noch hatte sie Marian vom Spiegel. Der Herr des Handelshauses, der seine hauptsächlichen Geschäfte von Venedig aus führte, war vermutlich noch immer nicht in Köln, aber in seinem hiesigen Handelshaus würde Frederic dennoch Auskunft erhalten.

Zufrieden mit seinen Schlussfolgerungen betrat Frederic die Fähre in Deutz und genoss die langsame Überfahrt.

Im Haus von Frau Alyss schien alles seinen gewohnten turbulenten Gang zu gehen. Emery begrüßte ihn mit einem freudigen Strahlen, das Jungvolk mit dem gebührlichen Respekt und Frau Alyss mit großer Herzlichkeit. Sodann wurde ihm das neueste Mitglied dieses vielfüßigen Hauswesens vorgestellt – vier kleine Pfoten, die zu einem halbwüchsigen Welpen gehörten, der seinem Vorgänger Benefiz erstaunlich ähnlich sah, jedoch über einen vollständigen, heftig wedelnden Schwanz verfügte. Der Hund hörte, wenn auch nur gelegentlich, auf den Namen Beatus und schien eine besondere Vorliebe für kleine Jungs zu haben. Gauwin und Emery hing er beständig an den Fersen.

»Deine Schwester Lauryn hat ihn angeschleppt«, erklärte John und kraulte den Irrwisch. »Wir konnten nicht umhin, ihr von deinem Besuch und Benefiz' glücklichem Tod zu berichten. Wenn es die Umstände erlauben, Frederic, such sie auf. Sie sehnt sich danach, dich wieder in die Arme zu schließen.«

»Oder mich zu zwicken und auszuschelten. Ja, ich werde bei ihr vorbeischauen. Aber vorher müsste ich noch einige Dinge klären.«

»Dann folge mir ins Kontor.«

Frederic erklärte John zwischen Tuchmustern und Ballen von seinen Überlegungen. Der Ältere hörte schweigend zu und nickte dann und wann.

»Sybilla – eine weise Frau, Frederic. Sie hat einen guten Blick für die Menschen. Und dort in Mülheim scheint es ein paar ganz besonders abergläubische Gesellen zu geben. Die Tochter des Fährmanns – Myntha – ist ein beliebtes Ziel für allerlei wirre Vorstellungen.«

»Ihr kennt sie?«

»Sie hat einige Jahre hier verbracht, auf Frau Catrins Rat. Ein kluges Mädchen mit einem schlimmen Schicksal.«

»Ja, Lore sprach von ihrer Wiedergeburt. Ich wusste nicht, dass sie ihre Lehrzeit hier verbracht hat.«

»Nach deinem Fortgang kam sie zu uns. Dann sollte sie heiraten, doch sie verlor ihren Verlobten im Eis. Seit diesem Unfall hängt man ihr den Ruf an, nicht nur das Unheil zu künden, sondern es auch zu verbreiten. Und einem heidnischen Rabenmeister, der die Messe stört, wird man auch recht bald mit scheelen Blicken folgen.

Wenn es so ist, Frederic, dass du einen Feind hast, der dich sucht und verfolgt, dann werden sie sich auf seine Seite schlagen. Also hör auf die Sybilla und sieh zu, dass du den Schuldigen an diesen Zwischenfällen findest.«

»Wolter van Duytz wurde mehrmals genannt. Kennt Ihr ihn?«

»Vom Hörensagen. Ich werde Marians Kontor aufsuchen. Dort wird man ihn kennen oder wissen, welcher Gaffel er angehört.«

»Und auch herausfinden, ob er den Nonnen von Machabäern Räucherwerk verkauft hat?«

»Das überlassen wir Frau Alyss. Sie hat mit Magistra Gesine über einige Fässchen Wein verhandelt.«

»Gut. Ich mache mir vielleicht zu viele Sorgen …«

»Du bist aus gutem Grund vorsichtig geworden, Frederic. Wir hören uns um, und wenn dieser Weihrauchhändler unlautere Geschäfte betreibt, dann wird das für ihn recht herbe Folgen haben. Was machen deine Raben?«

»Sind gute Wächter. Und sie haben schon manchem Besucher Schrecken eingejagt.«

»Lass sie nicht zu schrecklich werden.«

»Ich werde drauf achten. Ich habe übrigens drei junge Sperber gefangen.«

Das Gespräch wandte sich dem faszinierenden Thema des Beizvogel-Abrichtens zu, was damit endete, dass John und Frederic zur Freude der Jungen die Falken fliegen ließen. Beatus überschlug sich dabei geradezu vor Aufregung, und nur Emery konnte ihn beruhigen.

Am späten Nachmittag suchte Frederic dann auch

wirklich seine Schwester Lauryn auf, und gegen seinen Willen war er zutiefst gerührt über ihre Tränen und ihr tief empfundenes Beileid zu seinem großen Verlust.

»Ich darf Emery sagen, dass ich seine Tante bin?«

»Ich werde ihm heute Abend von dir erzählen.«

Sie hätte ihn gerne länger bei sich behalten, aber Frederic hatte seinem Sohn einen Ausflug auf die Weiden vor der Stadt versprochen, und als die Glocken über der Stadt zur Komplet läuteten, ritten sie, wohlversorgt mit Decken und Vorräten, durch das Tor vom Bayenturm hinaus. Hier reichten die Weingärten bis ans Ufer, doch weiter südlich, Richtung Rodenkirchen, wichen sie wilden Weiden und Wiesen. Sie fanden eine halb verfallene Schäferhütte inmitten des hohen Grases und stiegen von ihren Pferden.

»Sehen wir nach etwas Reisig und trockenem Schwemmholz, Emery. Hier ist ein schöner Platz, um die Nacht zu verbringen.«

»Ich dachte, wir wollten Kaninchen jagen.«

»Erst für das Feuer sorgen, dann sehen wir weiter.«

Das letzte Hochwasser hatte einiges an Holz angespült, zerbrochene Planken, Äste, einen Kistendeckel. Die Sonne hatte es getrocknet und ausgeblichen, und Frederic zerlegte das morsche Material mit einigen kräftigen Fußtritten. Dann hieß er Emery das Lagerfeuer richten und sah erfreut, dass er das recht fachmännisch mit einigen Steinen einfasste.

»Hat mir Thomas beigebracht«, erklärte er stolz, als er gelobt worden war.

»Schön. Und nun wollen wir uns der Jagd widmen.«

Der kleine Bogen, den Emery mitgenommen hatte, erwies sich als untauglich, mehr noch mangelte es dem Jungen aber an Geduld. Doch hungrig würden sie die Nacht nicht verbringen: Frederics Pfeil traf ein unvorsichtiges Rebhuhn, und gemeinsam rupften und zerlegten sie ihre Beute.

Es war ruhig an ihrem Lagerplatz. Er lag weit genug von dem Treidelpfad am Ufer entfernt, und die Reisenden und Reiter, die ihn benutzten, bemerkten sie kaum. Einige Hundert Schritt weiter blökte eine Schafherde, bellten die Hunde, die sie bewachten, aber der Schäfer trieb sie langsam von ihnen fort. Als sie das Feuer entzündeten, waren die Schatten lang geworden und die Geräusche des Tages verklangen mit den Glocken der Kölner Kirchen.

Frederic packte die Tasche aus, die er mit den Vorräten befüllt hatte, darunter auch der Laib Brot, den Lore ihm zugeworfen hatte, ein Stück Käse, eine Handvoll süßes Trockenobst, ein Beutelchen Salz mit Kräutern, ein Steinkrug mit Apfelwein und für den süßen Zahn seines Sohnes ein Stückchen klebrigen türkischen Honig.

»Ich habe einen Gehilfen aufgenommen«, erzählte er, als sie sich an das fröhlich flackernde Feuer setzten und darauf warteten, dass es zur Glut zusammensinken würde.

»Wobei hilft er dir?«

»Bei den Pferden. Mit denen kennt er sich gut aus. Die Stute ist übrigens trächtig, und im nächsten Frühjahr werden wir ein kleines Fohlen haben.«

»Darf ich das sehen?«

»Natürlich. Nächsten Monat kommst du mich besuchen, Emery. Dann kannst du auch Henning kennenlernen. Er ist wohl so acht oder neun Jahre älter als du, aber sehr verschlossen.«

»Warum?«

»Das frage ich mich auch immer wieder. Er hat noch nie etwas von sich erzählt.«

»Tue ich auch nicht. Vielleicht ist er auch vor was weggelaufen, Vater.«

»Ja, das nehme ich an. Und je mehr ich darüber nachdenke, desto mehr fürchte ich, dass er vor etwas außerordentlich Gefährlichem auf der Flucht ist. Ich habe nämlich den Eindruck, dass er eine ausgesprochen sorgfältige Ausbildung genossen hat.«

»Ist er ein Königssohn?«

Frederic lachte leise auf.

»Das wohl nicht. Aber ich vermute, dass er der Knappe eines edlen Ritters war, und damit wäre er auch ritterlicher Geburt. Aber ich lasse ihm seine Geheimnisse, so wie auch Master John dir die deinen lässt.«

»Master John fragt mich nichts, Vater. Aber – ich glaube, er weiß sehr viel.«

»Er und sein Weib sind sehr klug. Und sie kennen mich. Wie kommst du mit dem Hauswesen zurecht?«

»Och, geht so. Ich meine, ich muss wirklich viel arbeiten. Im Weingarten, jeden Vormittag. Und dann muss ich addieren und sub... substanz...«

»Subtrahieren und multiplizieren?«

»Ja. Und schönschreiben. Und dann spreche ich englisch mit Gauwin. Und dann muss ich alle zwei Tage mit Magister Jakob lateinische Wörter lernen. Du, der ist ein komischer Vogel.«

»Ja, das ist er. Das war er früher schon.«

»Manchmal bringt er mich zum Lachen, aber er selbst lacht nie. Nur manchmal, da sagt er in so seltsamem Ton ›Dammich!‹. Und Frau Alyss putzt ihm jedes Mal die Augengläser.«

»Also, so richtig schlecht geht es dir nicht?«

»Nein, Vater. Nur die Mädchen, die kichern immer so blöd.«

»Die können nicht anders, das ist den Jungfern leider angeboren.«

»Aber dann kam diese Frau, und die hatte Beatus dabei.«

»Frau Lauryn.«

»Kennst du sie?«

»Ziemlich gut, Emery. Sie ist nämlich meine Schwester und damit deine Tante.«

»Ooooch.«

Frederic steckte Stücke des Rebhuhns auf Holzspieße und legte die auf die beiden gegabelten Stecken über der Glut. Dann begann er, seinem Sohn von seiner Kindheit auf dem Gut derer vom Spiegel zu berichten. Von seiner Mutter, die für die Molkerei zuständig, und von seinem Vater, der als Verwalter tätig gewesen war, von seiner und Lauryns Lehrzeit bei Frau Alyss. Er erzählte, wie er Benefiz aus den Händen der Übeltäter gerettet hatte, die ihm den Schwanz abgeschnitten hatten, wie Master John mit dem weißen Gerfalken Jerkin Einzug gehalten hatte, welche Untaten die heidnische Schar Gänse auf dem Gewissen hatte, wie das Messveech, die kleine Eselin, zu Lore gekommen war. Emery hörte ihm mit atemloser Aufmerksamkeit zu. Darüber war das Fleisch gar geworden, und sie verzehrten ihr köstliches Mahl schweigend, dann teilten sie sich den Becher Apfelwein, und Frederic erzählte von seinen Freunden. Von Tilo, dem Tuchhändlersohn, der später seine Schwester geheiratet hatte, von Cedric, Johns Neffen, der aus England zu ihnen gekommen und später Emerys Pate geworden war. Und von Lucien, der aus dem Frankenland stammte und ein rechter Unglücksrabe gewesen war. Die Erinnerungen kamen leicht und schmerzten nicht.

»Du warst auch nicht immer gehorsam«, sagte Emery, als er eine Pause machte.

»Oh nein. Vom Haselstrauch haben wir manche Gerte geschnitten, mit der uns Zucht gelehrt wurde, und mehr als einmal habe ich auf Knien im Hof gelegen und lauthals gebetet und gehofft, dass die Gänse mich nicht zu sehr zwickten. Meist, Emery, hat Benefiz sie von mir weggehalten. Und dafür war ich ihm immer ganz besonders dankbar.«

»Ich ... ich musste auch schon mal ... mit Gauwin zusammen.«

»Aha. Bei welcher Freveltat hast du dich erwischen lassen?«

Im Licht des nun wieder flackernden Feuers sah Frederic seinen Sohn betreten auf die Hände schauen.

»Bin ausgerissen.«

»Ausgerissen?«

»Wegen der Pasteten.«

»Die dir nicht gemundet haben?«

»Nee. Die wir nachts essen wollten.«

»Dazu hätte doch ein Einbruch in die Speisekammer gereicht.«

»Nee. Wegen der Garküche.«

Frederic streckte sich mit einem zufriedenen Schnaufen.

»So, mein Sohn, dann berichte mal.«

Erst stockend, dann leichter und schließlich mit einem unterdrückten Lachen kam die Geschichte des nächtlichen Ausflugs heraus, der über die Mauer des Weingartens geführt hatte, dann zu den Händlern am Rheinufer, wo man mit ein paar kleinen Münzen, die Gauwin aus der Truhe seiner Mutter entwendet hatte, fettige, deftig gefüllte Pasteten erworben und verzehrt hatte. Dummerweise hatte Beatus den Wunsch gehabt, seine beiden besten Freunde zu begleiten, und hatte, als sie ihn an der Mauer des Weingartens schmählich verlassen hatten, ein wildes Protestgebell angestimmt. Das hatte Frau Alyss durch die Rebstöcke an die Mauer geführt. Wo sie das Seil entdeckte. Und ihren Gatten auf die Suche nach den Missetätern ausschickte. Der fand sie, kaum dass der letzte Bissen Pastete verzehrt war, und führte sie an den Ohren gepackt zurück zum Haus.

»Die Strafe, Emery, hast du verdient. Und sie wäre noch härter ausgefallen, hätte ich dich dabei entdeckt, dass du, ohne jemandem etwas zu sagen, nachts durch die Stadt ziehst.«

»Aber Vater...«

»Du weißt nicht, welche Gefahren dir da drohen. Wie oft hast du solche Ausflüge unternommen?«

Emery ließ den Kopf hängen.

»Sohn?«

»Ich muss doch wissen, wie ich aus dem Haus komme, Vater. Ich muss doch fliehen können.«

Gott, ja. Er war schon einmal in letzter Not aus einem brennenden Haus geflohen. Frederic legte ihm den Arm um die Schultern und zog ihn an sich.

»Wie oft und wohin, Emery?«

»Einmal. Zum Mecker-Kloster. Weil Thomas gesagt hat, das sei ein Dirnenhaus. Aber da hat mich die Myntha getroffen und hat mir erzählt, da wohnten fromme Nonnen drin. Und hat mir eine Pastete gekauft und ist mit mir zurückgegangen. Und wollte mich nicht verpetzen. Weil sie doch auch über die Mauer ist. Zusammen mit der anderen Jungfer.«

Die Fährmannstochter schon wieder!

Gut, sie wusste nicht, dass Emery sein Sohn war. Aber etwas stimmte ihn an seiner Aussage kritisch.

»Emery, war das in der Nacht, als das Feuer in Machabäern ausbrach?«

»Nein, Vater. Davor. Und am nächsten Tag bist du gekommen, und ich dachte, sie hätte mich doch verraten.«

»Ich erinnere mich – du warst überaus erschrocken, mich zu sehen. Jetzt verstehe ich. Aber die Jungfer hat Wort gehalten und dich nicht verpetzt. Doch wieso hat Thomas behauptet, das Kloster sei ein Dirnenhaus? Und wieso interessieren dich die Dirnen?«

»Thomas und sein Freund haben mich verspottet«,

kam es leise. »Weil ich noch ein kleiner Junge sei und so.«

»Mhm, ja. Verstehe.«

»Und, Vater, es ist ja auch ein Mann reingegangen. Darum dachte ich… Aber dann kam ja Myntha…«

»Ein Mann ist ins Kloster gegangen, willst du sagen? Einfach so?«

»Er hat geklopft, dann wurde die Tür einen Spalt geöffnet, und die Frau hat geseufzt und gekichert und ihn eingelassen.«

Ein Mann war im Kloster erwartet worden. Frederic verstaute diese Nachricht in seinem Gedächtnis, verfolgte sie aber nicht weiter, sondern sagte gelassen zu seinem Sohn: »Ja, das Kichern, schrecklich, nicht?«

Emery nickte und gähnte herzzerreißend.

»Rollen wir unsere Decken aus, das Feuer ist heruntergebrannt.«

Frederic warf Erde auf die Glut, während Emery die Decken ausbreitete.

»Bevor wir einschlafen, müssen wir noch ein paar Sterne zählen«, sagte er und zog seinen Sohn dicht an sich.

Nach ungefähr sieben Sternen war der tief und fest eingeschlafen. Frederic schaffte es bis achtzehn.

42. Kapitel

Es roch göttlich in der Küche.

Myntha musste schlucken, denn das Wasser lief ihr in Strömen im Mund zusammen.

Lore drehte sich vom Blech um und meinte: »Ihr sabbert!«

»Gib mir von den Mandeln, Lore. Eine Handvoll nur. Lass mich nicht betteln.«

Lore schob ein paar der gesalzenen Honigmandeln zusammen und legte sie auf ein Brettchen.

»Da, verbrennt Euch den Gierschlund.«

Das tat sie dann auch, aber der Genuss ließ sie die Hitze vergessen.

»Ihr habt gestern mit dem Rabenmeister gezankt, Myntha. Vielleicht wäre es nicht verkehrt, ihm ein Kästchen dieser Mandeln zur Versöhnung anzubieten.«

»Warum? Er hat Agnes beschuldigt, etwas mit dem Feuer im Kloster zu tun zu haben, dieser Holzkopf.«

»Jungfer Myntha, bezähmt die kleinen Teufel für eine Weile. Nicht alle Männer sind Holzköpfe. Frederic Bowman ist kein böser Mensch, auch wenn es inzwischen einige Deppen behaupten.«

»Ach, und du weißt es besser?«

»Ja, das tue ich.« Lore sah durch die Küchentür auf

den Hof. Hier pickten nur die Hühner ihre Körner auf. Mico belauerte sie, doch menschliche Ohren waren nicht zu erkennen.

»Was weißt du von ihm?«

»Ihr seid vor zehn Jahren zu Frau Alyss gekommen. Habt Ihr nie von den anderen jungen Leuten reden gehört, die vor Euch in ihrer Obhut erzogen und ausgebildet wurden?«

»Doch, sicher. Von dir wusste ich, Frau Lauryn habe ich kennengelernt und Herrn Tilo, und von der schönen Leocadie mit ihrem Ritter...«

»Und von Frau Lauryns Bruder, dem wilden Frieder, der Falkner werden wollte, habt Ihr nichts gehört?«

Myntha, die eben eine Mandel zwischen den Zähnen zerkrachen lassen wollte, verschluckte sich an der süßen Nuss und musste husten.

»Frieder? Gott, Frederic Bowman?«

»So ist es. Er ging mit Cedric nach England.«

Lore sah mit eigenartig sehnsüchtiger Miene durch die Tür.

»Ene leev Jong?«, flüsterte Myntha mit plötzlicher Erkenntnis.

»Cedric, ja.«

»Ach herrje.«

»Und, Myntha, bei Frau Alyss lebt jetzt Emery, Frederics Sohn.«

»De fussje Düwwelbalch.«

»Sie haben Schlimmes erlebt, Myntha. Seht es ihnen nach. Und bringt dem Rabenmeister ein paar gebrannte Mandeln.«

»Dann fressen mich die Raben.«

»Ich komme mit. Ihr geht besser nirgends alleine hin. Heute Nachmittag will ich nach Stammheim, die Jutta hat frischen Ziegenkäse gemacht.«

»Du verwöhnst uns.« Myntha ließ noch eine Mandel krachen. »Also tue ich, was du sagst.«

»Is jut.«

Die letzte Mandel verschwand, und Myntha rief nach Agnes.

»Die ist bei deinem Vater«, erklärte ihr Enna, die eben mit einem Korb Gemüse in die Küche trat. »Fragt ihm die Ohren vom Kopf ab.«

»Nicht schon wieder.«

In der Werkstatt, in der Reemt ein Ruder reparierte, lehnte Agnes am Türrahmen und hörte aufmerksam zu, wie der Fährmeister von der schönen Königstochter berichtete, die mit ihrem Brautschatz über den Rhein gefahren war und ihn versenkt hatte, um den Frieden zu wahren. Myntha stutzte. Diese Variation des Nibelungengoldes hatte sie aus seinem Mund noch nie gehört. Offenbar hatte Agnes mit ihren Fragen seine Fantasie erneut aufblühen lassen.

»Ich werde nicht ruhen, Agnes, bis ich den Schatz gefunden habe«, hörte Myntha ihn eben sagen.

»Und Ihr seid sicher, dass er sich hier in Mülheim befindet?«

»Ganz sicher. Die Rheintöchter haben ihn mir doch schon gezeigt. Nur«, und hier wurde seine Stimme verschwörerisch, »ich muss meine Söhne irgendwie überlisten. Sie lassen mich nie danach suchen. Aber ich habe den kleinen Nachen schon gerichtet, und wenn der richtige Augenblick da ist, werde ich hinausrudern und ihn heben. Und dann kann ich Myntha eine Mitgift aussetzen, dass sie jeden Mann heiraten kann, den sie will.«

»Das ist sehr großmütig von Euch, Fährmeister. Vielleicht kann ich Euch behilflich...«

Es war Zeit, diese Posse zu beenden.

»Agnes!«, sagte Myntha und trat in die Werkstatt. »Wir wollten Stoff für ein neues Gewand aussuchen. Begleitet mich zum Markt.«

»Oh, ich habe Zeit vertrödelt. Verzeiht, Jungfer. Doch ich höre so gerne Geschichten...«

»Ja, ja. Vater, wir gehen zum Markt.«

Reemt nickte freundlich und widmete sich wieder seinem Ruder.

Als sie auf die Straße traten, sagte Myntha: »Agnes, Ihr könnt Euch gerne die bunten Mären anhören, die mein Vater dichtet, doch seid so gut und nehmt sie als Gespinste seiner Erfindungsgabe. Es gibt kein Gold im Rhein. Und erst recht gibt es keine Rheintöchter oder Nixen, die es behüten.«

»Aber warum berichtet Eure Großmutter auch ständig davon? Sie sagt immer Verse auf, die von Recken und Königinnen handeln. Die hat sie doch nicht erfunden?«

»Nein, sie nicht. Aber das Lied der Nibelungen hat ein alter Barde gedichtet. Er hat damit Damen und die Ritter an ihren Höfen unterhalten. Es ist keine wahre Geschichte, sondern eine Mär. Wie viele der alten Geschichten.«

»Ja... aber die Geschichte der heiligen Ursula ist doch

wahr, Myntha. Die elftausend Jungfrauen sind doch hier in Köln begraben.«

Das mochte so sein, dachte Myntha. Aber böse Zungen hatten auch schon angedeutet, dass die vielen Tausend Knochen, die so schwunghaft als Reliquien verkauft wurden, einfach aus vergessenen Gräbern alter Zeiten stammten. Immerhin war aber die heilige Ursula eine gütige Fürsprecherin, und sie selbst hatte sie dann und wann schon angerufen und Hilfe erhalten.

»Ursula war eine Heilige, und deshalb ist es wahr, was man über sie erzählt. Siegfried und Kriemhild sind keine Heiligen, sie sind erfundene Menschen. Und darum ist auch der Goldschatz im Rhein nur eine Erfindung des Geistes, Agnes. Leider eine, die mein Vater gerne glauben möchte, weil er einmal, als er hohes Fieber hatte, in einem lebhaften Traum gefangen war. Seht es ihm nach, er ist ein redlicher und guter Mann.«

»Wenn Ihr es sagt.«

»Agnes, ich bin seine Tochter, ich kenne ihn mein Lebtag lang. Und nun lasst uns die Gewandschneider aufsuchen.«

Es fand sich ein Stück weißes Leinen für eine Cotte und ein feines hellbraunes Tuch für ein Surcot, und bei dem Bandkrämer erstanden sie auch noch einige Ellen hübscher Borte. Diese Pracht lenkte Agnes gründlich von dem versenkten Schatz ab, und Myntha und sie diskutierten auf dem Rückweg eifrig darüber, wie das Kleid geschneidert werden sollte.

Am späteren Nachmittag machten sich Myntha und Lore dann auf den Weg nach Stammheim. Das Messveech trottete gutwillig zwischen ihnen und trug die leeren Körbe. Einmal blieb es stehen und knabberte an einem Gänseblümchen. Deshalb boxte Lore es sanft auf die Flanke und forderte es auf, sich wieder in Bewegung zu setzen. Die Eselin trabte wieder an, blieb aber ein Stück hinter ihnen, und Myntha beobachtete mit großer Erheiterung, wie sie nach dem Schürzenband von Lore schnappte und es aufzog. Lore bemerkte diese Hinterlist erst, als die Schürze herabfiel, und mit einem Schwall launigster Beschimpfungen übergoss sie das Tier, das ganz eindeutig dazu grinste. Es war ein altes Spiel zwischen den beiden, das Myntha schon oft beobachtet hatte. Darum legte sie dem struppigen Esel ein Kränzchen Blumen ums Ohr und den Arm um den Hals und flüsterte ihm ins Ohr: »Mach dir nichts draus, bess en leev Messveech!«

»Mischt Euch da nicht ein«, zischte Lore sie an, grinste dann auch und zauselte das Tier zwischen den Ohren.

Sie kamen unbehelligt bis zu dem Pfad, der zu Frederics Kate führte, auch wenn einige Fischer und Netzflicker sie mit dem Zeichen gegen den bösen Blick bedachten. Kaum hatten sie den Weg betreten, kamen auch schon vier Raben mit lautem Krächzen über sie.

»Robb, Raky! Aus! Schluss! Wech mit euch!«, brüllte Lore sie an, und von der Hütte aus rief Henning nach den Vögeln. Sie kehrten in einer weiten Schleife um und setzten sich auf den First.

Der Junge kam ihnen entgegen, verbeugte sich höflich und begrüßte sie.

»Wir wollten zum Rabenmeister, Henning. Ist er hier?«

»Gerade eingetroffen, Jungfer Myntha. Bringt das Pferd auf die Weide. Wollt mir folgen, wenn es genehm ist.«

»Gerne.«

»Ich gehe weiter, Myntha. Euch wird Henning oder Frederic nach Hause begleiten.«

Ganz wohl war Myntha nicht, jetzt alleine gelassen zu werden, aber Lore hatte noch einiges zu erledigen, also klopfte sie der Eselin auf die Flanke und verabschiedete sich. Dann folgte sie dem Jungen zur Kate. Es sah unordentlich aus, Holz lag herum, Hobelspäne, Gerten und ein Napf mit übel riechenden Fleischresten, über dem schwarze Fliegen brummten.

»Igitt, Henning. Wirf das weg.«

»Das ist für die Vögel.«

»Dann gebt es ihnen. Pfui.«

»Aber …«

»Weg damit!«

Beherzt griff sie zu und schleuderte den Inhalt weit über die Wiese. Sofort stürzten die Raben sich darauf. Sie drückte Henning den Napf in die Hand und wies auf den Trog.

»Mit Sand scheuern und auswaschen!«

»Jawohl, Jungfer.«

Er tat es geschwind und gründlich, während Myntha ihren Blick über die Umgebung schweifen ließ. Irgendwer hatte einst einen kleinen Garten an der Südseite der

Kate angelegt, hier wuchsen wild durcheinander einige Kräuter. Sie pflückte ein dickes Bündel Thymian und band es mit langen Halmen zusammen. Der Duft würde den Verwesungsgeruch ein wenig überdecken. Henning stellte den Napf auf den Hackklotz und wischte sich die nassen Hände an seinem Kittel ab.

»Danke. Und nun mach die Augen zu und den Mund auf.«

»Nein.«

»Doch. Los, du Feigling.«

Ein wütendes Blitzen traf sie.

»Bist du feige?«

»Nein.«

»Dann mach die Augen zu und den Mund auf.«

Sehr zögerlich senkten sich die Lider, und die Lippen öffneten sich nur einen winzigen Spalt.

»Richtig zu und richtig auf.«

Noch einmal brummte er unwillig, dann tat er wie befohlen, und Myntha schob ihm eine gebrannte Mandel zwischen die Zähne.

Es dauerte ein, zwei Lidschläge lang, dann hatte Hennings Zunge offenbar die Süße erkannt. Er biss zu und riss die Augen auf.

»Gut, nicht?«

Schlucken, nicken, die Zunge leckte über die Lippen.

»Ich habe noch mehr. Hat Lore heute gemacht.«

»Für mich?«

»Eigentlich für den Rabenmeister. Aber wenn du noch welche magst – ich habe euch ein Kistchen voll mitgebracht.«

Sie holte es aus ihrer Gürteltasche und machte den Deckel auf. Henning nahm noch eine heraus und zerkaute sie genüsslich. Sie verstaute das Kistchen wieder.

»Was machst du mit den Stecken da?«

»Das ist Bogenholz. Der Meister hat gesagt, ich soll welche vorbereiten. Er will sie verkaufen.«

»Guter Einfall. Und was ist das da in den Kisten?«

»Junge Sperber. Werden zur Jagd abgerichtet.«

»Eine noch bessere Idee. Er ist ein Falkner, nicht wahr?«

»Ich glaub schon.«

»Du glaubst?«

»Ich weiß nichts von ihm, Jungfer. Nur dass er jagen kann und mit Vögeln umzugehen weiß.«

»Und du? Was kannst du?«

»Keine Beutel schneiden.«

»Ja, das weiß ich.«

Sie hätte ihre Befragung gerne fortgesetzt, aber nun kam der Rabenmeister zu ihnen, stutzte kurz und begrüßte sie mit der kleinsten Andeutung einer Verbeugung.

»Die Unholdin. Welch Unheil bringt Ihr über meine Kate?«

»Rrrabenmeister, ich habe Eure Kate vom Verwesungsgestank befreit. Wenn das ein Unheil für Euch ist …«

»Bitte?«

»Das … äh … Fleisch für die Sperber beleidigte der Jungfer Nase«, erklärte Henning.

»Du hast es in der Sonne stehen lassen?«

»Ich war dumm, Meister.«

317

Henning senkte den Kopf schuldbewusst.

»Wiederhole den Fehler nicht.«

»Nein, Meister.«

»Nun, wenn Ihr kein weiteres Unheil über uns bringen wollt, was ist dann Euer Begehr, Jungfer?«

»Macht die Augen zu und den Mund auf.«

»Niemals.«

Ein kaum hörbares Glucksen kam von Henning.

»Tut es, Meister.«

»Vor einer Unholdin?«

»Tut es einfach.«

Ein scharfer Blick glitt über Myntha, die sanft lächelte.

»Feigling«, flüsterte sie.

Frederic schloss die Augen und öffnete den Mund. Die Mandel erkannte er, kaum dass sie seine Lippen berührte. Es knackte, und er öffnete die Augen wieder.

»Verführt Ihr Eure Opfer nun mit Süße, böse Jungfer?«

»Nicht Verführung, Rabenmeister, Abbitte wollte ich damit leisten.«

»Noch eine Mandel, und sie sei Euch für alle Untaten gewährt.«

Mit einem kleinen, nicht sehr respektvollen Knicks überreichte sie ihm das Kästchen.

»Was macht Euren Geisteswandel aus, Jungfer Myntha?«

»Ein paar Gedanken. Ihr habt Agnes zu Unrecht beschuldigt, Feuer gelegt zu haben. Aber ich habe Euch nicht alles erzählt, was im Kloster geschehen ist.«

»Dass Schwester Edwina eine nachlässige Pförtnerin

war und jemand unbemerkt das Kloster betreten konnte, richtig?«

»Ihr wisst es?«

»Setzen wir uns. Henning, hol uns zwei Becher Wein.«

Myntha nahm auf der Bank an der Hauswand Platz, und Frederic setzte sich auf den Hackklotz.

»Ich war bei Frau Alyss und Master John …«

»Und habt Euren Sohn besucht.«

»Ja, das auch. Emery, den Ihr freundlicherweise nach Hause geleitet habt.«

»Er hat gestanden?«

»Ich bin sein Vater.«

Myntha nickte. Ein guter Vater, wie der ihre.

»Habt Ihr auch herausgefunden, wer das Kloster betreten hat?«

»Das nicht. Aber ich habe von einem Handelsherrn gehört, der recht eigenartige Geschäfte mit Weihrauch abwickelt. Wolter van Duytz hat einigen Kirchen, Klöstern und Stiften Ware verkauft, die nicht einwandfrei war.«

»Das ist übel. Aber hat es etwas mit dem Tod der Magistra zu tun?«

»Das weiß ich noch nicht. Aber es wäre denkbar, dass es einen Zusammenhang gibt. Derzeit scheint sich der Mann in Aachen aufzuhalten, aber es steht zu erwarten, dass er im nächsten Monat nach Köln zurückkehrt, um seine nächste Reise zu planen. Er wird befragt werden.«

Zwei Raben landeten auf dem Boden vor ihnen und stolzierten auf und ab. Myntha sah ihnen zu und bewunderte das schwarze, hier und da blau funkelnde Gefieder.

»Ihr seid ein Falkner«, sagte sie leise.

»Ja, ich habe Falken gezähmt.«

»Falken sind die Jagdvögel der Könige.«

»Der Lords und Ladys. Wer hat geplappert?«

»Lore. Und nicht geplappert, sondern mich geschimpft. Ihr seid ein düsterer Mann, Frederic Bowman. Und Eure Raben machen den Leuten Angst.«

»Vor Euch haben sie auch Angst, Jungfer Myntha.«

»Ihr nicht.«

»Nein. Oder nur ein bisschen. Ihr könnt sehr wütend werden.«

»Ja, leider.« Es war wirklich ihr schlimmster Fehler. Sie betrachtete ihre etwas klebrigen Finger. »Ihr besitzt einen Langbogen, sagen meine Brüder«, platzte sie heraus und schaute ihn an.

»Ja. Wollt Ihr ihn sehen?«

»Nein. Oder… Es ist eine mächtige Waffe, sagt man.«

»Ja, das ist er.«

Frederic stand auf und trat in die Kate. Als er zurückkam, hielt er einen mannshohen Bogen in der Hand, und Henning folgte ihm.

Fasziniert sah Myntha zu, wie der Rabenmeister die Sehne am unteren Ende einhängte, dann den Bogen zwischen die Beine nahm, ihn auf den Boden drückte und offenbar ohne jede Anstrengung die Sehne einspannte. Dann begutachtete er ihn noch einmal, hob ihn an und zog die Sehne zurück.

»Wie weit schießt Ihr damit, Meister?«, fragte Henning, der ihn nicht aus den Augen gelassen hatte.

»Sechshundert bis siebenhundert Schritt.«

»Und trefft den Baum dort?«

Frederic streckte die Hand aus, und Henning reichte ihm einen Pfeil. Dann spannte er die Sehne, und Myntha sah, wie sich ein beachtlicher Muskel an seinem Arm wölbte. Ein Sirren, der Pfeil flog und schlug mitten im Stamm ein.

»Er durchdringt eiserne Panzerungen, erzählt man.«

»Tut er, Henning.«

»Eine Armbrust tut das auch.«

»Sicher.« Frederic hob drei Finger, Henning reichte ihm drei Pfeile.

Und Myntha, genau wie der Junge, folgte ihnen mit den Blicken, wie sie in rascher Abfolge die Sehne verließen.

»Hast du schon mal eine Armbrust gespannt, Henning?«

Der nickte. Und murmelte: »Ich verstehe. Ihr seid schneller als jeder Armbrustschütze.«

»Sicher. Hol die Pfeile. Den im Stamm lass stecken. Er mag als Warnung dienen.«

Henning lief los, um die Pfeile, die Frederic über die Wiese geschossen hatte, einzusammeln.

»Witold sagte, vor fünf Jahren gab es eine gewaltige Schlacht, in der die Bogenschützen des englischen Königs ein großes Heer der Franken besiegt haben.«

»So ist es, Jungfer Myntha.«

»So habt auch Ihr Unheil über die Menschen gebracht.«

»Das habe ich, Jungfer.«

»Warum?«

»Weil ich jung war und das Abenteuer suchte.«

Er stand aufrecht da, doch sein Blick wirkte umschattet. Ein stattlicher Mann, in dessen Gesicht Linien des Leids gegraben waren. Ein Mann, der sich um seinen Sohn sorgte. Der einen Taschendieb aufgenommen hatte und sich um ihn kümmerte.

»Henning sieht besser aus als damals. Ihr füttert ihn gut.«

Frederic zuckte mit den Schultern.

»Er arbeitet gut.«

»Wer ist er?«

»Henning.«

»Ihr seid ein Meister der weitschweifigsten Antworten.«

Jetzt war der Schatten der Trauer gewichen, und ein unerwartetes Lächeln huschte über sein Gesicht.

»Ohne Zweifel.«

Henning kehrte mit den drei Pfeilen zurück und legte sie in den Köcher. Frederic reichte ihm den Bogen.

»Der Baum, Junge.«

Mit einiger Kraft zog Henning an der Sehne, löste den Griff wieder und schüttelte den Kopf.

»Das kann ich nicht, Meister.«

»Gut, wenn man seine Grenzen kennt.«

»Habt Dank für die Vorführung Eurer Kunst, Rabenmeister«, sagte Myntha und knickste, diesmal etwas respektvoller. »Ich muss nun aber zu meinen Pflichten zurückkehren. Erlaubt Ihr, dass Henning mich begleitet?«

»Das erlaube ich. Aber vorher, Jungfer Myntha, solltet Ihr noch eine Freundschaft schließen.«

»Mit wem?«

»Mit Robb, dem Hauptmann meiner Wache.« Frederic drehte sich zur Kate um und rief: »Robb! Robb!«

Der große Rabe kam angeflattert und setzte sich auf seine Schulter.

»Freder. Ric. Ric.«

Er fuhr ihm mit der Hand über den Rücken und wies auf Myntha.

»Robb, Freund.«

»Frrreund.«

»Er wird sich jetzt auf Eure Schulter setzen, Jungfer, und Euch ins Ohr zwicken. Lasst es geschehen.«

Robb hüpfte dann auch auf ihre Schulter. Myntha machte sich zunächst ganz starr, denn der Vogel war unerwartet schwer, und seine Krallen drückten sich in ihr Fleisch. Sie erwartete einen heftigen Schmerz an ihrem Ohr, aber er zwickte sie nicht, sondern schnäbelte nur ein wenig an ihrer Wange.

»Oh«, entfuhr es ihr.

»Frrreund!«, krächzte Robb.

»Ruft ihn mit seinem Namen, wenn Ihr uns wieder mit Eurem Besuch beehrt, Unholdin.«

»Rrrrabenmeister!«, knurrte sie, und Robb flog auf.

»Das könnt Ihr auch rufen. Henning, begleite die Jungfer Unhold nach Hause.«

43. Kapitel

Ein neues Geschäft hatte Karol tatsächlich ins Pfarrhaus gelockt. Und nun hockte er auf der Kante des harten Stuhls, blass im Gesicht und mit Schweißperlen auf der Stirn. Volmarus betrachtete ihn mit Genugtuung. Ja, er hatte ihn dazu gebracht, zuzugeben, dass er getrockneten Mohnsaft unter den Weihrauch gemengt hatte. Angeblich im guten Glauben, damit eine besonders heilige Mischung herzustellen. Das war zwar gelogen, doch die Wahrheit hatte er noch nicht ganz aus ihm herausgebracht. Aber die war auch nicht so wichtig. Viel wesentlicher war es zu hören, dass er auch anderen Kunden gepanschtes Räucherwerk angedreht hatte. Das Fässchen, das ihm sein Handelsherr überlassen hatte, war bereits viel wert gewesen, aber dadurch, dass er die Menge durch die Beimischung von Wacholderharz verdoppelt hatte, hatte es ihm noch mehr Gewinn eingebracht. Und einen weiteren Teil hatte er sogar mit Nadeln und Holzspänchen verlängert.

Der Pranger war ihm sicher.

Und das wusste der Schlawiner auch. Beichtgeheimnis hin, Beichtgeheimnis her.

»Ich tausche den Weihrauch für Eure Kirche um, ehrwürdiger Herr. Ohne Kosten für Euch«, schlug er eben vor.

»Ich erwarte selbstverständlich eine gleiche Menge von erstklassigem Olibanum. Umzutauschen gibt es nichts mehr.«

Schon deshalb nicht, weil Volmarus sich nicht des Genusses am betäubenden Rauch berauben wollte. Den mit Mohn versetzten Weihrauch hatte er bereits in seinen privaten Vorrat überführt und in der Messe eine billige Räuchermischung aus Fichtenharz verwendet.

»Wie Ihr wünscht, ehrwürdiger Herr.«

»Morgen wird er geliefert.«

»Natürlich, ehrwürdiger Herr.«

»Wem hast du diese Mischung noch verkauft, Karol?«

»Ihr wollt mich ruinieren«, keuchte der junge Mann.

»Ruiniert hast du dich schon selbst. Du hast gesündigt, du wirst Buße tun. Wen hast du noch betrogen?«

Es waren recht viele, wie Volmarus nach und nach erfuhr. Nicht nur im Umkreis von Mülheim, sondern auch in Köln hatte er seine Ware verkauft. In Stiften, Beginenkonventen und in Klöstern.

Ein kleines Vermögen hatte er damit gemacht, überlegte Volmarus und nahm sich vor, einen Weg zu ersinnen, dieses Vermögen an sich zu bringen. Aber wichtiger war ihm im Augenblick eine andere Angelegenheit.

»Zwanzig Paternoster, Karol, und bring die Fährmannstochter zu mir. Dann will ich dir Absolution erteilen und könnte beschließen, dem Herrn Wolter van Duytz nichts von deinen Machenschaften zu berichten.«

»Ja, ehrwürdiger Herr. Nur die Myntha...«

»Du hast mit ihr oft genug getändelt, Karol. Bring sie zu mir. Und achte darauf, dass es keiner mitbekommt.«

»Und wenn sie nicht will?«

»Dann verwendest du das hier.« Volmarus stellte ein Fläschchen auf den Tisch. »Weihwasser. Besprenge die Unholdin damit, und sie wird gefügig werden. Spritze es ihr ins Gesicht, Karol. Und dann bring sie zu mir. Oder man wird Anklage gegen dich erheben.«

Er war ein Wurm, der Kerl. Er würde tun, was von ihm verlangt wurde.

Und er würde gefügig bleiben. Oh ja. Die Sünde lastete schwer auf ihm, das sah er ihm an.

»Geh mit Gott und erfülle deinen Auftrag, Karol«, sagte er und schlug das Kreuz über ihn, während in den Augen des roten, zähnefletschenden Dämons oben auf dem Schrank ein unheiliges Feuer flackerte.

Als Karol den Raum verlassen hatte, legte Volmarus ein Löffelchen von dem wundervollen Räucherwerk auf die Glut, sog den süßen Duft mit Behagen ein und überließ sich den erregenden Träumen von einem gewaltigen Exorzismus.

44. Kapitel

Frederic sah Henning und der Fährmannstochter hinterher. Zwei junge Menschen, die beide eine Last zu tragen hatten und sich dennoch aufrecht hielten. Frau Alyss hatte ihm ein wenig von dem Mädchen berichtet, das einst fröhlich und wissbegierig in ihrem Hauswesen tätig gewesen war. Der Zöllner Gernot wäre ein sehr passender Gatte für sie gewesen, hatte sie behauptet. Ein ehrgeiziger junger Mann aus guter Familie, der Myntha mehr als zugetan war. Dann hatte sie ihn verloren, und durch ihre Auferstehung von den Toten war sie in ein abergläubisch schlechtes Licht gerückt worden. Kein weiterer Mann hatte je um sie angehalten.

Nun ja, bedauernswert, doch nicht seine Sorge.

Er hatte andere, auf die John ihn aufmerksam gemacht hatte.

Er lebte jetzt seit zwei Monaten in der Kate außerhalb von Mülheim. Ein Fremder aus einem fremden Land, doch der hiesigen Sprache mächtig. Ein Mann, der mit Pfeil und Bogen umzugehen wusste und Vögel zähmte. Dass die schwarzen Raben Schrecken verbreiteten und er als düsterer Fremder mit Misstrauen betrachtet wurde, war die eine Seite. Die andere war bedenklicher.

Er hatte keinen Stand.

Zumindest keinen, den er ohne Mühe nachweisen konnte. Andererseits – seine Eltern waren ehrliche Leute, verheiratet und anerkannt, die Pächter eines Ratsherrn und Patriziers von Köln. Sein Vater war vor Jahren gestorben. Damals war Frederic noch ein Junge gewesen und hatte mit Vornamen Frieder geheißen. Er hätte das Erbe antreten können, doch dazu war er damals noch nicht bereit gewesen. Der Herr vom Spiegel hatte einen neuen Verwalter eingesetzt, der auch jetzt noch in Villip tätig war. Er selbst war nach England gezogen und in den Dienst eines Lords getreten, als Falkner zunächst, dann, als der König zu den Waffen rief, als Söldner und Bogenschütze. Nach der Schlacht von Agincourt hatte er wieder für John de Ros Falken gezüchtet – bis das Unglück über ihn kam. Lord John hatte ihn auf seinen Wunsch hin entlassen, und nun war er hier.

Wer ihm Böses wollte, konnte ihn als Ehrlosen und Wilderer bezeichnen, das hatte Master John ihm eindringlich klargemacht und ihn gebeten, sich über seinen Stand im Klaren zu werden.

Frederic sah nach den drei Sperbern, die hungrig ihre Schlünde öffneten, und gab ihnen ihr Futter. Falkner war ein angesehener Beruf, doch ihn führte man im Dienst eines Herrn aus. Er könnte sich verdingen – so wie er es in England getan hatte. Es gab einige Gutsbesitze und Burgen in der Nähe, und sich mit Jagdvögeln zu schmücken entsprach oft der Eitelkeit der Herrschaften. Auch die Abtei Altenberg war reich und sicher nicht abgeneigt, einen Mann wie ihn zu beschäftigen.

Dennoch, er würde sich wieder in Abhängigkeiten begeben, und genau das wollte er vermeiden. Denn möglicherweise mussten er und Emery sich sehr plötzlich wieder auf die Flucht begeben.

Blieb das Stadtrecht.

Er könnte Bürger in Köln werden, John würde ihm dabei als Bürge zur Seite stehen, er hatte ihm sogar angeboten, das Bürgergeld für ihn zu entrichten. Das war großzügig. Führte ihn aber auch wieder in eine gewisse Abhängigkeit. Ebenso wie Frau Alyss' Vorschlag, auf das Gut nach Villip zu ziehen. Ihr Bruder Marian würde ihm jederzeit dort eine achtbare Beschäftigung zuteilen. Sogar Falkner könnte er dort sein.

Und doch scheute Frederic vor dem Gedanken zurück.

Trotz allem, er brauchte eine abgesicherte Position, die ihm einen gewissen Schutz gewährte und es ihm erlaubte – und das war ihm ungeheuer wichtig – seine Waffen zu tragen.

Die Kate gefiel ihm, das Leben am Rande der Heide und nahe dem großen Strom bot viele Vorteile, die kleine Stadt Mülheim versorgte ihn mit allem, was er darüber hinaus benötigte. Einen Grundbesitz wollte er nicht erwerben, weshalb er das volle Bürgerrecht nicht erhalten würde, aber als Beisasse würde man ihn vermutlich aufnehmen. Die Gebühr war weit niedriger als das Bürgergeld, er hatte den Wachdienst zu leisten, erhielt aber auch die Schutzrechte der Stadt.

Allerdings musste er seine wahre Identität preisgeben – Frieder von Villip, Sohn des Hofmeiers derer vom Spiegel.

Es war wohl das kleinere Übel.

Frederic nahm das Kästchen auf, das die unholdige Jungfer hinterlassen hatte, öffnete es und nahm eine Mandel heraus. Sie war köstlich und versüßte ihm seine Entscheidung.

Als Beisasse musste er zwar Steuern zahlen und Dienste leisten, aber er konnte jederzeit verschwinden, wenn es nötig war.

Am nächsten Tag würde er den Rat von Mülheim aufsuchen und die Angelegenheit regeln.

Und Henning?

Sein Stand war derzeit der eines Unfreien. Ein Handlanger und Gehilfe ohne Rechte.

Wie lange würde er das durchhalten? Wann würde er seine wahre Herkunft offenbaren?

Nun, das war seine Sache, oder?

Es gestaltete sich recht einfach, als Beisasse aufgenommen zu werden. Dem Ratsherrn war der Name derer vom Spiegel geläufig, die Weinhändlerin Frau Alyss genoss über die Grenzen Kölns hinaus einen guten Ruf. Ebenso waren der Tuchhändler Tilo Pauli, verheiratet mit seiner Schwester Lauryn, angesehene Kölner Bürger. Sein Ansinnen würde der Ratsversammlung vorgetragen werden, aber man versicherte ihm, dass es äußerst wohlwollend geprüft werden würde. Bis auf weiteres konnte er in der Kate wohnen bleiben, und dass er den Bogen zu führen verstand, hatte man als Vorteil gesehen.

Als Frederic sich auf dem Rückweg zu seinem Heim befand, stolperte in der Höhe des Pfarrhauses ein Mann gegen ihn, fing sich gleich wieder und murmelte Entschuldigungen. Frederic hielt ihn am Arm fest, denn er schwankte bedenklich und war kreidebleich.

»Ist Euch nicht wohl?«

»Doch, doch ... Danke. Es geht schon.«

»Ein schweres Sündenbekenntnis, eine harte Buße?«

Die Augen seines Gegenübers rollten wild, dann schüttelte er den Kopf.

»Lasst mich gehen, Herr. Es ist nichts.«

»Nun denn.«

Frederic ließ ihn los, und der Mann ging eilig von dannen.

Der Vikar war ihm alles andere als angenehm in Erinnerung, ein ungebildetes, ungepflegtes Großmaul, das wie ein brünstiges Wiesel stank. Das mochte dem Beichtling das Unwohlsein verursacht haben.

Was Frederic aber wieder daran erinnerte, dass er den Ministranten Tonius fragen wollte, ob am Sonntag in der Messe wieder der betäubende Weihrauch verwendet worden war. Doch als er am Fährhaus vorbeikam, winkte ihm ein bärtiger Riese zu, und da seine Laune an diesem Tag ungewöhnlich gehoben war, hielt er inne und wandte sich der Anlegestelle zu.

»Ich grüße Euch, Meister Frederic. Was treibt Euch ins Städtchen? Braucht Ihr neues Holz, Nägel oder ein Fässchen Roten?«

»Nichts dergleichen, Ferer. Ich habe mich als Beisasse beworben.«

»So wollt Ihr länger verweilen? Das freut mich zu hören. Man könnte es zum Anlass nehmen, einen Schoppen drauf zu trinken.«

»Und die Fahrgäste am anderen Ufer Geduld zu lehren?«

Witold spähte hinüber, und just in diesem Augenblick wurde die Fahne hochgezogen.

»Wohl besser nicht. Aber kommt heute Abend, dann leeren wir einen Krug. Und wenn Ihr mögt, schaut bei Lore in der Küche vorbei, sie wird Euch und Eurem Gehilfen eine Kanne Aalsuppe mitgeben. Wenn Ihr die nicht gegessen habt, habt Ihr umsonst gelebt.«

Suppen kochen war eine Fertigkeit, die Frederic nicht beherrschte, und dass Lore eine ausgezeichnete Köchin war, wusste er. Die Verlockung war groß.

In der Küche quirlte die Küchenmeisterin herum, die Alte, die Mutter des Fährmeisters, hockte neben dem Herd und nähte an einem weißen Hemd, ein kleiner weißer Kater benagte einen Fischkopf, und ein unglaublich appetitlicher Duft quoll aus dem Kessel über der Glut.

»Kommst du schnorren?«, fragte Lore und wischte sich die Hände an der Schürze ab.

»Witold empfahl mir, dich um etwas Suppe anzugehen.«

»Großzügig, der Mann. Hat Essen zu verschenken.«

Der Inhalt des Kessels würde eine zehnköpfige Familie sättigen. Aber der Duft …

Frederic klimperte mit den kleinen Münzen in seinem Geldbeutel.

»Ich könnte es dir abkaufen.«

»Kappeskopp!«

Sie hatte schon einen irdenen Krug vom Bord geholt und auf den Tisch gestellt.

»Krabitzje!«, grummelte Frederic.

»Muutzepuckel!«

»Ja, ja, du hast mir auch gefehlt.«

Lore füllte den Krug mit der Suppe.

»Wird für euch zwei reichen«, sagte sie und legte den hölzernen Deckel auf die Öffnung.

»Danke.«

»Willst du zu Jungfer Myntha?«

»Nein. Ich war auf dem Weg nach Hause, als Witold mir zuwinkte. Hat mich für heute Abend auf einen Schoppen eingeladen.«

»Wirklich großzügig, der Herr Ferer. Hast du was zu feiern?«

Frederic zuckte mit der Schulter.

»Ob das ein Anlass ist, weiß ich nicht. Ich habe um das Beisassenrecht gebeten.«

Lores sommersprossiges Gesicht wurde ernst.

»Gut, Frieder. Gut, dass du bleibst. Du warst so lange fort.«

»Ja, das war ich. Und ich merke jetzt, wie sehr mir das alles hier gefehlt hat. Master John hat mir den Rat gegeben, ein wenig auf meinen Stand zu achten.«

»Wie geht es Emery?«

»Frau Alyss hält ihn am kurzen Zügel. Er jammert, dass er viel arbeiten und lernen muss, aber eigentlich scheint er sich recht wohl zu fühlen. Mit dem garstigen Gauwin hat er sich angefreundet, und ein Hundewelpe hat sich auch schon an ihn gehängt.«

»Wann holst du ihn mal her?«

»Bald. Ich will noch ein, zwei Dinge klären.«

»Was? Rabenkram?«

Wider Willen musste Frederic lachen.

»Ich muss meinen üblen Ruf als Kirchenschänder bereinigen.«

»Ach das. Ja, mit dem Vikar Volmarus ist nicht zu spaßen, der kommt und treibt deinen Galgenvögeln den Teufel aus.«

»Mit Weihrauch, den ein betrügerischer Händler mit allerlei ungutem Zeug verlängert hat. Ich warte darauf, dass dieser Wolter van Duytz wieder in Köln oder hier eintrifft.«

»Du glaubst, der ist dafür verantwortlich?«

»Sein Name ist mehrfach erwähnt worden.«

»Aber wenn er doch gar nicht hier ist?«

»Er war aber hier, sonst hätte er keine Geschäfte mit dem Hospiz, dem Pfarrer von Stammheim und dem Volmarus machen können.«

»Der Wolter van Duytz ist im Mai gekommen«, sagte Enna und legte ihr Nähzeug nieder. »Er ist weg, als Ellen uns die Nachricht von dem Düsterling in ihrer Kate brachte. Das wart doch Ihr, Rabenmeister, oder?«

»Ich traf hier in der Woche vor Christi Himmelfahrt ein.«

»Da war ich noch auf dem Gut«, fügte Lore hinzu.

Enna mischte sich ein und meinte: »Aber der Karol ist hiergeblieben. Der kam am Tag, bevor die Myntha gewandelt ist. Er kam zu uns und hat mir den Weihrauch mitgebracht. Echten, guten, goldgelben Weihrauch. Hat gut gegen das Reißen geholfen.«

»Wer ist Karol?«

»Een Undauch.«

»Ein reizender junger Mann.«

»Frau Enna!«

»Höflich und immer ein freundliches Gesicht. Und zu Myntha ist er nett und gibt nichts auf das Geschwätz.«

»Und was ist dieser Karol?«

»Der Handelsgehilfe von Herrn Wolter. Tändelt gern mit den Weibern herum, nicht nur mit Myntha. Aber sie mag ihn – kein Wunder, gibt ja sonst keinen, der ihr schöntut.«

»Der Rickel Moelner wirbt um sie«, widersprach ihr Enna.

Lore verzog das Gesicht, sagte aber nichts.

Das Liebesleben der Fährmannstochter war Frederic gleichgültig, aber die Bezeichnung *Undauch* für den Handelsgehilfen hatte ihn neugierig gemacht.

»Wo würde ich diesen untauglichen Karol finden, Lore?«

»Wohnt in Deutz bei seiner Mutter, ist aber häufig über Land unterwegs.«

»In Geschäften?«

»Hab ihn nicht gefragt. Ein Handwerk übt er nicht aus. Sein Vater war ein kleiner Krämer, hat Drugwaren auf den Märkten verkauft. Vor drei Jahren ist er gestorben. Karol hat ohne großes Glück den Handel weitergeführt und ist im vergangenen Jahr dann mit Herrn Wolter aufgebrochen.«

»Und mit Glück zurückgekehrt?«

»Trägt ein hübsches Wams und spielt den Gecken.«

Mico hatte seinen Fischkopf gründlich abgeleckt und

wünschte Aufmerksamkeit. Der Fremde in der Küche erregte seine Neugier. Mit einem kühnen Sprung hechtete er an dessen Bein und kletterte daran nach oben.

Frederic bekam ihn im Nacken zu fassen, hob ihn hoch und hielt ihn sich vor das Gesicht. Strahlende grüne Augen sahen ihn an.

»Noch ein Unhold in diesem Haus.«

»Er bringt Unheil über die Mäuse.«

»Dann geh diesen Pflichten nach, Frechdachs!«

Mico strampelte, wurde auf den Boden gesetzt und kurz durchgewuschelt. Mit aufgerichtetem Schwanz stolzierte er in Richtung Vorratskammer.

»Nun, ich danke dir für die Suppe und die Auskunft, Lore. Gehabt Euch wohl, Frau Enna.«

»Mrmpf.«

Lore nickte nur und schwang ihr gefährlich aussehendes Messer, um einen Kohlrabi zu meucheln.

Gevatterin Ellen saß auf der Bank vor dem Haus und sah Henning zu, der das Bogenholz polierte. Sie erhob sich, als Frederic zu ihnen kam.

»Wie haltet Ihr es nur mit diesem unermüdlichen Schwätzer aus, Rabenmeister? Er hat ganze drei Worte gesagt, während ich ihm die Neuigkeiten der letzten Woche vorgetragen habe.«

»Ein guter Zuhörer ist er. Und sicher ein tiefgründiger Denker.«

Henning sah auf.

»Verzeiht, Meister. Ich habe nicht viel zu sagen.«

»Dann schweig weiter. Gevatterin, hier ist Aalsuppe

von Lore. Ich vermute, man muss sie in den Kessel füllen und aufwärmen.«

»Dann tut es«, erwiderte sie verschnupft.

»Auch ich habe Eure Gunst verloren?«

»Aalsuppe von Lore. Und ich habe Euch Pasteten gebacken. Aber sei's drum.«

Sie stand auf und wollte gehen.

»Bleibt, Frau Ellen«, sagte Henning leise. »Ich mag Eure Pasteten.«

»Ja, bleibt, Gevatterin. Und teilt die Suppe mit uns.«

»Mhm. Bei einem solchen Wortschwall kann ich wohl kaum widerstehen.«

Sie ergriff den Krug und verschwand in der Hütte.

»Ich werde in Kürze Beisasse dieser Stadt, Henning. Willst du dich ebenfalls bewerben?«

»Nein, Meister.«

»Was für Pasteten?«

Ein Lächeln huschte über Hennings Gesicht.

»Süße.«

Ellen kam zurück und meinte: »So, ich habe den Kessel übers Feuer gehängt. Wird nicht lange dauern.«

Sie setzte sich wieder auf die Bank, und Crea hüpfte vor ihren Füßen hin und her. Ein paar Brotkrümel wurden gierig aufgepickt.

»Gevatterin Ellen, kennt Ihr einen Mann namens Karol?«

»Kenn ich. Warum?«

»Wie ist sein Leumund?«

Sie schnaubte durch die Nase.

»Mal so, mal so. Je nachdem, wen Ihr fragt.«

»Und wenn ich Euch frage?«

»Dann ist er ene Roppjung.«

»Lore nannte ihn ene Undauch. Frau Enna hingegen hält ihn für nett und höflich.«

»Er spielt den Honigschmierer, wenn er was errei- chen will. Die Myntha hat er auch betört. Ist auch nicht schwer, wo sonst alle wegsehen. Ich hoffe, er wird ihr nicht das Herz brechen. Oder ihr einen Bankert anhän- gen.«

»Warum warnt Ihr sie nicht vor diesem Karol?«, wollte Henning wissen.

»Versuch ein betörtes Weib zu warnen… Aber Myntha ist schon klug, und sie weiß, dass er in zwei Monaten wieder auf Handelsreise geht.« Ellen warf auch Creky und Cress ein paar Krumen hin. »Außerdem weiß sie, was für ein Lump sein Vater war.«

»War er?«

»Ein Betrüger und Quacksalber war er. Dreimal hat er am Pranger gestanden. Schlechte Ware, gefälschte Ware, gepanschte Ware. Und man munkelt, dass er sich mit seinem selbst gemischten Laudanum vergiftet hat.«

»Und seinem Sohn war er der Lehrmeister, wie es aus- sieht. Ich werde wohl mal nach Deutz reiten und mich mit dem Kerl unterhalten.«

»Um was herauszufinden?«

»Wem er alles seinen Weihrauch verkauft hat. Aber nun sollte die Suppe heiß sein.«

Sie war es und schmeckte köstlich, und die süßen Pas- teten rundeten ihr Mahl ab.

45. Kapitel

Ein nächtlicher Schauer hatte den Staub auf dem Weg niedergedrückt, aber auch einige Pfützen gebildet. Der Wagen holperte und schwankte in den Radspuren, und Myntha musste sich am Sitz neben ihrem Vater festhalten, um nicht herunterzufallen. Dennoch war sie froh, dass ihr die Möglichkeit geboten wurde mitzufahren, statt den Weg nach Deutz zu Fuß zu gehen. Reemt summte und brummte eine nicht ganz melodische Weise vor sich hin, und sie selbst hing ihren Gedanken nach.

Lore hatte sie auf die Idee gebracht, Frau Alyss zu besuchen und mit ihr über die Bewerbung des Rickel Moelner zu reden. Ihr Vater hatte beifällig genickt und gemeint, dass der Rat einer Frau recht nützlich sein könnte.

»Ich wünschte, deine Mutter könnte dir zur Seite stehen, Kind. Aber Frau Alyss ist ein vernünftiges Weib. Auf ihre Weisung solltest du hören.«

»Das werde ich, Vater. Aber du wirst es möglicherweise auch tun müssen.«

»Man wird sehen.«

Nicht nur Frau Alyss, auch Frau Josepha, die Beginenmeisterin, würde sie aufsuchen. Den Beginen gehörte eine der Rheinmühlen, und über sie würde sie vielleicht etwas mehr über den Müller und seine biestige Schwester erfahren. Außerdem nahm sie sich vor, Bilke im Kloster einen Besuch abzustatten, um zu erfragen, wie weit ihre Bestrebungen gediehen waren, in den Konvent am Eigelstein zu wechseln.

Zwei angenehme Tage standen ihr bevor.

Sie trösteten sie darüber hinweg, dass sie auf Karols Aufmerksamkeiten verzichten musste. Er war am Abend zuvor vorbeigekommen und hatte sie eingeladen, mit ihm in der Heide Kräuter zu sammeln. Gut, schicklich wäre das nicht gewesen, aber verlockend...

Besser, sie saß jetzt auf dem Wagen und rumpelte Richtung Deutz, wo Reemt den Holzhändler aufsuchen wollte. Mit der Fähre dort würde sie in Köln am Leyenstapel anlanden, und von dort waren es nur wenige Schritte bis zum Haus in der Witschgasse.

Reemt beendete sein gebrummtes Liedchen und wandte sich Myntha zu.

»Du wirst Bilke doch nicht wieder Rosinen in den Kopf setzen?«

»Was meint Ihr damit, Vater?«

»Wegen Haro, Mädchen. Der hat furchtbare Angst.«

»Sagt nur, hat er mit Euch über Bilke gesprochen?«

»Nein, natürlich nicht. Aber hast du es nicht bemerkt? Als du heute Morgen gesagt hast, dass du sie besuchen willst, hat er sein Frühmahl nicht gegessen und wäre beim Ablegen fast ins Wasser gefallen.«

»Er ist ein Holzkopp. Was hat er gegen Bilke? Sie ist eine hübsche Jungfer mit viel Verstand und mag ihn trotz seiner Stoffeligkeit.«

»Er will nicht verkuppelt werden.«

»Er ist einunddreißig. Er braucht ein Weib.« Und dann fügte sie einigermaßen giftig hinzu: »Auch Mollie wird nicht jünger.«

Ihr Vater wurde dunkelrot im Gesicht. Aber er blieb stumm.

Ihr Pfeil hatte getroffen.

Den Rest des Weges legten sie in Schweigen zurück, doch als sie an der Fährstelle in Deutz ankamen, murmelte Myntha: »Verzeiht. Ich war vorlaut.«

»Mhm. Hast ja recht. Und nun geh, grüß den Ferer Bartolo. Er wird dich ohne Fährgeld übersetzen.«

Myntha nahm ihr Bündel auf und ging zum Anlegesteg. Die Fähre befand sich eben in der Mitte des Flusses und würde in Kürze anlegen. Ein Trüppchen Händler, vier Mönche und zwei Maultiere, hoch beladen, warteten mit ihr. Als sie die Fähre betrat, verschleierte sie wie gewohnt ihr Gesicht.

Frau Alyss empfing sie mit Herzlichkeit, wies ihr ein Bett in der Mädchenkammer zu und scheuchte sie sodann ins Kontor, wo sie zusammen mit Thomas die Eintragungen ins Registerbuch vornehmen sollte.

»Nach dem Mittagsmahl können wir uns unterhalten, Myntha, aber heute Vormittag gibt es viel zu tun.«

Sie machte die zugewiesene Arbeit gern, und Thomas war ein gutmütiger Geselle, der sie mit einigen launig erzählten Begebenheiten aus dem Hauswesen zu unterhalten wusste. Der junge Spitz sorgte nach allem, was sie hörte, für allerlei Turbulenzen. Er hatte Master Johns

Stiefel erlegt, eine Schweinshaxe geklaut, war dem Gänserich an die Federn gegangen und hatte sich von den beiden Katern eine blutige Nase eingefangen.

Die Zeit verflog im Nu, die Eintragungen waren erledigt, ein schmackhaftes Essen wartete auf sie, und dann bat die Hausherrin sie in ihre eigene Kammer.

»Ich nehme an, du willst dich ungestört mit mir unterhalten, Myntha. Gibt es wieder Schwierigkeiten?«

»Nein, eigentlich nicht, Frau Alyss. Im Gegenteil, es hat sich ein Mann um meine Hand beworben.«

»Aha. Ein würdiger?«

»Rickel Moelner. Ihm gehören die Rheinmühlen.«

»Moelner… der Einäugige?«

»Ja, Frau Alyss.«

»Ist ein bisschen alt für dich, was?«

»Ich bin ja auch nicht mehr jung.«

»Das sagst du. Aber er muss die vierzig schon überschritten haben, oder?«

»Ja, so in etwa.«

»Aber gut, wenn es dich nicht stört.«

»Nein, das nicht.«

»Sondern?«

Myntha berichtete ihr von den Verhandlungen über die Mitgift, und Frau Alyss hörte ihr aufmerksam zu.

»Ein wenig geldgierig, die Swinte, will mir scheinen.«

»Ja, ich kam mir vor wie ein Huhn auf dem Markt.«

»Will der Rickel dich heiraten, oder ist es ihr Einfall, dass ihr Bruder endlich ein Weib nehmen soll?«

»Mhm. So habe ich die Sache noch gar nicht betrachtet.«

»Er hat sich bisher noch nicht die Mühe gemacht, dich näher kennenzulernen, sagtest du.«

»Nein. Er wirkt ein wenig schüchtern.« Und plötzlich musste Myntha lachen. »O Gott, ich mache ja dasselbe mit meinen Brüdern auch.«

»Ehefrauen für sie suchen?«

»Ja. Sie sind ebenfalls so furchtbar schüchtern. Aber, Frau Alyss, ich würde nie um eine Mitgift schachern.«

»Nein. Aber das ist ein zweites Problem. Betrachten wir das deine zunächst genauer. Du würdest den Rickel Moelner zum Mann nehmen, habe ich deinen Worten entnommen. Nicht der Zuneigung wegen, sondern aus Gründen der Sicherheit. Dagegen spricht nichts, wenn ihr freundschaftlich miteinander auskommt. Er führt ein ordentliches Geschäft, scheint ein angesehener Mann zu sein und besitzt ein eigenes Haus. Ich werde weitere Auskünfte über ihn einholen, und John wird sich ebenfalls nach ihm erkundigen. Was, außer der Tatsache, dass Frau Swinte so hart um die Mitgift verhandelt, verursacht dir Unbehagen?«

»Die Frau Swinte selbst.«

»Ein herrisches Weib, das seinen Bruder am Gängelband führt. Verstehe. So jemanden möchte man nicht im Haus haben. Also müssen wir eine Möglichkeit finden, um sie aus dem Weg zu räumen.«

»Lore empfahl ein scharfes Messer.«

»Ihr bevorzugter Ratschlag. Zusammen mit einem ebenso scharfen Schnabel. Aber, Myntha, den hast du nicht.«

»Nein, ich habe nur den Teufel im Leib.«

»Den Frau Swinte noch nicht entdeckt hat? Oder dem sie mit Gelassenheit entgegensieht?«

»Auch so eine Frage. Möglich wäre, dass ihr Bruder die Bewerbung zurückzieht, sowie er Gerüchte darüber hört.«

»Oder du ihm diese kleinen Teufelchen mal zeigst. Kannst du sie unter Verschluss halten?«

Das war eine ernsthafte Frage. Eine, die sie ernsthaft nicht mit einem klaren Nein beantworten konnte.

»Ich sehe schon«, sagte Frau Alyss. »Ja, ich sehe schon. Und Frau Swinte ist nicht die Mildeste. Es könnte unerträglich werden. Nun gut, gehen wir erst einmal davon aus, dass der Rickel weiterhin eine Heirat in Erwägung zieht, dass er und dein Vater sich auf eine vernünftige Mitgift einigen und die Ehe rechtens geschlossen wird. Dann müssen wir Vorsorge treffen, dass euer Zusammenleben ohne Reibungen verläuft. Du weißt ja, meine erste Ehe war nicht eben glücklich, und ich sah mich gezwungen, die Brautschatzfreiung durchzusetzen. Mit einem solchen Akt sollte man natürlich nicht beginnen, aber ich denke, ein ordentlicher Ehevertrag könnte recht nützlich sein.«

»Ehevertrag?«

»Mitglieder der großen Häuser schließen gewöhnlich solche Verträge. Sie regeln den Besitzstand, die Erbfolge, die Rechte und Pflichten der Eheleute und vieles andere mehr. Da es sich in deinem Fall um eine Vereinigung zweier Personen gleichen Standes handelt und auch nicht um eine Friedelehe, sehe ich keinen Grund, auf einen Ehevertrag zu verzichten.«

»In dem auch das Hauswesen und seine Mitglieder festgelegt werden können.«

»Zweifelsohne. Magister Jakob, denke ich, wird sich befugt fühlen, einen Vertrag zu entwerfen, der all deine Wünsche berücksichtigt – sofern sie rechtens sind.«

»Oh ja, Magister Jakob wird wunderbar befugt sein. Soll ich ihn aufsuchen?«

»Nein, Myntha, das überlass mir.«

»Danke auch, Frau Alyss. Ich wusste doch, dass ich bei Euch guten Rat finde.«

»Es wäre besser, eine Mutter stünde dir bei. Aber nun …«

»Ich wollte auch Frau Josepha aufsuchen.«

»Die ebenfalls guten Rat wissen wird. Thomas begleitet dich zum Eigelstein und holt dich zur oder nach der Vesper wieder ab?«

»Ich bleibe zur Vesper.«

»Schön.«

Frau Alyss strich ihr mit den Fingern leicht über die Wange. Dann erhob sie sich, und Myntha folgte ihr in den Hof, wo Thomas zur Pflicht gerufen wurde.

Frau Josepha stand bei den Seidweberinnen und begutachtete die schimmernden Bahnen auf den Webstühlen. Eine der wichtigsten Einnahmequellen der Beginen waren diese kostbaren Stoffe, obgleich diese Tätigkeit von den zünftigen Weberinnen der Stadt nicht gerne gesehen wurde und es darüber dann und wann Schwierigkeiten mit dem Rat gab. Doch derzeit herrschte Frieden an der Weberfront.

»Ah, Myntha. Schön, dass du uns besuchen kommst. Geht es deiner Familie gut? Ist Enna gesund? Hat sich die Pilgerin wieder erholt?«

»Alles das, und Lore ist auch wieder bei uns. Frau Josepha, habt Ihr eine Weile Zeit für mich? Ich brauche Euren Rat.«

»Natürlich. Folge mir, Kind. Wir gehen in meine Stube. Obwohl es da unter dem Dach ziemlich heiß wird. Nun, nehmen wir uns einen kalten Most mit.«

Frau Josepha, im grauen Gewand, das weiße Gebende straff um das Haupt gelegt, eilte beschwingten Schrittes voran. Myntha bekam einen Korb Gebäck in die Hand gedrückt – was nicht unerwartet geschah, denn die füllige Beginenmeisterin war eine Freundin guten Essens – und eilte hinter ihr her in die Kammer. Ein großer Raum zwar, doch fing sich die Sonnenwärme unter dem Schindeldach, und nur ein sehr mildes Lüftchen wehte durch die kleinen Fenster hinein. Aber sie waren ungestört hier oben.

»Nun? Geht es um deine Freundin Bilke?«

»Um die auch. Ich hoffe, die Verhandlungen mit ihrem ritterlichen Vater sind bald abgeschlossen.«

»Von unserer Seite steht ihrem Beitritt in unsere Gemeinschaft nichts entgegen.«

»Das freut mich zu hören. Doch ich bitte Euch, mir, wenn möglich, die eine oder andere Auskunft zu geben. Es hat sich nämlich ein Bewerber gefunden.«

Myntha berichtete auch der Beginenmeisterin von Rickel und Swinte Moelner und Frau Alyss' Vorschlag, einen Ehevertrag aufzusetzen.

»Ein vorzügliche Idee, Myntha.«

»Ja, ich denke auch. Aber... Frau Josepha, der Konvent besitzt doch auch eine der Mühlen.«

»Oh ja!« Die Beginenmeisterin biss in das dritte Stück Backwerk und leckte sich dann die Fingerspitzen ab. »Sehr einträglich, das Mühlengeschäft, solange der Rhein weder Hochwasser noch Eisschollen führt. Der Moelner ist ein wohlhabender Mann.«

»So hörte ich.«

Frau Josepha zwinkerte.

»Das Auge, Kind, hat er verloren, als ein Steinsplitter ihn traf. In sehr jungen Jahren, erzählt man. Stört es dich?«

»Sicher weniger als ihn.«

»Er hat den Ruf, redlich zu wirtschaften, doch er lebt recht zurückgezogen. Die meisten Verhandlungen führt seine Schwester.« Frau Josepha zupfte an ihrem Gebende und lockerte es ein wenig. »Eine schwierige Frau. Nach außen sehr süß und nett, doch innerlich hart wie Granit.«

»So erschien sie mir auch. Sie ist nicht verheiratet?«

»Doch. War sie. Aber der Mann starb vor – weiß nicht – sicher zehn Jahren. Sie hatte keine Kinder. Seither führt sie dem Rickel das Haus. Nicht schlecht, muss ich betonen.«

»Bestimmt nicht.«

»Sie ist eine vernünftige Frau, nach allem, was ich von ihr weiß. Auch wenn ihr die Herzlichkeit abgeht, die etwa Frau Alyss an den Tag legt.«

»Ich... ich habe das Gefühl, dass sie es ist, die ihren Bruder verheiratet sehen möchte.«

»Nun, das liegt doch auf der Hand, Myntha.«

»Tut es das?«

Frau Josephas Finger schwebten über dem Gebäck-körbchen, dann aber zog sie sie zurück und lächelte.

»Manche Frauen scheuen sich davor, sich mit einem Einäugigen zu vermählen.«

Das war ein Umstand, den Myntha noch nicht be-dacht hatte. Sie sann kurz darüber nach und nickte.

»Deshalb würde sie auch meinen Makel in Kauf neh-men.«

»Zum Beispiel.«

»Aber trotzdem – sie hätte ihn schon lange verheira-ten können.«

»Sie sucht ja auch schon eine Weile nach einem Weib für ihren Bruder.«

»Ach so.« Noch eine bemerkenswerte Tatsache. »Und warum?«

»Aber Kind, sei nicht blöd. Sie selbst hat keine Kinder, wird in ihrem Alter auch keine mehr bekommen, aber sie will das Erbe ihres Bruders retten.«

Myntha ärgerte sich – darauf hätte sie selbst kommen können. Und dann wurden ihr die Folgen aus dieser Er-kenntnis klar: Sie war eine begehrte Person. Frau Swinte mochte zwar feilschen wie ein Pferdehändler, aber wenn Myntha die Bewerbung ablehnte, würde sie ein anderes Weib ausfindig machen müssen, das sich bereit erklärte, ihren schüchternen, ältlichen, einäugigen Bruder zum Mann zu nehmen.

»Vielen Dank, Frau Josepha. Ihr habt mir viel gehol-fen.«

»Habe ich das?«

»Nun ja, Ihr habt mir meinen Wert aufgezeigt. Bisher habe ich mich, Ihr wisst schon weswegen, für ziemlich wertlos gehalten.«

Josepha sah sie kopfschüttelnd an.

»Dass du so denkst, Kind. Der Herr hat dir einen klugen Kopf und ein gefälliges Aussehen gegeben, dein Vater ist ein ehrenwerter Mann, und dass du von einem gewissen feurigen Temperament bist, schadet einem zurückhaltenden Mann wie dem Rickel sicher nicht.«

Myntha lächelte, nahm das letzte Gebäckstück aus dem Korb und biss hinein. Dann sagte sie: »Ich werde das bei der nächsten Verhandlung berücksichtigen. Und auch meinem Vater ans Herz legen.«

»Schön, Myntha. Dann halte mich auf dem Laufenden, und wenn ich dir weiter behilflich sein kann, zögere nicht, mich zu fragen.«

»Danke, Frau Josepha. Morgen werde ich zu den Machabäern gehen und schauen, wie es um Bilke bestellt ist. Ich hoffe wirklich, dass sie bald hier ein Heim findet.«

»Man wird sehen.« Frau Josepha zwinkerte erneut, und Myntha hatte plötzlich den Eindruck, dass die Beginenmeisterin recht wohl wusste, welche Absichten sie hegte.

»Ja, wird man«, sagte sie.

Die restliche Zeit bis zur Vesper verbrachte sie mit den Seidweberinnen, denen sie half, die fertigen Stoffe zu falten und zu verpacken und dabei allerlei Klatsch auszutauschen. Auch das reichliche Vespermahl nahm sie in dem Kreis der Frauen ein, dann begleitete Thomas sie wieder zur Witschgasse.

An der Klosterpforte wurde sie am nächsten Morgen umgehend eingelassen, nur war es Schwester Bernardine, die sie empfing.

»Bilke haben wir in die Infirmerie gebracht, Jungfer. Es hat sie eine böse Sommergrippe niedergeworfen.«

»Geht es ihr sehr schlecht?«

»Besser als noch vor zwei Tagen. Sucht sie auf, aber anstrengen und aufregen sollte sie sich nicht.«

Die Krankenstube war ein lichter Raum mit vier Betten, aber nur eines war derzeit belegt. Bilke, blass und mit dunklen Ringen unter den Augen, saß mehr in den Polstern, als dass sie lag. Als Myntha zu ihr trat, zog sich ein Leuchten über ihre Miene.

»Haselnüsse gegessen?«

»Nein, keine einzige. Aber wir haben die Findelkinder besucht. Und Schwester Bernardine glaubt, dass die Dünste in den engen Räumen mich krank gemacht haben. Ach, Myntha, was für ein Elend. Diese kleinen ausgesetzten Würmer werden notdürftig von zwei schmutzigen alten Vetteln versorgt. Die Hälfte stirbt ihnen unter den Händen weg.«

»Eine Aufgabe, der sich die barmherzigen Schwestern widmen sollten.«

»Das hat Magistra Gesine auch gesagt. Ich würde ja helfen, aber dann packte mich das Schütteln und das Gliederreißen...«

»Noch immer so schlimm?«

»Nein, inzwischen geht es wieder.« Und dann huschte ein weiteres Lächeln über ihr Gesicht. »Meine Mutter hat viel zur Heilung beigetragen. Sie kam gestern, Myntha. Und sie hat mir versichert, mein Vater habe zugestimmt, dass ich zu den Beginen gehen darf. Sowie ich das Bett verlassen kann, werde ich das graue Gewand anlegen.«

»Das freut mich. Ich sende dir Grüße von Frau Josepha.«

Myntha berichtete von ihren Unterredungen mit den beiden klugen Frauen und von ihren eigenen Überlegungen.

»Na, denn wirst du bis zum Ende des Jahres wohl unter der Haube sein«, fasste Bilke zusammen.

»Ja, das könnte sein. Und du hoffentlich auch. Wir müssen Haro nur noch ein klein wenig mehr schubsen. Aber ich glaube, er hätte schon recht gerne ein Weib, das sich um ihn kümmert. Und das ihm das Bett wärmt.«

»Tja.«

Bilke errötete.

»Das gehört dazu.«

»Tja.«

»Er wurde sehr zappelig, als ich verkündete, ich wolle dich besuchen.«

»Ah.«

»Ich werde mal sehen, wie er reagiert, wenn ich berichte, dass du leidend auf dem Krankenlager dahinsiechst.«

»Du bist böse, Myntha!«

»Manchmal muss man das sein.«

Bilke nickte und kuschelte sich tiefer in ihre Decken.

Beide schwiegen sie einträchtig eine Weile, dann begann Bilke wieder zu reden.

»Die Pförtnerin, Schwester Edwina, bangt noch immer.«

»Eine gerechte Strafe.«

»Und wie es aussieht, sind ihre Verfehlungen weit größer gewesen, als wir dachten. Stell dir vor, der Mann, mit dem sie sich getroffen hat, war auch am Abend bei ihr, als es in der Kirche brannte.«

»Hat sie das gestanden?«

»Ja, nachdem wir den Becher unter dem Efeu am Pförtnerhäuschen gefunden haben. Und Schwester Agatha sich erinnerte, dass Edwina nicht beim Löschen geholfen hat. Das dumme Ei behauptet, nichts von dem Brand mitbekommen zu haben. Aber vermutlich war sie trunken und hat die Sache verschlafen.«

»Äußerst pflichtvergessen. Aber das bedeutet nicht, dass der Mann an jenem Abend bei ihr war.«

»Doch, war er. Er hat den schweren Wein mitgebracht. Edwina hat nämlich unter höchster Seelenpein gegenüber der Novizin Maria alles ausgeplaudert. Und die hat es dann den anderen Novizinnen weitergetratscht.«

»Auch den Namen ihres Geliebten genannt?«

»Nein, darüber schweigt sie sich aus.«

Myntha stand auf und ging einige Schritte im Raum hin und her. Ein Räucherpfännchen stand auf dem Tisch, ausgebrannt zwar, aber immer noch duftend. Wie üblich hatte man Wacholder verbrannt, stellte sie fest. Das Harz, dessen Dämpfe die Lebensgeister stärkten. In dem Töpfchen daneben lagerte noch ein weiterer Vorrat.

Sie öffnete den Deckel und spähte hinein. Harzklümpchen, dunkle und helle. Eines nahm sie heraus und erkannte das goldene Olibanum.

»Eine kostbare Mischung, mit der man die Krankenstube ausräuchert«, stellte sie fest.

»Ach ja. Das ist das Zeug, das man damals Magistra Rotraut angedreht hat. Das ist noch nicht mal zur Hälfte echter Weihrauch. Bei der Messe wollten sie es nicht verwenden, also hat die Schwester Infirmaria es für sich verlangt.«

»Hier ist es sicher nützlich ...«

Ein seltsamer Gedanke flog Myntha an.

»Hat die Pförtnerin eigentlich auch berichtet, wie sie den Mann kennengelernt hat? Ich meine, die Nonnen haben doch kaum Gelegenheit, aus dem Kloster zu kommen.«

»Nein, aber an der Pforte klopfen schon allerlei Leute. Pilger, Verwandte, Geistliche ...«

»Und Händler und Handwerker.«

»Ja, die natürlich auch.«

»Diebe, Mörder und Brandstifter.«

Bilke fuhr aus den Kissen auf.

»Du meinst ...«

»In der Kirche befinden sich einige recht wertvolle Dinge. Monstranzen, Kelche, Kerzenleuchter. Alles ist aus gediegenem Silber, manches sogar mit Gold und Edelsteinen verziert.«

»Ja, aber das sind heilige Gegenstände.«

»Die nichtsdestotrotz viel Geld wert sind. Selbst unser kleines Kirchlein hat man ja mal versucht zu plündern. Nur dass der Dieb mitten auf dem Rhein gefasst wurde.«

»Ach ja, die Gottestracht.«

»Könnte doch sein, dass ein Dieb die arme Schwester Edwina betört hat, um nachts unbemerkt in die Kirche zu gelangen.«

»Ja, aber warum ist er dann zweimal gekommen?« Myntha lachte leise auf.

»Weil wir beide ihm beim ersten Mal einen Strich durch die Rechnung gemacht haben. Erinnerst du dich? Man hat unseren Ausflug entdeckt und ein großes Spektakel veranstaltet.«

»Autsch, ja. Das Schlachtross Agatha hat es mir nie verziehen, dass ich ihr die Peitsche entwendet und ihr ein paar ordentliche Striemen verpasst habe.«

»Für die ich dir ewig dankbar sein werde. Der Dieb allerdings nicht. Also hat er es am nächsten Tag noch einmal versucht. Hat Edwina trunken gemacht und ist dann auf leisen Sohlen zur Kirche geschlichen.«

»Wo dummerweise Magistra Rotraut ihre Vigilien hielt, ihn bemerkte und zur Rede stellte.«

»Möglich, nicht?«

»Und er sie niederschlug…«

»Und ohne Beute verschwand? Nein. Sie werden miteinander gerungen haben, eine Kerze fiel um, der Brand entstand, und er musste fliehen. Sie hingegen stolperte, blieb bewusstlos liegen und wurde das Opfer der Flammen.«

»Also Mord und Totschlag.« Bilke verknotete die Finger miteinander. »Ich glaube, wir müssen das der Oberin sagen, Myntha. Und sie muss auf Schwester Edwina einwirken, dass sie den Namen des Mannes nennt.«

»Ja, das muss getan werden.«

Bilke schob die Decke beiseite und wollte aufstehen. Dabei schüttelte sie ein wilder Hustenanfall.

»Bleib liegen, Bilke. Ich suche Magistra Gesine auf und erläutere ihr unsere Gedanken. Sie scheint eine kluge Frau zu sein und wird das nicht als Hirngespinst abtun.«

Mit einigen energischen Bewegungen drückte Myntha ihre Freundin in die Polster zurück und zog die Decke wieder über sie. Bilkes Husten legte sich, aber sie wirkte jetzt noch etwas blasser als zuvor.

»Schwester Bernardine wird mit mir schimpfen. Ich sollte dich nicht aufregen und nicht anstrengen. Bleib liegen. Ich hole die Infirmaria. Sie soll dir etwas heiße Milch mit Honig und Kräutern bringen.«

Bilke nickte dankbar und keuchte ein wenig von der Anstrengung des Hustens.

»Du musst schnell gesund werden, Bilke. Ein neues Leben wartet auf dich.«

Myntha gab ihrer Freundin ein kleines Küsschen auf die Wange und eilte aus dem Raum, um die Krankensorgerin zu suchen.

Magistra Gesine hörte ihr mit im Schoß gefalteten Händen zu, bis sie ihre Darstellung der Vorgänge ausgeführt hatte.

»Nun denn – ich hatte angeordnet, dass über diesen Vorfall nicht weiter gemutmaßt werden sollte. Aber diese… mhm… Verfehlungen der Pförtnerin sind augenscheinlich Gegenstand eifriger Tuscheleien geworden. Deine Überlegungen, Myntha, sind nicht ganz von der Hand zu weisen. Und verursachen mir ein gewisses Grauen.«

»Ja, mir auch. Magistra Rotraut war streng, und übermäßige Strenge verleitet dazu, Auswege zu suchen.«

»So wie du es auch getan hast. Ja, das verstehe ich. Ich werde eine Untersuchung einleiten.«

Myntha neigte den Kopf und wurde mit einigen freundlichen Worten entlassen.

Gedankenschwer wanderte sie zur Anlegestelle und zog die Fahne hoch.

46. Kapitel

Das Gewissen lastete wie ein Eisenjoch auf Karols Schultern. Seit Tagen verfolgte ihn das Bild des zähnestarrenden Dämons, den Volmarus ihm gezeigt hatte. Ein furchtbares Geschöpf mit einem riesenhaften Kopf und glühenden Augen, mit spitzen Reißzähnen und langen Krallen war es, blutrot und geifernd. Er würde ihn peinigen, hatte der Vikar gedroht. So lange, bis er seine Buße getan hatte. Und so war es auch. Nacht für Nacht schlich sich das Ungeheuer in seine Träume, er wachte schweißüberströmt auf und vermeinte schon, die giftigen Reißzähne an seiner Gurgel zu fühlen.

Es musste ein Ende haben.

Nur dumm, dass Myntha wieder einmal nach Köln gezogen war. Weder bei der Weinhändlerin noch bei den Beginen oder im Kloster würde er ihrer habhaft werden. Aber sowie sie heimkehrte, musste er eine Möglichkeit finden, sie zu einem heimlichen Stelldichein zu überreden.

Es konnte doch nicht so schwierig sein. Sie tändelte gerne, und das Kosen gefiel ihr. Und da gab es unten am Ufer das Nestchen, das er gebaut hatte: ein Unterstand aus belaubten Zweigen, den Boden hatte er mit Moos ausgepolstert, ein paar wilde Blümchen wuchsen dort ebenfalls, und mit Mollie und einer jungen Wäscherin hatte er sich in diesem lauschigen Hort mit großem Erfolg vergnügt. Ja, er wusste, wie man den Maiden Lust bereitete.

Und einen kleinen Nachen hatte er auch schon ausgespäht, den er ganz in der Nähe ans Ufer ziehen würde. In eine Decke gewickelt würde er Myntha zum Pfarrhaus bringen. Wenn er sie dazu fesseln und knebeln musste, tat ihm das zwar leid, aber es würde ihn endlich von diesen bösen Heimsuchungen befreien.

Ob es sein Gewissen beruhigen würde, war eine andere Frage.

Er hatte auf leicht verdientes Geld gesetzt. Er hatte geglaubt, klüger als sein Vater zu sein. Der Alte hatte sich ein paar Mal ertappen lassen mit seinen Panschereien. Der Pranger, das wusste er nur zu gut, war kein angenehmer Aufenthaltsort. Nicht nur, dass es eine schmerzhafte Erfahrung war, man war auch dem Hohn und den Demütigungen durch die Schaulustigen ausgeliefert.

Verdammt, er hatte den Vikar unterschätzt. Oder besser, er hatte die Wirkung seiner Mischung unterschätzt. Wie dumm, dass der Ministrant mit dem Weihrauchschwenker umgefallen war. Eigentlich hätte Volmarus den betäubenden Rauch genießen sollen. Aber der hatte oben auf den Altarstufen gestanden, während der Junge unten mit dem Weihrauch herumwedelte.

Und dann hatte dieser Rabenmeister auch noch eingegriffen und war misstrauisch geworden. Der Mann war gefährlich.

Sowie er Myntha bei Vikar Volmarus abgeliefert hatte,

würde er selbst verschwinden. Am besten Richtung Aachen, um sich dem Handelsherrn Wolter van Duytz als pflichteifrigen Gehilfen anzubieten.

47. Kapitel

Bislang hatte Frederic das Städtchen Deutz nur aufgesucht, um dort die Fähre zur anderen Rheinseite zu benutzen. Doch diesmal wollte er sich ein wenig mehr umsehen. Als er durch das Tor ritt, bemerkte er die Reste eines trutzigen Wehrturms, der das Bild des Städtchens beherrschte. Wie auch Mülheim war Deutz häufig Zankapfel zwischen Köln und den Grafen von Berg gewesen, gehörte nun aber zum kurkölnischen Land. Das Kloster Sankt Heribert und die Kirche Sankt Urban waren die auffallendsten Gebäude, um die herum sich die zahlreichen kleinen Häuser der Bewohner gruppierten. Hier begann auch die Brüderstraße, der wichtigste Handelsweg aus dem Bergischen Land und zudem eine günstige Verbindung nach Frankfurt, wo die großen Handelsmessen stattfanden. Auch als Pilgerstraße wurde dieser Weg oft benutzt.

Für Kaufleute und Handwerker war es ein vorzüglicher Ort, denn natürlich verfügte er auch über einen Hafen.

Frederic nahm sein Pferd am Zügel und durchstreifte die Gassen, schlenderte über die breite Durchgangsstraße und beobachtete das Treiben. Ein Badehaus lud mit dem aufgehängten Wedel ein, in die heiße Bütt zu steigen, ein Gasthaus mit angrenzender Schmiede bot seinem Ross Heu und Wasser an, was er in Meurics Namen gerne annahm. Die Dienste einer feschen Dirne lehnte er höflich ab, doch der Duft nach gebratenen Hühnern lockte ihn in eine gut besuchte Taverne. Es war eine, die ein besseres Publikum anzog. Nicht Hafenarbeiter und Tagelöhner, sondern Herren in sauberen Wämsern und Samtkappen saßen an gescheuerten Tischen und ließen sich die gegrillten Fleischstücke schmecken. Er setzte sich zu zwei Graubärten, die ihn höflich grüßten, und bestellte sich ebenfalls ein Essen.

»Nehmt das Bier, Fremder. Der Wein ist sauer, aber brauen kann die Wirtin«, wurde ihm empfohlen. So tat er das auch und war mit dem Getränk zufrieden. Eine Weile lauschte er dem Durcheinander der Stimmen, fand dabei heraus, dass man sich überwiegend über die Angelegenheiten des Marktes unterhielt, und nahm das zum Anlass, seine beiden Tischgenossen ebenfalls ins Gespräch zu ziehen. Beifällig wurde aufgenommen, dass er sich als Mülheimer Beisasse vorstellte, der sich dem Bogenbau widmete.

»Von denen gibt es wenige hier. Die haben noch nicht einmal eine eigene Zunft.«

»Das ist richtig. Die meisten Bogen werden eingeführt. In England versteht man sich auf die Herstellung.«

»Dann ein gutes Gelingen Euch, Meister Bogner.«

»Bowman, Frederic Bowman.«

Der eine Graubart lachte auf.

»Dort, wo Ihr herkommt, habt Ihr also Eure Kunst gelernt. Ich handle mit Harnischen und mein Freund hier mit Lederwaren.«

Bei Hühnchen – ein wenig zäh, aber gut gewürzt – und

Bier unterhielten sie sich über die Möglichkeiten des Handels und der Transporte, und Frederic gelang es, das Gespräch auf den Weihrauch- und Gewürzhändler van Duytz zu lenken.

»Der Name sagt mir, dass seine Familie hier heimisch ist.«

»Ach ja, der Herr Wolter. Ein Handelsfahrer mit langjähriger Erfahrung. Hat das Haus seines Vaters schon vor den Verbundbriefkämpfen übernommen. Fährt seither jedes Jahr nach Venedig und hat bei seiner Rückkehr jeweils ein neues Kind gezeugt. Sechs Söhne und vier Töchter hat er.«

»Ein erfolgreicher Mann.«

»Gut gelitten und wohltätig. Seid Ihr ihm schon mal begegnet?«

»Ich hatte gehofft, ihn möglicherweise hier anzutreffen.«

»Kommt nächsten Monat wieder. Aber wenn Ihr Waren bei ihm bestellen wollt, könnt Ihr auch mit seinen Söhnen verhandeln.«

»Ich hörte von einem Karol, der ihm zur Hand geht.«

Die beiden Graubärte sahen sich an.

»Karol Wurzer. Meint Ihr den?«

»Ich kenne nur den Namen Karol und habe gehört, dass er für den Herrn van Duytz tätig ist.«

»Sagt man. Aber … wendet Euch an die Söhne. Die findet Ihr drüben in der Kirchgasse.«

»Dann danke ich Euch für Euren Rat. Solltet Ihr je mit Pfeil und Bogen auf die Jagd zu gehen wünschen, fragt nach mir.«

»Ich ziehe es vor, wenn mir die Tauben gebraten in den Mund fliegen, Bowman. Aber sollte ich von einem Jäger hören, denke ich an Euch.«

Frederic gab dem Wirt seinen Lohn und lobte das Bier der Wirtin, dann setzte er seine Erkundungen fort. Karol Wurzer schien nicht eben einen blendenden Ruf zu haben, und da sein Vater einige Male Bekanntschaft mit dem Pranger gemacht hatte, würden sich vielleicht die Marktaufseher an ihn erinnern.

Am Platz vor der Kirche standen etliche Buden, die das übliche Angebot aufwiesen. Töpfe, Tuchballen, gackernde Hühner, Gemüse in Körben, Käse, Fische, Drugwaren, Wachskerzen und vielerlei mehr. Zwischen den Kunden stolzierten die Marktaufseher umher, warfen kritische Blicke auf die Waagen und in die Maßbecher, einer schalt ein Marktweib aus, deren Fisch die Luft verpestete, ein anderer blickte eher gelassen über das Treiben. Ihn sprach Frederic an.

»Gewürze, Kräuter, Harze? Verkauft die Mette Wurzer manchmal noch. Aber seit drei Wochen hat sie ihren Stand nicht mehr aufgebaut«, beschied ihn der Marktmeister.

»Wurzer… Hat es da nicht mal Schwierigkeiten gegeben?«, wagte Frederic vorsichtig zu stochern. Der Marktmeister schnaubte.

»Der alte Wurzer war ein Quacksalber.« Mit dem Kinn wies er zum Pranger. »Den hat er mehrmals kennengelernt. Die Mette, sein Weib, ist auch nicht viel besser, aber sie muss die Tochter und deren Bankert durchbringen, und solange sie die Leute nicht vergiftet, verwarnen wir sie nur. Wenn Ihr gute Ware haben wollt, dann geht auf den Alter Markt dort drüben.«

Er wies auf die andere Rheinseite, wo die Türme von Groß Sankt Martin eindrucksvoll aufragten.

»Ich danke Euch für den Rat«, sagte Frederic und verbeugte sich höflich. Mehr brauchte er nicht zu erfahren. Das Bild, das er sich von dem Handelsgehilfen Karol gemacht hatte, reichte ihm, um den jungen Mann als Betrüger einzustufen. Immerhin, der Deutzer Markt bot etwas mehr Abwechslung als der in Mülheim, und er besah sich das Angebot mit einigem Interesse. Sein Blick fiel auf einen Stand, an dem ein Lederer seine Waren ausgebreitet hatte. Gürtel, Beutel, Taschen, Riemen, Handschuhe und – hier stutzte er – Häubchen, wie man sie den Jagdvögeln überstülpte.

»Ihr sucht etwas Bestimmtes, Herr?«, fragte der Händler, dessen beachtliche Wampe von einem Lederwams im Zaum gehalten wurde.

»Ich bin überrascht von Eurem Angebot. Dies sind Falkenhäubchen, richtig?«

»Wohl, wohl. Hat ein ritterlicher Herr bestellt, diese hier sind übrig geblieben. Ich mache Euch einen guten Preis dafür.«

Frederic nahm eines auf und betrachtete es prüfend. Es war ordentlich gearbeitet, hatte einen Messingknopf oben an der Spitze und Lederbändchen, um es zu befestigen.

»Wie viele habt Ihr davon?«

»Noch diese fünf. Ihr seid ein Falkner?«

»Ich habe drei junge Sperber. Die Häubchen könnten ein wenig zu groß sein.«

»Besser das als zu eng.«

Das war ein Argument. Und wenn er Glück hatte, würde er demnächst auch einen Habicht oder einen Falken zu sich nehmen. Er hatte schon darüber nachgedacht, John nach einem Hersteller von Falknerwerkzeug zu befragen, doch wenn der Händler ihm wirklich einen guten Preis machte, dann würde er diese Häubchen mitnehmen. Ein heftiges Feilschen folgte also, und nach kurzer Zeit waren sie sich einig. Er bekam noch ein Bündel langer, dünner Riemen dazugelegt und wollte eben die Geldstücke aus seiner Börse ziehen, als sein Blick auf einen schön gearbeiteten Handschuh mit langer Stulpe fiel. Er selbst hatte einen Falknerhandschuh, aber es wäre möglicherweise nützlich, wenn auch Henning einen besitzen würde.

Leise lächelte er in sich hinein. Der Junge wusste, was ein Federspiel war, konnte sie herstellen und hatte keine Angst vor den Vögeln. Ganz offensichtlich hatte er zuvor schon mit Beizvögeln gearbeitet. Es stand einem Knappen gut an, sich auf der Jagd um die Vögel seines Herrn zu kümmern.

Noch einmal begann er ein hartes Feilschen und war bald darauf auch Besitzer des Handschuhs.

Zufrieden mit seinen Untersuchungen und seiner Ausbeute kehrte er zu der Schmiede zurück, löste mit einigen Pfennigen sein Ross aus und machte sich auf den Rückweg.

Als er am Rheinufer entlangtrabte, bemerkte er das Lager einer Gauklertruppe auf den Wiesen. Es hatten sich zwei Zelte mit bunten Wimpeln, drei Kastenwagen und ein paar kleine, struppige Pferde zusammengefunden. Ein Trüppchen Menschen saß rund um ein Feuer, über dem ein an drei Streben aufgehängter Kessel hing. Frederic hielt an, um sich die Fremden anzusehen. Er war noch immer misstrauisch. Bei den wandernden Gesellen konnte sich sein brandstiftender Feind gut verstecken. Dann aber wurde seine Aufmerksamkeit gefesselt. Zwischen zwei Weiden war ein Seil gebunden, das ein wenig durchhing, und auf diesem Seil wackelte ein Geschöpf herum. Nicht eben anmutig, sondern eher hilflos. Es stolperte, fing sich wieder, blieb in verrenkter Pose auf dem Seil liegen, wickelte sich mit den Beinen darum und stand auf einmal wieder. Frederic wurde plötzlich klar, dass es sich nicht um Ungeschicklichkeit handelte, sondern im Gegenteil um eine Vorführung höchster Kunstfertigkeit. Und noch etwas setzte ihn in Erstaunen. Das Geschöpf war nicht, wie er zunächst vermutet hatte, ein Junge, sondern ein Mädchen. Ein junges, sehr hübsches, das ihn herausfordernd anlachte und dann einen Purzelbaum auf dem Seil vollführte.

Er klatschte anerkennend in die Hände, die Maid verbeugte sich wackelig und fiel auf den Boden.

Lächelnd gab Frederic seinem Pferd die Fersen und trabte weiter nach Mülheim.

Henning hatte einen Strohsack aufgestellt und schoss mit einem der neuen Bögen Pfeile hinein. Das schwarze Rußkreuz auf dem Sack hatte er offenbar schon etliche Male getroffen.

»Recht ordentlich«, sagte Frederic und glitt aus dem Sattel.

»Ich muss üben.«

»Sicher. Ohne das wird man kein Meister.«

Frederic streckte die Hand nach dem neuen Bogen aus und prüfte ihn. Er war sauber gearbeitet, die Sehne straff gespannt, das Holz glatt und matt schimmernd. Er nahm einen Pfeil, legte an und schoss ihn ins Ziel.

»Auf diese Entfernung nützlich. Ich hätte gerne eine Ente zum Abendessen.«

»Wie Ihr wünscht, Meister.«

»Aber vorher schauen wir nach den Sperbern.«

»Ich habe sie gefüttert.«

Frederic langte in die Tasche und reichte Henning die Häubchen. Der nahm sie ohne Überraschung an sich.

»Setz sie ihnen auf. Und dann hol sie aus dem Käfig.«

Damit übergab er ihm auch den Falknerhandschuh.

»Meister?«

»Der deine.«

Einen Augenblick schien der Junge sprachlos zu sein.

»Das …«

»Das kannst du.«

Henning schluckte. Dann nickte er.

»Ja, Meister.«

»Dacht ich mir.«

Der Junge drehte sich um und stakste zu den Käfigen. Einen Wimpernschlag lang vermeinte Frederic so etwas wie namenlose Trauer in seiner Miene gelesen zu haben.

48. Kapitel

Sie sah schrecklich elend aus, wie sie da in ihrem Bett lag«, schloss Myntha die Schilderung ihres Besuchs bei Bilke im Kloster. Haro rührte in seiner Schüssel mit Morgenbrei herum und sagte nichts.

»Sie wird doch wieder gesund?«, wollte die Großmutter wissen. »Hat man sie zur Ader gelassen?«

Myntha seufzte nur tief.

»Aderlass, wenn man den Zips hat?«, grummelte Lore.

»Sie war sehr, sehr bleich«, flüsterte Myntha.

Haro legte den Löffel nieder und stand auf.

»Hast du keinen Hunger mehr?«, fragte Witold und langte nach dem Napf.

»Friss dich nur voll. Ich geh und mach die Fähre bereit.«

Damit stapfte er aus der Küche.

»Hoffentlich fällt er nicht ins Wasser«, murmelte Reemt.

»Geht es Jungfer Bilke wirklich so schlecht?«

Agnes sah Myntha mit großen Augen an.

»Sie hustet noch ein bisschen, aber ich denke, nächste Woche ist sie kräftig genug, um ihren Einzug bei den Beginen zu halten.«

»Armer Haro«, sagte Witold und grinste Myntha an.

»Nun ja, vielleicht fällt ihm das nächste Mal, wenn

er sie sieht, mehr ein als ein tonloses ›Ähm‹. Er könnte sich beispielsweise nach ihrem Befinden erkundigen.«

»Und dann?«

»Hören, was sie ihm erwidert. Auf diese Weise kommen Menschen miteinander ins Gespräch.«

»Du hast eine spitze Zunge, Kind.«

»Ja, Vater. Und dein Sohn hat die seine verschluckt. Nun ja, warten wir ab, was passiert. Agnes, kommst du mit den Näharbeiten voran?«

»Ich muss nur noch die Borte am Saum annähen. Und Frau Enna hat das Hemd fertiggestellt. Am Sonntag kann ich das Gewand zum Kirchgang anziehen.«

»Sehr schön. Vater, ich hätte gerne ein neues Chapel für mich. Eines, das Frau Swinte beeindruckt, wenn sie das nächste Mal zum Feilschen kommt.«

»Wir wissen nicht, ob der Rickel sich weiter bewerben will.«

»Sie wird schon darauf drängen, Vater. Wie ich hörte, sucht seine Schwester bereits seit geraumer Zeit nach einem passenden Weib für ihn.«

»Sie?«

»Ja, die Frau Swinte. Sie will das Mühlenerbe retten. Darf ich auf dem Markt nach etwas blauer Seide und ein paar Perlen Ausschau halten?«

Die Feinheiten der weiblichen Listen zu ergründen lag dem Fährmeister ziemlich fern, aber er liebte seine Tochter und verstand, dass junge Maiden dem Putz zugetan waren.

»Du wirst gewandt zu handeln wissen. Frau Agnes wird dich begleiten.«

»Danke.«

Myntha half Lore noch die Schalen und Schüsseln zu reinigen und füllte dann ihren Beutel mit einigen kleinen Münzen. Sie legte gewöhnlich nicht sehr viel Wert auf Tand und Putz, aber Frau Josephas Rat hatte ihr bewusst gemacht, dass sie ein begehrtes Handelsgut war, und das wollte sie nun auch zeigen.

Wie üblich hatten sich die Bauern, Handwerker und Krämer am Platz vor der Kirche eingefunden, und bei dem Drugwarenhändler blieben Agnes und sie stehen. Neben getrockneten Kräutern und Früchten, Gewürzen und Kerzen bot er Garne, Bänder, Spanschachteln und allerlei Flitterkram an. Myntha scherzte eine Weile mit dem alten Mann hinter seinem Tisch voller Kramwaren und beschwatzte ihn dann, ihr die Kiste mit den Seidenbändern zu öffnen. Es war eine, wenn auch kleine, Schatztruhe voller leuchtender Farben, und Agnes strich sacht mit den Fingern über rubinrote und wasserblaue, maigrüne und goldgelbe Stoffe. Sie schien wie versunken in der Pracht. Myntha hingegen suchte mit einem bestimmten Ziel vor Augen nach einem ganz besonderen Blau. Eines, das den Kornblumen glich. Sie hatte eben einen Zipfel entdeckt, als sich ein Arm um ihre Hüfte legte.

»Ja, das blaue, süße Myntha. Blau wie deine Augen.«

»Karol!«

Vorsichtig machte sie sich aus seiner Umarmung los und trat einen Schritt zur Seite.

»Ja, ich, der Karol!« Er grinste sie herausfordernd an. »Hattest du eine schöne Zeit bei deinen Freundinnen da drüben?«

»Ja, die hatte ich.«

»Schöner als eine Wanderung mit mir durch die blühende Heide?«

»Anders. Aber auch sehr unterhaltsam.«

»Hast du denn Zeit, morgen mit mir Ginsterblüten zu sammeln? Meine Mutter braucht einen Vorrat für ihre Kräuterstube.«

»Ich weiß nicht recht …«

»Ach, Myntha. Es sind so schöne Sommertage, und die Heide duftet und blüht. Ein Stündchen nur, am Abend, wenn die Vögel ihren Nachtgesang anstimmen.«

Es lag eine Verlockung in seinen Worten. Ginsterblüten konnte er gewiss alleine sammeln, aber ein wenig Kosen und Herzen in der Dämmerung … Rickel Moelner würde ein ernsthafter Ehemann werden, aber heitere Tändelei konnte Myntha sich mit ihm nicht vorstellen. Nur ein wenig von diesem süßen Brei naschen, der mit Zärtlichkeit gewürzt war. Ein wenig Liebkosen, bevor die eheliche Pflicht rufen würde …

»Mal sehen, Karol.«

»Ich werde nach der Vesper am Ginster auf dich warten, hübsche Jungfer.«

Er verbeugte sich geschmeidig und wandte sich zum Gehen.

»Ein netter Jüngling, Jungfer, aber seid vorsichtig«, sagte Agnes leise.

»Ich bin die Vorsicht in Person. Und nun – dieses Blau ist wirklich schön. Was wollt Ihr für zwei Ellen davon haben?«, fragte sie den Krämer.

Es war erschwinglich, und als Myntha auch noch eine

Handvoll glitzernder Rheinkiesel und weißer Wachsperlen ausgewählt hatte, wurden sie sich bald einig. Agnes überredete sie dann noch zu einem weißen Seidengarn, und als sie alles in ihrer Tasche verstaut hatte, schlenderten sie noch ein wenig zwischen den Ständen umher.

»Oh, Rixa ist heute hier!«, rief Myntha aus, als sie die Zeidlerin erkannte. »Wir wollen einen Topf Honig mitnehmen.«

Agnes' Augen leuchteten auf, und die Zungenspitze, die eben zwischen ihren Lippen erschien, zeigte, dass Honigsüße ihr mundete.

»Heidehonig, Ginsterhonig, Wacholderhonig«, pries Rixa ihre Ware an und bot ihnen von allen drei Sorten ein Häppchen auf einem Wecken.

»Wacholderhonig«, sagten Myntha und Agnes gleichzeitig.

»Kleinen Topf oder großen?«

»Großen!«, erwiderte Agnes.

»Einen kleinen«, korrigierte Myntha.

Rixa kicherte.

»Nehmt einen kleinen und einen ganz kleinen mit Ginsterhonig dazu. Und Myntha bekommt süße Küsse von dem hübschen Jungen.«

»Welchem?«

»Der eben mit dir getändelt hat.«

»Woher weißt du, ob seine Küsse süß sind?«

»Das sagen viele Weiber. Darum nimm seine Schmeicheleien nicht zu ernst.«

»Du kennst Karol?«

»Sischer dat. Er kommt oft und kauft unser Harz.

Zahlt gut, der junge Kerl. Hat mein neues Kleid bezahlt. Und die Haube.«

»Harz? Wofür?«

»Frag ich ihn nicht. Wollt Ihr nun den Honig oder nicht?«

Myntha kramte ihre letzten Pfennige zusammen und zählte sie Rixa vor. Die kicherte noch mal und stellte einen großen Topf und einen kleinen Topf vor sie hin.

»Weil du es bist.«

»Oh, danke schön.«

Mit ihren Einkäufen kehrten sie zum Fährhaus zurück, wo eine Gruppe Fremder auf das Übersetzen wartete. Ein etwas gereizter Reemt winkte Myntha zu sich.

»Ich versteh kein Wort von ihrem Kauderwelsch. Versuch du herauszufinden, was sie wissen wollen.«

Ihre Lateinkenntnisse halfen ein wenig weiter, und als die Fähre anlegte, konnte Myntha ihrem Bruder erklären, dass die Männer in Köln zum Gaffelhaus der Gürtelmacher geführt werden mussten.

Als die Fähre ablegte, wandte sie sich der Küche zu, und in diesem Augenblick hatte sie eine unerhörte Erkenntnis.

»Wacholderharz«, murmelte sie.

Karol hatte mehrmals den Vorrat an Wacholderharz von Rixa aufgekauft. Vielleicht, weil seine Mutter es als Räucherwerk verkaufte, aber der böse Verdacht, der sich dabei auftat, war schlimmer. Mit Wacholderharz war der Weihrauch versetzt gewesen, den die Nonnen von Machabäern erstanden hatten. Karol hatte gesagt, der Wolter van Duytz habe ihm ein Fässchen reines Olibanum überlassen, um es an die hiesigen Abnehmer zu verkaufen.

Karol hatte damit angegeben, dass er bald ein reicher Mann sein würde.

Entsetzt schloss sie die Augen.

Dass er ein Schürzenjäger war und seine Aufmerksamkeit nicht nur ihr widmete, hatte sie schon seit geraumer Zeit geahnt. Es hatte ihr nicht zu viel ausgemacht – immerhin hatte er sie nie wegen ihres Rufs als Unheilbringerin gefürchtet oder verachtet. Ernste Absichten konnte man ihm gewiss nicht unterstellen. Trotzdem hatte sie ihn gerne gemocht.

Aber jetzt?

Sein Vater war ein Quacksalber und Pfuscher gewesen, das hatte er selbst einmal zugegeben. Aber er hatte so getan, als ob er sich dafür schämte und diesen Weg nicht hatte einschlagen wollen.

Aber die Versuchung mochte groß sein.

Reiner Weihrauch wurde mit Gold aufgewogen.

Er hatte im Auftrag des Wolter van Duytz gehandelt.

Wenn er nur einen Teil davon durch ein anderes Harz ersetzte, konnte er den Gewinn vergrößern und davon einen Teil für sich abzweigen.

»Myntha, träumt Ihr im Stehen?«

Myntha zuckte zusammen, als Lore sie ansprach.

»Ja, ja, ich habe nachgedacht.«

»Das könnt Ihr auch, wenn Ihr dabei die Körner schrotet. Ich muss frisches Bier brauen.«

»Ja, ist gut.«

Noch immer in Gedanken, legte sie ihre Tasche ab und begab sich an die Schrotmühle.

Sie konnte mit ihrem Vater über den Fall sprechen, überlegte sie. Der konnte Karol zur Rede stellen. Aber Reemt tat sich mit solchen Dingen schwer, und er mochte Karol auch. Ihre Brüder würden es sicher tun, aber vermutlich würden sie ihm eine Tracht Prügel verabreichen und weiter nichts unternehmen. Keinen von ihnen hatte er je betrogen, und das Kästchen Weihrauch, das er Enna geschenkt hatte, war wirklich von feinster Qualität.

Um mit dem Rat zu sprechen, reichte ihr Verdacht nicht, und ihr Ruf als Unheilbringerin stand ihr dabei auch im Weg.

Blieb noch einer, der ihr möglicherweise zuhören würde: der Rabenmeister.

Der war ein gefährlicher Mann, und er hatte wegen des Brands im Kloster zumindest den Weihrauchhändler van Duytz im Verdacht.

Hatte Karol sogar etwas damit zu tun?

»Myntha, Schrot, kein Pulver!«

Sie rief sich zur Ordnung und konzentrierte sich eine Weile auf ihrer Hände Arbeit.

Aber dann wanderten ihre Gedanken weiter.

Für den Einkauf der Waren im Kloster war die Schwester Cameraria zuständig, und das war das Schlachtross Agatha. Dieser herben Nonne mit Wacholder versetzten Weihrauch anzudrehen war vermutlich ein Ding der Unmöglichkeit.

Aber Weihrauch hatte sie gekauft, und zwar ganz kurz

bevor sie selbst sich zu den Machabäern zurückgezogen hatte. Und dann hatte ein Mann die Pförtnerin verführt.

»Myntha, lasst es bleiben. Geht in den Garten und guckt ein Loch in die Luft, da seid Ihr nützlicher als an der Schrotmühle.«

Aufseufzend ließ Myntha die Kurbel los und schlurfte nach draußen.

Sie musste Klarheit und Ordnung in ihre Gedanken bekommen.

Im Obstgarten summten Bienen, Hummeln und Wespen um das Fallobst aus den Kirschbäumen, und sie schlenderte zu den Spalieren, an deren Ästen sich die ersten kleinen Äpfel bildeten.

Karol fiel es leicht, junge Frauen zu betören. Sollte er es gewesen sein, der Schwester Edwina verführt hatte, damit er ungesehen ins Kloster gelangen konnte, um sich an dem Weihrauch zu schaffen zu machen?

Es war nichts gestohlen worden – kein Silber oder Gold. Aber der Weihrauch war mit anderem Harz vermischt gewesen.

Und Magistra Rotraut war im Feuer umgekommen…

Myntha drückte sich die Handballen an die Augen.

Sie hatte Karol gemocht. Er war immer freundlich, sogar zärtlich zu ihr gewesen.

War ihr Verdacht wirklich richtig?

Wenn sie damit zu Frederic Bowman ginge, würde er ihn zur Rede stellen. Und sie war sich sicher, dass er ihn – auf welche Art und Weise, mochte sie sich lieber nicht vorstellen – zu einem Geständnis bringen würde.

Nein, noch war sie unsicher. Es gab auch andere Weihrauchhändler.

Morgen wollte Karol mit ihr Ginster sammeln gehen. Sie würde ihn selbst zur Rede stellen.

Ja, sie würde mit ihm reden. Wenn er schuldig war, würde sie ihn bitten, sich... Ja, was? Einem Priester anzuvertrauen vielleicht. Oder dem Handelsherrn. Er würde die Strafe für das Panschen auf sich nehmen müssen. Pranger – aber das hatten schon viele vor ihm überlebt, und es würde wohl eine Lehre für ihn sein. Wenn er jedoch ein Brandstifter war – dann mochte ihm Gott helfen. Auf Brandstiftung standen die schlimmsten Strafen.

Ruhelos strich sie zwischen den Obstbäumen hin und her, bis Mico sich an ihren Rock schlich und seine gewagten Kletterkünste daran erprobte.

»Ja, kleiner Freund, da bin ich in große Gewissensnot geraten«, sagte sie, pflückte ihn aus den Falten und setzte ihn sich auf die Schulter. Er schnurrte glücklich, und ihr wurde ein wenig leichter ums Herz.

»Gut, ich spreche mit ihm. Morgen. Heute kümmern wir uns erst einmal um andere Dinge.«

Die anderen Dinge waren erfreulicher, denn Agnes war schon dabei, ihr neues Chapel vorzubereiten, und sie verbrachte den Nachmittag damit, Perlen aufzufädeln und den blauen Seidenkranz damit zu besticken. Dabei erzählte sie Agnes von den Ratschlägen, die sie von Frau Alyss und Frau Josepha erhalten hatte.

»Achtet bei dem Ehevertrag darauf, dass eine ausreichende Morgengabe vereinbart wird. Und dass sie in Euren unveräußerlichen Besitz übergeht, Myntha.«

»Oh, Morgengabe. Daran habe ich noch gar nicht gedacht.«

»Sie wird gewöhnlich vom Gatten am Morgen nach Vollzug der Ehe übergeben. Schmuck ist nicht unüblich.« Agnes lächelte leicht. »Setzt den Preis hoch.«

Ganz furchtbar zwickte ein Teufelchen Myntha, und fast wäre seine hämische Bemerkung ihr über die Lippen gekommen. Es fragte sie nämlich, ob der Rickel für die delikate Aufgabe des Ehevollzugs auch der Hilfe seiner Schwester bedurfte. Ugs... – besser nicht.

Und dann fiel ihr noch etwas auf.

»Woher wisst Ihr das mit der Morgengabe, Agnes?«

»Ich... äh... meine Herrin wurde verheiratet. Sie erzählte mir von ihrem Ehekontrakt.«

»Eine edle Dame, Eure Herrin?«

Agnes nickte nur und stichelte konzentriert an dem Chapel.

Myntha hätte ebenfalls gerne weitergestichelt, aber vermutlich würde Agnes nicht sehr viel mehr preisgeben. Dass sie vom Zofendienst einiges verstand, war ihr bereits klar geworden. Jetzt eben fragte sie sich, ob sie nicht tatsächlich sogar diejenige war, die Zofendienste in Anspruch genommen hatte. War Agnes eine Dame von hohem Stand, die ihr Heim und ihre Familie verlassen musste und in der Fremde Obdach und Schutz suchte? Oder war sie hier gar nicht in der Fremde und suchte nach ihrer Familie?

Leise sagte Myntha, ohne aufzusehen: »Agnes, wenn wir Euch helfen sollen, dann erzählt ein wenig mehr von Euch.«

»Jungfer Myntha, Ihr habt mir schon geholfen. Gebt mir noch etwas Zeit. Ich will Euch nichts Böses, aber ich brauche... Zeit.«

»Ihr vertraut uns nicht.«

»Doch. Aber manche Dinge sind schwieriger, als Ihr Euch vorstellen könnt. Sie sind schwer zu erklären, und manche davon sind nicht nur meine Geheimnisse. Ich... ich muss andere schützen, Jungfer Myntha. Aber ich werde Euch alles vergelten, was Ihr mir Gutes getan habt. Ich schwöre es bei der heiligen Ursula.«

Myntha biss ein Fädchen ab und sah hoch.

»Ihr seid eine seltsame Frau. Aber sei's drum. Mein Vater mag Euch, und Eure Hilfsbereitschaft kommt uns sehr gelegen. Bewahrt Euer Geheimnis, wenn Ihr müsst. Aber bringt die Meinen nicht in Gefahr.«

»Ich verspreche es, Myntha.«

Sie war die edle Dame selbst, das entnahm Myntha ihren Worten. Aber wenn sie im Fährhaus die Magd spielen wollte, dann musste sie das wohl akzeptieren.

»Lasst uns das Chapel probieren«, sagte sie und nahm das Tuch ab, das sie um ihre Haare geschlungen hatte.

»Dann löst auch die Zöpfe. Wartet, ich bürste sie Euch aus.«

Das Silberspiegelchen zeigte, dass das Blau ihr gut stand, und die langen Schnüre aus Perlen schimmerten mit ihren hellen Haaren um die Wette.

»Eurem Bewerber sollte das Wasser im Munde zusammenlaufen.«

»Es wird eher seiner Schwester den Mund wässrig machen. Ich bin gespannt, wann sie zu neuen Verhandlungen vorspricht.«

»Lehnt jede Zusammenkunft ab, bevor Ihr nicht den Kontrakt vorliegen habt.«

»Ja, darauf sollte mein Vater achten.«

Myntha nahm den Kranz wieder ab und flocht sich geschwind die Haare.

»Gehen wir und fragen Lore, ob sie Hilfe braucht. Sie wollte Bier brauen. Allerdings lässt sie mich nicht an den Kessel.« Mit einem schiefen Lächeln fügte sie hinzu: »Ich habe ein sagenhaftes Talent, die Grut zu verderben.«

49. Kapitel

Der Mann war nicht auffindbar. Frederic hatte die allwissende Gevatterin gefragt, die Karol am Vortag auf dem Markt gesehen haben wollte. Er hatte Henning gebeten, sich bei den Marktleuten nach ihm zu erkundigen, und der kam mit der Nachricht, er habe am Stand des Drugwarenhändlers mit der Fährmannstochter gesprochen. Danach war er zum Pfarrhaus gegangen. Ein Fischer wollte Karol später gesehen haben, wie er mit einem kleinen Nachen rheinabwärts gerudert war. In Stammheim hatte ihn jedoch keiner erblickt.

»Wenn er Harz sammelt, Meister, könnte er sich irgendwo auf der Heide aufhalten«, war Hennings nicht von der Hand zu weisender Vorschlag.

Woraufhin Frederic zu Jorgens Hütte aufbrach, dort mit Wohlgefallen empfangen und zu einem Becher Met überredet wurde.

Jorgen wusste auch einiges von der Wurzer-Familie zu berichten. Die Mutter und die Tochter sammelten häufig allerlei Pflanzen in der Heide, aus denen sie mehr oder weniger wirksame Mittelchen herstellten.

»Und sie kommen damit nicht der Sybilla in die Quere?«

Jorgen schnaubte.

»Der kommen sie noch nicht einmal in die Nähe. Die Sybilla weiß sich vor solchen Scharlatanen zu schützen. Die hat ihnen gedroht, dass sie ihnen einen Kriechfluch anhängt, wenn sie in ihrem Gebiet auftauchen. Die Mette glaubt ihr – aus gutem Grund. Zweimal hat die Sybilla vorhergesagt, dass der alte Wurzer an den Pranger muss. Und seinen Tod hat sie auch vorhergesehen.« Jorgen grinste. »Ist kein Hexenwerk, hätt ich auch gekonnt. Der Mann hat zu viel mit gefährlichen Dingen herumgepanscht.«

»Hat er?«

»Meister Frederic, der Ginster mag süß duften und feurig in der Sonne leuchten, aber das Zeug ist giftig. So wie auch die Eiben und viele andere Gewächse hier.«

»Und der Karol?«

Jorgen zog die Schultern hoch.

»Hat wenigstens davon die Finger gelassen. Er ist ein Faulpelz, wenn Ihr mich fragt. Einer, der gerne andere die Arbeit machen lässt. Aber er zahlt gut. Unser Harz hat er genommen. Manchmal hat er Wacholder geschnitten. Und dann hat ihn die Ferne gelockt. Mit Gewürzen aus dem Morgenland lassen sich noch bessere Geschäfte machen, denk ich.«

»Könnt Ihr mir sagen, wo ich ihn die Tage finde, Jorgen?«

»Mal hier, mal da. Und meist mit einem jungen Weib an der Seite. Fragt mal die Mollie.«

»Die ich kennen müsste?«

Jorgen gab ein erheitertes Grunzen von sich.

»Habt Ihr noch kein Bedürfnis nach einer Dirne gehabt, Rabenmeister?«

»Hab gerade mein Weib verloren.«

Der Alte schaute ihn an, nickte und meinte: »Das tut mir leid. Die Mollie ist ein leichtfertiges Ding und bietet ihre Dienste im Badehaus an. Fragt dort nach ihr.«

»Ein guter Rat. Und nun – wo sind die Kaninchen?«

Ein keckerndes Lachen antwortete ihm, und Jorgen schubste seinen alten Hund mit der Fußspitze an.

Kurz darauf lagen drei Graupelze vor dem Haus, und Frederic machte sich auf den Rückweg.

Einen Topf Honig hatte er auch dabei.

»Henning, es ist wieder einmal Zeit, den Bader aufzu-suchen.«

»Ich hab mich heute Morgen gewaschen.«

»Mit heißem Wasser, die Haare eingeschäumt, den Stoppelbart geschabt?«

Henning strich sich mit der Hand über die beflaum-ten Wangen.

Frederic schlug ihm auf die Schulter.

»Komm mit, ich spendiere uns einen Bottich Wasser und eine Mahlzeit im Badehaus.«

»Wie Ihr wünscht, Meister.«

Das Mülheimer Badehaus war nicht eben das luxu-riöseste, aber es war einigermaßen sauber. Vier Zuber standen dort, in denen jeweils bis zu vier Personen Platz hatten. Dem Bader stand ein Knecht zur Seite, der die Kannen mit heißem Wasser schleppte, Brot, kalten Bra-ten und Kannen mit mäßig gutem, ziemlich verwäs-sertem Wein brachte und sich ansonsten um den Ofen kümmerte. Ein junges, dralles Weib bot sich an, Muskeln zu walken, Haare zu waschen und – auf diskrete Nachfrage hin – auch intimere Dienste zu leisten. Der Barbier selbst schwang das Messer. Frederic überließ sich seiner Kunst, forderte für Henning den gleichen Dienst und bat dann die Badermaid, sich seiner Haare anzunehmen.

»Du bist die Mollie, richtig?«

»Sieht man doch!«

Ihre runden Brüste bebten, und ihre ebenso runden Hüften wiegten sich lockend.

»Ja, sieht man. Wasch mir den Kopf, Mollie.«

»Gerne. Und gerne auch mehr. Bei einem solchen Mannsbild wie Euch will mir das Freude bereiten.«

»Den Kopf!«

»Na gut. Beginnen wir mit dem Schopf. Schöne Haare habt Ihr. Wie mit Goldfäden darin.«

»Rupf sie mir nicht aus.«

Sie kicherte und begann, ihm die Kopfhaut mit duftendem Seifenschaum zu massieren. Eine Weile gab er sich dem Wohlgefühl hin. Aber dann spülte sie den Schaum aus und rubbelte ihm die Haare mit einem groben Tuch trocken, und er fragte: »Ich suche den Karol, Mollie. Hast du ihn in den letzten Tagen gesehen?«

»Mmmh.«

»Aha, nicht nur gesehen.«

»Ich sag nichts.«

»So, so. Ein Herzensbrecher, der junge Mann?«

»Meins bricht nicht so leicht. Aber das Kosen beherrscht er gut. Ihr seht aus, als ob Ihr diese Kunst auch beherrscht, Meister.«

Ihre drallen Brüste drückten sich an seinen Arm.

»Was zahlst du dafür?«, fragte Frederic.

Eine Kopfnuss war die Antwort.

»Aber, aber, Künstler arbeiten nicht für Gottes Lohn«, mahnte er.

Sie seufzte leise.

»Wenn es wahre Künstler sind, nehm ich auch keinen Lohn für meine Kunst.«

»So genießt der Karol deine Dienste ohne zu zahlen, was? Hast du ihn heute schon gesehen?«

»Nein, aber gestern Abend … Und heute wird er nicht kommen. Er hat noch ein anderes Liebchen, der Swinigel. Mit der will er heute in die Heide. Sagt, er muss Buße mit ihr tun, der Lüchpitter.«

»Sein Liebchen aus dem Kloster?«

»Was? Im Kloster? In welchem?«

»Machabäern.«

»Er treibt's mit den Nonnen, de Drieskääl?«

»So sagt man.«

»Und ich dachte, er hat was mit der Unholdin. Huh, weil's so gruselig ist mit der.«

»Tja, der ist keene Bangbotz.«

Aber Mollie hatte ihre Heiterkeit verloren, und das Funkeln in ihren Augen versprach, dass dem Karol ein sehr unzärtliches Wiedersehen bevorstand.

Immerhin – an diesem Abend würde der Kerl mit der Fährmannstochter in die Heide gehen. Und sicher nicht sehr weit. Frederic würde sich also nur an die Fersen der Unholdin heften müssen, um des Mannes habhaft zu werden.

Eine Aufgabe, die er Henning vermutlich getrost übertragen konnte.

»So, Mollie, und jetzt möchte ich in die Bütt.«

Sie zog zwar einen Schmollmund, führte ihn aber zu dem Bottich, in dem Henning bereits mit geschlossenen Augen lag. Allerdings tätschelte sie ihm das nackte Gesäß noch kurz, bevor er ins Wasser stieg.

Henning hob träge ein Lid.

»Ihr habt der Wollust mit ihr gepflegt, Meister?«

»Erstens pflege ich mich mit Dirnen ihrer Art nicht zu vergnügen, und zweitens geht es dich nichts an.«

Seine Replik kam schärfer aus ihm heraus, als er gewollt hatte, wie ihm das zerknirschte Gesicht des Jungen zeigte.

»Verzeiht, Meister, das war unbotmäßig.«

»Ja. Aber vergessen wir es. Ich sehe, dein Rauschebart ist dem Bartscher bereits zum Opfer gefallen.«

»Es ist keine schöne Prozedur.«

»Man gewöhnt sich dran.« Frederic goss sich einen Becher Wein ein, kostete ihn und verzog den Mund. »Sauerampfer.«

Dann folgte er Hennings Blick, der wiederum Mollies schwingenden Hüften folgte. Und die Erinnerungen an seine ersten schmerzlich süßen Badehauserfahrungen wurden wieder wach.

»Eine Jüngere, Henning, würde dich glücklicher machen«, sagte er leise. »Und besser nicht hier in Mülheim, sondern an einem anderen Ort.«

Dunkelrot wurden sein Gesicht und sein Hals, und sein Blick lag starr auf dem Weinkrug.

»Es ist Sünde.« Nur ein Wispern waren seine Worte.

»Schon, aber eine lässliche. Wenn sich die Gelegenheit ergibt, wirst du sie ohne Gewissensbisse begehen. Und nun müssen wir über eine ernsthafte Aufgabe reden.«

»Wie Ihr wünscht, Meister.«

Leise und eindringlich schilderte Frederic ihm seine Erkenntnisse über Karol und das, was er vorhatte. Henning hörte zu, nickte und willigte schließlich ein, die gewünschte Beobachtung durchzuführen.

Myntha hatte in der unruhigen Nacht wieder und wieder das Gespräch mit Karol geübt. Sie hatte sich alle möglichen Varianten überlegt. Dass er es leugnen würde, dass er es zugeben würde, dass er seine Unschuld beweisen, dass er verbittert, zerknirscht, verstockt reagieren oder mit einem Lachen ihre Bedenken wegwischen würde. Das Letztere wäre ihr am liebsten gewesen. Aber nagende Zweifel blieben. Wenn er zugab, dass er sich an dem Weihrauch bereichert hatte, dann würde sie auf ihn einwirken, dass er Wiedergutmachung leistete. Ja, das war das Beste.

Den Tag über bemühte sie sich, diese Gedanken wegzuschieben, kam ihren Haushaltspflichten nach, ließ die Finger von der Grut, jätete den Gemüsegarten und spielte ein wenig mit Mico, der sich lebhaft einigen bunten Schmetterlingen widmete. Am Nachmittag überreichte Haro ihr ein gesiegeltes Schreiben, das aus der Kanzlei von Magister Jakob stammte, und sie brachte es dem Fährmeister.

»Der Ehevertrag, Vater.«

»Ah ja. Leg ihn dorthin.«

»Nein, Vater. Dort bleibt er ungelesen, fällt irgendwann auf den Boden und wird von Mico gefressen. Bitte öffnet ihn und lest ihn.«

Missmutig beäugte Reemt die Rolle.

Er konnte nicht besonders gut lesen, und vermutlich hatte er Angst vor den verschlungenen juristischen Formulierungen.

»Vater, soll ich Euch den Kontrakt vorlesen? Meine Augen sind jünger als die Euren.«

»Ja, ja, wenn du meinst.«

»Ich meine.« Sie brach das Siegel und entrollte das Pergament. Magister Jakobs Schrift war klein, aber deutlich und schnörkellos. Und so war auch die gesamte Vereinbarung. Sie billigte ihr weitgehende Rechte zu, nannte Beträge und Besitzverhältnisse und enthielt auch eine Formulierung, die es Frau Swinte so gut wie unmöglich machte, sich in Ehe und Hauswesen ihres Bruders einzumischen. Es war ein sehr zufriedenstellender Vertrag.

»Hast du das alles verstanden?«, fragte Reemt, als sie geendet hatte.

»Ja, es ist eine günstige Regelung. Allerdings für mich. Ich denke, Frau Swinte wird hier und da Änderungen wünschen.«

»Oder der Rickel.«

»Oder der. Wir werden sehen. Vater, ich erläutere Euch noch einmal die wichtigsten Stellen, damit wir uns einig sind, wo wir nachgeben können und wo wir auf unser Recht bestehen müssen.«

»Muss das sein?«

»Nein, sicher nicht. Wir können auch Magister Jakob bitten, die Verhandlung zu führen. Aber dann werden die Moelners vermutlich ebenfalls einen Advokaten benennen.«

Sie wusste schon, wie sie ihren Vater zu lenken hatte. Er hatte eine außerordentliche Abneigung gegen derartige Unterhandlungen. Sein Denken war gradlinig, Taktieren und Spitzfindigkeiten scheute er. Und vor jenen, die über dieses Geschick verfügten, hatte er Angst.

»Nein, nein«, wehrte er wie erwartet ab. »Keine zwei Rechthaber.«

»Gut, Vater. Dann hört zu, was von dem Vertrag wichtig für uns ist.«

Es verging eine gute Stunde damit, dass sie ihm geduldig – zumindest meistens – auseinandersetzte, wie die Formulierungen zu verstehen waren. Schließlich nickte Reemt, wischte sich mit einem Seufzer den Schweiß von der Stirn und sagte: »Du wirst dabei sein, wenn Frau Swinte mit uns über den Kontrakt sprechen will.«

»Aber selbstverständlich, Vater. Und Ihr werdet abwechselnd grimmig knurren oder verbindlich nicken. An den richtigen Stellen. Ich werde Euch Zeichen geben.«

»Richtig ist das nicht, Myntha.«

»Richtig ist es auch nicht, uns über den Tisch ziehen zu wollen, Vater.«

»Es kostet doch nur ein paar Goldstücke.«

»Nein, Vater, es kostet mich mein Leben.«

Entsetzt sah er sie an.

»Doch, doch, Vater. Es ist mein Leben, das ich unter die Munt eines Mannes stelle, von dem ich so gut wie nichts weiß, außer dass er eine herrische Schwester hat. Ihr wollt mein Glück, Vater. Das habt Ihr immer gesagt.«

»Und das willst du mit diesem Vertrag besiegeln?«

»Ich will zumindest sicherstellen, dass ich nicht unglücklich werde«, sagte sie sanft.

»Ich dränge dich nicht, Kind. Du musst den Rickel nicht heiraten.«

»Nein, Vater, ich weiß. Aber mich drängt die Zeit. Ich möchte, dass Ihr Euren Enkeln Eure Wundermären erzählt, so wie Ihr sie mir erzählt habt, als ich noch auf Euren Knien saß.«

Reemt senkte den Kopf, dann tätschelte er ihre Hand.

»Wir machen es so, wie du es wünschst, meine kluge Tochter.«

»Danke, Papa.«

Über die Disputation mit ihrem Vater hatte Myntha ein wenig ihre Sorgen wegen Karol vergessen, und mit leichterer Laune verbrachte sie die Zeit bis zur Vesper. Sie würde mit Karol natürlich nicht in die Heide gehen, um Ginsterblüten zu sammeln, sondern lediglich ein paar Schritte am Ufer entlangschlendern. Kosen und Tändeln kamen diesmal nicht infrage. Aber nach dem Essen fühlte sie sich wieder befangen, und als Karol an die Küchentür klopfte – er hatte ein Sträußchen Blumen in der Hand, die er Enna mit einigen Schmeicheleien überreichte –, hatte sie Mühe, ihn herzlich anzulächeln. Er hingegen schäkerte mit Lore, tauschte mit Witold ein paar launige Scherze aus, machte Agnes hübsche Komplimente und erzählte Reemt eine kuriose Geschichte von zwei Trollen, die in der Heide vom Sonnenlicht überrascht worden waren und nun ewig in gebückter Haltung versteinert zwischen dem Ginster standen.

»Wollen wir uns die harten Gesellen anschauen gehen, Myntha?«

»Ein anderes Mal, Karol. Aber zu einem kleinen Spaziergang am Rhein könntest du mich überreden.«

»Auch recht. Fährmeister, ich bringe Euch Eure Tochter noch vor der Dämmerung zurück.«

»Geht nur. Und achtet auf die Rheintöchter. Es ist ein schöner Abend, da zeigen sie sich manchmal.«

»Sie und die Trolle«, murmelte Myntha leise und nahm ihr Umschlagtuch auf.

»Du glaubst mir nicht?«, fragte Karol, als sie aus dem Hof traten.

»Die Trolle hast du für meinen Vater erfunden.«

»Er mag solche Geschichten. Also warum nicht?«

»Weil wir... ach, vergiss es. Rheinab- oder rheinaufwärts?«

»Abwärts.«

Sie wandten sich nach rechts und gingen nebeneinanderher. Es war menschenleer um diese Stunde, das Tagewerk war getan, das Essen stand bereit, die Boote lagen vertäut am Ufer, die Netze trockneten in der Abendbrise. Nur die Möwen segelten kreischend über sie hin, und zwei Schwäne glitten majestätisch vorüber.

Myntha suchte nach Worten.

Karol nicht. Er schwatzte über alles Mögliche, vornehmlich über die Märkte in südlichen Ländern.

»Karol, hast du deine Geschäfte hier abgewickelt?«, unterbrach sie ihn dann einigermaßen unbeholfen.

»Huh? Ach so, ja, klar. Ist gut gelaufen.«

»Wer sind eigentlich deine Kunden? Ich meine, reinen Weihrauch können sich doch nur wenige leisten.«

»Die Pfaffen schon. Ihre Schäfchen zahlen gut fürs Seelenheil, da klingen die Münzen im Kasten.«

»Du hast an Kirchen und Klöster verkauft?«

»An einige. Warum willst du das wissen?«

»Ach, nur so. Auch den Beginen drüben am Eigelstein?«

»Hat deine Freundin, die Meisterin, sich beklagt?«

Das klang leicht giftig.

»Nein, nein. Ich dachte nur... Sie haben nämlich nicht so viel Geld.«

»Nein, die Grauen Frauen sind ein wenig ärmlich. Sie wollten eine Mischung aus Weihrauch und billigerem Räucherwerk.«

»Und das lieferst du ihnen auch.«

»Natürlich. Für einen kleineren Preis, versteht sich.«

Sie hatten die Stadtgrenze erreicht, und eigentlich wollte Myntha umdrehen, aber Karol legte ihr den Arm um die Taille und drängte sie dazu, weiterzugehen.

»Komm, noch ein Stück die Biegung entlang. Schau, da vorne kommt noch ein Niederländer. Der bringt bestimmt gesalzene Heringe nach Köln.«

»Kann sein. Du gehst auch bald wieder auf Reisen, nicht wahr?«

»Und du wirst mich vermissen?«

Er zog sie etwas dichter an sich heran, aber sie machte sich los.

»Warum sollte ich, Karol? Warum sollte ich mir von dir das Herz brechen lassen? Es werden genug andere Maiden sich nach dir die Augen ausweinen.«

»Aber Liebschen, nein.«

»Doch, doch, Karol. Edwina trauert jetzt schon um ihren Liebsten, der sich nicht mehr bei ihr blicken lässt.«

»Edwina? Welche Edwina?«

»Siehst du? Du erinnerst dich nicht einmal mehr an ihren Namen.«

Karol hielt im Gehen inne und baute sich vor ihr auf.

»Sag mal, bist du etwa eifersüchtig?«

»Nein, Karol, nur vernünftig.«

»Wer ist denn diese Edwina, von der da getuschelt wird?«

Er setzte sich wieder in Bewegung, und sie folgte ihm.

»Eine junge Nonne, Karol.«

Er ging plötzlich schneller. Seine gewöhnlich heitere Miene schien sich zu verdüstern.

»Karol?«

»Worauf willst du hinaus, Myntha?«

Sie sagte nichts. Sie traute sich nicht, den immer stärker werdenden Verdacht auszusprechen. Weiter und weiter entfernten sie sich von der Stadt, befanden sich jetzt am Rande der Felder. Sie blieb einfach stehen und drehte sich um.

»Myntha!«

»Karol – Edwina ist die Pförtnerin von Machabäern.«

Er wurde blass.

Dann packte er plötzlich zu, presste ihr die Arme an den Körper, drehte sie um und stieß sie zum Ufer.

»Karol!«, kreischte sie, und er drückte ihr die Hand auf den Mund.

Panik wallte in ihr auf. Sie trat um sich, wand sich, versuchte, sich aus dem Griff zu lösen.

Für einen Augenblick gelang es ihr. Dann wurde sie zu Boden gestoßen und erkannte etwas Glitzerndes in Karols Hand. Sie wollte sich wegdrehen, er stieß mit dem Fuß nach ihr, traf sie in die Rippen. Wassertröpfchen fielen neben ihr nieder.

Sie trat ihm gegen das Schienbein, er sprang zur Seite. Weitere Tropfen kamen von oben.

Sie legte schützend den Arm über ihr Gesicht.

Wurde hochgerissen. Schlug um sich.

Und in ihrer wilden Angst sah sie den schwarzen Schemen über sich.

Ihr Denken klärte sich, sie schrie: »Robb! Robb, Hilfe!«

Und Hilfe kam.

Flügelrauschend, krächzend, mit scharfen Krallen und Klauen stürzten sechs Raben nieder.

Karol ließ sie los, hob abwehrend die Arme.

Wurde attackiert, Schnabelhiebe trafen ihn, schwarze Federn stoben, Blut floss.

Und aus dem jungen Getreide sprang Henning hervor, einen Knüttel in der Hand.

Er traf Karol mitten auf die Stirn.

Ohne einen Laut brach er zusammen.

»Jungfer Myntha. Seid Ihr verletzt?«

»Weiß nicht. Ich glaube, mir tut alles weh.«

»Er wollte Euch einen Tort antun.«

»Ich habe … Ich habe ihn verdächtigt …«

»Das tut der Meister auch. Könnt Ihr alleine gehen? Ich muss dieses Lumpenpack zu ihm schleifen.«

»Wird schon gehen. Die Raben …«

»Sie sind wundervoll.«

»Ja. Robb!«

Der Schwarze kam von dem Ast angeflogen, auf dem er gesessen hatte, und landete auf ihrer Schulter.

»Frreund.«

»Ja, Robb. Und deine Gesellen auch.«

Sie streichelte vorsichtig über seinen Rücken, und er schnäbelte an ihrer Wange.

»Jungfer Unhold, Ihr verführt den Hauptmann meiner Wache.« Frederic war aufgetaucht und betrachtete sie kopfschüttelnd. »Und dieses Häuflein Elend ist vermutlich ebenfalls ein Opfer Eurer Liebenswürdigkeit.«

»Die Liebkosung, die ihn fällte, übte Euer Gehilfe aus.«

»Ein Mann von gezielter Zärtlichkeit. Binde ihn, Henning. Ich führe die Jungfer zur Kate und labe sie mit einem Becher Wein.«

Henning bückte sich und löste Karols Gürtel. Mit Staunen beobachtete Myntha, wie er ihm flink die Hände hinter dem Rücken zusammenband und dann die Füße dahinterhakte.

»Unbequem, aber nützlich.«

»Äußerst unbequem. Aber nun kommt erst einmal

mit, Jungfer Myntha. Stützt Euch auf meinen Arm, dann geht es sich leichter.« Und zu Henning gewandt, meinte er: »Du wachst hier einen Moment.«

»Natürlich, Meister.«

Die Rippen schmerzten sie, ihr Knie tat weh, und ihre Hände waren aufgeschürft. Frederic ging langsam, und sie humpelte an seiner Seite voran.

»Es war klug von Euch, die Raben zu rufen, Jungfer. Ich bewundere Euch für diese Umsicht. Und nun wascht Euch den Schmutz von Händen und Gesicht.«

»Könnt... könntet Ihr mir ein Tuch geben?«

»Natürlich.«

Sie ließ die Hände im Wasser kühlen, und als er ihr ein Leintuch reichte, feuchtete sie einen Zipfel an, wrang ihn gut aus und wischte sich über das Gesicht.

»Ihr könnt ruhig Wasser mit den Händen schöpfen, Jungfer. Es ist ganz sauber, ich habe es erst vorhin hochgepumpt.«

»Nein, das eben kann ich nicht.« Sie sah zu ihm hoch. »Ihr habt doch schon viel von der Unholdin erfahren. Wisst Ihr nicht, dass ich Wasser – vor allem Weihwasser – im Gesicht nicht ertrage? Karol wusste es und hat versucht, mich damit zu beträufeln.«

»Nein, davon habe ich nichts gehört. Was geschieht, wenn Ihr von Wassertropfen getroffen werdet?«

»Ich bekomme keine Luft mehr. Ich verliere die Besinnung. Es ist sehr beschämend, Rabenmeister.«

Seine Stimme war leise und sehr sanft, als er antwortete.

»Ich verstehe, Jungfer. Man hat Euch einst wohl einer Wasserfolter unterzogen?«

»So könnte man es ausdrücken. Vikar Volmarus würde es nicht so bezeichnen. Er wollte mich von bösen Geistern reinigen. Es ist ihm leider nicht gelungen.«

Sie nahm auf der Bank an der Hauswand Platz.

»Was für ein Schwachkopf.«

»Ene Bangbotz. Er fürchtet sich vor Dämonen, Rrrabenmeister.«

»Ich hoffe, sie zwacken ihn jede Nacht. Und nun sagt mir, warum Euch Karol das angetan hat.«

»Ich habe nachgedacht, Meister Frederic. Und dann war ich so dumm und leichtsinnig, zu glauben, ich könne ihn überreden, seine Missetaten zuzugeben. Er hat gefälschten Weihrauch verkauft. Und ich fürchte... ja, inzwischen bin ich mir ganz sicher, dass er etwas mit dem Brand in Machabäern zu tun hatte.«

Nachdenklich betrachtete sie der Rabenmeister.

»Ja, Jungfer, so weit sind meine Überlegungen auch schon gediehen.«

»Ich wäre besser gleich zu Euch gekommen«, sagte Myntha geknickt.

»Unholdin, ich bewundere Menschen, die zur Einsicht kommen. Und nun seid Ihr hier, und meine Galgenvögel haben Euch beschützt.«

»Und Euer Taschendieb eilte mir zur Hilfe.«

»Nicht ganz zufällig. Er hat sich den ganzen Tag schon an Euren Rockzipfel geheftet. Und gut gemacht hat er es wohl, denn Ihr habt ihn nicht bemerkt.«

»Nein, aber warum?«

»Weil die Mollie mir verraten hat, dass der Karol heute mit Euch in die Heide gehen wollte.«

»Ah, die Mollie.«

»Sie wusch mir gestern die Haare.«

»Schön für Euch.«

»Und sehr lehrreich. Schaut nicht so grollend drein, Jungfer Unhold. Es war ein gänzlich keusches Schopfschäumen.«

»Das ist Eure Angelegenheit.«

»Ist es. Nun, wollen wir jetzt den jungen Scharlatan herholen und ein wenig ausfragen? Wollt Ihr Zeugin sein?«

»Werdet Ihr grausam sein?«

»Wenn er danach verlangt.«

»Ich mag Gewalt nicht.«

»Nein, das glaube ich Euch. Nun, es gibt diese und jene Methoden, jemanden zum Reden zu bringen. Eure Gegenwart könnte dabei nützlich sein. Und bevor es zum Blutvergießen kommt, wird Henning Euch nach Hause bringen. Bleibt eine kleine Weile hier, holt Euch ein paar gebrannte Mandeln und Wein. Ihr findet alles in der Kate.«

Schwerfällig erhob sie sich und betrat die Hütte. Sie war aufgeräumt und sauber. Das Kästchen mit den Mandeln war noch halb voll und der Wein im Krug ein gewürzter Claret, wie ihn Frau Alyss herzustellen pflegte. Sie kehrte kauend und mit einem Becher in der Hand zurück und betrachtete die Käfige, in denen die drei Sperber saßen. Sie sperrten bei ihrem Anblick die Schnäbel auf, und sie steckte ihnen ein paar Bröckchen

Fleisch zu, das in einer mit Pergament abgedeckten Holzschale lag.

Henning und Meister Frederic brachten den zusammengeschnürten Karol den Weg hinauf, begleitet von den krakeelenden Raben. Unsanft warfen sie ihn neben dem Trog auf den Boden. Er war inzwischen wieder bei Besinnung, verkniff sich aber offensichtlich jeden Laut.

»Karol Wurzer, Sohn eines Deutzer Kurpfuschers und Quacksalbers und eines Kräuterweibs. Handelsknecht des Weihrauch- und Gewürzhändlers Wolter van Duytz. Richtig?«

Karol schwieg.

»Es ist der Wunsch der werten Jungfer, Karol, dass ich dich gütlich befrage. Natürlich achte ich die Wünsche einer Dame. Solange sie anwesend ist.«

Ein schiefer Blick traf Myntha.

»So hat er es mir versprochen, Karol. Antworte ihm.«

Karol schwieg.

»Ach, Henning, willst du Jungfer Myntha nicht mal unsere Stute zeigen? Sie ist trächtig und freut sich über eine zarte weibliche Hand, die ihr eine Möhre reicht.«

»Gerne, Meister. Jungfer, wenn Ihr so gut sein wollt?«

Henning verbeugte sich so ungemein schicklich, dass Myntha lächeln musste. Noch einmal betrachtete sie Karol und sagte: »Antworte ihm.«

Karol schwieg.

Sie nahm Hennings Arm und ließ sich zum Unterstand führen. Kaum war sie für den Rabenmeister und den Delinquenten außer Sicht, ertönte ein lauter Schmerzensschrei.

Sie zuckte zusammen.

»Er hätte antworten können, Jungfer.«

»Er ist ein Idiot«, fauchte sie. »Gehen wir zurück.«

Die beiden Männer befanden sich in derselben Position wie zuvor, doch Karols Gesicht war bleich, und er krümmte sich in seinen Fesseln.

»Antworte ihm!«, herrschte Myntha ihn an.

»Ja, ich werde Karol Wurzer gerufen«, brachte der Gefesselte zwischen zusammengebissenen Zähnen hervor.

»Schön. Geht doch. Ihr handelt mit Weihrauch?«

»Ja.«

»Ihr habt von Jorgen große Mengen Wacholderharz gekauft.«

»Ja.«

»Ihr habt das kostbare Olibanum mit diesem Harz verlängert.«

Karol schwieg.

»Jungfer Myntha, wie findet Ihr meine Stute? Sie ist ein freundliches Tier, nicht wahr?«

»Ich habe sie noch nicht gesehen.«

»Wie schade. – Henning!«

Wieder diese vollendet höfische Verbeugung.

»Antworte ihm, Karol. Ansonsten fürchte ich, wird es wieder sehr wehtun.«

»Ich habe das Harz gemischt.«

»Wem hast du es angedreht?«

Karol schwieg.

»Antworte ihm«, sagte Myntha sanft.

Eine Weile druckste Karol herum, dann zählte er einige seiner Kunden auf. Keiner bot Myntha eine Überraschung, und auch Frederic nickte dazu.

»Das waren alle?«

»Ja.«

»Du lügst, Karol«, sagte Myntha, wieder sehr sanft.

»Tut er das, Jungfer?«

»Ja, einen wichtigen Handel hat er nicht genannt. Einen, Meister Frederic, von dem Ihr, soweit ich weiß, durchaus erpicht seid zu erfahren.«

»Aha. Antworte mir.«

»Ich weiß nicht, was die da meint.«

»Henning!«

»Jungfer!«

Sie nahm seinen Arm und ließ sich erneut zum Unterstand führen. Die braune Stute betrachtete sie gutmütig und ließ sich von ihr die Nase streicheln. Es ertönte kein Schmerzensschrei. Darum nahm sie die Möhre, die Henning ihr reichte, und fütterte das Pferd damit.

»Was macht er mit ihm?«, flüsterte sie, als der letzte Bissen zermalmt war.

»Unfreundliche Dinge, von denen Ihr nichts wissen wollt, Jungfer.«

»Lass uns zurückgehen.«

»Bitte, Jungfer.«

»Doch.«

Sie drehte sich um und marschierte um die Kate zurück.

Karol lag auf dem Boden. Er hatte das Leintuch als Knebel im Mund, und ein Faden Blut rann ihm aus den Haaren.

»Nehmt ihm das Tuch aus dem Mund, sonst kann er nicht reden, Rabenmeister.«

»Ein guter Vorschlag.«

Er rupfte an dem Lappen, und Karol stöhnte gequält auf.

»Und nun berichte von Schwester Edwina, Karol, oder ich muss wieder Pferde streicheln gehen.«

Karol hustete.

»Du hast sie am Freitag nach dem Maivollmond verführt, um in das Kloster zu gelangen.«

»Ja.«

»Aber es gab einen kleinen Aufruhr, nicht wahr?«

»Ja.«

»Euer Sohn Emery wird seinen Besuch dort bestätigen können, Meister Frederic.«

»Er tat es bereits.«

»Du bist am folgenden Tag wieder zu ihr gegangen und hast sie mit rotem Wein trunken gemacht.«

»Ja.«

»Und bist in die Kirche eingedrungen, um den Weihrauch zu stehlen.«

»Nein.«

»Sondern? Um Magistra Rotraut zu töten und Brand zu stiften?«

Myntha merkte, dass ihre Stimme eisig geworden war.

»Nein!«, schrie Karol auf.

»Dann erzähl uns doch, was du dort getan hast, Karol«, sagte Frederic nun sanft.

Karol zitterte. Dann schluchzte er plötzlich auf.

»Ich wollte sie nicht umbringen. Ich wollte nur einen

Teil von dem Weihrauch austauschen. Sie haben mich übervorteilt, diese frommen Weiber. Ich hab nicht gesehen, dass da jemand lauerte. Aber da hockte diese schwarze Krähe am Altar, und sie kam über mich wie ein Ungeheuer. Sie hat mit dem Kerzenleuchter auf mich eingeprügelt, und ich bin weggelaufen. Und dann ist sie auf der Treppe gestolpert. Ich bin über die Mauer auf die Gasse. Und später hieß es, es hätte gebrannt. Und die Oberin ist dabei umgekommen. Das war nicht meine Schuld.«

»Könnte ein Richter anders sehen: Einbruch bei Nacht, Raub, Gewalt, Brandstiftung«, sagte Frederic leise. »Dein Tod wird mehr als qualvoll sein.«

Karol blieb still, aber er bebte an allen Gliedern.

Myntha hatte sich wieder auf die Bank an der Wand gesetzt und den Kopf an das warme Holz gelehnt. Sie fühlte sich müde und wund.

»Warum, Karol? Warum hast du das getan?«, fragte sie leise.

»Ich brauche Geld, immer braucht man Geld. Ich wollte ein Händler werden. Geachtet werden. Nicht immer als der Sohn des Quacksalbers gelten.«

»Und hast deinen Aufstieg in die ehrenwerte Zunft der Händler mit miesen, kleinen Betrügereien begonnen. Wie dumm kann ein Mann sein?«

»Unermesslich, Jungfer Myntha, ist die Dummheit der Menschen. Man wird sie nie ausrotten können.«

»Nein. Werdet Ihr ihn den Bütteln übergeben?«

»Das...«

»Meister!«

»Henning, was möchtest du sagen?«

»Meister, Jungfer Myntha sieht mehr als wir. Lasst sie das Urteil sprechen.«

»Wie kommst du darauf?«

»Sie hat auch über mich geurteilt.«

»Und du fandest sie – milde?«

»Gerecht, Meister.«

Ein kleines Lächeln flog über das Gesicht des Rabenmeisters.

»Ja, möglicherweise trifft die unholde Jungfer ein gerechtes Urteil. Sprecht das Urteil, Jungfer Justitia.«

Sie schloss die Augen für einen kleinen Moment. Sie sah das heitere Gesicht des jungen Mannes, hörte seine Schmeicheleien und dachte daran, wie er sie vor den Anfeindungen der abergläubischen Meute beschützt hatte. Er war nicht durch und durch schlecht, aber er war auf den falschen Weg geraten.

Den qualvollen Tod wünschte sie ihm nicht.

Sie hob die Lider wieder und sah sechs Augenpaare auf sich gerichtet.

»Dummheit trägt ihre eigene Strafe in sich. Karol, am Ufer liegen genug kleine Nachen. Was immer du an Münzen bei dir hast, wirst du an der Stelle niederlegen, an der du einen davon besteigen wirst. Dann wirst du uns die Ruder übergeben, dich hineinsetzen und dich mit der Strömung davontreiben lassen. Solltest du je wieder hier gesehen werden, werde ich selbst dafür sorgen, dass du als Räuber, Totschläger und Brandstifter angeklagt, verurteilt und hingerichtet wirst.«

»Nimmst du das Urteil an, Karol?«

»Ja«, flüsterte er.

»Dann bringt ihn zum Ufer und achtet darauf, dass alles so geschieht, wie ich es gesagt habe.«

»Ja, Jungfer Myntha.«

»Ich bleibe so lange hier und füttere die Raben.«

Henning schulterte seinen Bogen, Frederic prüfte den Sitz seines Dolches am Gürtel. Dann brachten sie Karol fort.

Myntha rief die Vögel, einen jeden mit seinem Namen. Sie kamen und landeten zu ihren Füßen und pickten die Krumen auf, die sie für sie ausstreute.

Robb kam neben sie auf die Bank gehüpft und schaute sie mit schief gelegtem Kopf an.

»Unholdin«, sagte sie. »Unholdin.«

»Un. Un. Un. Hold. In.«

»Unholdin.«

»Unholdin!«, wiederholte er, und dann fügte er eine seltsam traurige Tonfolge daran.

»Guter Vogel.«

»Rrrobb!«

Die Schatten waren lang geworden, und die Amseln flöteten ihre langen Gesänge. Henning und Frederic kamen zurück und setzten sich schweigend zu ihren Füßen auf den Boden.

»Es geschah, wie Ihr wünschtet, Jungfer.«

»Möge Gott ihm helfen.«

»Oder ihn der Teufel holen. Es lag ein Nachen gleich hier unten am Ufer, ganz in der Nähe eines kleinen Liebesnestchens, in dem ich ihn vor einigen Tagen mit der drallen Mollie erwischt habe. Nur wusste ich damals noch nicht, dass er es war. Hattet Ihr vor, mit ihm im Mondschein über den Rhein zu fahren?«

»Nein, ich nicht, Rabenmeister. Ich habe manchmal ein wenig mit ihm getändelt, aber zu Unschicklichkeiten habe ich mich nie bereit erklärt.«

»Und damit Ihr solcher nicht beschuldigt werdet, bringen wir Euch jetzt zum Fährhaus. Könnt Ihr gehen, Jungfer, oder schmerzen Euch die Knochen zu sehr?«

»Ich könnte mich auf die freundliche Stute setzen.«

»Sehr gut. – Henning!«

Er brachte die Braune herbei und half ihr geschickt, sich auf deren breiten Rücken zu setzen. Dann nahm er den Zügel und führte sie auf den Weg.

»Rabenmeister?«

»Ja, Jungfer?«

»Wo hat Euer Gehilfe eigentlich sein Lager?«

»Bei den Pferden.«

Er sagte nichts, sie auch nicht. Dann lachte er plötzlich auf.

»Das findet Ihr nicht gerecht?«

»Das zu beurteilen überlasse ich Euch.«

»Henning, in den nächsten Tagen werden wir einen weiteren Anbau errichten müssen, damit du deine eigene Kammer bekommst.«

»Das ist nicht nötig, Meister.«

»Möglicherweise nicht. Aber vermutlich gerecht.«

Witold kam ihnen an der Stadtgrenze entgegen, seine Miene war grimmig.

»Wo bleibst du so lange, Myntha?«, grollte er.

»Eure Schwester hat einen Verbrecher überführt,

Witold. Sie hat dabei einige Prügel einstecken müssen, aber sie hat weise gehandelt. Hier habt Ihr sie zurück.«

»Karol?«

»Ja.«

»Und wo ist der Lump jetzt?«

»Reichlich angeschlagen in einem kleinen Nachen Richtung Niederlande unterwegs.«

»Kommt mit und berichtet uns.«

Das überließ Myntha jedoch dem Rabenmeister und seinem Gehilfen. Sie zog sich in ihre Kammer zurück und war Agnes dankbar, die ihre Prellungen und blauen Flecken mit einer kühlenden Tinktur behandelte.

50. Kapitel

D er Karol is wech«, flüsterte Bert, und Volmarus knirschte mit den Zähnen.

»Was heißt das?«

Der Rabenmeister hat ihn verprügelt und in einen Nachen geworfen. Ohne Ruder.«

»Und die Unholdin?«

»Weiß ich nicht. Hab ich nicht gesehen. Aber die schwarzen Vögel haben ein Krakeel gemacht.«

Innerlich verfluchte der Vikar den Karol, die Wiedergängerin, diesen verdammten Heiden und jeden einzelnen seiner Vögel.

Er würde neue Pläne machen müssen, und ein Teil davon würde sich mit dem Rabenmeister befassen. Dem Kirchenschänder und Antichrist. Das Handwerk musste ihm gelegt werden, er brachte Verderben über seine kleine Herde. Vertrieben sollte er werden, von Teufeln gehetzt, von Flammen verzehrt.

Und dann die Fährmannstochter. Die musste endlich von ihrer Besessenheit befreit werden. Gewiss hatte sie Kräfte, unnatürliche Kräfte, mit denen sie sich seiner Gewalt ständig entzog.

Nur der Karol – der hatte seine eigene Strafe gewählt. Nicht den Pranger zwar, aber die Absolution würde er nie erlangen. Die rachsüchtigen Geister würden ihn hetzen bis an sein Lebensende. Dafür hatte der getrocknete Dämon gesorgt.

Als Bert sich aus dem Pfarrhaus geschlichen hatte, holte Vikar Volmarus den roten Teufel noch einmal aus seiner Truhe. Eine Occasion, die ein Morgenlandfahrer ihm einst angeboten hatte. Ein Monstrum aus der heißen, brennenden Wüste, furchterregend anzuschauen und geeignet, als Alb durch die Träume zu geistern und namenlose Angst zu verursachen.

Friedlichen Schlaf würde Karol nie wieder finden.

Er selbst allerdings auch nicht. Er musste nachdenken, beten und Pläne schmieden.

Grimmig füllte er die Räucherpfanne mit dem berauschenden Weihrauch und rief die Geister.

51. Kapitel

Sie war, wie Henning sagte, etwas Besonderes. Frederic ließ den Sperber auf seinen Handschuh hüpfen und trat mit ihm auf die Wiese hinter der Hütte. Die unholde Maid war tapfer und unerschrocken, und klug war sie auch. Und wenn man es recht betrachtete, war sie auch recht hübsch.

Mit der einen Hand hob er das Häubchen vom Kopf des Vogels, ließ aber die Lederriemen an seinen Füßen noch um sein Handgelenk gewickelt. Das Tier sah sich um.

Er hätte diesen verdammten Karol fragen müssen, weshalb er den Nachen mit der Decke und den Lederriemen in der Nähe des Liebesnests versteckt hatte. Irgendetwas sagte ihm, dass da noch mehr dahintersteckte. Der Bursche hatte Myntha nicht nur zum Kosen dorthin führen wollen.

Der Sperber flatterte aufgeregt mit den Flügeln.

»Henning, das Federspiel!«

Er löste die Riemen und warf den Vogel ab. Noch etwas verwirrt und unbeholfen erhob er sich in die Lüfte. Aber mit großem Vergnügen beobachtete Frederic, wie sein Gehilfe gekonnt das Federspiel kreisen ließ. Ja, er hatte Erfahrung mit Jagdvögeln.

Ob dieser Karol eigene, üble Pläne ausführen wollte, oder ob ein Dritter ihn dazu angestiftet hatte? Es gab etliche Einwohner, die erbärmliche Angst vor der Wiedergängerin hatten.

Eigentlich ging ihn all das nichts an. Sein Feuerteufel war der junge Kerl nicht, und an hübschen Jungfern hatte Frederic kein Interesse.

Oder?

Der Sperber stürzte sich auf das Federspiel, und zum ersten Mal hörte Frederic seinen Gehilfen unbefangen lachen. Er hatte ganz offensichtlich großen Spaß daran, den Vogel auszubilden. Eine Weile beobachtete er ihn stumm und bewunderte das Geschick des Jungen. Dann holte er einen Fleischbrocken aus der Tasche, ließ einen scharfen Pfiff ertönen und holte den Sperber so auf seinen Handschuh zurück. Geschwind hatte Henning ihm das Häubchen aufgesetzt und festgebunden.

»Dein Ritter hat dir viel beigebracht, Junker Henning«, sagte er und erntete seinen entsetzten Blick. Er hingegen lächelte ihn an. »Mit Worten, mein Freund, hast du dich nicht verraten. Wohl aber mit Taten. Man kann vieles ablegen, wenn es notwendig ist, aber die ritterlichen Tugenden hast du mit der Muttermilch eingesogen.«

»Nein, Meister. Ihr irrt.«

»Henning, vertraust du mir?«

Der Junge schaute auf seine Füße.

»Henning, was immer du bist, wes Spross du bist, welch Ziel du hast, behalte für dich. Was ich von dir weiß, behalte ich für mich. Doch wenn du mir etwas anvertrauen möchtest, dann werde ich dir zuhören und, wenn es mir möglich ist, dir auch helfen.«

Der Junge hob seinen Kopf, und diesmal war es eindeutig tiefste Trauer, die sich in seinen Zügen zeigte.

»Dank Euch, Meister«, sagte er heiser. »Ihr seid gut zu mir.«

»Und du bist ein guter Junge. Wir werden einen Weg finden.«

»Kaum.«

Henning drehte sich um und lief weg.

Er schämte sich seiner Tränen, erkannte Frederic.

Fährmeister Reemt stapfte zum Haus hoch, und Myntha sah schon von Weitem, dass er sich höchst ungemütlich fühlte.

»Was ist geschehen, Vater?«

»Ich hab den Rickel Moelner getroffen, Kind.«

»Aha. Und?«

»Er sagt, er will einen Verlobungstag festlegen.«

»Aha. Und was habt Ihr ihm geantwortet?«

»Dass ich … dass ich mit meiner Mutter darüber sprechen muss.«

Myntha verschluckte sich fast an ihrem Lachen.

»Und was wird Enna dazu sagen?«

»Kind, mich macht so was immer ganz wirr im Kopf.«

»Schon gut, Vater, Ihr habt das Richtige getan. Ihr habt ihm eine ausweichende Antwort gegeben. Wir werden ihm eine Botschaft zukommen lassen, dass wir uns durchaus von seiner Hast geschmeichelt fühlen, aber zunächst die vertraglichen Dinge mit ihm zu regeln wünschen.«

»Ist das auch schicklich?«

»Wenn Haro und Witold in ihren Sonntagsgewändern zu ihm gehen und ihm dies ausrichten, dürfte es sehr schicklich sein und ein großes Gewicht haben.«

»Und es ist dir auch recht?«

Myntha zuckte mit den Schultern.

»Wenn ich eine andere Lösung sähe, würde ich sie nennen.«

Reemt nickte und ging über den Hof zu seiner Werkstatt.

Myntha blieb am Tor stehen und blickte hinaus über den Rhein.

Der Rabenmeister spukte mit einem Mal in ihrem Kopf herum.

Er mochte den Düsterling spielen und ein harter Mann sein, aber er hatte ein Herz bei all seiner finsteren Art. Und vielleicht sah sie wirklich mehr als andere – es war ein vernarbtes Herz, das schwere Wunden empfangen hatte.

Myntha seufzte.

Leseprobe

aus »Die silberne Nadel«
von Andrea Schacht

Jetzt erhältlich im Blanvalet Verlag

1. Kapitel

Juli 1420

Bäckermeister Gottschalck hielt die Luft an und betete. Dann schlug das Wasser über ihm zusammen. Als der Stuhl sich wieder aus den Rheinfluten hob, prustete er und fluchte.

Die Zuschauer lachten.

Widerlinge, die!

Tropfend hing er jetzt, gefesselt an den Tauchstuhl, in der Sonne und wurde an dem Galgen über eine stinkende Pfütze geschwenkt. Das alles unter Johlen und derben Sprüchen. Ein Klumpen schimmeligen Brotes traf sein Knie, ein abgenagter Apfelstrunk seine Wange, ein stinkender Fischkopf landete auf seinem Schoß.

Und das fanden diese Idioten lustig.

Bäcker Gottschalck war im Rhein getauft worden, weil er Kleie in den Brotteig gemischt hatte. Das wiederum hatte der Brotbeschauer Joseph Schroth festgestellt und der Obrigkeit gemeldet. Schroth war ebenfalls Bäcker und ein Zunftbruder. Verdammt, er hätte ein Auge zudrücken können. Jetzt hing der Brotpanscher hier, gedemütigt und dem Spott der Kundschaft ausgesetzt. Wer würde in den nächsten Wochen noch ein Brot von ihm kaufen? Um seine Familie zu erhalten, musste er wohl für eine Weile über Land ziehen und seine Dienste als fahrender Bäcker anbieten. Was für ein Elend!

Dass er sich die Sache mit der Kleie hätte sparen können, kam ihm nicht in den Sinn. Das fand Bäckermeister Gottschalck nicht ehrenrührig, sondern hielt es für eine sinnvolle Sparmaßnahme. Die Gören aus dem Findelhaus brauchten kein hochwertiges Brot, die sollten froh sein, dass sie überhaupt was zu fressen bekamen. Aber seine Tochter, die blöde Ziege, die hatte einen Korb mit den Laiben für die Kirche mit auf den Markt geschleppt, und da hatte der Brotbeschauer das entdeckt.

Überhaupt, der Joseph Schroth…

Hochnäsiger Kerl, der mit seinem Feingebäck.

Da vorne stand er und sah ihn grimmig an, während die Büttel die Fesseln lösten, die ihn an den baumelnden Stuhl banden.

»Springt, Meister Gottschalck. Und backt fürderhin ordentliches Brot«, sagte der miese Hund.

Springen. Klar, in die Jauchepfütze.

Es würde ihm nichts anderes übrig bleiben.

Aber diese Demütigung würde er nicht vergessen.

Mit rabenschwarzen Rachegedanken sprang Bäckermeister Gottschalck unter dem dröhnenden Gelächter der Zuschauer in die hoch aufspritzende Jauche.

2. Kapitel

Auf der anderen Rheinseite, in Mülheim, fand kein Strafgericht statt. Aber Zuschauer hatten sich auch hier eingefunden, und sie bestaunten den gelenkigen Jongleur mit seiner dreischwänzigen Narrenkappe, der allerlei Gegenstände kunstvoll durch die Luft zu wirbeln verstand. Darunter auch die Holzpantinen, die er Myntha abgeschwatzt hatte. Die stand barfüßig neben Agnes, kicherte vergnügt über die Kapriolen des Gauklers und fing geschickt ihren linken Schuh wieder auf. Agnes war nicht so geschickt, die rechte Pantine traf sie mitten auf der Brust.

»Huh!«, sagte sie und bückte sich eben im rechten Moment, da ein süßer Wecken über sie hinwegsegelte. Den schnappte sich ein Gassenjunge mit einem Juchzer.

»Genug der Kurzweil, Agnes, wir müssen unsere Besorgungen machen«, mahnte Myntha und nahm den Korb auf. Agnes griff nach dem ihren, und gemeinsam drängten sie sich durch die gaffende Menge. Die Marktstände waren nicht besonders gut besucht an diesem Morgen, die Gaukler lenkten die Kunden ab, und so hatten sie ihre Einkäufe bald erledigt. Beladen mit Wachskerzen, zwei Enten, Büschel von roten Zwiebeln, einem

Honigtopf und einem Fässchen gesalzener Butter wandten sie sich zum Rheinufer, um den Heimweg anzutreten.

Doch wieder wurden sie von einem Pulk Menschen aufgehalten, der sich auf dem Platz vor der Kirche eingefunden hatte. Hier wurde jetzt ein neues Schauspiel geboten. Zwischen zwei Pfosten war ein durchhängendes Seil aufgespannt, und darauf hampelte ein Geschöpf herum. Eine Gestalt in gelben Pluderhosen, einem kurzen, grünen Jäckchen und einem mit glitzernden Steinchen besticktem Turban um den Kopf führte höchst kunstvoll vor, wie man gerade noch eben nicht vom Seil fiel. Es war eine meisterliche Leistung, die der Künstler mit dramatischer Mimik, großem Augenrollen und gelegentlichen Quietschern vorführte. Untermalt wurde die Vorführung von einer Alten mit einer sägenden Fidel und einem Bengel mit einem Tamburin, das er immer dann zu schlagen wusste, wenn gerade eben ein Sturz vermieden worden war.

Gelächter und jubelnder Applaus begleiteten die komische Darbietung, und auch Myntha und Agnes mussten vor Lachen nach Luft schnappen. Dann aber hüpfte das Geschöpf anmutig vom Seil und machte eine tiefe Verbeugung. Der Bengel drehte das Tamburin um und ging Münzen heischend zu den Zuschauern. Es klimperte reichlich, und auch Myntha warf ein paar Kupferstückchen in den Behälter.

»Das ist ja ein Mädchen«, sagte Agnes plötzlich und betrachtete das bunte Wesen, das noch immer seine Verbeugungen exerzierte.

»Sieht so aus. Ein sehr junges, würde ich sogar sagen. Aber von großem Talent.«

Zwei Männer entfernten das schlappe Seil, und drei wüst verkleidete Schauspieler sprangen zwischen die Pfosten – zwei Männer und ein fettes Weib. Sie begannen lauthals einen Streit, der an Obszönität ihrer Maskerade in nichts nachstand. Der mit dem Zottelbart in der Kutte mimte den Verführten, den das Weib auf derbste Weise belästigte. Der mit der brandroten Perücke versuchte, dessen nicht vorhandene Tugend zu retten.

Myntha war nach wenigen Augenblicken angewidert, und auch Agnes schüttelte den Kopf.

»Gehen wir. Ich finde das nicht lustig.«

Sie kämpften sich den Weg durch die Zuschauer frei, und dabei bemerkte Myntha, dass am Kirchenportal der Vikar Volmarus lehnte und mit einem geradezu hingerissenen Blick dem üblen Spiel folgte. Ein kalter Schauer flog ihr über den Rücken. Sie schubste einen Baderknecht und einen Fischer zur Seite und zog Agnes mit sich auf den Karrenweg.

»Pfui!«, stieß sie hervor.

»Den Männern gefällt's.«

»Ja, den Männern. Und dem Vikar. Mir nicht.«

»Aber die Kleine auf dem Schlappseil, die war wirklich gut.«

Schweigend schleppten sie ihre schweren Körbe Richtung Fährhaus.

Myntha gewann ihre gute Laune wieder und freute sich an dem sonnigen, warmen Julitag. Im Garten reiften die Himbeeren und Johannisbeeren, und am Nachmittag würden sie den Saft einkochen. Sie war inzwischen recht glücklich darüber, dass Agnes bei ihnen geblieben war. Den Kochlöffel schwang diese nämlich weit geschickter als sie selbst. Vor drei Monaten hatte ihre Freundin Bilke die kranke, halb verhungerte Pilgerin zu ihnen ins Fährhaus gebracht. Einige Wochen hatten sie gebraucht, um sie aufzupäppeln, und langsam, ganz allmählich hatte Agnes sich ihnen anvertraut. Nun – nicht alles, aber sie wussten inzwischen, dass sie aus dem nördlichen Frankreich aufgebrochen war, um in Köln zu der heiligen Ursula zu beten, jener Märtyrerin, die aus Agnes' Heimat stammte und mit ihren elftausend Begleiterinnen in Köln für ihren Glauben gestorben war. Noch nicht ganz sicher war Myntha sich, wes Standes die Frau war. Sie kannte sich mit edleren Gewändern aus, beherrschte die feinsten Nadelarbeiten, aber sie konnte auch zupacken und in der Küche tatkräftig mithelfen. Warum sie blieb, war ihr auch nicht ganz klar. Aber eines war sicher: Irgendwas faszinierte Agnes an den Geschichten ihres Vaters, dem Fährmeister Reemt van Huysen, der oft, vor allem nach reichlichem Weingenuss, von dem Gold der Nibelungen schwatzte, das er im Rhein versunken zu sehen glaubte.

Aber gut, die Erzählungen ihres Vaters waren farbenprächtig und spannend, und er wusste immer neue Varianten hinzuzuspinnen, die die Zuhörer ergötzten. Dass er dann und wann von seiner eigenen Mär so überzeugt war, dass er mitten auf dem Rhein ins Wasser zu springen pflegte, um mit den Rheinnixen zu plaudern, wussten seine beiden älteren Söhne, Haro und Witold, inzwischen zu verhindern. Er durfte die Fähre nicht ohne ein festes Seil um seine Mitte geknotet betreten, an dem sie ihn immer wieder herausfischten.

Myntha und Agnes hatten das letzte Stück Treidelpfad erreicht, und das Fährhaus, ein stattliches Fachwerkgebäude, kam schon in Sicht, als Agnes plötzlich mit einem leisen Kichern sagte: »Wusstest du, dass die Gevatterin Ellen einen heimlichen Liebsten hat?«

»Hat sie? Woher weißt du das?«

»Letzte Woche bin ich in der Früh wach geworden und konnte nicht mehr schlafen – es ist ziemlich stickig in der Kammer. Da bin ich zum Rhein runter, hab mich ans Ufer gesetzt und auf den Sonnenaufgang gewartet. Du weißt schon, da, wo die Fähre vertäut liegt. Von da kann man das Haus der Gevatterin sehen. Na, jedenfalls ging plötzlich die Tür auf, und ein stämmiger Mann trat heraus. Ellen folgte ihm, und er gab ihr einen langen Kuss.«

»Soso!« Myntha grinste. »Gevatterin Ellen ist eben eine lebensfrohe Witwe. Ich habe mich schon manchmal gefragt, warum sie sich keinen neuen Ehemann sucht.«

»Weil sie eine lebenslustige Witwe ist?«

»Oh, ach ja. Männer können auch sehr lästig sein.«

Agnes blieb stehen und setzte den schweren Korb ab. Ihr Gesicht war verschwitzt, und eben lag ein Hauch von Trauer auf ihren Zügen.

»Wohl nicht alle?«, sagte Myntha leise und fügte in Gedanken zu dem Bild, das sie sich von Agnes gemacht hatte, einen geliebten Gatten hinzu. Kinder hatte sie, das wusste Myntha aus ihren Erzählungen, ob der Vater dieser Kinder jedoch verstorben, in jenen bösen Schlachten in der Normandie gefallen oder gefangen genommen worden war, dazu hatte sie nie etwas verlauten lassen.

»Du vermisst ihn?«

»Was...?« Irritiert sah Agnes auf.

»Deinen Ehemann.«

Agnes' Miene wurde verschlossen, sie nahm den Korb wieder auf und ging auf das Fährhaus zu. Milde verärgert trabte Myntha hinter ihr her. Warum musste sie so zugeknöpft sein? Was musste sie verbergen? War sie ihm womöglich weggelaufen? War er ein Schuft, ein Gesetzloser, ein Verräter? Wollte sie ihn schützen? Oder floh sie vor ihm?

Immer diese Geheimnisse!

3. Kapitel

Vikar Volmarus war sprachlos. Starr und unbeweglich stand er im Portal der Kirche von St. Clemens und konnte sich nicht losreißen von dem wüsten Spektakel, das die drei Gaukler vor den Stufen aufführten. Vollkommen sittenlos und äußerst unzüchtig führten sich das Weib und die beiden Männer auf. Ihre Reden waren Unflat, der die Zuschauer in brüllendes Gelächter versetzte, ihre Handlungen zuchtlos und anstößig, was Wogen von Erregung erzeugte.

Auch bei Vikar Volmarus. Sein Mund war trocken, das Schlucken fiel ihm schwer, und seine Lenden pochten.

Er musste eingreifen. Eigentlich sollte er mit Feuer und Schwert zwischen die Sünder fahren, aber gefesselt blieb er stehen und starrte auf das obszöne Geschehen. Die fette Hure, schamlos wie eine läufige Hündin, verführte als dämonischer Sukkubus den Mageren, der in Schwarz einen geilen Mönch darstellte, während der Rothaarige geradezu besessen ekelhaft ihre Aufmerksamkeit auf sich zu lenken versuchte.

Das Johlen und Klatschen wurde immer wilder, selbst ehrbare Handwerker und Matronen, vor allem aber seine Messdiener, stampften mit den Füßen und kreischten vor Lachen.

Und dann war das Gaukelspiel schließlich zu Ende, und Vikar Volmarus holte tief Luft. Mit laut hallender Stimme verdammte er die Schausteller, verdammte die lüsternen Männer und unzüchtigen Weiber, die sich an solch gottlosem Tun erfreuten. Er rief den Zorn des Himmels auf die Zuschauer wie auf die Gaukler herab, sprach von Hölle und Versuchung, von der Vergeltung Gottes und dem zu erwartenden Strafgericht.

Die Menge zerstreute sich schweigend, die Gaukler lösten sich irgendwie in Luft auf, der Platz vor der Kirche lag mit einem Mal leer und still und staubig in der Sonnenglut.

»Du bist das Schwert Gottes«, flüsterte jemand in Vikar Volmarus' Ohr. »Du wirst Rache üben an jenen, die sich aufgeilen an wilden Worten und unrechtem Tun.«

Verstört sah Volmarus sich um. Niemand stand hinter ihm, niemand flüsterte in sein Ohr. Und doch verfolgte ihn die Stimme mit ihren Aufträgen und verlangte sein Handeln.

War es die Stimme Gottes? Oder die eines seiner Engel?

Nein, nein, nun sprach ein anderer, und der gebot ihm, sich der Unzucht hinzugeben. Er lockte mit ebenso schamlosen Worten, sich zu nehmen, wonach ihm gelüstete. Nach einem fetten Weib, einer scheuen Jungfer, sogar nach einem kecken Knaben.

Volmarus hielt sich die Ohren zu, doch die Flüsterstimme wollte nicht schweigen.

Wie von Dämonen gehetzt rannte er zum Pfarrhaus

und schloss sich in seiner Studierstube ein. Zitternd entzündete er Weihrauch und fiel auf die Knie, um lauthals zu beten.

Die Stimmen verklangen.

Historische Romane

Kreuzblume

Göttertrank

Goldbrokat

Die Ungehorsame

Das Spiel des Sängers

Der Siegelring

Der Bernsteinring

Der Lilienring

Rheines Gold

Fantasy-Romane

Die Blumen der Zeit

Der Ring der Jägerin

Jägermond. Im Reich der Katzenkönigin